Aquella chica pelirroja

Amy Jean

Aquella chica pelirroja

TITANIA

Argentina • Chile • Colombia • España
Estados Unidos • México • Perú • Uruguay

1.ª edición Febrero 2022

ISBN: 978-84-17421-41-0
E-ISBN: 978-84-18480-92-8
Depósito legal: B-16-2022

Fotocomposición: Ediciones Urano, S.A.U.

Impreso por Romanyà Valls, S.A. – Verdaguer, 1 – 08786 Capellades (Barcelona)

Impreso en España – *Printed in Spain*

*A todos aquellos libros
que me acompañaron.
Y a sus autores.*

*Todas las divisiones son mentira
salvo la que divide los cuerpos en dos
grupos incomprensibles entre sí.
Aquellos que se han roto y los que no.*

Los rotos (con Anne Sexton)
BEN CLARK

Prólogo

Mi madre cree que intenté suicidarme.

Por eso, ahora estoy frente al espejo del cuarto de baño mientras me muerdo la lengua esperando a abrirme alguna herida. El sabor de la sangre me calma. Presiono mis dientes contra las papilas gustativas y noto un leve sabor a hierro que se acentúa cada vez más. Mi corazón late más despacio y siento un cosquilleo en la punta de los dedos. Dos golpes sordos en la puerta me sacan de mi ensoñación justo cuando empezaba a sentirme mejor.

—¡Alessa! ¡Por favor! El taxi está esperando, necesito que bajes —grita mi madre al otro lado de la pared.

Resulta extraño que la puerta tenga el pestillo arrancado de cuajo y ella no entre para hablarme cara a cara. Supongo que es su manera de decirme: «Respeto tu intimidad, aunque vaya a obligarte a pasar los próximos tres meses en un centro de rehabilitación». La odio. Si yo hubiera sido mi padre, también nos habría abandonado.

Golpea la puerta de nuevo, ahora más fuerte, y me echo un último vistazo en el espejo. Mis grandes y saltones ojos verdes me devuelven una mirada fría. No intenté suicidarme, pero en este preciso momento no me importaría estar muerta.

1

La llegada a Camden Hall

Camden Hall no me deslumbra. Mi madre es millonaria y vivo en una casa de quinientos metros cuadrados, con jardín, piscina y cine privado, así que la lujosa casa de estilo campestre que se alza sobre mí cuando salgo del taxi no me impresiona en absoluto. Debo admitir que la fachada color crema, las ventanas de madera y los hierbajos resplandecientes parecen sacados de un cuento de hadas, pero yo detesto los cuentos de hadas. Siempre los he odiado y mi madre siempre me hizo sentir mal por ello. ¿Acaso es malo que me importe una mierda un zapato de cristal? Después de ver *La Cenicienta* estuve una semana con terrores nocturnos. No paraba de pensar que una hada vieja y operada podía venir y plantarme un vestido de princesa para asistir a un baile. Y los bailes eran, sin lugar a dudas, mi peor pesadilla por aquella época.

Saco el equipaje del maletero y, cuando lo cierro, el taxista arranca y desaparece calle abajo. Me quedo mirando al cielo, disfrutando de los últimos segundos de libertad. Me coloco los cascos y pongo Joy Division en el iPod. A veces me da por imaginar que Ian Curtis es mi amigo y mis labios dibujan una leve sonrisa. Agarro la maleta y me adentro en el recinto en dirección a la puerta exterior, un gran portón de madera maciza.

A veces pienso que Ian Curtis podría haber sido mi amigo si a sus veintitrés años no se hubiera ahorcado en su cocina. Creo que habríamos conectado.

2

Esto es una cárcel

Una mujer estirada que se parece a mi madre abre el portón mientras sujeta una libreta en la mano.

—Hola, Alessa. Te estábamos esperando. ¿Qué tal el viaje?

—De maravilla —contesto con ironía.

—Soy Norma, la directora del centro. Acompáñame, por favor —me ordena.

La mujer me hace un gesto con la mano para que la siga y cierra el portón tras nosotras. Cruzamos el amplio jardín, entramos al interior de la casa y me conduce a una sala al final de un pasillo de paredes acogedoras y cuadros con diplomas. Los techos son altos y de ellos cuelgan lámparas simétricas. El despacho de Norma huele a lavanda fresca, tiene un gran escritorio de madera, un diván y dos amplias ventanas que dan a un gran cerezo.

—Siéntate, Alessa —dice.

Su amplia sonrisa de felicidad me confirma que muy pronto acabaré odiando a Norma. No me gusta nada la tranquilidad que emana de estas paredes. Quieren hacerme creer que esto no es una cárcel, que no me tratarán como a una inadaptada que no puede convivir con el resto de la sociedad. Le devuelvo a Norma la sonrisa más artificial de toda mi vida porque no quiero que piense que estoy rota por dentro.

—Como ya sabrás, Camden Hall es un centro exclusivo donde vas a poder recuperarte mediante un tratamiento enriquecedor.

En la segunda palabra ya estoy mirando al cerezo, pensando en cómo algo tan bello puede pertenecer a este lugar tan falso. Norma parece darse cuenta de que no le estoy haciendo ningún caso porque comenta:

—Veo que ya sabes a lo que vienes, ¿verdad, señorita Stewart?

Asiento. Vaya, esto se está poniendo serio. Me ha llamado por mi apellido.

—Por orden de mi madre, soy toda vuestra —agrego desafiante.

—No eres nuestra. Eres tuya, aunque no quieras responsabilizarte de ti misma.

Odio mucho a Norma, al igual que a mi madre. Pero me he dicho que voy a hacer de tripas corazón.

—Como veo que te has leído el programa del centro, no voy...

—En realidad, no lo he leído, ¿señora...? —la interrumpo con una pregunta envenenada.

—Aquí soy solo Norma. Fuera puedes llamarme señora Dennis.

Norma no se deja avasallar por una chica de dieciocho años. Lo estoy comprobando.

—La dinámica es muy sencilla. Cada día hacemos actividades destinadas a recuperar la salud mental del paciente. Estas actividades las practicarás junto a tus compañeros, ocho jóvenes que también atraviesan problemas similares a los tuyos. Tendrás un seguimiento personal de un psicólogo que te tratará dos veces a la semana. Esto es un centro de recuperación, no un hospital. No nos gusta trataros como a enfermos —me explica con determinación.

—No estoy enferma.

—Bueno, veo que vas cogiendo la dinámica.

Arrugo la frente. Creo que no he empezado con buen pie, y eso me encanta.

—Ahora te voy a enseñar tu habitación. El único día libre de la semana es el domingo y, si quieres, podrás recibir visitas. Mañana mismo empezarás con las actividades.

Norma da por terminada la reunión porque arrastra la silla, se levanta y va directa a la puerta sin mirarme. Debo decir a su favor que es evidente que odio estar aquí.

—Sígueme.

Me veo obligada a levantarme y apresurarme detrás de ella. Al final del pasillo, hay unas escaleras de madera que conducen a otro pasillo. Subimos y pasamos por varias puertas que vamos dejando atrás. La decoración es sencilla y hogareña. Colores cálidos combinados con muebles de madera y detalles florales. Reparo en el silencio sepulcral que hay en esta zona de la residencia.

—Están terminando la clase de natación. Volverán dentro de un rato.

Norma se detiene frente a una puerta similar a las que hemos dejado atrás. La mía es la última del pasillo, y al lado hay otras escaleras que suben hacia otra planta. La mujer abre la puerta y no puedo evitar achicar los ojos debido la luz matinal que se cuela a través de las ventanas. El olor a limpio se cuela en mis pulmones. Entro y Norma se queda en el marco de la puerta, observándome. La habitación no es muy grande, pero tampoco es pequeña. Tiene una cama individual, un cabecero de madera, mesita de noche, armario, baúl y un escritorio. El suelo está cubierto por una gran alfombra de colores pastel. Por alguna razón, esa elección me encanta, y creo que se nota.

—Está bien —alcanzo a decir.

—Me alegro de que te guste, Alessa. Solo queremos que estés lo mejor posible.

Norma y yo nos miramos. No me cae bien, pero entiendo que voy a tener que soportarla mucho tiempo, así que sonrío a duras penas, aunque es una sonrisa sincera.

–Ah, una última cosa. Las puertas no tienen pestillos.

—Debe de ser lo único que la diferencia de una cárcel —la ataco deliberadamente.

Norma dibuja una expresión de rabia, pero pronto recobra la compostura. Me mira a los ojos fijamente y me dice:

—Recuerda que la mente tiene el poder. De eso trata todo esto.

Norma da media vuelta, sale de la habitación y oigo sus apresurados pasos alejándose. Coloco la maleta encima de la cama y los cascos sobre mis orejas. No llevo ni cinco minutos en este maldito sitio y ya siento que me asfixio.

3

No quiero relacionarme con nadie

Suena *Life on Mars?* en mis oídos. Es una canción que siempre me transporta a otro lugar; a un lugar violáceo y brillante, a un lugar tranquilo.
Doy unos pasos hasta colocarme delante de la ventana y compruebo que
tiene un seguro para que no podamos saltar al vacío y partirnos la cris-
ma. Al menos es una ventana grande por donde se observa el cielo y un
prado de un verde radiante. A lo lejos, creo ver un lago, pero no estoy
muy segura.

Dos fuertes golpes me sobresaltan, me quito los cascos y voy hacia la
puerta. ¿Quién será?

—Oh, Dios mío, tienes el pelo más bonito que he visto nunca. Es naranja... ¡Qué maravilla! Nunca había conocido a nadie con este color de
pelo, de verdad.

Lo primero que pienso al ver a esta chica delgada de pelo rizado que
está ante mis narices es que alguien tiene que apiadarse de mí y llevarse
a los locos lejos.

—Soy Annie, encantada —se presenta mientras me da un casto beso
en la mejilla.

—Alessa.

—Lo sé. Hoy nos han contado que teníamos nueva compañera. —La
chica me observa con atención, está ensimismada con mi pelo—. ¿Es natural? Tu pelo, digo... —insiste.

—Sí, claro. Siempre lo he tenido pelirrojo.

—Oh, ya... ¡Qué suerte!

En fin, antes nos quemaban por tener el pelo de este color... Annie da un paso al frente y se pasea por mi nueva habitación. Da un pequeño giro sobre sí misma y vuelve a mirarme.

—Tenemos que pensar cómo vamos a decorarla. —Mi cara debe de haberla asustado—. Ya sabes..., para que te sientas como en casa y puedas adaptarte a este sitio.

Paso de contestar, seguro que tiene un trastorno maniático-depresivo, se encuentra sola y quiere hacer amigos. La observo mejor, y me percato de que está muy delgada.

—Vamos, te voy a enseñar la residencia.

Me invade el impulso de decir que no, pero caigo en la cuenta de que en realidad no conozco nada y no sé ni siquiera dónde está el comedor, así que solo contesto:

—Genial.

Annie me guía escaleras abajo y surcamos otro pasillo para detenernos frente a una gran sala de estar. Hay tres sofás dispuestos alrededor de una mesa baja repleta de libros, revistas y barajas de cartas. A un lado de la estancia, frente a dos grandes ventanales, hay dos sillones de descanso.

—Esta es la sala de estar, siempre estamos aquí cuando hay tiempo libre. También venimos después de cenar. A veces vemos pelis y jugamos.

—Qué bien —digo con desgana.

Mi mente solo puede pensar en que no pisaré esa sala de estar. No quiero relacionarme con nadie. Nunca me han ido bien las relaciones sociales y me temo que ahora tampoco. Entramos en una habitación rectangular muy espaciosa con una gran mesa en el centro. Deduzco que es el comedor porque justo al final, detrás de un gran arco en la pared, se puede ver la cocina.

—¿Aquí es donde comemos? —pregunto para complacer su deseo de charla.

—Y también cenamos. Ven por aquí. Como puedes ver, esta es la cocina. Pocas veces hay comida porque lo controlan todo...

Una sombra nubla la mirada de Annie. Creo que le apetece chocolate, como a mí, y no vemos el momento de salir de aquí para hacer lo que nos dé la gana.

—Bueno, quien salga primero puede mandarle a la otra una tableta de chocolate —digo.

Annie ríe y este acto le forma un gracioso hoyuelo en sus mejillas.

—Vamos fuera con los demás.

Hay una puerta en la esquina de la cocina que conduce al jardín. Nunca he visto uno de este tamaño, ni siquiera el césped de la casa de mi madre tiene esta magnitud. Es enorme y no puedo ver hasta dónde llega el límite.

Annie da unos pequeños saltitos y bordeamos la residencia para encontrarnos a todos los pacientes de Camden Hall. ¡Oh! ¡Vaya! Parece una escena de la típica barbacoa americana, la cual, por cierto, detesto. Todos reunidos en el porche mientras charlan y juegan. Han visto una bonita carcasa y se han olvidado de que somos presos; presos de este lugar, y quizá también presos de nuestra mente. Es un chico alto y rubio el que me ve primero. Me sonríe y yo soy incapaz de devolverle la sonrisa. Viene hacia mí y hacia Annie, que permanece a mi lado.

—¡Hola, Alessa! Bienvenida.

—Eh... Hola.

—Supongo que estás adaptándote a tu nueva casa. —Perdón, ¿ha dicho «casa»?—. Soy Daniel —se presenta mientras me da un apretón de manos—. Espero que aquí puedas recuperarte.

—Claro... Seguro que sí.

Mi ironía ha hecho sonreír al chico y debo decir que tiene una sonrisa muy bonita, la cual no puedo rechazar, así que tuerzo un poco mis labios. Annie me agarra del brazo y tira de él para que alcancemos a los demás.

—¡Alessa! ¿Quieres tomar algo? —me pregunta un chico al lado de una mesa llena de refrescos.

—No, gracias.

—Él es Jim —me aclara Annie mientras coge una bebida.

Jim es un chico muy menudo de piel morena y pelo corto como el azabache. Tiene un aspecto andrógino y no sé si, en realidad, es una chica.

A un lado de la barbacoa, dentro de una bonita pista de tenis, dos chicas y un chico juegan un partido. Annie llama su atención con un silbido.

—¡Chicos, aquí está Alessa! ¡Saludad!

Los tres paran de jugar y levantan la raqueta a modo de saludo. Formo una sonrisa tímida en los labios y caigo en la cuenta de que quizá no les ha llegado desde la distancia. De repente, aparece un chico muy alto con la piel muy pálida y los ojos azules. Va vestido de negro y lleva un libro desgastado en su mano.

—¿Me habéis guardado algo? —pregunta sin reparar en mí.

—Ryan, saluda a Alessa. Nuestra nueva compañera —lo reprende Annie un poco.

Entonces el chico se fija en mí y se forma en sus finos labios una sonrisa sincera.

—Hola, Alessa.

—Hola. —Levanto la mano a modo de saludo y reparo en el libro que lleva en la mano: es un ejemplar de *El guardián entre el centeno*. Sin duda, uno de mis libros favoritos.

—¿Lo has leído? —Se habrá percatado de ello por el brillo en mis ojos.

Asiento, estableciendo una conexión inmediata con Ryan. A veces son los libros los que te recomiendan a las personas y no al revés. Parece frío, pero es amable y educado.

—Esta es mi segunda vez —dice—. Y estoy descubriendo cosas nuevas que antes había pasado por alto.

—Holden Caulfield es demasiado complejo para entenderlo en una sola lectura —añado.

Al final me animo y cojo un vaso de limonada y algunos *snacks* y me paso parte de la tarde charlando con Ryan sobre *El guardián entre el centeno*.

No me gusta la calma que emana de este sitio. Es como si estuviéramos aislados de la propia realidad de nuestras vidas. ¿Cómo puede ser bueno para nosotros acostumbrarnos a algo que no se acerca a lo que verdaderamente somos? Mis pensamientos negativos, los únicos a los que mi mente da cabida, me asaltan en ese momento y me disculpo con Ryan, que me dedica otra encantadora sonrisa antes de caminar hacia la pista de tenis.

Annie está sentada en el césped leyendo una revista del corazón. Está relajada y no ha probado bocado en toda la tarde. Creo que por hoy me ha dado bastante el sol.

—Voy a volver a mi habitación. Quiero terminar de acomodarme.

—Annie solo asiente y continúa enfrascada en la revista.

Entro en la enorme casa y la presión en el pecho aumenta a medida que subo las escaleras. ¿Por qué mi madre ha tenido que obligarme a esto? Tengo dieciocho años, estamos en verano y no intenté suicidarme. Quiero volver a casa, estar en mi habitación y salir con Taylor, mi única y pija amiga, tan diferente a mí, pero a la que quiero con locura. Seguro que ahora estará frente al ordenador hablando con el chico que le gusta este mes. Y eso es suficiente para ella. Es ajena al dolor que puede causarte la vida. Hay veces que la envidio; quiero vivir en la ignorancia, quiero que mi mente deje de pensar, que solo esté centrada en cosas tan insignificantes como una conversación de chat o la elección del color de unas zapatillas nuevas.

Al llegar a la planta de arriba y detenerme ante mi puerta, escucho una melodía que proviene de una guitarra y pienso que también hay gente como yo, gente que se esconde en su habitación a esperar que los días pasen sin pena ni gloria. Y me alegro de haber ido a la librería el último día y de haberme hecho con una gran colección de libros. Hoy empezaré el primero. En eso se centrará mi estancia aquí, en pasar el rato y centrarme en esos libros para poder salir, buscar un trabajo y alejarme de mi madre.

Sin embargo, el ánimo me dura poco cuando pienso que solo es el primer día de muchos. Caigo a la cama agotada, me coloco los cascos y me abandono a los primeros acordes de *Karma Police*.

4

Ya ha sido suficiente

Sueño que me caigo por un acantilado y, antes de sumergirme en el agua, me levanto sobresaltada. Estoy hiperventilando y sudando. Por un momento me siento desubicada en una habitación que no conozco. Todo está en silencio. Miro el reloj que hay en la mesita y veo que es medianoche pasada. En realidad, no es tan tarde, no para mí. En casa solía quedarme despierta en mi habitación hasta la madrugada.

Voy hacia el baño y me quedo frente al espejo. Mi rostro está desencajado y el pelo enmarañado. Ni siquiera he deshecho la maleta. No me he instalado porque, básicamente, no quiero pasar ni un minuto más aquí. Me recojo el pelo en un moño despeinado y algunos mechones pelirrojos me resbalan por el rostro. Me coloco la mochila a la espalda y los cascos encajados en el cuello. Creo que ya ha sido suficiente.

Camino por el pasillo sin hacer el más mínimo ruido; son muchos años de experiencia. Bajo las escaleras sigilosa y tengo miedo de no acordarme de dónde está la salida, pero este desaparece cuando veo una lámpara encendida en el pasillo que me muestra una puerta entreabierta.

Salgo y me adentro en una especie de porche trasero. Todo está oscuro, pero logro ver al final un muro que linda con la calle y que no parece muy alto, así que me aventuro a saltarlo. Sin embargo, cuando estoy frente a él, percibo que en realidad tiene más altura de la que pensaba y, además, está formado por piedra antigua. Entonces, veo un agujero donde coloco el pie para darme impulso y lograr llegar hasta arriba. Lo intento, pero no consigo alcanzarlo. Es más difícil de lo que creía. Me sujeto la mochila a la espalda para que no me moleste y afianzo los cascos en el cuello para que no se caigan. Me impulso de nuevo y logro posar una mano en el poyete, pero la piedra se desprende y me raspo la palma y la pierna al deslizarme por la pared antes de caerme de manera estrepitosa al suelo.

Me he llevado un buen golpe en el culo y tengo la rodilla llena de magulladuras. Sin duda, habría sido mejor opción ponerme un pantalón largo.

—¿Estás bien? —susurra alguien.

—¡Joder!

Me he pegado un susto de muerte. Miro alrededor buscando de dónde proviene esa voz grave desconocida. «Por lo menos, no es Norma», me digo.

Entonces lo veo. Al lado de la fachada de la casa hay un banco de madera donde está sentado un chico. Tiene el pelo negro cortado a lo tazón y terriblemente despeinado, los ojos achinados y unos labios gruesos de los que sobresale un cigarrillo que observo desde la distancia. Una guitarra descansa en su regazo. Intenta esconder una sonrisa, pero puedo verla a pesar de la poca luz que sale del interior de la casa.

Me pongo de pie dolorida y apoyo la espalda en el muro.

—¿Estabas ahí todo el tiempo?

—Sí —dice divertido—. Te has dado un buen golpe.

—¿Eres el psicólogo? —le pregunto.

—¿Tengo pinta de ser psicólogo? —me contesta con otra pregunta.

—No, la verdad es que no. No te he visto hoy con los chicos.

—Soy un paciente, como tú, pero no me relaciono mucho con los demás —habla y le doy la espalda analizando cómo puedo saltar el muro.

—Según esta gente, no estamos enfermos, así que, en realidad, no somos pacientes —replico con ironía. Me aúpo, pero no logro agarrarme al poyete. Otra rozadura en la mano—. ¡Mierda!

—Eres demasiado pequeña para saltar ese muro. —Este chico me está empezando a molestar.

Me aúpo de nuevo, pero nada. Es frustrante. Quiero largarme de aquí ya. Doy media vuelta y me acerco a él poco a poco mientras me observa atónito y baja su mirada hacia mi pierna arañada. Creo que voy a morderme la lengua, necesito sentir más dolor para distraerme.

Cuando estoy frente a él, puedo examinar mejor su pelo y sus facciones suaves. Sus labios son muy gruesos. El chico se coloca la guitarra entre los brazos y su atención viaja hasta las cuerdas.

—Tranquila, no diré nada —aclara.

Me quedo atónita. Se cree que voy a entrar en esa puñetera casa de nuevo. Pobre, no me conoce. Cuando algo se me mete entre ceja y ceja...

—Quiero que me ayudes.

Él aparta los ojos del instrumento y me mira fijamente. Tiemblo. Tiene unos ojos grises tremendamente tristes que me observan en profundidad.

—No voy a ayudarte a fugarte de este sitio.

—¿Por qué no? ¡Solo tienes que auparme! —alzo la voz.

—Chis. Calla. —Desliza sus pálidos y largos dedos por las cuerdas—. Aquí te amonestan dándote solo verdura para comer durante una semana. Como comprenderás, la comida aquí es una mierda y paso de comer solo verdura.

—Puedo darte mucho dinero. Mi madre es una rica solterona que guarda parte de su fortuna en su caja de seguridad con un código tan evidente como su fecha de nacimiento.

El chico levanta la mirada y se ríe bajito. La confusión le baña el semblante. ¿Qué le pasa?

—¿Ves bien?

—¿Que si veo bien? —repito, perpleja—. Veo a un chico intentando parecer una especie de cantautor triste —me observa atónito—, con la única ambición en la vida de comerse una buena hamburguesa, sin verduras... Te puedo dar el dinero para que te compres cien hamburguesas, por favor. Puedo darte todo el dinero que quieras, en serio. —Mi sonrisa es amplia y falsa. Sé que parezco desesperada, pero necesito largarme de aquí.

—No, gracias. Me queda poco aquí y no quiero fastidiarla.

—Con el dinero podrías comprarte una guitarra mucho mejor que esa. Es horrorosa.

La guitarra es de color caoba oscuro y tiene rasguños que muestran el paso del tiempo. El chico sonríe ampliamente y, por primera vez, logro ver dos grandes paletas de aire infantil detrás de sus labios. Ahora parece mucho más guapo. Me mira desafiante.

—Si quieres marcharte, hazlo tú sola.

Su respuesta me enerva la sangre y prácticamente corro hacia el muro. Pongo la mano en la piedra saliente de la pared y me aúpo. Logro engancharme al poyete, pero otra vez me escurro hacia abajo y caigo al suelo. Esta vez el golpe ha sido más fuerte, pero estoy bien. Me derrumbo. Sé que no voy a poder salir y no quiero pasar el verano en este maldito lugar. Me muerdo la lengua y me hago sangre.

Veo cómo el chico de la guitarra camina hacia mí. Me levanto, me sacudo la ropa y cojo la mochila que está desparramada en el suelo. El chico ya está frente a mí y parece preocupado. Repara en mis manos arañadas y en mis rodillas.

—Solo tenías que... —Quiero reprocharle, pero no me salen las palabras.

—Va a mejorar, Alessa.

¿Acaba de decir mi nombre? Nos miramos a los ojos y veo un brillo de compasión en los suyos. Es alto, me saca al menos una cabeza y no puedo dejar de mirar sus labios. ¿Cómo sabe mi nombre? Habrá oído hablar de mí, soy la nueva.

Doy media vuelta y me apresuro a entrar en la casa.

5

Esta rutina es una mierda

A las siete de la mañana suena el despertador. Me duele todo el cuerpo. Tengo agujetas y gimo de dolor cuando doblo las rodillas para cambiarme de postura. No puede ser que esté aquí. No me queda más remedio que acatar las normas. Ayer tuve tiempo de leer el programa y es un verdadero fastidio. De siete y media a ocho, nos reunimos en el comedor. Ahora lo único que me interesa es llegar la primera para no relacionarme con nadie.

Después de ducharme con agua fría para despejarme, me visto con ropa deportiva, mallas negras y top del mismo color que contrasta con mi pálida piel porque a las ocho hay sección de deporte.

Tal como había planeado, a las siete y media aún no hay nadie en el comedor. Y tengo ante mí una mesa con tostadas, galletas, leche, zumo y fruta. Me sirvo un poco de todo porque ayer ni siquiera bajé a cenar y hoy estoy realmente hambrienta. De repente, de la cocina sale una mujer regordeta que deja un recipiente repleto de cereales junto al resto de comida y me mira con un gesto amable reflejado en sus cachetes rechonchos.

—Qué madrugadora —murmura pavoneándose por la estancia—. Soy María, la cocinera. Tú debes de ser Alessa. —Asiento.

Me sentía tan bien sola, disfrutando del desayuno..., y me temo que esta señora va a comenzar a darle al pico.

—Te aconsejo que dejes el desayuno para después del maratón —dice risueña—. Tus compañeros lo hacen así. Antes el deporte y después el desayuno.

Dejo la galleta a medio camino de mi boca y agacho la mirada. Mis temores se cumplen. ¡Madre mía! Quiero que se calle.

—Los chicos son un encanto, seguro que te llevarás bien con ellos. Aquí estamos para recuperarnos de una vida difícil, no hay que avergonzarse.

Creo que quiere decir «todos locos», pero bueno. Me entretengo echándole azúcar al zumo de naranja y moviéndolo. Al menos, voy a llevarme algo de glucosa a la sangre. De pronto se oyen pasos por las escaleras y, a los pocos segundos, Annie y Jim entran por la puerta, sonrientes.

—Hola, Alessa. Ayer fuimos a buscarte para cenar, pero estabas dormida. No quisimos despertarte —confiesa Annie mientras pilla una barrita energética.

—Necesitaba descansar.

Annie repara en mis magulladas manos y frunce el ceño, pero no dice nada. Se echa un puñado pequeño de cereales y los adereza con un poco de leche. Una chica alta, rubia y esbelta entra en el comedor. Todos la miramos. Por su aspecto y su forma de andar, tiene toda la pinta de ser una modelo. La chica vierte un poco de zumo en un vaso y se lo bebe en dos segundos. Después me dirige una mirada curiosa, se pone sus cascos y sale al exterior.

—Ella es Barbara —explica Jim, que se ha sentado frente a mí—. No hace mucha vida social con nosotros, está enfocada en su trabajo y en su figura, pero es bastante simpática.

—Ya veo. —No quiero sonar irónica, pero es exactamente como sueno.

Se oyen más pasos y, de pronto, la estancia está llena de gente. Se mueven rápido y entiendo que quieren picar algo antes de salir. Ryan me ve al final de la mesa y se sienta a mi lado.

—¿Qué tal, Alessa? —pregunta antes de dar un sorbo a su vaso de zumo.

—Aquí, disfrutando de mis vacaciones.

Ryan suelta una carcajada en el mismo momento en que el joven de pelo negro despeinado y labios gruesos entra en el comedor. Se hace un silencio un poco incómodo, pero rápidamente todo vuelve a la normalidad. Me embarga el pánico al preguntarme si les habrá hablado a los demás de nuestro encuentro nocturno. Esta idea se va volando de mi cabeza cuando me percato de que ayer de madrugada no había nadie despierto, solo estábamos él y yo.

—¿Qué te ha pasado en la mano? —pregunta Ryan sacándome de mi ensoñación.

Me quedo en blanco y mi compañero nocturno, que va ataviado con pantalón corto de deporte y una camiseta del Manchester United, se sienta en la mesa y alcanza una taza y un sobrecito de té. No cruza su mirada con la mía en ningún momento. Ryan está esperando una respuesta.

—Me caí sobre unos arbustos en el porche y me raspé las manos —miento.

El chico de labios gruesos sonríe. Está escuchando y lo fulmino con la mirada cuando sube la cabeza para observarnos sin reparos. Corto el contacto visual cuando Ryan continúa con nuestra conversación.

—Me dijiste que te gustaría que te prestase ese libro de Bukowski...

—*La senda del perdedor.* —Casi lo interrumpo de la emoción.

—Pues he buscado en mi estantería y resulta que lo tengo aquí. Todo tuyo.

—Gracias, Ryan. Tengo muchas ganas de leerlo —le digo.

—Y ahora..., a correr. —Me horrorizo—. Por tu expresión, veo que te gusta tanto como a mí —afirma con los labios fruncidos.

La habitación se ha quedado vacía y no tengo más remedio que salir al exterior detrás de Ryan. Fuera, un hombre alto y musculado mira un reloj. Mis compañeros se colocan en fila poco a poco y yo me sitúo detrás de Annie.

—Él es Phil, el entrenador. Como puedes observar, está muy bueno... —parlotea sin quitarle el ojo de encima.

Sonrío. La verdad es que no me gusta nada ese prototipo de hombre musculado y bronceado hasta el extremo. Phil nos recorre con la mirada y se detiene a mi lado cuando me ve en la fila.

—Tú debes de ser Alessa —exclama sonriente. Yo solo asiento—. ¿Te gusta el deporte?

—Pues... la verdad es que...

—No —contesta Ryan en mi lugar con una sonrisa que muestra todos sus dientes.

—¡Entonces nos llevaremos muy bien! —El entrenador comienza a danzar en su sitio—. ¡Vamos! ¡A calentar!

Esto es mucho peor de lo que me esperaba. Después de calentar durante diez minutos, comenzamos a correr adentrándonos en el bosque en dirección contraria a la casa. Estar en la naturaleza me sienta bien, pero esto de correr nunca ha sido lo mío. A los cinco minutos ya estoy cansada y me quedo rezagada. Entiendo que los chicos están centrados en su recuperación y que se toman en serio el deporte para estar bien con ellos mismos. Incluso Ryan, que me dijo que no era lo suyo, se ve con buen fondo. Pero no creo que ningún tipo de maratón pueda curar mi hastío.

Solo llevo aquí un día y ya me he dado cuenta de que hay dos grandes grupos diferenciados. Bueno, quizá tres. En uno de ellos, están los chicos que jugaban al tenis cuando llegué. Rachel, Barbara y Robert son como un *pack*, siempre están juntos y, aunque no tratan con los demás, son muy amables. Luego está el grupo de Annie, Jim, Daniel y Ryan, que es un equipo más desenfadado en el que se ríen constantemente y por cualquier cosa. Por último, tenemos al chico nocturno del que aún no sé el nombre y que se encuentra bastante apartado de los demás. Su seriedad no afecta al grupo y siempre parece estar concentrado en su labor. Me da la impresión de que quiere marcharse de este sitio cuanto antes y no lo culpo. Yo también odio estar aquí. Lo observo en silencio desde detrás. Me fijo en los músculos definidos de su espalda y en la piel tan pálida que los envuelve. Sus ojos profundos a veces me ponen la piel de gallina y no puedo explicar el porqué. Nos hemos lanzado varias miradas durante la carrera y tengo miedo de que alguien se entere de mi hazaña de ayer, aunque estoy casi convencida de que no es el tipo de chico al que le gusta cotillear con los demás. Barbara, la modelo con medidas de escándalo, no se ha separado de él en todo el entrenamiento. Han conversado un buen rato, a pesar de que él estaba más pendiente de disfrutar de la brisa de la mañana y la paz del campo.

Ahora me he quedado sola en el bosque, he parado de correr y voy caminando hasta la meta donde, supongo, ya han llegado todos mis compañeros. La imagen de mi madre hablándome de este sitio me atraviesa el pensamiento. La odio. Odio que me haya obligado a ingresar aquí. Odio haber puesto esa sábana en la viga de madera... Escucho unos pasos que se acercan a mí y pronto diviso el pelotón, capitaneado por Phil.

—Alessa, estás en baja forma. ¡No te pares! ¡Hay que sufrir para conseguir la gloria! —grita el entrenador motivado.

Todos se ríen. Y me entran unas ganas terribles de darle un puñetazo en su nariz regordeta. Estoy avergonzada porque soy la única que está parada e hiperventilando. Quiero unirme a ellos y empiezo a trotar de nuevo.

—¡Vamos, Alessa! —chilla Annie cuando me adelanta.

Me cago en todo. El corazón se me va a salir del pecho. Alguien se coloca a mi altura y, cuando giro la cabeza, compruebo que es el chico nocturno, con los labios más sonrosados, el pelo despeinado empapado de sudor y los cascos en las orejas.

—Mira por dónde pisas, no te vayas a caer en un arbusto —murmura con ironía.

El chico me adelanta dejándome sola de nuevo a la cola del grupo y otra vez reparo en su figura... No es un cuerpo tonificado, pero sin duda es un buen cuerpo. ¿Qué hago yo pensando en eso?

Cuando llego al césped de la casa todos están descansando, bebiendo agua y refrescándose. Ryan está tirado en el suelo y lo imito. Estoy hiperventilando. Me pongo la mano en la cara para protegerme del sol. Poco a poco, mi cuerpo se va relajando. Al incorporarme veo a lo lejos al chico nocturno sacudiéndose el pelo que previamente ha mojado con una botella de agua. Barbara ríe cuando la salpican algunas gotas. Qué idílico todo.

—Ahora tenemos que asearnos para bajar a la sala de reuniones. Creo que hoy será tu turno —me informa Annie tendiéndome la mano para auparme.

—¿Mi turno?

La chica asiente.

—Cada vez que entra alguien nuevo, Norma se empeña en que se presente y nos cuente cosas. Ya sabes..., para romper el hielo y todo eso.

No quiero ser el centro de atención, ni presentarme delante de la clase como cuando tenía diez años.

Una vez en mi habitación, después de haberme atiborrado a tostadas en el desayuno, entro en la ducha de nuevo. Me enjabono con el gel que, contra todo pronóstico, huele maravillosamente bien. Cuando salgo, me visto con unos pitillos negros —para que así no se me vean las marcas de la rodilla— y una camiseta que tiene el nombre de Jeff Buckley en letras blancas. Seguro que aquí nadie sabe quién es. Es mi compositor favorito. Murió ahogado en el río Hudson de manera misteriosa después de sacar uno de los mejores discos de la historia.

Me cepillo la melena mojada y me pellizco las mejillas para infundirme algo de rubor. Estoy nerviosa, voy a ver a Norma después de mi penoso encuentro de ayer y tendré que presentarme delante de todos. Mi ánimo se va a pique, pero no tengo más remedio que aceptar que este va a ser mi día a día a partir de ahora. Recuerdo entonces que esta tarde tendremos un par de horas libres antes de la cena y me concentro en ese futuro inmediato para enfrentarme a la lamentable situación que me espera.

La sala de reuniones es amplia, con las paredes blancas y decorada con jarrones repletos de flores silvestres que dotan a la estancia de un olor muy agradable. Hay dos grandes ventanales que dan al césped, donde un musculado Phil se concentra en sus últimos estiramientos. Norma está sentada en el centro, enfrascada en unos papeles. Frente a ella, hay varias sillas tapizadas de terciopelo ocupadas por mis compañeros. Tomo asiento al lado de Annie, que me lanza una cálida mirada.

—Ánimo. Todos hemos tenido que pasar por esto.

Mi compañero nocturno entra en la habitación y todos comienzan a cuchichear.

—¿Qué pasa? —le pregunto a Annie en un susurro.

—Jake nunca viene a este tipo de reuniones... Como es una *Very Important Person*...

El chico se sienta en un extremo de la sala, en la silla más alejada, posa su mirada sobre mí y se fija en mi camiseta.

—No entiendo.

—¿Qué es lo que no entiendes? —susurra Annie mirando a Jake—. Es el mismísimo Jake Harris.

—¿Y quién es Jake Harris? —pregunto.

—¿Estás de coña?

No. No estoy de coña. No me suena de nada ese nombre. Ahora Jake está absorto en un papel que le ha pasado Norma y yo aprovecho para observarlo con detenimiento. Lleva el pelo más peinado que antes y viste unos vaqueros y una camiseta básica negra.

—No estoy entendiendo nada. ¿Este tipo es famoso o algo?

—¿Que si es famoso? Jake Harris es una de las grandes promesas de la música inglesa. Es una estrella, aunque parece que ser famoso y acaparar toda la atención no le gusta demasiado —farfulla Annie cerca de mi oreja.

¡¿Qué?! Abro la boca a modo de sorpresa. En ese momento, Ryan se cruza con mi mirada y se extraña al verme en trance. A ver, no es que me importe en absoluto tener a alguien famoso enfrente, más bien me da bastante igual. Tampoco es que se trate del puñetero Jeff Buckley. El problema es que la noche anterior le ofrecí dinero a un tipo que probablemente es mucho más rico que mi madre. El otro problema es que también lo ataqué diciéndole que parecía el típico cantautor triste.

Me estoy poniendo nerviosa y tengo las mejillas calientes. Muy calientes. Sé que estoy ruborizada y me empiezan a sudar las manos. Y todo empeora cuando Norma toma la palabra.

—Hola a todos. Como ya sabéis, Alessa es nuestra última compañera. Estamos aquí para enfrentarnos a nuestros miedos y para controlar nuestra mente. Ella, al igual que todos los presentes, está atravesando un momento difícil y quiere volver a tomar las riendas de su vida.

—¿Volver a tomar las riendas? ¿Qué riendas?—. Antes de darle la palabra, me gustaría preguntar a Daniel sobre su estado. Nos quedamos preocupados después de tu última crisis.

—Estoy mejor, Norma. Estoy comprendiendo poco a poco que las recaídas forman parte del proceso —explica él.

—Una de las cosas más importantes que aprendemos aquí es a aceptar las recaídas. Has superado ya muchos objetivos, pero tienes que continuar. A veces es inevitable dar algún paso hacia atrás. Y tenemos que tomarnos este paso como si fuera un impulso hacia delante —argumenta la mujer.

Ahora Norma me mira directamente a los ojos, unos ojos que son saltones por naturaleza, pero que ahora deben de parecer salidos de mis órbitas. Soy el centro de atención y lo odio. No quiero hablar. No voy a hablar. No me va esto. La tensión y la ansiedad campan a sus anchas por todo mi cuerpo y me muerdo la lengua con ímpetu.

—Bien, Alessa. ¿Quieres presentarte?

Me he quedado en blanco, no sé qué decir ni qué hacer. Pasan unos segundos y noto todas las miradas puestas en mí. Y, de repente, empiezo a hablar.

—Hola a todos. Supongo que ya sabéis quién soy. Soy la nueva. La verdad es que no sé muy bien qué hago aquí. Estoy en Camden Hall porque mi madre me ha obligado a pesar de ser mayor de edad y, porque si no me internaba en este sitio, podría haber entrado en otro peor.

Todos me observan atentos y a Norma no se le ha pasado por alto el tono condescendiente que estoy utilizando. Puedo ver la expectación reflejada en sus ojos.

—Lo cierto es que estoy aquí porque ha habido un enorme malentendido. Mi madre cree que intenté suicidarme... Odio el mundo, soy negativa, y a veces he pasado por épocas en las que, digamos, no vivía demasiado. Pero en ningún momento intenté suicidarme y la chiflada de mi madre no me cree. Es injusto que yo esté aquí en lugar de ella.

La sorpresa sobrevuela por toda la habitación. Observo a mis compañeros, pero evito mirar a Jake porque estoy avergonzada por lo que le dije anoche.

—¿Entonces no intentaste suicidarte? —pregunta Norma.

—Claro que no. —Sueno convencida—. Solo estaba escribiendo mi nombre con una navaja en la viga de madera.

—¿Y la sábana que colgaba de la viga? ¿Qué se supone que hacía allí?

Mi sangre se congela. Norma es una gran rival.

—La tendió la señora de la limpieza —logro decir.

La sala se queda en silencio. Nadie dice nada y yo agacho la mirada hacia mis manos temblorosas, consciente de que he quedado en evidencia.

—Verás, Alessa. Lo más importante es aceptar que tenemos un problema y no huir de él.

Soy incapaz de levantar la cabeza. Esta señora me está humillando y aventaja a mi madre en ser la persona que más odio en el mundo.

—Quiero que el próximo día nos cuentes cuál crees que es tu problema. Podrás ser breve, pero tienes que enfrentarte a esto. —A pesar de que Norma utiliza un tono amable, no obtiene ninguna respuesta por mi parte—. Ahora vamos contigo, Annie. ¿Cómo estás?

—Hoy me siento mejor. Sigo pensando en la comida a todas horas, pero intento mantener la mente despejada de los pensamientos negativos —expresa mi compañera.

Levanto la cabeza y choco con el rostro serio de Jake. ¿Tengo que sentirme mal por no haber reconocido a una de las promesas de la música? Me temo que no. Seguro que sus *hits* suenan en la radio y tienen millones de reproducciones en Youtube, pero yo paso de ese tipo de música.

Mis gustos son añejos, lo sé. Tendría que haber nacido en otra época, también lo sé. Pero no quiero que este chico se crea superior a los demás tan solo por el hecho de ser el nuevo Justin Bieber. Y, lo más importante, ¿qué hace él aquí?

6

Todo sea por el chocolate

Estoy en mi habitación delante del portátil intentando conectar el wifi. Norma me ha informado de que solo hay una hora de internet a la semana y que, por supuesto, no puedo conectarme a mis redes sociales. No está permitido, y la conexión tiene ese tipo de portales restringidos. Tampoco está permitido entrar en nuestro correo electrónico, pero sí mandar y recibir cartas a la vieja usanza. ¿Quién lo entiende? Sin embargo, tampoco echo de menos mi teléfono móvil, ni siquiera para poder hablar con mi mejor amiga y contarle lo deprimente que es esto.

Lo que quiero es saber quién es Jake Harris. Tecleo el nombre en el buscador y aparecen alrededor de un millón de resultados. Es tanta la información que no sé muy bien por dónde empezar. Pocos minutos después, sé que tiene veintidós años y que a los diecisiete sacó un disco que lo catapultó a la fama. Veo cientos de fotos, revistas y entrevistas donde habla de su música. Y también cientos de fotos con cientos de rubias hermosas. Y en cada una de esas capturas se aprecia la mirada triste que lo caracteriza. Pero no es una fotografía, sino un titular, el que me llama la atención de inmediato: «Jake Harris ingresa en rehabilitación por sus problemas con el alcohol». Madre mía. Es toda una estrella y yo no tenía ni idea. Tengo que admitir que no se parece en nada a Justin Bieber. Y este sentimiento se materializa por completo cuando clico en un vídeo de una de sus canciones y su voz rasgada se abre paso hasta mis oídos.

Es una canción lenta, con pocos artificios, que habla de que a veces las cosas más importantes son las más simples, pero nunca nos damos cuenta y perdemos nuestro tiempo buscando la gran revelación. Su voz y la melodía que sale a través de la guitarra me transportan a otra parte. Cierro los ojos y me atrevo a compararlo con un jovencísimo Bob Dylan en su etapa del Greenwich Village. No esperaba una canción así, no sabía que existía este tipo de música en estos tiempos de sonidos comerciales. Esperaba otra cosa totalmente distinta. Esperaba un chico repitiendo un estribillo pegadizo y, en cambio, tengo delante a alguien cantando guitarra en mano con los ojos cerrados. Siente la música y me hace sentirla a mí. Me arrastra con su emoción. Quiero escuchar de nuevo la canción, pero suena la alarma del portátil indicándome que se ha pasado el tiempo. Me quedo frente al escritorio, aturdida. La letra de la canción ha removido algo dentro de mí, tengo los sentimientos a flor de piel y me ha hecho partícipe de su tristeza.

Después de comer, voy al despacho del psicólogo, un señor de unos cincuenta años de mirada clara y conciliadora. Su aspecto me pone un poco nerviosa, es muy grande y parece conocerte con una sola mirada. La habitación está compuesta por un escritorio enorme, una librería de pared y dos sillones muy cómodos.

—Hola, Alessa. Soy Peter, el psicólogo. —Su voz es firme y suave—. Como ya te habrá informado Norma, tendrás dos sesiones por semana conmigo. Este es un trabajo importante para tu recuperación y necesito saber que pondrás de tu parte.

—Hola, Peter. Realmente no sé por qué estoy aquí... Todos creen que... —Peter me mira con ojos expectantes—. Pues que intenté suicidarme.

Decirlo en voz alta me rebaja la presión en el pecho y Peter dibuja una incipiente sonrisa en sus labios.

—Verás, Alessa. Intentaste quitarte la vida y no tienes por qué avergonzarte. Solo quiero que busquemos los motivos para que no quieras quitártela de nuevo. No voy a juzgar las razones que te llevaron a hacerlo.

—¿No?

—No. Todo el mundo tiene sus razones y yo no estoy aquí para rebatirlas —me explica. Su comprensión me desarma—. Solo quiero ofrecerte los mecanismos necesarios para que pienses que la muerte no es una opción. La muerte no soluciona nada.

—La muerte lo soluciona todo —expreso contundente.

Peter me observa durante unos segundos y yo no puedo soportar sus ojos puestos en mí. Me sudan las manos y mis dientes comienzan a presionar mi lengua.

—¿Crees que la muerte podría solucionar que tu padre te abandonase y que tu madre no sea la persona que esperabas que fuese?

Su sinceridad me hiere. Muy dentro. Un nudo áspero y asfixiante se me forma en la garganta. No quiero escuchar lo que viene después. Quiero a mi padre y entiendo que me abandonase, yo tampoco soporto a mi madre. No lo culpo. Si ella no estuviese..., otro gallo cantaría.

—La muerte te impide solucionar ese problema. La posibilidad de vivir con un padre que te abandonó sin que eso duela. La vida es más valiosa. En la vida se pelea, Alessa. Y en la muerte uno se rinde —sentencia.

—Mi padre me abandonó por culpa de mi madre. Yo también lo hubiese hecho.

—Dime una cosa, Alessa. Ahora estás aquí, lejos de tu casa, lejos de la que era tu vida y lejos de tu madre, ¿por qué él no viene a verte?

Me cuesta respirar cuando atisbo la compasión en la mirada de Peter. ¿Me tiene pena? No soporto que me miren así. Igual que me miraba mi madre cuando mi padre se fue. No quiero esa mirada, ni ahora ni nunca.

—No entiendo por qué me preguntas por mi padre. Hace seis años que se fue. No tiene nada que ver con mi intento de suicidio. —Peter se concentra en unas notas que tiene delante—. Porque, sí, me intenté suicidar. Intenté quitarme la vida. ¿Sabe por qué? Porque nunca es suficiente para mí. Porque la vida es dolorosa en todos los sentidos, a todas horas. La muerte resulta apacible para la gente que sufre.

Estoy alterada y llevo ya un tiempo respirando con dificultad. Las emociones viajan dentro de mí como si fueran una corriente de resaca. Duele. Duele mucho.

—¿Por qué no querías vivir, Alessa? —pregunta Peter.

Estoy paralizada y enfadada. En mi mente se repiten una y otra vez las palabras que ha pronunciado Peter: «¿por qué él no viene a verte?», «¿por qué él no viene a verte?», «¿por qué él no viene a verte?», «¿por qué él no viene a verte?», «¿por qué él no viene a verte...?».

—¿Sabes por qué no viene a verme? No sabe que estoy aquí. ¡Él nunca hubiese permitido que entrase en un sitio como este!

Estallo y salgo del despacho dando un sonoro portazo. Corro a mi habitación y decido que no voy a bajar ni para cenar. Y un rato después, me extraña que Norma no pulule por aquí para obligarme a hacer algo que no quiero. Vuelvo a pensar en alguna opción válida para fugarme, pero definitivamente no puedo saltar ese puñetero muro. Ya lo he intentado. Aprovecho para desempacar la maleta, resignada, y coloco mi colección de libros en la estantería. Elijo *La conjura de los necios* de Toole. Se suicidó después de no lograr publicar su primera novela; la misma por la que adquirió la fama internacional una vez muerto. Fue su madre quien paseó el manuscrito por diferentes editoriales hasta que le hicieron caso. Esta es solo una prueba más de lo jodida que puede llegar a ser la vida. Me tumbo en la cama y comienzo a leer.

Unas horas después me escuecen los ojos. Me estiro en la cama y mi estómago ruge del hambre, así que decido bajar a ver si puedo pescar algo de la cocina. Cuando llego a la sala de estar compartida, me encuentro con Annie, Jim, Ryan, Barbara y a un risueño Jake sentados alrededor de la mesa y jugando a las cartas. Creo que están echando una partida al Mentiroso. Mi compañero nocturno, el famoso cantautor triste, lanza una carcajada que acompaña rápidamente Barbara, ataviada con un corto pijama de satén.

Ryan me ve y se dirige a mí por encima del murmullo:

—Alessa, ven a jugar con nosotros —me propone con una sonrisa de oreja a oreja.

Annie me apremia con la mano para que me siente a su lado, frente al famoso Jake Harris, el cual no me ha dirigido aún ninguna mirada.

—Está bien, pero advierto que soy una rival muy fuerte. Soy una máquina jugando a esto.

—Creo que podremos soportarlo —dice Ryan mientras baraja.

Me acomodo al lado de Annie y se acerca.

—¿Estás bien?

—Sí... He tenido sesión con Peter.

—Siempre es duro la primera vez, pero intenta distraerte —me consuela mi compañera dándome una palmadita en la espalda—. Chicos, Alessa se suma a esta ronda —anuncia al grupo antes de volver a dirigirse a mí—. Tienes que saber que quien gane será el único beneficiario de la tableta de chocolate con la que nos obsequian el sábado por la mañana...

—Oh, me flipa el chocolate —musito.

Jake me mira de repente y forma una sonrisa torcida en sus labios.

—Jake es el eterno ganador —bromea Jim.

Pasamos los siguientes minutos disfrutando de un ambiente distendido. No sé la razón, pero me encuentro a gusto y relajada entre esta gente. Y me siento motivada. Quiero ganar y sé que puedo hacerlo. Antes de que se fuera de casa, mi padre me enseñó a ser una jugadora de cartas sobresaliente y, por supuesto, el Mentiroso estaba entre nuestros juegos predilectos. ¡Se van a cagar!

Me parece demasiado fácil ganar la primera partida. Son unos pésimos mentirosos.

—Joder, sí que eres buena —me alaba Annie tirando sobre la mesa todo el montón de cartas.

—Jake, creo que esta niña es una buena rival. —Barbara abre la boca para llamarme «niña».

La fulmino con la mirada. Me encantaría pegarle una patada en su cara llena de bótox. ¿O es que acaso esos pómulos perfectos son naturales? Parece una puñetera diosa griega, aunque su belleza destacaría más si no se pintara los labios como una *stripper*. Rosa fucsia. ¿De verdad?

—Uhhh... Una niñita muy lista me temo —comenta Ryan—. ¿Quién la da ahora?

—Yo —se ofrece Jake.

Mientras baraja con sus largos y estropeados dedos, no me quita la mirada de encima. Pretende ponerme nerviosa, pero no lo va a conseguir. Estoy curtida. Comienza a repartir la siguiente mano y levanta mi carta aparentemente sin querer. Se disculpa con un gesto fingido, y digo «fingido» porque estoy segura de que su acción ha sido totalmente intencionada. Y la verdad es que no me importa. Las cartas no son importantes, lo importante es la manera de jugarlas. Al cabo de unos segundos, comienzo a ejecutar mi estrategia.

—¡Dos sietes! —exclamo con la mayor de las convicciones.

—Barbara, es mentira. Levántalas —susurra Jake acercando su rostro al de la rubia.

No sé qué me molesta más, que le haya chivado mi estrategia o que le haya dicho esas palabras tan cerca de sus labios. ¿Qué coño me pasa? Estoy empezando a impacientarme. Ronda tras ronda, sucede lo mismo; Jake le indica a Barbara exactamente cómo tiene que actuar ante mi jugada, hasta que mi paciencia se rompe al quedarme con un gran número de cartas entre mis dedos.

—¡Venga ya! Deja de chivarle todo, eso no vale —protesto moviéndome en la silla y dando un sonoro golpe contra la mesa.

—No me está diciendo nada —alega ella.

Pongo los ojos en blanco y a Jake no le queda más remedio que reírse.

—Todos sabemos que tienes ayuda extra, Barbs —me defiende Ryan—. Pero te lo dejamos pasar porque eres la única que no ha ganado ninguna partida aún.

No puedo aguantar la risa y suelto una carcajada.

Tres rondas después, pierdo el juego. Y me enfado. Y me vuelvo a enfadar cuando Harris gana las dos partidas siguientes, estableciendo la misma táctica y provocando que Barbara anule casi todas mis jugadas. El próximo juego es mío, porque he cambiado de planes y le he dado la vuelta a la partida. Jake se queda boquiabierto cuando logro descartarme con tres seis y diciendo la verdad. Jugada maestra.

—Esta partida es la última. Alessa y Jake, estáis empatados. Quien quede por delante se lleva el chocolate —comunica Annie mientras baraja y mira concienzuda la libreta de las puntuaciones.

Observo cómo Jake se levanta y le pide a Annie que le cambie el sitio. Se quiere poner a mi lado para que sea yo quien levante sus cartas o lo deje pasar. De pronto la boca se me seca. Y me pongo más nerviosa aún cuando se sienta a mi lado y su aliento me roza la nuca.

—Veo que te tomas demasiado en serio esa tableta de chocolate. —Sonrío irónica.

Él me mira a los ojos con sus gruesos labios apretados en una mueca. ¡Dios! Ahora su mirada no está tan triste. Parece un niño, se está divirtiendo, y le sienta bien.

—Quiero ganar.

—Pues vas a perder, Harris.

—¿Ahora me llamas por mi apellido? Creía que no tenías ni idea de quién era.

Palidezco. Lo he llamado por su apellido y ha sido un desliz. ¡Mierda! Todos esos artículos que leí se referían a él por su apellido. ¡Joder, joder, joder! Jake se percata de mi vergüenza y agradezco internamente a Annie que reparta las cartas para tener algo en lo que concentrarme.

Jake no ha parado de intimidarme durante toda la partida. ¿Qué puedo hacer yo cuando me mira con sus profundos ojos? Perderme y olvidarme del juego, de las cartas que lleva y de la estrategia que sigue esta vez. Como consecuencia de ello, Jake está ganando. Yo acumulo muchas más cartas que él y hasta la diosa Barbara parece más atenta al juego que yo. De repente aparecen en mi mente las imágenes del vídeo de Jake, la manera en la que sujetaba la guitarra, cerraba los ojos y tocaba los primeros acordes. Y su voz empieza a resonar lejana... No sé dónde me encuentro ahora mismo, pero no es en Camden Hall, es en un sitio más celestial y etéreo donde solo escucho la voz ronca y rota de Jake.

—¡Alessa! ¿Estás aquí? —Annie chasquea dos dedos capturando mi mirada.

—Jake está a un punto de partida —informa Jim muy atento.

Y entonces me percato de la situación. Jake a mi lado, mirándome. Tres cartas delante de mis narices. Mis compañeros con los ojos llenos de expectación.

—He dicho tres sietes —repite Jake.

Me pierdo en los rasgos que componen su rostro. Sus paletas de aire infantil están relucientes. Sus ojos brillantes. Su pelo despeinado y el flequillo cayéndole por la frente... Y en esas estoy cuando entiendo que me ha acorralado y que no hay vuelta atrás.

—¿Mentiroso? —pregunto con voz débil.

—Puedes levantar las cartas. —Su seguridad me fastidia.

Jake me desafía con la mirada. Mis compañeros retienen el aire cuando levanto las cartas y, efectivamente, me encuentro con tres sietes. Jake ha dicho la verdad. Y yo lo hubiese pillado si no hubiera estado distraída toda la puñetera partida. Me siento como una perdedora. Soy una perdedora. Además, mi estómago se retuerce del hambre. Todos mis compañeros vitorean la jugada de Jake, que solo puede sonreír y reunir todas las cartas con el orgullo reflejado en su cuerpo.

—Parece que alguien se ha quedado sin chocolate —murmura Barbara devorando con la mirada a su presa.

Un momento después, Norma, ataviada con un pijama, entra en la sala. Annie debe de haberse percatado de mi sorpresa porque me susurra muy bajito:

—Ella vive aquí, aunque casi nunca la vemos por las noches.

—¡Vamos, chicos! Mañana hay que madrugar. —Norma apaga la luz dejándonos a oscuras—. Subid a vuestras habitaciones.

Norma da media vuelta y desaparece por el pasillo. Mis compañeros se levantan, todavía comentando la última jugada, y se dirigen a la escalera.

—Voy a ir a la cocina, no he comido nada —le digo a Annie.

—Último cajón.

—Gracias.

—Hasta mañana, Alessa.

—Hasta mañana —me despido de ella con una breve sonrisa.

Camino a hurtadillas hasta la cocina, bañada a esas horas por la tenue luz anaranjada de la farola situada en el porche. Me dirijo al último cajón y cojo un par de barritas energéticas. Abro una y le doy un bocado. Están asquerosas, pero tengo demasiada hambre como para protestar.

Desde el exterior se cuelan unos acordes de guitarra, me acerco a la puerta y puedo oír claramente a Jake cantando algo parecido a una nana. Me siento en el escalón de la puerta de la cocina y observo el bosque oscuro y espeso a lo lejos. Las estrellas brillan con intensidad y la luna no está llena del todo. En casa, fueron muchas las madrugadas en las que miraba al cielo y observaba las estrellas sintiendo el silencio sordo de la noche. Todas aquellas veces la soledad me abrumaba, como ahora. Apoyo la cabeza contra la pared y escucho. Solo escucho. Es una canción triste que habla sobre la imposibilidad de regresar al pasado. Y por un momento pienso en mi padre. La voz de Jake me trae paz y pierdo la noción del tiempo. No sé cuánto tiempo paso escuchándolo, si un minuto, una hora o una eternidad, pero caigo en la inconsciencia del sueño.

—¿Alessa?

Oigo que una voz me llama desde la lejanía y me acurruco entre mis brazos.

—¿Alessa? —Ahora la voz está acompañada por una mano fría.

Unos dedos largos me tocan la cabeza con suavidad y un escalofrío recorre todo mi cuerpo. Abro los ojos, sobresaltada. Jake está en cuclillas a mi lado con la guitarra colgada al hombro. ¡Dios mío! Me he quedado dormida en el suelo de la cocina.

—No quería asustarte. Son las dos de la mañana —susurra Jake.

Estoy aturdida y me duele la espalda, supongo que debo haber estado tumbada en el suelo demasiado tiempo. Jake me ayuda a levantarme, pero no puedo evitar tropezar con mis propios pies y me agarro a sus hombros. El contacto me quema. ¿Qué me pasa? Creo que estaba soñando y aún no soy consciente del todo.

—¿Qué hacías aquí? —Su voz es muy suave a diferencia de cuando canta.

—Vine a comer algo y, por lo visto, me he quedado dormida.

—Ya quisiera yo dormir así.

—¿No puedes dormir? ¿Por eso siempre estás fuera de noche? —La curiosidad mató al gato.

Jake asiente. Los dos cruzamos la cocina, pero él se detiene antes de salir.

—Espera —dice.

Abre un armario y saca una tableta de chocolate. Rompe la mitad y me mira divertido.

—Toma. Creo que te lo has ganado —alega mientras se acerca a mí y me ofrece la media tableta.

—Tengo mucha hambre. —Sonrío un poco avergonzada.

—¿Qué tal llevas las magulladuras? —pregunta.

—Oh. —Me extraña que me haya preguntado por eso—. Escuecen un poco.

Caminamos en dirección a la escalera y subimos en silencio. Mis piernas se detienen frente a mi habitación y Jake se coloca a mi lado.

—Espero que no estuvieras ahí abajo para intentar saltar ese muro de nuevo.

—En realidad, no. —Soy sincera y él lo sabe.

Doy media vuelta y abro la puerta. Jake continúa su camino hacia la otra escalera que conduce a la parte de arriba.

—Alessa —me llama en un susurro que se oye en el silencio de la madrugada.

Me asomo a la puerta y me apoyo en el marco echándole una mirada curiosa.

—Jeff Buckley es uno de mis favoritos —dice con orgullo mientras sube las escaleras.

Y yo me quedo observándolo. Conozco a Jake Harris, me ha regalado media tableta de chocolate y uno de sus cantantes favoritos es Jeff Buckley. Todo bien.

7

El agua me calma

Hoy me he levantado diferente. Estoy en paz conmigo misma y tengo la sensación de que mis pulmones tienen más aire. El sol entra por la ventana y baña la habitación clara creando pequeñas formas danzantes por las paredes. Entro en la ducha y me demoro bajo los chorros del agua más de lo habitual. Y hasta logro obtener de mi mente un pensamiento positivo; es un día menos que tengo que permanecer aquí y voy a intentar pasarlo lo mejor posible. Distraerme de todo lo que me hace daño. Apartarlo.

Después de vestirme con ropa de deporte, salgo de la habitación y, cuando llego al comedor, todos mis compañeros están absortos en sus desayunos; solo Ryan levanta la mano a modo de saludo.

—¿Qué tal, Alessa? —pregunta amable.

—Bien. Puedes llamarme Alex, lo prefiero.

—Genial. —Sonríe—. ¿Hoy vienes preparada para llegar a la meta?

—Supongo...

La verdad es que estoy llena de agujetas y con los músculos doloridos, pero me esfuerzo en hacer bien mi trabajo llevando mi cuerpo al límite. Y hasta Phil me felicita.

—Hoy sí que le has dado duro —comenta.

Respiro agitada, exhausta, y me tumbo en el césped con la piel palpitante y las piernas agarrotadas. Poco a poco mi respiración se calma. Annie toma asiento a mi lado.

—No puedo respirar —me quejo y ella sonríe al ver la expresión de desquiciada que le dedico.

—Luego tenemos natación —me informa.

Desde que era pequeña la natación me ha ayudado. Sumergirme en el mar o en una piscina siempre me ha otorgado cierta sensación reconfortante y lo considero un lugar al que volver cada vez que algo me deprime... De repente, un grito agudo me saca de mis cavilaciones y levanto la cabeza para ver qué está pasando. Jim le está gritando al entrenador mientras este lo mira con una expresión confusa. Un segundo después, el chico lo empuja y camina hasta meterse dentro de la casa.

—¿Qué le pasa? —pregunto a Annie.

—Jim no está bien. El proceso de cambio le está afectando bastante. —La miro sin saber a qué se refiere—. Cambio de sexo, quiero decir. Él jamás se ha sentido como una chica y hace un año quiso dar el paso.

—¿Por eso está aquí?

—Sí... y porque ha intentado suicidarse más de tres veces. —Annie me mira directamente a los ojos como si me hubiese dicho algo inadecuado.

—¿Cuánto lleva aquí?

—Seis meses.

Joder. Seis meses. Ayer se veía tan bien mientras jugábamos a las cartas... Era un chico más. Algo común en todos los que estamos aquí es que un momento queremos morir y al otro reímos como si fuéramos los reyes del mundo. Así de relativa es la locura.

Entonces mis ojos recaen en Jake Harris. Está lejos, agarrado a la valla de la pista de tenis mientras realiza sus estiramientos. Cómo no, a su lado está Barbara. El chico me observa con gesto serio e incluso desde la distancia puedo atisbar las ojeras oscuras que contrastan con su piel pálida. Barbara le habla al oído y se ríe de su propio comentario. Y ya no puedo seguir cotilleando más porque Annie se coloca justo delante y me oculta la visión.

—Alessa, el sábado habrá una pequeña fiesta para celebrar tu llegada.

—¿En serio?

—Bueno, una fiesta donde no hay alcohol ni drogas. Ni donde nos acostamos tarde.

—¿Y a eso lo llamáis «fiesta»?

—No hay alcohol, pero hay *pizzas*, hamburguesas, patatas y muchas chucherías.

—¡Oh! Estoy deseando que llegue el sábado. —Mi ironía es palpable.

—Ya verás cómo luego lo agradeces.

—Seguro que sí.

Hablar de fiestas me hace recordar a mi madre. En los últimos tiempos no ha parado de asistir a eventos pijos en los que tenía que ir vestida de etiqueta. Me encantaban esos eventos porque solían significar que tenía la casa para mí sola durante muchas horas. ¿Cómo estará ella? ¿De qué color se habrá hecho la manicura esta semana? Me descubro sonriendo mientras camino hacia el interior de la casa.

Una vez en el comedor, la mayoría está hablando de la fiesta del sábado; mejor dicho, de la merendola del sábado. Yo me sirvo la comida mientras ellos debaten sobre qué sabores elegirán para las *pizzas* o qué refrescos prefieren, y me siento al lado de Ryan, que está en un extremo hojeando una revista de cine.

—Tienes buena cara, Alex —me dice.

Y no sé el motivo, pero me sonrojo. Justo enfrente de nosotros, Jake, con el ceño fruncido, me lanza una mirada molesta a la vez que se pone sus cascos. ¿Acaso no se puede conversar en la mesa?

—¿Qué? ¿Ilusionada con la fiesta del sábado?

—Nada en el mundo me apetece más —miento de manera exagerada con los ojos muy abiertos.

Ryan se ríe de mi mueca y pincha un trozo de pollo con el tenedor.

—¿Cómo vas con Bukowski?

—Aunque parezca increíble, no tengo mucho tiempo para leer, pero el primer capítulo es prometedor. Hay frases que son como latigazos.

—Si lo acabas puedes pedirme otro. Arriba tengo más.

—Vale.

Al acabar la comida, me doy cuenta de que, según el calendario, nos toca lavar los platos a Jim y a mí. Cuando se coloca a mi lado con el paño para secar, me entran los nervios porque no sé cómo entablar una conversación con él. Me fijo en que tiene los ojos muy hinchados y una expresión de agotamiento se vislumbra en su cara.

—¿Qué tal, Jim? —Soy todo lo amable que puedo ser.

Pero él no contesta, no he tenido suerte. Necesito que diga algo... No me gusta ver cómo la gente sufre a mi alrededor. No lo conozco de nada y no he tenido mucho contacto con él. Sin embargo, sé lo que es sufrir.

—Todo pasa, Jim. Mañana te encontrarás mejor.

—¿De verdad? —me pregunta, seco—. No entiendo cómo puedes estar frustrada tú. Eres guapa, delgada y rica.

Lo miro perpleja porque su comentario se me ha clavado muy dentro. Pero cuando voy a reprocharle por su tono, veo que está nervioso y que le falta poco para arrancar a llorar, así que continúo lavando los platos. Jabono, enjuago y se los paso para que pueda secar.

—¿Acaso yo no tengo derecho a sufrir?

—No tienes ni idea de lo que es vivir en un cuerpo que no te pertenece. ¿Sabes lo que es lidiar con pensar que eres un error?

—Jim... —Me propongo ser lo más conciliadora que puedo—. Nadie es un error. El error es este mundo que no puede aceptarnos. Todos somos diferentes, a nuestra manera.

—¡¡Y una mierda!!

Jim estalla, da un fuerte golpe al plato contra la encimera y lo rompe en mil pedazos. Me mira temblando y fuera de sí, y seguro que en mi rostro puede leer lo asustada que estoy en este momento.

—Vete, Jim, yo recojo —murmuro con un hilo de voz.

Y un segundo después, sale corriendo de la cocina y me deja sola con todo el destrozo.

La sala de la piscina tiene las paredes repletas de azulejos de color celeste y está compuesta por pequeñas gradas de plástico y una silla alta en la que permanece sentado un socorrista flacucho de patillas gruesas. Somos muy pocos para una piscina de este tamaño. Es enorme y no tiene nada que envidiar a las medidas de una piscina olímpica. El olor del cloro y el ambiente climatizado me traen buenos recuerdos.

Atravieso la puerta de entrada y observo que Rachel y Robert ya están dentro del agua marcándose unos largos. Daniel está en las duchas y Jim está sentado con una toalla por encima en la primera fila de las gradas. No quiero cruzar la mirada con la de él, sería incómodo. Busco a Annie y a Ryan, pero no los diviso por ningún lado. Tampoco veo a Jake. Me desprendo de la toalla y me quedo con el bañador azul marino que contrasta con mi piel blanca y mi pelo naranja. Luego me lanzo al agua y nado hacia la parte de salida. Pienso pasarme la tarde nadando. Estoy segura de que me vendrá bien y podré dormir como un bebé esta noche. Con cada brazada, me asaltan a la mente recuerdos de cuando papá vivía en casa y nos bañábamos en la piscina hasta que se nos arrugaban los dedos. De la relación tan especial que nos unía y de lo lejos que estábamos por aquel entonces de mamá. ¿Por qué no quiso llevarme con él? Intento apartar esa pregunta *leitmotiv* de mi cabeza y me descubro pensando en la canción de Jake, esa que acompañaba con una guitarra y con los ojos cerrados. Llevo días con la melodía incrustada en la garganta y no puedo dejar de tararearla. Y también pienso en él, en sus labios, en su voz y en sus ojos. Aún con el runrún de la melodía navegando por mi mente, salgo a la superficie y nado hacia el otro extremo.

—¡Eh! ¡Alessa!

Annie alza la mano para captar mi atención desde las escaleras de la piscina. Yo nado hacia ella y llego a los pocos segundos.

—¿Te gusta mi bikini? —pregunta entusiasmada y señalando su bikini rosa fosforito.

—Está bien si no quieres perderte en un kilómetro a la redonda.

—Me lo ha regalado mi madre. Con tal de que no me ponga bañador...

Sonrío y me apoyo en la pared de la piscina. Ladeo la cabeza y observo a Jim, que ahora está sentado en el poyete con la mirada perdida y los pies sumergidos en el agua.

—Jim no está bien —le digo a Annie.

—Lo sé. Es mejor darle su espacio. No es fácil lidiar con una depresión, pero para eso está aquí. Para superarla.

—Se ha puesto un poco violento en la cocina —le confieso.

—Hoy le han comunicado que tiene que quedarse algún tiempo más. Por eso está así. —La voz de Annie suena apenada—. Voy a darme una ducha antes de entrar.

Me sumerjo en el agua de nuevo y vuelvo a salir. Me relajo un rato haciendo el muerto y deslizándome sobre el agua templada. Dejo atrás a Rachel y Robert y observo a Jim, a lo lejos, sentado en el poyete. En un impulso decido dirigirme hacia él para preguntarle si se encuentra mejor. Cuando estoy a punto de tocar la pared, mis ojos observan un hilo rojo de sangre que se disuelve en el agua y un cristal deslizándose hasta el fondo. Me cuesta unos segundos entender lo que está pasando, el mismo tiempo en el que el agua se empieza a teñir de rojo. Entonces choco con el cuerpo de Jim y logro pegarlo a la pared y sacar su cabeza a la superficie.

—¡¡¡¡Ayuda!!!! —grito desesperada—. ¡Por favor!

Oigo cómo la silla de plástico del socorrista se estrella contra el suelo y los pasos del hombre al correr. El silencio inunda la sala. Saco a Jim del agua a duras penas y, en un acto instintivo, tapono con mi mano la raja de su muñeca. No para de salir sangre, que se le desliza por todo el brazo y, pronto, me salpica la piel y el bañador. Jim está desvanecido en el suelo con los ojos cerrados. Parece dormido. El socorrista me saca del trance posando su mano sobre mi hombro con fuerza. Apenas lo oigo cuando dice:

—Alessa, déjame a mí, ya viene la ambulancia. —Pero yo no dejo de taponar la herida—. Vamos, Alessa, con cuidado.

El hombre me aparta con suavidad y me quedo de rodillas ante la escena. Y de repente todo a mi alrededor cobra vida de nuevo. Mis compañeros están al otro extremo de la piscina con las manos en la cabeza, asustados. Necesito salir de allí, no puedo respirar y todo me da vueltas.

—Lo siento —susurro.

Enfilo la salida con la cabeza gacha y choco con algo duro antes de llegar a traspasarla. Es Jake. Solo me da tiempo a echarle una mirada y ver que está con el bañador preparado para entrar a la piscina y que se ha encontrado de golpe con esta desgraciada escena. Me encamino hacia los servicios con urgencia y doy gracias porque logro llegar hasta el váter. Me tiro en el suelo y vomito. Una, dos, tres veces, hasta que no queda nada en mi estómago. Luego me llevo las manos a la cabeza y cierro los ojos para intentar que el mareo desaparezca.

—¿Estás bien?

Abro los ojos y me encuentro de nuevo con Jake, que me observa con el semblante preocupado. Al ver que no reacciono, se agacha dejando su rostro a unos centímetros del mío.

—¿Puedes levantarte? —pregunta con calma.

—No lo sé.

—Vamos a intentarlo.

Me tiende la mano. La sujeto y me levanto, pero todo me da vueltas y me apoyo en su brazo hasta que logro estabilizarme un poco. Al separarme y dirigir la mirada hacia él, me doy cuenta de que le he manchado el pecho desnudo con la sangre de mi bañador. De pronto, vuelvo a la realidad. Estoy en los baños de la piscina. Jake Harris, una de las promesas más famosas de la música está frente a mí, con el pecho desnudo. Y yo le he manchado con la sangre de Jim. Todo esto me supera, pero su intranquilidad me obliga a decir algo.

—Lo siento —lamento y señalo su pecho.

Él sacude la cabeza sin darle importancia. Me recorre el cuerpo con la mirada, inspeccionándome, comprobando que no estoy herida. Debo de tener un aspecto horrible, noto mi pelo mojado pegado a la cara y alcanzo a ver mis brazos salpicados de sangre.

—Ven —dice Jake de repente.

Estoy paralizada, pero él me coge de la mano y me conduce hacia un lado, donde se descubren un par de duchas. Abre el grifo y deja correr el agua unos segundos hasta que me tira de la mano y me pone debajo. El chorro caliente empieza a descender por mi piel y me purifica. Voy entrando en calor y relajándome poco a poco, hasta que la mano de Jake se posa en mi hombro y me frota con delicadeza. Todas mis terminaciones nerviosas se activan. Sus dedos son muy suaves y están fríos, y con ellos me recorre la espalda como si quisiera ocultarme que me está limpiando la sangre.

Aún estoy en *shock*, pero sentir las manos de Jake por mi piel me está dejando más descolocada aún. Ahora frota mis brazos y yo me atrevo a mirarlo directamente a los ojos. Me encuentro con los suyos, grises, intensos y tristes. Y por encima de todo eso, nerviosos. El ambiente se vuelve cargado y una tensión eléctrica emana de nuestros cuerpos. Jake aparta las manos de mi piel y se pone bajo la ducha. Se restriega el agua por su pecho para enjuagar sus manchas. Creo que voy a empezar a hiperventilar. El agua le cae por el pelo y le resbala por la espalda, en la que hay dibujado un camino de lunares oscuros. Parece que la tranquilidad ha vuelto a él.

—¿Mejor? —Como no encuentro mi voz, solo asiento—. Me he asustado al verte así.

—¿Esto ocurre a menudo? —pregunto al recordar la desgarradora escena con Jim.

—Alguna vez, aunque nosotros nunca hemos estado para verlo.

—Yo... No...

—Lo sé. Solo intenta olvidarlo. Se va a poner bien.

Me aprieto el pelo con las manos para escurrir toda el agua, que ahora ya corre limpia hasta el desagüe. Mi cuerpo se resiente y noto las piernas flojas. El cansancio se posa en mis ojos. Jake sale de la ducha y me deja allí. Al segundo siguiente, está a mi lado de nuevo con dos toallas en su mano.

—Será mejor que volvamos. Estarán preocupados.

Me seco y me lleno de alivio al comprobar que toda la sangre ha desaparecido. Jake hace lo mismo con su toalla y camina hacia la puerta.

—Jake. —Él se gira antes de salir.

—¿Qué?

—Gracias. —Le dedico una sonrisa triste.

Todo en mi interior está revuelto. Nada está en su sitio y necesito un abrazo de alguien querido. Un abrazo de Taylor, mi mejor amiga. Pero ella no está aquí. Estoy sola.

8

Esto no es una fiesta

El sábado ha llegado con fuerza y ha arrasado con la monotonía de la semana. Mis compañeros están alterados, no por la merendola o como quieran llamar a esa fiesta disfrazada, tampoco porque vayamos a comer *pizzas* esta noche. Todo su nerviosismo se debe más bien a que el sábado también es el día de las llamadas. Que podamos hablar con nuestros familiares trastorna a mis compañeros, al igual que a mí. Hace casi una semana que no hablo con mi madre y ya me la imagino avasallándome con las mismas tonterías de siempre, solo que ahora a través de la línea telefónica.

Ya todos han pasado por el despacho de Norma, donde se encuentra el teléfono, y solo quedo yo.

—Pasa, Alessa. —La voz de mujer traspasa la pared.

Abro la puerta y me mira con cierto cariño en sus ojos. Camino hacia ella y me siento en la silla frente al escritorio.

—Bien. Llamamos a tu madre, ¿verdad?

—Sí, pero antes...

—¿Sí?

—Quería saber cómo está Jim.

Norma resopla y reparo en las ojeras acentuadas que tiene debajo de los ojos.

—Está estable. Jim ha sufrido mucho, y ya se nos acaban las opciones. —Esto último hace que el pecho se me encoja—. Pero gracias, Alessa.

Fuiste valiente y supiste qué hacer en un momento tan complicado. El socorrista me lo contó.

—Solo espero que no os rindáis con él.

Norma descuelga el teléfono y me lo pasa. Marco el número de mi casa y dirijo la mirada hacia la ventana. Solo suena un tono y mi madre ya está al otro lado de la línea.

—Hola, Al, ¿cómo estás?

—Estoy bien, mamá.

—Ya sé lo que pasó ayer, cariño. No quiero que te afecte. Sé que ver tanta sangre y a un compañero casi muerto es algo m...

—¡Mamá! Para, ¿vale? —la interrumpo y Norma levanta la vista de sus papeles para lanzarme una mirada recriminatoria.

—Vale, pero ¿estás bien? —Su voz suena preocupada.

—Todo lo bien que se puede estar en un psiquiátrico.

—No es un psiquiátrico, Al.

—Ya lo sé. Y tú también sabes que no me gusta que me llames Al.

—Eres mi pequeña Al —dice contundente—. Por cierto, mañana irá Taylor a visitarte. Me lo ha pedido y no he podido negarme, ya sabes cómo es.

—Genial. Espero que nadie más sepa que estoy en el manicomio —murmuro.

—Cariño... —Su desánimo es palpable incluso a través del teléfono.

—¿Ha llamado papá?

Desde que llegué, no he parado de hacerme esa pregunta mentalmente y ya he conseguido sacarla. Mi madre guarda silencio. Sé que nunca llama, pero...

—No ha llamado, Alessa. Pero lo he avisado de tu estado y le he contado dónde estás.

Ahora soy yo la que enmudece y no me salen las palabras.

—¿Lo sabe?

—Sí. —Mi madre está siendo lo más sincera que puede ser. La conozco lo suficiente para saber que no está mintiendo.

—¿Y está de acuerdo?

—Cariño...

—Entonces puede venir a visitarme, ¿no? —Sé que sueno desesperada, pero necesito ver a mi padre.

—Sí.

—Lo voy a llamar. Quiero que venga la semana que viene, necesito hablar con él.

—Alessa...

—Mamá, deja de hacer de intermediaria siempre. Déjame hablar con él. A ti te odia.

—Está bien —sentencia—. Cariño...

—¿Qué?

—Te he enviado algunas de tus cosas.

—Por más que traigas mis cosas a este lugar, no es mi casa. Aquí no soy libre.

Escucho la respiración acelerada de mi madre y, por primera vez, percibo cierto arrepentimiento por haberme encerrado aquí.

—Alessa, tienes que ponerte bien. Entonces podrás volver a casa.

Y después de eso, cuelgo. Sin despedirme. La jefa me observa impactada detrás de sus gafas de pasta, pero yo no le doy la posibilidad de que me reprenda porque salgo del despacho dando un portazo tras de mí.

Cuando llego a mi habitación, me encuentro con una gran caja de cartón sobre la cama. Dentro están las cosas a las que se refería mi madre: ropa, libros, el flexo que lleva conmigo toda la vida y unos botines blancos de charol a los que tengo mucho cariño. Comienzo a recoger mi habitación y, aunque seguiré pensando que esto no es mi casa, me dispongo a darle un toque Alessa Stewart a estas paredes tan blancas.

Horas después, me observo en el espejo del baño, contenta por tener de vuelta mis botines blancos. Los he conjuntado con un vestido rojo trapecio que parece sacado de los años cincuenta y que me llega por encima de las rodillas. Annie me ha informado de que aprovechan este tipo de veladas para arreglarse y olvidarse por unos minutos de donde están, así que he optado por algo sencillo pero a la vez formal, y me he recogido la melena en una coleta alta. La Alessa que me devuelve la mirada desde el espejo está satisfecha con el resultado, pero quiere que la noche pase lo antes posible.

Quiero pensar que la conversación que tendré con mi padre servirá para convencerlo de que me saque de aquí. Estoy segura de que no ha creído a mi madre porque nunca lo hace. No ha podido creerse que esté internada en Camden Hall, si no ya me habría sacado de aquí. Antes de bajar, me retoco un mechón rebelde que me cae por la mejilla y me obligo a sonreírle a mi reflejo.

Me adentro en el salón y me reafirmo en la decisión de haberme arreglado un poco. Las chicas llevan vestidos, están maquilladas y sus zapatos de tacón las hacen lucir más altas. Barbara es otro tema, va envuelta en un mono azul con un escote de infarto que le acentúa los pechos; un escote que sin duda acaparará todas las miradas masculinas de esta noche. Cuando llego hasta el centro de la habitación, Annie repara en mí y camina unos pasos en mi dirección, inspeccionándome con la mirada y con la boca abierta.

—Alessa, estás guapísima. Te queda genial ese peinado —me alaba como dándome ánimos para soportar mi primera fiesta en el manicomio.

—Gracias. Tú también estás genial —le contesto, observando su gracioso vestido de vuelo.

—¿Estáis preparados para el karaoke? —La voz de Daniel, que llega con su eterna sonrisa y un ordenador portátil en la mano, retumba en la sala.

—¿Qué karaoke?

—¿No te lo dije? Pensaba que te lo había contado... —El nerviosismo de mi compañera delata que está mintiendo. Niego con la cabeza—. Hoy también es noche de karaoke.

—Pues yo no voy a cantar.

—Cantamos todos. Si no...

—Si no, ¿qué? ¿Me desterráis de esta maravillosa fiesta? ¡Oh, no puede ser! No puedo esperar a que llegue el momento del karaoke —bromeo con saña.

—Si no cantas, habrá una guerra de huevos contra ti.

—¿Estás de coña?

—No —contesta Annie antes de dirigirse a la mesa donde reposan las bebidas.

No pienso cantar. Me giro para evaluar la sala de reuniones y me encuentro a Ryan sentado en el alféizar de la ventana. Me saluda con la mano y voy hacia él con la intención de sentirme un poco reconfortada.

—¿Tú vas a cantar? —le pregunto sin rodeos.

—Vaya. Hola, Alessa —espeta sorprendido—. Sí, voy a cantar, aunque no sepa hacerlo. La primera vez me negué y me tiraron veinte huevos. Estuve una semana con ese olor asqueroso en el pelo.

Abro la boca esbozando una mueca de sorpresa. De repente, la sala enmudece y todos se giran en dirección a la puerta. Es Jake, que viene con su vieja guitarra colgada al hombro. Está guapísimo. Lleva los vaqueros de siempre, pero se ha puesto un polo negro para la ocasión que lo hace parecer más mayor y, de paso, más atractivo. Es imposible quitarle los ojos de encima, aunque termino haciéndolo a regañadientes cuando Ryan me habla acaparando mi atención.

—¿Qué hace aquí Jake? —La voz de Ryan casi es un susurro.

—Viene a vuestro intento de fiesta —comento como si no fuera evidente.

Aún no he podido salir del trance de su belleza.

—Nunca viene a este tipo de cosas. Es la primera vez —sentencia Ryan—. ¿Quieres una Coca-cola?

—Vale.

Los últimos minutos los he pasado siendo presa del miedo a la vergüenza ajena. Algo que era pasar el rato mientras comíamos *pizzas* se ha convertido en tener que cantar delante de todos. Sé que mis compañeros no son cantantes profesionales ni nada por el estilo (a excepción de Jake, claro); aun así, no quiero cantar. Aunque tampoco quiero que me tiren huevos...

Me acerco de nuevo a Ryan, que está ayudando a Daniel a colocar el altavoz en su sitio. Rachel y Robert me lanzan una mirada acompañada de una sonrisa desde la primera fila, cerca del pequeño escenario improvisado en el que solo descansa un micrófono solitario. Estoy empezando a asustarme de verdad. Miro hacia el fondo de la habitación y observo a Jake con su guitarra. Está afinándola y me demoro más de la cuenta observando sus habilidosos dedos viajar desde el clavijero a las cuerdas que descansan sobre el mástil. Un segundo después, Jake sube la cabeza y choca con mi mirada. Y yo disimulo de manera torpe girándome hacia Ryan.

—Ryan, a ver... —Aún tengo la esperanza de poder escaquearme.

—Alessa, dime, ¿qué canción vas a cantar? —me pregunta Daniel.

—Oh, yo... —¿Qué cojones digo?—. Cantaré *a cappella*, sin música. Solo mi voz.

—Oh... —murmura Daniel—. Tenemos aquí a una experta. ¡Sííí!

—¿Qué? No, no, nada de eso.

—Él es el ganador de todas las semanas. —Ryan señala a Daniel.

—Me temo que eso se ha acabado por hoy.

Ladeo la cabeza señalando hacia Jake y Daniel repara en él. Luego nos mira, afligido.

—¡Joder! Eso no vale.

Daniel me saca una sonrisa porque realmente se toma esto del karaoke demasiado en serio. Está con su ordenador concentrado en buscar la canción perfecta de esta noche.

—Yo cantaré *Toxic* de Britney Spears. —Barbara aparece delante de nosotros y sonríe a Daniel, que se queda ensimismado con su escote.

—Eso está hecho...

—Y quiero ser la primera. —Barbara se fija en Jake, como con miedo de que desaparezca de un momento a otro.

Creo que la que va a desaparecer voy a ser yo. Estoy analizando todas mis opciones y una de ellas se trata de apretar mi lengua más de lo que estoy haciendo ahora mismo hasta sangrar para poder marcharme a curarme. Me obligo a tranquilizarme. Solo somos ocho. No me importa hacer el ridículo delante de siete personas que tienen algún tipo de trauma y a los que no voy a volver a ver en mi vida una vez que me marche de aquí. Pero me preocupa hacer el ridículo delante de Jake Harris. Va a flipar cuando vea cómo desafinamos todos. Entonces, como una luz al final de un túnel, recuerdo una actuación que hice con Taylor cuando éramos pequeñas. Ella cantó *Here come the sun* de los Beatles, y yo hice una versión lenta de *Space Oddity* de Bowie. Ensayamos durante semanas y actuamos delante de sus padres, que siempre nos reían las gracias. Disfrutamos con el proceso y el resultado no fue tan decadente como esperábamos. Creo que voy a decantarme por esa versión porque la tengo amartillada en la cabeza desde entonces.

—¡Alessa! ¡Siéntate aquí! —grita Annie desde los asientos y me señala una silla a su lado.

Me siento a su lado y empiezo a utilizar una técnica para relajar la respiración. «¿Por qué?», me repito todo el tiempo. Pues porque odio el sabor y el olor del huevo. Por eso, Alessa. Salgo del trance mental cuando noto que alguien se sienta detrás de mí y coloca una guitarra en el respaldo de mi asiento. Genial. Todo mejora. El corazón se me va a salir por la boca. Menos mal que Barbara llama la atención de todos desde el intento de escenario. Se coloca detrás del micro, queriéndose mucho y sonriéndole al chico que está a mi espalda.

—Antes de cantar solo quiero deciros que estoy contenta de estar aquí y avanzar cada día un poco más. Y como todos los sábados, estaré encantada de actuar para vosotros. —¿De qué va esta chica? ¿La artista es ella?

—¡¡Vamos, Barbs!! —grita Robert desde la primera fila.

El dúo mágico (Rachel y Robert) está *on fire* aplaudiendo y vitoreando. Y diría que se han tomado algo si no supiese que no hay alcohol por ningún lado.

—Señoras y señores, os dejamos con Britney Spears. —Barbara fulmina a Daniel con la mirada—. La de antes de raparse el pelo, quiero decir.

Daniel está sonriente y feliz de darle al *play* y ver que todo funciona de maravilla.

La música empieza a sonar y todo lo que pasa a continuación es un despropósito. Y, a pesar de que Barbara lo haga fatal y se le haya olvidado la mitad de la letra, la gente se está riendo. Ninguno de sus errores importa. Lo que importa es que lo están pasando bien y están disfrutando. Incluso Jake, que se carcajea cada vez que desafina una nota. Incluso yo, que tengo las manos sudorosas por los nervios, sonrío. Y fluyo con el buen ambiente.

Los siguientes son El dúo mágico, que interpretan un dueto lento y lo hacen realmente bien. A nadie nos coge por sorpresa. Parece que han ensayado y todo. Después, Annie canta con cierta gracia una canción que no conozco, pero que huele a pop del malo. Luego llega Daniel que, con su ritmo y su sonrisa, nos hace mover el culo a todos. Cuando Ryan sube al escenario me mira sin ningún disimulo y le dice a Daniel:

—*Love will tear us apart* de Joy Division.

Debo de llevar tatuado en la frente «fan del depresivo Ian Curtis». Por fin una canción buena. Por fin una de mis canciones favoritas. Con los primeros acordes, lanzo un gemido de satisfacción que no pasa desapercibido para mis compis de manicomio. La música suena como un estruendo y, más que cantar, lo que hace Ryan es imitar al gran Ian, logrando arrancarme una gran sonrisa. Todos vitorean cuando termina su apasionada actuación y hace una accidentada reverencia por todo el esfuerzo.

—¡Alessa! ¡A cantar! —grita desde el escenario.

Maldito hijo de puta. Me pongo de pie y empiezo con mi estrategia.

—Chicos —hablo cuando tengo la atención de todos—, quiero deciros que puedo comprar vuestra compasión con dinero. No quiero cantar, ¿vale? ¿Cuánto queréis...? ¿Queréis más tabletas de chocolate?

Me miran atónitos, pero a la vez se están divirtiendo.

—Huevos, huevos, huevos, huevos, huevos —cantan mis compañeros al unísono en una despiadada melodía de humillación.

Levanto las manos en señal de derrota y me dirijo al escenario. Creo que me voy a desmayar. Me coloco delante del micro y miro a Daniel.

—Sin música —le recuerdo y el chico asiente.

En ningún momento levanto la cabeza, solo observo mis botines blancos de charol. Me seco las manos empapadas de sudor en mi vestido y agarro el micrófono. Entonces me acuerdo del día que actué con Taylor frente a sus padres. Llevaba un traje chaqueta turquesa y un gran rayo naranja dibujado en la cara. La voz de Daniel me saca de mis cavilaciones demasiado pronto.

—Con todos ustedes... —El chico me mira para que continúe.

—*Space Oddity* de Bowie. —Mi voz apenas es un susurro que resuena en la sala a través del micrófono.

Continúo sin mirar a mis compañeros porque eso me paralizaría por completo. Cierro los ojos y allá voy. Pienso en Taylor y en que solo ella me oye.

—*Ground control to Major Tom... Ground control to Major Tom* —canto los primeros versos marcando un ritmo lento solo con mi voz.

Un ruido me desconcentra y, un segundo después, oigo una guitarra que me acompaña con la melodía. Mucho mejor, estoy menos perdida, con la confianza de que el mismísimo Jake Harris me marque el camino.

—*Take your protein pill and put your helmet on...*

Y continúo cantando, muy bajito, sin apenas forzar la voz, ante una sala silenciosa. No abro los ojos. Solo me mantengo pegada a la realidad por el contacto de mi mano en el micrófono. Mi cabeza está en el salón de la casa de Taylor. Jake es todo un experto y suple mis carencias con la guitarra. Acorto la canción y Jake lo adivina, por lo que nos quedamos en silencio a la vez. Por fin. Prueba superada. Ya está. Lo hice. Abro los ojos y me encuentro con la sorpresa reflejada en el rostro de todos mis compañeros. Annie es la primera en aplaudir y los demás la siguen. Jake sostiene su guitarra con una media sonrisa asomándose en su boca. Me muero de la vergüenza. En algún momento tendré que darle las gracias por el acompañamiento. Sin duda, ha elevado la actuación a algo más.

Tomo asiento de nuevo y ahora es Jake el que se levanta y camina con lentitud hasta el escenario, lleno de confianza en sí mismo. Lo normal para un cantante de su categoría. Yo me detengo en su figura, en su manera de coger la guitarra, en sus labios, en el ceño fruncido que se le forma en la frente al colocar el micro a su altura.

—Esto es *Black Lights*.

Y empieza su actuación.

Y alucino.

Jake es un auténtico portento con la guitarra, es increíble el manejo que tiene, la controla por completo y nos está regalando un verdadero recital. La melodía es una mezcla entre rock y el folk más movido. Estoy hechizada, embelesada con su perfecta pose de cantautor. Sus labios se mueven con una técnica perfeccionada para llegar a las notas más altas. Y en la mayor parte de la canción, mantiene una mirada dura fijada en el infinito, en la pared del fondo. Mis compañeros tocan las palmas y cantan la canción, que parece un himno en sí misma. Soy la única que no se sabe la letra y me siento mal y avergonzada a partes iguales porque se trata de un temazo. Su voz rota se eleva sobre nosotros y todos se vienen arriba bailando con las manos alzadas y vitoreando. Yo no puedo ni quiero apartar la mirada de sus dotes como cantante. Si ya me parecía atractivo con ese polo negro y sus pitillos, ahora va un paso más allá. Su atractivo radica en cómo interpreta y toca la guitarra, en el total manejo de su profesión a pesar de ser tan joven. En su pasión por lo que hace. En el sentimiento con el que lo hace. Parece un niño. Cuando Jake canta, solo existen la música y él. Todo lo demás desaparece bajo un manto invisible para nosotros. Y los que estamos abajo, en la tierra, solo podemos admirarlo y dar las gracias por las vistas.

Su canción acaba y ese manto invisible desaparece. Entonces toma conciencia de dónde está y dirige su mirada hacia nosotros con una tímida sonrisa.

—¡¡Joder!!

—¡¡Bravo!! —grita Rachel desde la primera fila.

—Bueno, podéis suponer quién ha ganado esta ronda. Para la próxima vez, no podemos dejarlo participar. —Daniel mira a Jake—. ¡Así no, tío! Así no.

Lo cierto es que estoy un poco en *shock* después del tremendo espectáculo que acaban de presenciar mis ojos. Annie se levanta a mi lado y me coge de la mano.

—Vamos por las *pizzas*.

Una hora y media después, todos tenemos la barriga hinchada y apenas podemos respirar. Y para más inri, Robert nos acaba de soltar una bomba: dentro de un par de días sale de aquí. Según Norma, está empezando a controlar su adicción a las drogas, aunque tendrá que seguir viendo a Peter durante un tiempo indefinido. Rachel tiene la cara blanca de la impresión, pero está feliz y emocionada. Abraza con fuerza a su compañero y se engancha a su cuello.

—Te vamos a echar de menos, Robert. Por lo menos yo. Te has convertido en un hermano para mí y sé cuánto has peleado para superar esto.

—Joder, Rachel. Me vas a hacer llorar. Yo también os voy a echar de menos. ¿Sabemos algo de Jim? Ojalá pueda despedirme de él.

—No sabemos nada —contesta Annie, a mi lado.

Lo cierto es que el tema de Jim me revuelve el estómago. Mi mente se inunda de imágenes del accidente, de toda la sangre y de sus ojos llenos de rabia.

—La casa va a notar cuando no estés, Robert.

—Ven aquí, Annie. Sabes que nos vamos a seguir viendo cuando salgas, ¿verdad?

Annie se levanta y se coloca al lado de Robert. Descubro entonces que son una piña por todos los momentos que han pasado juntos en Camden Hall. No puedo evitar sentirme fuera del grupo, soy la nueva. Observo a Ryan, con la mano sobre el hombro de Robert y con los ojos brillantes por la emoción. El vínculo que han formado aquí dentro es muy grande y ahora puedo verlo. Me levanto del sofá y salgo de allí. Juraría que nadie se ha dado cuenta.

9

Aquí se ven mejor las estrellas

Las estrellas se esparcen sobre un manto negro e infinito por encima de mi cabeza. Lejos de la ciudad, el cielo brilla con más intensidad y observarlo me transmite cierta armonía. Se oyen grillos a lo lejos y el césped solo está iluminado por un par de pequeñas farolas. Puedo respirar mientras mis compañeros se divierten en la fiesta.

Por primera vez desde que estoy aquí, pienso en mí. En Alessa Stewart. En mi situación. Por primera vez acepto que tendré que estar internada un tiempo, y eso hace que deje de fruncir el ceño, relaje los hombros y que los minutos se expandan. La presión de pensar un mecanismo de escape ha desaparecido, pero la desazón sigue tiñendo mi corazón. Tendré que aceptarlo. Quizá no sea tan malo pasar unas semanas con estos chicos como en el instituto... El fastidioso instituto donde no tenía nada que ver con nadie, ni siquiera con el profesor molón de arte. Ni siquiera con él.

Unas pisadas en el césped me sobresaltan y me sacan de mis cavilaciones. Al mirar hacia arriba, veo a Jake a través de las pestañas. Lleva una chaqueta de cuero negra y no puede sentarle mejor. Me mira directamente a los ojos y me pregunta:

—¿Puedo sentarme?

Asiento y continúo observando el cielo mientras Jake se sienta a mi lado e inclina la cabeza hacia arriba imitando mi acción. No sé cuánto tiempo permanecemos en silencio, pero es agradable. Su olor me ha atravesado la nariz y es algo extraordinario. Como cuando entras en un invernadero y chocas con todos esos olores que brotan de las flores. Jake huele como la hierba cuando está mojada por la lluvia.

—Has estado increíble —suelta de repente.

Estoy en un universo aparte y me cuesta entender a qué se refiere. Pero ha dicho «increíble». Estamos cerca y nos miramos.

—*Space Oddity.*

Oh, Dios mío. Quiero olvidarme de ese momento. El calor de mi vergüenza sube hasta mis mejillas y los gruesos labios de Jake se inclinan hacia un lado mostrando una tímida sonrisa torcida. Y pienso en quedarme a vivir en ella para siempre.

—Gracias por seguirme con la guitarra.

Jake mueve la cabeza con aprobación y a mí me tiemblan las manos. ¿Qué quiere? ¿Por qué está aquí? Al hacerme esas preguntas caigo en la cuenta de que quizá Jake se sienta tan desplazado ahí dentro como yo, y me relajo. Solo ha salido a tomar el aire fresco. La brisa se levanta y los árboles silban.

—¿De verdad que no sabías quién era? —pregunta casi en un susurro.

—No —respondo al instante y creo que a alguien le acaba de disminuir su enorme ego—. En realidad, no soy mucho de seguir las modas. No me gusta el pop malo ni cosas así.

Me mira entrecerrando sus ojos y tengo que hacer un gran esfuerzo por no reírme en su cara. Parece contrariado.

—¿Lo de ahí dentro te ha parecido pop del malo? —Su tono ahora es más grave.

—¿Quieres que te diga la verdad?

Me estoy burlando de Jake Harris y me lo estoy pasando bien. Sus ojos se abren y sus labios dejan entrever sus paletas infantiles. Resopla.

—Quiero saber qué has pensado sobre mí después de buscarme en Google y haber escuchado toda mi discografía. —Su pudor no existe.

—¿Perdona? —Me acaba de devolver el tanto. ¡¿Qué se ha creído?!

—Dime, Alessa. Quiero saber tu opinión.

—En primer lugar, no te he buscado en Google... —miento. Jake me fulmina con la mirada y yo no puedo evitar decirle la verdad—. Vale. Te busqué. Pero solo oí una canción. —Desvío la mirada hacia el cielo.

—¿Y?

—Y... —Ahora me estoy divirtiendo porque noto que este narciso con peinado a lo Beatle está impaciente—. Al principio creía que eras otro Justin Bieber inglés, pero...

—¿Pero? —Su curiosidad es muy evidente.

—Me gustó.

Sonríe burlón y sacude la cabeza. Apoya sus brazos en las rodillas y aparta la mirada.

—Te gustó...

—¿Por qué noto que no te convence mi respuesta?

—Verás..., siempre espero algo más que un simple «me gustó».

Su respuesta me deja a cuadros. Se nota que está acostumbrado a que la gente le regale los oídos, pero a mí me da igual estar sentada frente al mismísimo Jake Harris, no tenía ni idea de quién era hasta hace dos días. Sus ojos gris oscuro me estudian y me ruborizo. ¿Qué coño le pasa? Me incomoda su presencia. Hace un rato este lugar era un contenedor de paz y ahora se ha fraguado un tornado bajo nosotros. Un tornado silencioso...

—Me perturba bastante que me compares con Justin Bieber —confiesa.

No puedo evitar reír, hacía tiempo que no lo hacía y me sienta bien. Él sonríe.

—¿Y por qué te importa tanto mi opinión? —Hala, ya lo he soltado. Seguro que no soy la única en todo el planeta que no lo conoce.

—Porque me importa la opinión de alguien que idolatra a Jeff Buckley.

Su sinceridad le traspasa los ojos y yo me quedo petrificada. Le importa mi opinión. Oh. Jake se lleva la mano al bolsillo y saca un cigarro. Se lo coloca entre sus apetecibles labios y lo enciende, sin preguntarme siquiera si me molesta. Que, por cierto, no. Es lo que tiene haber pasado toda la vida junto a una madre fumadora compulsiva de dos paquetes de tabaco diarios.

—¿De dónde eres?

Su pregunta me coge desprevenida. ¿A él qué le importa? Si estuviese en otra situación no le habría contestado, pero dado el hecho de que lo tendré como compañero las próximas semanas...

—De Hampstead. ¿Y tú?

—Croydon. —Mi sorpresa le hace expulsar el humo por la nariz—. No esperabas que el Justin Bieber inglés fuese de una de las peores zonas de Londres, ¿eh?

—La verdad es que no.

—Puedo ser peligroso.

—Ya lo veo. —Ahí está mi ironía de nuevo.

La boca de Jake se tuerce y ya he perdido la cuenta de las veces que he posado mis ojos en ella.

—¿Y eres feliz allí? —me pregunta.

—No. —Mi respuesta sale al instante, automática.

Jake me mira y le da una calada al cigarro mientras me observa. No soy feliz en Hampstead, pero lo prefiero mil veces antes que a esta cárcel. Ahora me encantaría estar sobre mis sábanas, tumbada, leyendo... Incluso echo de menos compartir mesa con mi madre y sus ensaladas veganas.

—¿Vas a intentar escaparte de nuevo?

Lo desafío con la mirada para que no siga por ahí, pero él no aparta sus ojos de mí. Quiere saber mi respuesta.

—Creo que lo soportaré —admito examinando el lugar a mi alrededor.

Él asiente en silencio y vuelve a dar una calada a su cigarrillo. Y yo solo pienso que si hay algo que pueda superar al sexi de Jake Harris es, simplemente, Jake Harris fumando. Vuelve la cabeza hacia mí y me pilla observándolo. Al instante, aparto la mirada y la dirijo hacia los árboles, a lo lejos.

—Hay oscuridad en tus ojos —susurra.

¿Qué acaba de decir? Resoplo sin apartar la mirada del bosque.

—Supongo que por eso estoy aquí.

—Me gusta tu oscuridad.

Vale. Es en este preciso momento cuando todo explota en mi interior. Esto es demasiado. Noto sus ojos puestos en mí. Seguro que se está vengando por no saber quién era y por compararlo con Justin Bieber. Un escalofrío me recorre la espalda y lo interpreto como la mejor señal para salir pitando.

Me levanto y me estiro el vestido antes de dar media vuelta.

—Voy a volver dentro. Tengo frío.

Camino hacia la entrada de la casa y en mi mente aparecen los primeros acordes de aquella canción de Jake Harris que escuché en mi habitación.

10

¿Quién es esa rubia que va de la mano de Jake Harris?

El ajetreo que proviene del piso de abajo me despierta. Miro el reloj. Son las 10:00 y es domingo, eso significa que tenemos el día libre y vienen a visitarnos. Me quedo tumbada un rato más observando los débiles rayos de sol que se cuelan por la ventana. Tengo muchas ganas de ver a Taylor para que me saque una sonrisa con sus conversaciones nimias. Quiero saber qué hará estas vacaciones, quiero saber con quién pasa su tiempo ahora que yo no estoy allí.

El agua de la ducha me despierta los músculos; siento el cuerpo más relajado. Cuando salgo y me cubro con la toalla, me observo en el espejo. Las ojeras casi han desaparecido, ahora mis ojos saltones parecen de un verde más intenso. Me paso los dedos por las pecas de mi nariz.

—No te queda otra, Alessa. —Suspiro frente a mi reflejo—. Pásalo lo mejor que puedas. Pronto estaremos en casa.

Me visto con unos vaqueros y una camiseta blanca. Me calzo mis viejas Vans negras y me acomodo en el escritorio para ordenar mis libros, pero antes de que pueda acabar, llaman a la puerta y Norma aparece tras ella.

—Hola. Ya puedes bajar a esperar a tu amiga si quieres —dice con serenidad—. Todos están con su visita.

—Ahora bajo.

—Vale. —Se dispone a marcharse.

—Norma...

—Dime.

—¿Cuándo podré hablar con mi padre?

Se queda en silencio unos segundos y luego agarra el pomo de la puerta con ahínco.

—Lo llamaremos, Alessa.

Y se marcha cerrando la puerta tras de sí. Quiero hablar con mi padre. Sé que, si de verdad supiese que estoy aquí, me llevaría con él. Es la única persona que me entiende, y lo necesito más que nunca. Hace tanto que no hablamos... Mamá no soporta nuestra conexión y él no soporta que hablemos por teléfono. Eso le recuerda que no me tiene a su lado. Es irremediable que termine marchándome a vivir con él y que la deje sola en esa casa fría y lujosa.

Antes de bajar, me pongo una sudadera y me arreglo algunos mechones de mi melena despeinada. El color pelirrojo de mi pelo resalta con la palidez de mi piel y me atrevo a sonreír pensando en que veré a Taylor.

Mi amiga corre hacia mí con los brazos abiertos, unas gafas de sol de tamaño extragrande y un minivestido de flores que combina con el pasador de margarita que le adorna el cabello. Está radiante.

—¡Alessa! ¡Cuánto tiempo! —grita a la vez que se quita sus gafas—. Sé que solo ha pasado una semana, pero ha sido difícil no tenerte al otro lado del teléfono.

—Ven, vamos a sentarnos.

La cojo de la mano, nos dirigimos al salón y nos sentamos en el sofá de la sala de estar.

—Veo que has ido a la playa. —Tiene la piel morena.

—¡Sí! Pero ya estoy en Londres... otra vez. Han sido solo un par de días —solloza mientras se sienta con los pies encima del sofá como si estuviera en mi casa y no en un centro de rehabilitación—. Pero dime, ¿tú cómo estás? ¿Te tratan bien? Eso espero, porque si no... —Sus palabras salen atropelladas; ya me estoy mareando y solo llevo dos minutos con ella.

—Sí. No está tan mal. Intenté, ya sabes, pirarme de aquí... —Mi amiga lanza una carcajada que deja entrever su brillante dentadura—. Pero no es fácil, ¿sabes? A mi casa ya le tenía cogido el truco.

—¿Y cuánto tiempo tienes que estar aquí? Deberías disfrutar de tus vacaciones antes de ir a la universidad. Porque vas a ir, ¿verdad? —Asiento y Taylor sigue hablando como si no hubiera un mañana, se nota que me ha echado de menos—. ¿Y hay algún tipo guapo por aquí? —me interroga con una sonrisa pícara—. ¿Algún profesor o algo?

—No, Taylor. No hay nadie.

—Qué mal. Estarás aburridísima... Me siento fatal por ti.

—Gracias por los ánimos.

—De nada —agrega y entiendo que mi mejor amiga ya tiene mi ironía interiorizada.

Hay algo nuevo en ella. No sé decir el qué, pero sus ojos brillan y sus mejillas están rosadas. Sé que es feliz, y sé que siempre lo será, es un ser de luz.

—¿Sabes una cosa? —pregunta acercando su rostro al mío.

—¿Qué?

—Mañana tengo una cita con Tommy —suelta y sonríe de oreja a oreja.

Intento imitar su sonrisa, pero la verdad es que no me lo esperaba y solo puedo esbozar una mueca de horror.

—¿Mi Tommy?

—¿Tu Tommy? Es tu vecino, no tu amante.

—Bueno, teniendo en cuenta que lo conoces gracias a mí... —Estoy a la defensiva.

Tenía entendido que el único punto de conexión entre ellos era yo.

—Ya. La cosa es que me ha invitado al cine. Y claro, le he dicho que sí. ¿Qué otra cosa iba a hacer? No me gustan los chicos tan altos, pero la verdad es que yo también estoy aburrida sin ti.

—¿Y Wendy?

—En Francia con su madrastra.

Tommy es mi vecino y mi único amigo después de Taylor. Es el chico más interesante que conozco, y no es porque sea mi único amigo, sino porque es alguien que pasa de todo. Y cuando digo de todo, quiero decir absolutamente de todo. No le importan las escandalosas peleas por la madrugada que protagonizan sus padres, ni tampoco que lo tomen de friki en el instituto, ni siquiera le importa no tener móvil y estar incomunicado del mundo. No entiendo por qué ahora le ha dado por salir con Taylor. Con sus películas, sus libros y su música le basta y le sobra, como a mí.

—Lo llamé a casa para preguntar si sabía algo de ti y al final nos quedamos hablando hasta tarde. —Alucino—. Antes de colgar, me preguntó si me apetecía que fuéramos al cine.

—¿Y qué película vais a ver? —Necesito saber más.

—No sé. Una de esas europeas subtituladas. —Si estuviera fuera y no aquí dentro, yo habría ido a ver esa película europea y no mi amiga.

Los minutos se pasan volando cuando hablo con Taylor. En menos de una hora me ha contado lo que piensa hacer el próximo año, toda la ropa que se ha comprado en las rebajas y, cómo no, lo que se piensa poner para su próxima cita con Tommy. Mi mejor amigo.

Unos pasos atropellados y una risita nos hacen dirigir nuestra atención hacia la escalera. Es entonces cuando veo a Jake al lado de una impresionante rubia de ojos azules. Van de la mano. Esta chica está a años luz de Barbara, me apuesto todo lo que tengo, o sea, todo lo que podría robarle a mi madre sin que ella se enterara, a que es modelo profesional. Ella ríe mientras él le susurra algo al oído. Una sensación extraña y desconocida se posa en mi estómago y provoca que tenga ganas de vomitar. El labio inferior de mi amiga se estira en dirección al suelo.

—¡¡Joder!! —grita Taylor.

La pareja mira en nuestra dirección y yo le tapo la boca a mi amiga lo más rápido que puedo. La rubia se lanza a los brazos de Jake formando un abrazo pegajoso y dice:

—No quiero irme. No puedo esperar a que estemos fuera.

Se besan. A pesar de que el color haya abandonado la cara de Taylor, sé que no va a decir nada y que ha entendido mi indirecta, así que retiro la mano de sus labios. Taylor escupe y me fulmina con la mirada.

—¿Qué? —Aún me siento mareada por culpa de la escena de la que he sido testigo.

—¡Es el puñetero Jake Harris! ¡Dios, pero qué bueno está! ¡¿Qué coño hace aquí?! —exclama.

—Creo que tiene problemas con el alcohol —susurro sin que se percaten de que estamos hablando de ellos.

—Me voy a intentar suicidar para entrar aquí.

—No tiene gracia, Taylor. Yo ni siquiera sabía quién era.

—No me sorprende. Te pasas el día pululando por encima de la vida real, con tus libros antiguos de un lado para otro.

—Y doy las gracias todos los días por tener esa capacidad de evasión.

—A veces te quiero y te odio a partes iguales. Lo sabes, ¿no?

—Creo que sí.

Su sonrisa es tan revitalizadora que sé que es imposible enfadarme con ella.

Mi amiga dirige sus ojos a la acaramelada parejita que está al pie de las escaleras, dándose, espero, sus últimos cariños. En ese instante, Norma, como el mayor ángel de la guarda, la misma persona que odiaba hacía tan solo unos días, entra en la habitación reclamando nuestra atención.

—Por favor, chicos. Se han terminado las visitas. Lo siento —nos anuncia y se dirige al patio.

—¿No me puedo quedar a comer? —pregunta Taylor esperanzada.

—No. —Norma es de lo más borde cuando quiere.

Taylor me abraza y me aplasta entre sus delgados brazos, me tira del pelo y casi no puedo respirar.

—Te quiero, Alex, nunca lo olvides.

Sus palabras y el tono con el que las pronuncia me hacen sonreír. Quiero a Taylor, más de lo que creía semanas atrás cuando todo estaba oscuro. Logro levantar la mirada, aún atrapada en los brazos de mi amiga y choco con los ojos grises de Jake, que me observan en silencio. La rubia ha desaparecido. Cuando lo observo, disimula, se toca el pelo y sube las escaleras apresurado.

La delgadez del cuerpo de Annie se acentúa bajo el sol, cuando estira los brazos para recoger manzanas de un árbol del porche trasero. Hoy está de buen humor y es contagioso; no ha tenido drama con la comida y Norma le ha encomiado la labor de preparar una tarta de manzanas para esta noche.

—¿Puedo preguntarte algo? —Miro alrededor y me aseguro de que no hay nadie.

—Claro. —Ella sonríe mientras mete un par de manzanas en el cesto.

—¿Quién era la rubia que iba con Jake?

Mi curiosidad coge desprevenida a Annie, que me mira en silencio y esboza una pícara sonrisa.

—Me encanta que seas cotilla, Alessa —dice—. Esa puñetera diosa del Olimpo es Charlotte Rey, su novia y una de las modelos más famosas de Inglaterra. Cada vez que viene, todos nos sentimos un poco mal, ya sabes, por las comparaciones y eso.

—No quiero tener veinticinco años y estar operada hasta del dedo del pie. Prefiero ser fea y tener arrugas —confieso y mi compañera se ríe.

—Creo que llevan mucho tiempo juntos y, cada vez que tiene oportunidad, se pasea por aquí.

—¿Por qué a ella sí la dejan subir a las habitaciones? —Eso me irrita.

—Pues porque se trata de la novia del puñetero Jake Harris, él siempre tiene ventajas. Además, no sé por qué razón, pero Norma tiene debilidad por él.

¿Estará Norma enamorada de Jake? Es lo primero que pienso, pero luego mis pensamientos van en otra dirección. No puedo soportar la injusticia y detesto que Jake disfrute de privilegios, aunque pronto caigo en la cuenta de que quizá esté pagando mucho más que todos nosotros por estar en este maldito sitio. Cuando nos encaminamos al interior de la casa con las dos cestas de manzanas en la mano, echo un vistazo al muro por el que intenté escalar. Qué cara cuesta la libertad, tanto como mostrar que estás equilibrada y feliz cuando en realidad estás rota por dentro. Completamente rota.

Por la tarde, mis compañeros y yo estamos alrededor de la mesa con el estómago lleno. Hemos engullido demasiada tarta de manzana. Annie la ha cocinado maravillosamente bien e incluso ha consentido comerse un pequeño trozo, toda una proeza para ella. Ryan está a mi lado y tira la cuchara cuando se lleva el último trozo a la boca.

—Estaba buenísima, Annie. —El cumplido la hace sonreír.

—Mañana tendré que correr el doble para bajarlo todo —escupe Barbara.

Tiene el pelo tan liso y brillante que no me puedo concentrar en nada más mientras la miro. Jake está enfrente, al lado de Daniel, y le roba su último trozo.

—¿Dónde iremos esta semana? —suelta Rachel de repente y todos empiezan a hablar a la vez.

—Yo quiero ir al cine.

—O podríamos ir a la playa. Estamos de vacaciones...

—No creo que vayamos a la playa, tendríamos que volver en el mismo día.

—Pero podríamos ir. —Jake alza la voz y todos lo observan sorprendidos—. Nos vendría bien un buen baño en el mar. Estoy harto de ese lago.

Se ha producido un silencio un poco incómodo y no sé a qué se debe.

—¿Y tú desde cuándo vienes a las excursiones? —pregunta Barbara con los ojos brillantes.

—Desde que me apetece darme un baño en condiciones.

—Tal vez si presionaras a Norma para que pudiéramos salir a la playa, nos dejarían ir —agrega Annie.

—O quizá te dejen ir a ti solo... —espeta Daniel. Eso sí que ha sido un golpe bajo.

Yo no entiendo muy bien esto de las excursiones. ¿Pueden salir?

—¿Pero os dejan salir? —Mi curiosidad se refleja en mi voz ansiosa.

—Sí. Norma confía en nosotros.

—Oh.

En mi cabeza ya se está trazando un plan. Sé que dije que no quería irme y tal, pero es que... Me estoy asfixiando aquí y necesito hablar con Tommy. Él me hace bien y ahora ni siquiera puede llamarme. Y, si pudiera, seguro que pasaría de coger el teléfono un sábado por la mañana. Lo sé.

—¿Qué dices, Alessa? ¿Te apuntas si nos dejan ir a la playa? —pregunta Annie.

—Claro.

Noto los profundos ojos de Jake puestos en mí. Es el único que sabe lo de mi huida, seguro que piensa que esta es otra oportunidad para poder fugarme de aquí.

—Me piro a ver una peli de miedo. ¿Quién se viene? —Ryan me incita con sus ojos claros.

Todos se levantan de la mesa, hacen fila para dejar los platos en el fregadero y se dirigen al salón. Yo aún estoy sentada, maquinando mi nuevo plan de huida.

11

Huele a sexo

El día ha sido intenso y, por eso, cuando subo las escaleras en dirección a mi habitación, los párpados me pesan. Oigo unos pasos rápidos a mi espalda y doy un respingo asustada. Jake se coloca a mi lado y mi mente se despeja al instante.

—¿Puedes subir? Quiero enseñarte algo —dice sin mirarme y adelantándose hasta la escalera que conduce al piso de arriba.

Por un momento creo que los escalones dan vueltas. Siento vértigo. ¿Qué quiere enseñarme? Quizá quiera darme un susto y, mira, hoy no estoy para tonterías. Necesito pensar y calcular mi próxima fuga.

Al llegar a su puerta, me lanza una mirada fugaz y no puedo contrariarlo. Subo la escalera que me separa del mundo de Jake Harris y los nervios se amontonan en mi garganta antes de adentrarme en su morada.

Lo que veo me maravilla. Es mucho más grande que la mía y parece una habitación de verdad. Hay una cama extra grande con sábanas blancas y plagada de cojines. En un lado de la habitación, hay un escritorio donde reposa un ordenador. El ventanal que se extiende frente a mí casi ocupa toda una pared y, debajo de este, se extiende un sofá negro donde descansan folios y cuadernos. ¿Serán sus canciones? Leí que era un gran compositor... No puedo dejar de observarlo todo a mi alrededor, fijándome en cada detalle. Finalmente, mis ojos se detienen en una esquina de la que sobresale un mueble con muchos vinilos. Arriba del todo, descansa un tocadiscos rojo con la pintura roída por el tiempo. Jake está frente al ventanal y me mira, ¿inquieto?

—¿Cuánto llevas aquí? —Estoy sorprendida y no sé muy bien qué decir.

—Seis semanas. ¿Qué te parece? —suelta abriendo los brazos en señal de abarcar todo lo que es su inmensa habitación.

—Me gusta.

—¿Solo sabes decir eso? —Resopla y parece ofuscado.

—Tienes una puta *suite*. ¡¿Qué quieres que diga?! ¡Es la hostia!

Ahora su boca esboza una amplia sonrisa que saca a relucir su dentadura de aire infantil. Mis ojos viajan a una estantería repleta de libros encima del escritorio. Voy hacia ella y me atrevo a descubrir su gusto por la lectura. Son clásicos que ya he leído: *El Gran Gatsby, El señor de las moscas, Hamlet*... Mi compañero nocturno carraspea llamando mi atención; está delante de los vinilos y me da la impresión de que quiere que lo acompañe. Me coloco a su lado y me percato de que hay muchos más vinilos de los que pude ver desde la entrada.

—Vaya. Hay muchos —comento mientras paso un dedo por una de las filas donde están amontonados.

—¿Quieres escuchar alguno? —pregunta con un brillo encantador en sus ojos.

—Sí.

Selecciona uno y me lo enseña.

—¿Te vale este? —quiere saber mientras sostiene entre sus manos *Either/Or* de Elliott Smith. Asiento. Lo pone en el reproductor y la música de una guitarra lenta inunda la estancia—. Es *Between the Bars*.

No había escuchado esta canción antes, pero a medida que me adentro en ella se convierte en una experiencia mágica. La melancólica voz del cantante se me clava detrás de la piel como si fueran alfileres cuando hace referencia a una joven que no pasa por su mejor momento y que posiblemente esté perdiendo su vida. No sé si Jake la ha elegido a propósito para que la asfixia que siento en mi interior se acentúe más, pero me obligo a pensar que no, que la ha elegido al azar. A veces el azar es el más cruel de todos.

Cierro los ojos para concentrarme en la melodía y, cuando acaba, los abro. Mi famoso compañero de psiquiátrico me estudia con ojos expectantes.

—¿Esto también te gusta? —Su voz es solo un susurro.

Se me agolpa la emoción en la garganta y no puedo hablar, solo esbozo una triste sonrisa que le hace saber que la canción ha removido mi oscuridad. Quiero escucharla de nuevo y parece que Jake me lee la mente porque vuelve a ponerla. Dejo la vista fija en el reproductor y me concentro en la música. Sin embargo, no puedo evitar distraerme al notar los avasalladores ojos de Jake puestos en mí. Necesito que pare, mis mejillas se han puesto rojas y no sé cómo salir de este tenso ambiente. Elliott Smith termina de cantar por segunda vez y el chico que está a mi lado habla de repente:

—Puedes venir siempre que quieras.

Camina hacia el sofá y se sienta.

—¿Qué?

—Te gusta la buena música, ¿no? —Yo asiento como una de sus alocadas y fieles fanáticas—. Pues puedes subir aquí a escucharla si quieres —dice mientras se coloca la guitarra sobre el regazo—. A veces me viene bien tener compañía.

—¿Y no prefieres que suba Barbara?

Las palabras salen de mis labios en un impulso y sé que he metido la pata. Jake frunce el ceño.

—No. La verdad es que no. Por si no lo sabes aún, tengo novia.

Su tono amable ha desaparecido y, en cierto modo, me siento culpable por haberle atacado de esa manera. Supongo que llevo agarrado muy dentro la injusticia de que a este chico le den más comodidades por el hecho de ser famoso. Pero la realidad es que ha sido agradable conmigo invitándome a su morada.

—Lo siento, yo... No sé por qué he metido a Barbara en esto —me excuso con nerviosismo en la voz.

—Solo te he ofrecido mi ayuda. A menudo se te ve tan perdida... Yendo de un lado para otro con esa melena pelirroja y llevando a cuestas tu vacío existencial...

Mi boca se abre de la sorpresa que me han provocado sus palabras y él para de hablar. ¿Solo se compadece de mí? ¿Tanta pena doy para que este chico conocido por todos y sin ninguna necesidad de meterse en la vida de nadie se apiade de mí?

—Quizá no te hayas dado cuenta, pero no necesito tu ayuda —le contesto contrariada.

Doy media vuelta y me dirijo hacia la puerta.

—Alessa... —me llama—, no quería decir eso.

—¿Entonces qué querías decir?

Nos miramos durante unos segundos que se hacen eternos y ninguno se atreve a hablar. Decido cortar esta breve relación inexplicable e incompatible que ha surgido de la nada.

—¿Por qué tienes tantas ventajas sobre los demás?

—Te equivocas.

—¿Seguro? —Echo un ligero vistazo a la habitación—. Aquí aún huele a sexo.

Otra vez sale a flote este impulso que llevo dentro y que no puedo reprimir. Tierra trágame, por favor. ¿Qué cojones me pasa? Agacho la mirada, avergonzada. Jake lanza una carcajada que provoca que ponga mis ojos sobre él. Está sonriendo y, por un momento, me pierdo en esa sonrisa.

—Norma y yo nos conocemos desde hace tiempo. Somos viejos amigos. Una de mis condiciones al ingresar fue que Charlotte pudiese subir aquí —se sincera mientras afina las cuerdas de su guitarra.

Yo solo puedo asentir e intentar enseñarle a mi mente que no tengo que meter las narices donde no me llaman.

—Gracias por la música, Jake.

—De nada.

Abro la puerta y salgo al pasillo. Por fin puedo tomar aire. Lo cierto es que me encantaría poder tumbarme en ese sofá y escuchar todos sus puñeteros vinilos. Y también volver a oír esa mágica canción.

12

Me he adaptado a la rutina, pero voy a huir

Parece que el ser humano se acaba adaptando a todo, que tiene esa capacidad innata de superar las adversidades, y eso es justo lo que me ha pasado en apenas unos días en Camden Hall. La rutina se ha impuesto y he caído rendida a sus pies. Quizá solo necesitaba un poco de orden en mi vida. El día siempre comienza con una ducha fría, unas horas de deporte y un descanso merecido antes de las sesiones de grupo y la comida. Por la tarde, tenemos distintas actividades y, aunque cuando toca visita al psicólogo es intenso, al cabo de unas horas, la sensación general es satisfactoria y la relajación de los músculos contraídos también. A veces incluso me atrevo a pensar que las cosas se van a solucionar.

Las actividades de por la tarde son lo mejor con diferencia. De momento solo hemos nadado y pintado un cuadro, pero Annie dice que hacen muchas cosas variadas. Y los chicos me parecen increíbles, aunque no tengo absolutamente nada en común con ellos; solo con Ryan, que no para de hablarme de libros que aún no he leído y que tengo que leer con la mayor brevedad posible para poder comentarlos con él. Se nota que todos están aquí para un propósito y lo han asumido. Normalmente, reina la paz en esta especie de cárcel. Una paz relativa y a veces disfrazada, pues hay ocasiones en las que paso por la habitación de Annie y el olor a vómito me traspasa la nariz. O en las que puedo ver a Ryan con bolsas oscuras debajo de sus ojos claros, señal de que la noche ha sido otra dura batalla contra su insomnio y ha terminado perdiendo.

Sea como sea, los momentos que comparto con ellos son apacibles y parece que el tiempo se detiene y que las obligaciones no existen. Como cuando teníamos nueve años y solo pensábamos en jugar a todas horas. Nuestro propósito ahora es curarnos y no podemos cargarnos de ninguna presión adicional. Es por esta calma y sensación de comunidad por la que me da cierta tristeza no pasar el día con ellos en la playa. Iré hasta allí, me tumbaré en la arena y, cuando estén distraídos, aprovecharé para coger un tren que me lleve hasta las afueras de mi barrio. Luego caminaré durante media hora hasta llegar a casa de Tommy. Necesito ver a mi amigo y preguntarle por su relación con Taylor y por esa estúpida película europea. Cuando sea de noche, volveré, y estoy convencida de que Norma tomará represalias. Pero... ¿acaso hay algo peor que estar encerrada en un centro psiquiátrico?

Jake es otro tema. Estos días me han servido para tomar cierta distancia y permitirme estudiarlo. Hay algo claro en todo esto, y es que es increíblemente atractivo. Jake Harris me atrae. Mucho. Me da miedo pensar que soy como otra adolescente fanática. Cuando lo miro, no puedo dejar de observarle los labios, gruesos, rosados. Y a pesar de su silencio cotidiano, sus ojos grises parecen hablar. He leído cosas de él por internet y he escuchado todos y cada uno de sus discos. Debo admitir, con cierta calma para su ego, que son cojonudos. Al menos para alguien que le gusta escuchar canciones melancólicas que amortigüen su tristeza de vez en cuando. Hay algo profundo en sus letras, hay verdad y sinceridad. Ayer lo pillé un par de veces mirándome, pero perdía sus ojos con disimulo, como si no me estuviese observando a mí, sino al infinito. Llámalo intuición, pero sé en el fondo de mi corazón que estaba comprobando si esa pelirroja que carga constantemente con su vacío existencial había conseguido relajarse un poco.

Por fin ha llegado el día de ver a Tommy y estoy delante del armario, indecisa y vestida con un incómodo bikini. Finalmente me decido por un peto vaquero de pantalón corto y me calzo mis viejas Vans. Preparo la mochila y me meto veinte libras entre la suela del zapato y la planta del pie izquierdo. Aquí está prohibido tener dinero, ellos se encargan de suministrarte todo lo necesario para las salidas, así que, si me pillan, me quedo sin plan. Y lo que es peor, sin la posibilidad de ver a Tommy.

Cuando estoy frente al espejo arreglando como puedo mi melena rebelde, tocan a la puerta. Será Annie, que quedó en venir a recogerme antes de bajar.

—¡Pasa! —grito.

Guardo el neceser en el mueble, cojo la mochila y salgo. No me encuentro a Annie en mi habitación, sino a Jake sentado en la cama sin hacer. Va vestido con un bañador y tiene una mochila colgada en la espalda. Palidezco mientras se queda observándome de arriba abajo y un silencio algo extraño se instala en el espacio que nos separa. Jake detiene su mirada en mis pies.

—¿No tienes chanclas? —pregunta confundido.

—Mi madre aún no me las ha enviado. —Jake entrecierra los ojos—. Ya sabes, la mujer no tenía ni idea de que podríamos ir a la playa.

—Nos dejan ir porque he hablado con Norma para que podamos ir.

—Ah, sí, tú relación especial —bromeo, pero Jake ni se inmuta.

—¿Entiendes que me juego mucho dejando que vengas a la playa con nosotros?

—Van todos.

—Ninguno ha trepado un muro para intentar escaparse. —Vale. Tenemos un problema. Jake es más listo de lo que creía—. No le he contado nada a Norma porque no me parece bien que vayamos a salir todos menos tú, pero no hagas que me arrepienta —me hace saber mientras se levanta de la cama.

Tengo las manos agarrotadas por su tercer grado y mis dientes se clavan en la lengua como un acto reflejo. Y, como si se tratase de algo automático, consigo relajarme un poco.

—Tranquilo. No me conviene irme.

Jake se acerca a mí, inspeccionándome con su mirada fría. Nada que ver con la calidez que desprendía en su habitación, en medio de esos vinilos, esos cuadernillos y esa enorme cama. Apoya una mano en mi mochila y respira cerca de mi oreja, provocando que el fuego se despierte en mi interior.

—Entonces no te importará que rebusque entre tus cosas, ¿no?

Abro la boca y frunzo el ceño. ¿Qué cojones se ha creído? Hace un momento me daba un poco de pena llegar a perder su confianza para siempre, pero ahora estoy impaciente por formarle en su cara la expresión de «esta zorra me la ha jugado». Así que le tiendo la mochila y aprieto el pie contra el suelo, notando el billete bajo mis dedos.

—Toda tuya —le desafío.

Jake abre la bolsa y echa un ligero vistazo. Evidentemente, no hay nada más que una toalla, crema solar y mis cascos, por lo que me la devuelve.

—Es un poco raro que nunca vayas maquillada y hoy te hayas resaltado los ojos para ir a la playa —suelta con desdén.

Sale de la habitación dejándome completamente descolocada. Sin querer, el corazón me da un vuelco al comprender que Jake Harris se ha fijado en mí. Y en mis ojos. Una sonrisa traviesa se escapa de mis labios al pensar que probablemente se haya creído que me he maquillado para él. ¡Ja!

El sol brilla débil a través de unos nubarrones densos que se empeñan en colorear de gris el día. Aun así, la temperatura no es mala, hace calor. Tengo la mirada perdida en el horizonte, donde puedo atisbar el mar que se extiende hasta el infinito. No había estado antes aquí, el lugar es bonito. Y también privado. Supongo que se debe a que nuestro centro tiene mucho caché y a que entre nuestras filas tenemos a un famoso cantante reconocido mundialmente. En realidad, el sitio es precioso, pero se desprende de él esa superficialidad que poseen los lugares más elitistas. Hay unas hamacas con un estampado de rayas marineras, sombrillas de paja y yates atracados a unos metros de la orilla. Lo bueno es que el mar, sea donde sea, siempre es el mar. Huele a mar. Respirar frente a él me reconforta y, por lo que puedo observar, también reconforta a mis compañeros, que disfrutan con el sol rebotando en sus mejillas mientras colocan sus pertenencias en algunas de las dichosas hamacas.

No hay mucha gente en la playa, pero varios ricachones de nuestro alrededor han posado ya unas miradas avasalladoras en el chico moreno a pocos metros de mí, y no puedo remediar compadecerlo. Vaya a donde vaya, ha perdido su libertad.

—Hoy estás radiante, chica —dice Annie a mi lado—. Quién lo diría. Alessa y la playa.

—Me encanta la playa.

—¡¿Quién se viene al agua?! —grita Daniel con un bañador *slip* que lo hace lucir muy gracioso—. ¡No aguanto más!

Daniel corre hacia la orilla frenético y Rachel lo sigue, riéndose de sus niñerías. Está bien que mis compañeros se distraigan dándose un baño, así me será más fácil salir de aquí.

—¿Vienes, Alessa? —me pregunta Annie al ver que no la sigo.

—Aún no tengo tanto calor, pero gracias. Dentro de un rato me uno.

No me gusta mentirle a Annie. Ha sido amable conmigo desde el principio. Barbara se acerca a Jake, que está desprendiéndose de su camiseta. La chica se desanuda su pareo delante de él, y su figura perfecta y bronceada me deslumbra, pero Jake ni siquiera parpadea.

—¿No tenías tantas ganas de darte un baño de verdad? —le susurra con cierto ronroneo en la voz.

—Ahora voy.

Jake da media vuelta dejando a Barbara con la única opción de caminar hacia el mar y refrescarse para quitarse de encima su rechazo. Cuando pasa delante de mí, me mira contrariada y sube la barbilla para acentuar más la diferencia entre ella y yo. Y supongo que no solo se refiere a la altura.

Observo durante un rato a mis compañeros pasándolo bien y, por un lado, me apetece ir con ellos. Estaré bien disfrutando de la soledad y esperando a que Jake se decida a ir con ellos. En ese momento, saldré de allí lo más deprisa que me permitan mis piernas, cogeré el dinero y subiré al tren. Sin embargo, al darme la vuelta, veo que Jake se ha tumbado en una hamaca con un libro entre las manos. No me mira, pero sé que está pendiente de lo que hago porque no confía en mí, así que, para no levantar ninguna sospecha, me quito el mono y me quedo en bikini. Me da un poco de vergüenza que se encuentre con mi cuerpo después del de Barbara. Soy delgada, con la piel pálida y mis pechos son pequeños en comparación con los de ella. Aunque la verdad es que me encantan mis pechos, así que el complejo se esfuma tan pronto como ha venido.

Me obligo a pensar en un plan alternativo, así que me dirijo hacia el mar y acierto, pues veo cómo a Jake se le relaja el rostro cuando me ve dirigiéndome hacia la orilla. ¡Qué poco me conoces, Harris!

El agua está congelada, me fortalece y me despeja la mente. Me adentro en el mar, comienzo a nadar y pienso en el camino a casa, esa calle residencial tan grande y llena de árboles frutales. Pienso también en qué dirá Tommy cuando me vea llegar. ¿Querrá ayudarme o se asustará? No sé qué habrá pensado después del incidente, espero que me quiera igual que antes. Soy la misma, solo que con un poco más de locura.

Miro hacia el lugar donde mis compañeros estaban jugando a pasarse una pelota de voleibol hace apenas unos minutos, y compruebo que ya todos están revoloteando alrededor de sus hamacas. Nado y me quedo a pocos metros de la orilla, sin salir del agua. Ahora solo me queda esperar. Supongo que Jake ya tendrá el suficiente calor para que le apetezca bañarse.

Poco después, el chico de cuerpo irresistible camina hacia la orilla con sus gafas de sol cuadradas y el pelo despeinado y mojado por el sudor. Disimulo haciendo el muerto; sé que la corriente me arrastrará hasta una zona menos honda, más cerca de donde rompen las olas. Se oye un chapuzón a pocos metros de mí y sé que es mi momento. Me apresuro a salir del agua, corro hacia las hamacas y cojo una toalla. Mientras me seco, puedo ver cómo Jake me busca en el agua y luego dirige su cabeza hacia nosotros. Me observa mientras me seco con parsimonia y da media vuelta para nadar mar adentro.

—Voy a subir a pedir algo para tomar —le digo a Annie sentándome a su lado en la hamaca.

Mi compañera está con sus gafas de sol leyendo una revista del corazón. Gira la cabeza hacia mí.

—¿Y para qué te vistes? Puedes ir en bikini —pregunta confundida.

—Me da vergüenza...

Espero que Annie no sospeche de mi pobre excusa y su concentración en la revista me confirma que ni siquiera le ha dado importancia. Ryan se acerca con una sonrisa dibujada en su rostro y con *La campana de cristal* de Sylvia Plath en su mano.

—¿Vas al chiringuito?

—Sí.

Mierda, mierda, mierda. Que no me acompañe.

—¿Me traes una limonada? —pregunta.

—¡Claro! —Mi entusiasmo le coge desprevenido, pero solo sonríe.

Antes de subir y de asegurarme de que nadie me está observando, cojo mis Vans, dejo la mochila a un lado para no levantar sospechas y me apresuro al chiringuito. Me temo que Ryan se va a quedar sin su limonada.

Observo por última vez la estampa de mi grupo de compañeros sintiéndose libres después del baño mientras se embadurnan con crema solar. Creo que puedo ver una cabeza de pelo negro a lo lejos en el mar y solo pienso que es imposible que Jake pueda llegar a tiempo para impedirme escapar.

13

Tommy siempre será mi persona favorita, y punto

Cuando Tommy abre la puerta ante la insistencia de mis llamadas al timbre, pone los ojos como platos y se apresura a abrazarme. En ese abrazo me refugio de todo el camino que he recorrido hasta llegar aquí, del espantoso calor de un tren viciado de trabajadores con maletines, incluso del mal sabor de boca que me dejó engañar a Annie. Engañar a todos, en realidad. Me siento mal por haberlos dejado allí y por frustrarles, con total seguridad, sus próximas salidas de Camden Hall. Pero los brazos de Tommy, a pesar de ser delgados, son acogedores y me permiten hundirme en su cuello para olvidarme de mi traición. Jamás Tommy había mostrado tal cariño hacia mí, pero solo era porque pasaba de todo, no porque no me quisiera o no me considerara su mejor amiga. Se separa y me echa una ligera mirada.

—¿Qué haces aquí? —Mi amigo está emocionado y yo no puedo parar de sonreír—. Creía que estabas en...

—En un centro de rehabilitación. Sí, en teoría así era. Hasta que nos dejaron salir para ir a la playa...

Mi amigo suelta una carcajada contagiosa y repara en mi ropa mojada a causa del bikini empapado que llevo debajo.

—¿Te has escapado? —pregunta intrigado.

—¿Tú qué crees?

—Joder, Alex. ¿Me meteré en líos?

Subo los hombros en señal de no tener ni la menor idea.

—Si me pillan no diré que he estado aquí.

—En realidad, puedes decirlo. Me importa una mierda.

Ahí está mi Tommy. El friki despreocupado con el que he compartido toda una vida. Nada ha desaparecido en él, ese halo de despreocupación sigue pululando a su alrededor.

—Dime que estás bien. Tienes buen aspecto aunque tengas los labios morados y estés al borde de una pulmonía.

Asiento con una amplia sonrisa que me llega a los ojos. ¡Dios, cuánto he echado de menos a mi amigo! Antes del accidente, ya hacía un par de semanas que no lo veía. Estábamos de exámenes finales y no nos dejaban quedar. Nuestras madres no paraban de decir que éramos una distracción mutua, y tenían razón.

—Vamos, pasa. Estaba viendo *Breaking Bad*.

—¿Otra vez?

—Sí, otra vez.

—Necesito cambiarme de ropa antes —le comunico tiritando.

—Adelante, te conoces la casa mejor que yo.

Tommy me deja pasar y me adentro en el cálido hogar de mi amigo, con su característico aroma a té verde y a vodka a partes iguales. Remedios de su madre para combatir la infelicidad, supongo. Enfilo el camino hacia las escaleras con la adrenalina vibrando bajo mi pecho.

Media hora después, estamos en la habitación de Tommy, tan desordenada como siempre, metidos en la cama y viendo uno de los capítulos de su serie favorita. Este momento hace que me olvide de todo, de Camden Hall, de mi madre y de mi patética vida. Mis problemas desaparecen, y los «¡joder!» que escupe Tommy gradualmente para alertarme sobre la escena tan buena que estamos presenciando me hacen sentir cómoda. Me he dado una ducha caliente y me he puesto una camiseta enorme de los Sex Pistols de mi amigo. Me la ha prestado con la condición de que se la devuelva lo más pronto posible, es una de sus favoritas.

Tommy gira la cabeza y me mira con sus pequeños ojos marrones. Todo en él es tranquilidad.

—Me alegro de que estés aquí, Alex. Te echaba de menos —confiesa con una amabilidad que no le es característica.

—¿Te has ablandado en este tiempo?

—No. Es solo... —Su titubeo me hace suponer que está nervioso.

—Es solo que no sabes cómo abordar a una suicida, ¿no?

—Algo así. —Arruga la nariz de una forma muy graciosa y no puedo evitar reírme.

—Pues ya ves. Estoy aquí. No he muerto.

—Ya lo veo, Alex. Fumo muchos porros, pero aún no se me ha ido la cabeza.

Puedo sentir esa conexión tan nuestra que me hace sentir viva. No pienso en nada más, solo en nosotros dos, en esta habitación repleta de pósteres de roqueros de los ochenta y con su ropa sucia esparcida por el suelo.

—¿Cómo es que quedaste con Taylor? —le interrogo de repente.

Las cejas de mi amigo se alzan un poco de la sorpresa y coge de la mesita su porro a medio fumar. Le da una calada.

—Creía que Taylor no te caía bien. —No puedo evitar el tono recriminatorio de mi voz.

—Está buena de cojones, Alex. Me caía mal porque pensaba que nunca saldría con un friki como yo.

—¿Estás de coña? —Estoy atónita.

—Me gusta Taylor.

—¿Os enrollasteis? —Quiero que diga que no.

—No. Y no porque no lo intentara. Aunque parezca lo contrario, esa chica no es fácil —me cuenta sonriendo como un bobo—. Lo mejor de todo fue que le gustó la película más que a mí. Un tostón francés de esos en los que no pasa absolutamente nada y quieren hacernos creer todo lo contrario, ¿sabes?

—Creía que ese era nuestro plan de siempre.

—Y lo era, Alex. Habría ido contigo si no hubieras...

—Sí. Ya —zanjo la conversación.

Acaba de propinarme un bofetón de realidad en la cara y todo mi entusiasmo se ha desvanecido. De un momento para otro, me siento más sola que nunca. Mi amigo y mi amiga saliendo juntos. Tommy, al que no le ha importado nada, al que nunca he conseguido sacarle el interés por algo más que sus series, sus películas y su marihuana, me acaba de confesar que se siente atraído por Taylor. Vaya, le ha llegado rápido la madurez.

—Ojalá salgas pronto y podamos aprovechar el verano —comenta mi amigo mientras presta atención al televisor que cuelga de la pared.

—Me temo que después de esto no saldré en mucho tiempo. —Me observo los dedos de las manos, aún fríos.

—Tampoco hay prisa, ¿sabes? Siempre tendrás hueco aquí.

La sinceridad de sus palabras logra calar en mí y es tan sencillo como eso. Como el comprender que Tommy siempre va a estar para mí, y que esa conexión nunca va a desaparecer. A pesar de que se acueste con mi mejor amiga o que tenga cinco hijos con ella.

—Estoy rodando un cortometraje para ver si me aceptan en la EDC —dice Tommy mientras aporrea los dedos contra el mando de la PlayStation.

—¿Vas a ir a la universidad?

—No es la universidad, Alex... Es una escuela de cine.

—¡Una escuela de cine que tiene más prestigio que la mayoría de las universidades de Londres!

Mi amigo nunca ha tenido claro qué quería hacer con su vida después del instituto, al igual que yo. Y cuando me dice tan decidido que va a estudiar el arte de contar historias con imágenes, la ansiedad aflora en mi interior.

—¿Tú ya sabes qué vas a hacer? —pregunta sin desviar la atención del videojuego que aparece en la pantalla.

Estamos en el salón, sentados en su enorme sofá jugando al *Vice City*, un clásico que nunca muere; al menos para nosotros. Me sentía tremendamente bien de nuevo hasta que Tommy ha sacado el tema de la universidad y de su futuro. Sigo perdida y sin rumbo, y él parece haber encontrado una meta con la que se siente satisfecho. Me recuesto con desgana.

—No. No tengo ni puñetera idea de lo que quiero hacer —respondo con un deje de decepción en mi voz.

—Un día te levantarás y lo tendrás claro.

—¿Así? ¿Tan fácil? —Mi amigo sacude los hombros. Sé que mi tono irónico a veces le molesta y esta es una de esas ocasiones—. Quizá podría haber influido que desde que tenías diez años te has matado a pajas y has visto todo tipo de películas porque no tenías muchos amigos en el colegio...

—¿Por qué no le dices a tu sarcasmo que se eche una siesta? —murmura y no puedo evitar sonreír—. Solo piensa en lo que te gusta hacer.

—Me gustan los libros —confieso.

—Entonces, escribe.

—Odio todo lo que escribo. No escribo bien. Además, el primer trimestre suspendí gramática.

—¡Joder, Alex! ¡Pues no escribas!

Tommy se ríe y veo reflejado en sus ojos el orgullo por ser mi amigo. Hace ya un rato que hemos pedido comida basura. Mucha comida basura. Y después de atiborrarnos a patatas fritas y hamburguesas con queso, ni siquiera podemos movernos, por lo que es mejor que no sigamos subiendo el tono. Cojo mi vaso XL de Coca-Cola y me llevo la pajita a la boca mientras observo cómo Tommy atropella a una vieja que camina por el paseo marítimo de Venice Beach. El timbre suena y, aunque a Tommy parece no sorprenderle en absoluto, a mí me tiemblan las manos. ¿Será mi madre que ha venido a buscarme? ¿Habrán llamado a la policía?

—¿Quién es? —pregunto ansiosa.

—Será mi madre. Ya sabes que siempre se le olvidan las llaves. —Tommy pone en pausa el videojuego y se levanta llevándose a la boca una patata fría y manida—. Quédate aquí, voy a abrir —dice antes de desaparecer por la puerta.

Me empiezo a poner nerviosa debido a la incapacidad de oír nada desde el salón y no saber realmente qué está pasando, y comienzo a sopesar la idea de que quizá debería volver a Camden Hall antes de que la situación se complique y saque a mi madre de quicio. Doy un gran sorbo a la Coca-Cola y me pongo de pie cuando, de repente, se oye alboroto por el pasillo y, una milésima de segundo después, Jake Harris aparece en la puerta del salón de mi amigo. La impresión es tal que me atraganto con la Coca-Cola y escupo estrepitosamente todo el trago en el suelo justo cuando Tommy entra tras Jake. Y toso, con la cara colorada por el esfuerzo y también por la impresión. Jake me recorre el cuerpo con una mirada furiosa. ¿Qué está pasando?

—¡Tío, te he dicho que no podías pasar! —le espeta Tommy en medio de la tensión.

Jake lo mira en silencio, amenazante.

—¿Quién coño es este tío? —quiere saber mi amigo.

—¿Lo dices en serio? —Jake está irritado.

Tengo los ojos muy abiertos y siento las piernas como si fueran dos flanes. Jake aún no puede creer que haya gente que no lo reconozca. Es probable que Tommy sí sepa quién es Jake Harris, pero es ese tipo de persona que jamás recuerda una cara, ni un nombre, ni nada. Ese tipo de persona a la que nada le importa lo suficiente como para prestarle demasiada atención.

—Es... Es mi psicólogo —escupo lo primero que me viene a la cabeza.

—¿No es muy joven para ser médico?

Jake entrecierra los ojos y se pasa una mano por su pelo despeinado, nervioso. Tommy se acerca a mí y se sienta en el sofá, tranquilo por saber de quién se trata, pero inmune al tenso ambiente en el que estamos envueltos.

—No seáis muy duros con ella, solo hemos estado pasando la tarde viendo *Breaking Bad* —agrega Tommy con el tono más encantador que puede emplear.

—Huele a porro desde la acera de enfrente. —Jake está enfadado.

El color huye del rostro de mi amigo y parece que empiezo a reaccionar ante la situación. Jake había confiado en mí y ahora ya ha visto de lo que soy capaz. Creía que esta situación me provocaría más satisfacción, pero lo cierto es que estoy un poco asustada y preocupada por lo que pensarán mis compañeros. No sé hasta dónde pueden llegar las consecuencias.

Jake lleva mi mochila en la mano, me la tira con fuerza y la cojo cuando se estrella contra mi pecho.

—Recoge tus cosas. —Su voz es fría como el hielo.

—Relájate, doctor —se burla Tommy.

Es la primera vez que veo a Jake tan enfadado; tiene las aletas de la nariz abiertas y los labios temblorosos. Elimino la distancia que nos separa y me acerco ante los ojos de sorpresa de Tommy.

—¿Cómo has sabido que estaba...?

—Norma ha llamado a Taylor. —Ni siquiera me deja terminar la frase—. Recoge tu ropa y vámonos. —Los ojos de Jake parecen negros en lugar de grises, tiene las pupilas dilatadas.

Estamos muy cerca y siento la decepción en los ojos de mi compañero y en la forma en la que coloca su cuerpo frente al mío. Considero que lo mejor es asentir y subir a recoger mi ropa empapada del baño de Tommy. Esta bonita velada de reencuentro ha llegado a su fin.

14

Le he fallado a Jake Harris
y ahora me odia

Camino detrás de Jake, pero es imposible alcanzar su ritmo. Me ha dicho en tono hosco que vayamos hasta el final de la calle a esperar que llegue un coche a recogernos. Lleva el móvil pegado a la oreja y no para de decir «¡joder!» y «¿dónde coño estás?». Gracias a Dios, en esta urbanización no hay nadie demasiado cotilla. Además, los nubarrones grises de la mañana se han convertido en humo espeso en el cielo y probablemente descarguen una cortina de agua, por lo que no hay nadie a nuestro alrededor. Siento el frío en los huesos e intento abrigarme cruzando los brazos contra mi pecho. Aún llevo puesta la camiseta de los Sex Pistols de mi amigo, que me hace de vestido.

Jake se detiene cuando llega a la esquina, gira la cabeza y me observa durante unos segundos. Mi ritmo disminuye a medida que me acerco a él. Su furia me inspira respeto. Yo no quería llegar a esto y reconozco que se me ha ido un poco de las manos. Pero ¿qué culpa tengo yo de que Jake haya venido hasta aquí?

—¿No tienes nada para cubrirte las piernas? —pregunta llevándose una mano a su pelo despeinado.

—No, mi ropa está mojada. Antes hacía calor...

—Ya, pero estamos en Londres. —Su condescendencia no me gusta nada.

Jake parece nervioso y echa un vistazo a la pequeña carretera que separa las dos urbanizaciones de casas adosadas idénticas que se expanden ante nosotros. De repente, se acerca a mí y me mira a los ojos.

—¿Llevas el bikini mojado debajo de esa jodida camiseta? —Nunca he visto los dientes de Jake tan apretados—. ¿Tienes idea del frío que hace?

—No llevo el bikini mojado, ¿vale?

Sus ojos se abren y su desesperación parece caer en picado para dar lugar a una incómoda sorpresa.

—¿No llevas...?

Antes de que le dé tiempo a decir algo que pueda sonrojarme, me levanto la camiseta y le enseño los bonitos calzoncillos de cuadros que también me ha prestado mi amigo.

—Tommy me ha dejado unos calzoncillos. —Son cortos, pero parece que llevo un pantalón.

—¿Ese tío es tu novio? —El rostro de Jake está pálido. ¿Y a él qué cojones le importa?

—Pues claro que no. Es mi mejor amigo de siempre.

—Un eufemismo estupendo para definir a tu amigo al que te follas.

Mi compañero de rehabilitación sabe, de sobra, que se ha equivocado al proclamar esas palabras a los cuatro vientos. La rabia empieza a navegar por mi interior, elimino la distancia que nos separa y lo empujo con fuerza. Una, dos, tres veces. Las primeras gotas caen sobre nosotros con fuerza y Jake atrapa mis manos para intentar detenerme.

—¿Quién coño te crees que eres? ¡¿Eh?! —grito y lo empujo de nuevo.

—¿Que quién soy? ¡Soy el puto idiota del que te has reído y que ahora está en problemas por tu culpa! —Sus sinceras palabras me atraviesan y me quedo paralizada.

La lluvia me empapa, estoy congelada. Y Jake también. Hay algo divino en ver cómo el agua le resbala por su flequillo y se posa en sus gruesos labios.

—¿Tienes idea de la que me va a caer? —murmura con rabia—. No debí haber intercedido para que vinieras. Eres una niña pequeña que no sabe nada de la vida. No tienes ni idea, ni siquiera sabes por qué cojones estás internada. —Ha cogido carrerilla y ahora nadie puede pararlo, y yo tengo miedo de que sus palabras me hieran—. Tienes que dejar de joderles la vida a los demás y responsabilizarte de tus putos actos. No soy tu padre, y tengo la impresión de que no he hecho nada más que sacarte de problemas desde que has llegado.

—¡¡Cállate de una vez!! —grito y doy media vuelta. No quiero mirarlo a los ojos—. Me he escapado yo. Yo he sido la que me he ido de la playa. Tú no tienes nada que ver con esto. —Jake me coge del brazo y me obliga a mirarlo.

—Se lo conté a Norma —confiesa.

—¿Qué?

—Le conté que te quisiste pirar el primer día. Y luego la convencí para que vinieses con nosotros a la playa.

—Pero...

—Pero ¿qué? —Está empapado y se quita la lluvia de las pestañas con sus hábiles y largos dedos—. ¿Lo entiendes ahora? ¡Joder, Alessa! No te encontraba y creía que te había pasado algo. ¿Sabes en el lío en que estaría metido ahora mismo? En uno aún peor.

A medida que la lluvia cae sobre mí y me empapa la camiseta, la mochila y las zapatillas, soy consciente de lo egoísta que he sido al inmiscuir a otra persona en mis problemas. No debí mentirle a Jake, por lo menos. Ahora me siento fatal y no puedo seguir escuchando más verdades por hoy. Me acerco a centímetros de su rostro y su belleza me deslumbra aún más. Nunca lo había visto tan cerca, ni siquiera cuando me limpió la sangre de Jim en la ducha. Jake solo ha intentado ayudarme en todo este tiempo y yo le he pagado con una mentira cargada de irresponsabilidad por mi parte.

Abre la boca para soltar sus siguientes palabras, las siguientes verdades y, en un acto reflejo y rápido, le tapo la boca con mi mano. Se me incendia la sangre cuando noto sus labios en contacto con mis dedos.

Siento el latido del corazón detrás de la piel. ¡Dios! Creo que quiero besarlo... Pero ¿cómo coño voy a besar al jodido Jake Harris? Entre mis virtudes no se encuentra la valentía. Y en lugar de ser valiente, decido hablar:

—Cállate, por favor... —suplico.

Sus ojos se posan en los míos, fríos, ansiosos, y veo cómo, respiración a respiración, se relaja. Con lentitud, aparto la mano de sus labios y entiendo que he traspasado la línea de la confianza con ese nimio pero sentido gesto.

—Y para colmo cuando llego, te veo con ese capullo fumando porros y medio desnuda. —Lo dice tan bajito que no sé si lo he oído bien.

Clava su mirada en el suelo y apoya una mano en la cadera en un claro gesto de derrota.

—¿Tienes idea de lo irresponsable que has sido, Alessa?

—Sí.

De nuevo nuestros ojos se encuentran y nos perdemos en ellos, en silencio. Un silencio adornado por el ruido de la lluvia chocando contra el pavimento. Estamos en un mar denso gris y verde. Lo observo, observo al Jake verdadero, al chico increíblemente atractivo y con un talento innato para la música. Un chico que lo tiene todo. Pero solo un chico al fin y al cabo. Y en su debilidad está mi perdición, en verlo tan vulnerable, superado por esta situación provocada por mí.

El pitido de un claxon nos saca de la intensa atmósfera en la que estamos envueltos.

—¡Jake! —gritan desde dentro de un coche.

—Vamos —espeta.

Jake me coge del brazo y nos dirigimos apresurados al coche negro que ha aparcado delante de nosotros. Cuando entro y veo la tapicería de cuero claro me da mucho reparo mancharla de agua, pero es imposible evitarlo. Estoy completamente calada. El conductor, vestido de traje impoluto negro, arranca, y Jake y yo nos colocamos en los asientos traseros, lo más alejados posible el uno del otro. Estoy fuera de lugar y me gustaría decir algo, pero mi cuerpo está congelado y mis dedos empiezan a amoratarse. Soplo con fuerza sobre mis manos, intentando que el poco vaho que sale de mi boca me caliente los dedos. Jake se gira hacia mí y se apoya en el hueco que conecta con la parte delantera del coche.

—Stone, pásame tu chaqueta.

¿Qué? Dios, qué vergüenza... No paro de rizar el rizo cada vez más. Jodido e inoportuno frío de Londres. El conductor se saca la chaqueta en un gesto torpe por debajo del cinturón de seguridad y se la pasa a Jake. «Por favor, que sea para él».

—Toma. —Me tiende la chaqueta con brusquedad—. Me apuesto lo que quieras a que mañana estarás enferma.

No digo nada, porque si pudiera decir algo sería sencillamente para subir esa apuesta. Es evidente el mal aspecto que tengo por culpa del frío; el tembleque de mis dientes también lo confirma. «Jake, lamento decirte que no eres ningún Nostradamus, pero, por supuesto, teniendo esos labios, ¿para qué querrías serlo?». ¡Para ya, Alessa! Me pongo a duras penas la chaqueta, que por suerte me cubre parte de mis piernas congeladas. Poco a poco voy entrando en calor; los dientes dejan de castañearme y las manos de temblar. Creo en mi fuero interno que le debo una disculpa a este chico. Seguro que ahora, por mi culpa, todos mis compañeros tendrán consecuencias por esta fatídica salida a la playa. Pero sé que Jake se la jugó por mí y le he fallado.

—Jake, yo... —Mi compañero nocturno no aparta sus ojos de la ventanilla, por donde observa la ciudad bajo el manto de la lluvia—. Lo siento.

Él solo asiente con un gesto torcido mientras las gotas le caen por la frente. Me gustaría secarle toda el agua del cabello y, de paso, oler ese aroma a hierba mojada de cerca. Con esta lluvia torrencial, su olor se ha intensificado y, por alguna razón desconocida para mí, es un olor que me hace sentir llena.

—Me odias, ¿no? —murmuro.

Jake no dice nada, solo lanza un gruñido para que me calle de una jodida vez. Apoyo la cabeza en la ventanilla y siento los ojos cansados por toda la tensión. Mis dientes se clavan en la lengua buscando un refugio contra la ansiedad, pero hoy ni siquiera esto funciona. Cierro los ojos y pienso en la explicación que le daré a Norma al llegar a Camden Hall.

15

En realidad, iba a volver

Norma tiene los ojos muy irritados y el pelo despeinado sobre los hombros. Cuando Jake y yo entramos en el despacho, agacho la cabeza ante su amenazadora mirada. Solo quiero que acabe ya este día y darme una ducha caliente. La dueña de este lugar, la de los diplomas de sus méritos dispersos por toda la casa, se dirige hacia mí. Ahora sus ojos son de preocupación. Me pone las manos sobre los hombros y me zarandea.

—¿Estás bien? —Su inquietud me deja sin palabras.

—Está bien, Norma —agrega Jake.

Norma lo mira y resopla.

—¿Tienes idea de lo que has hecho? —Ahora su furia se ha instalado en sus mejillas acaloradas y temblorosas.

—Lo siento.

—¡¿Quieres irte?! ¡¿Eso es lo que quieres?! —grita muy fuerte.

De pronto, tengo miedo de que mis compañeros se enteren y que, además de haberles fastidiado su día de salida, también les vaya a fastidiar su merecido descanso. Agacho la cabeza preparada para aguantar la reprimenda, pero Norma me agarra de la barbilla con fuerza y me obliga a mirarla.

—¿Quieres irte, Alessa Stewart? Nuestra puerta siempre está abierta. ¡No tienes que trepar un maldito muro para marcharte!

Norma está dolida, pero en este momento solo puedo pensar en el día que me caí intentando trepar el muro y el famoso cantante de folk que está a mi lado no fue capaz de decirme que, si quería irme, solo tenía que encontrar la salida. Lo miro con los ojos abiertos y me encuentro con su seriedad impenetrable.

—Aún no he llamado a tu madre, Alessa, pero lo voy a hacer ahora mismo. Vendrá a recogerte y te irás a tu casa. Este centro es demasiado serio para aguantar a irresponsables como tú. Las personas que están aquí tienen un compromiso con su recuperación. Tú no.

—Pero... —Estoy bloqueada.

—Pero nada. Creía que ya habías asumido que estás en un centro de rehabilitación porque no tienes estabilidad emocional y has atenta...

—Norma, creo que es mejor que hablemos mañana. Estamos todos un poco nerviosos —la interrumpe Jake.

—Tú te callas. Esto es más culpa tuya que suya. —La mujer lo reprende tan fuerte que él solo puede obedecerla y cerrar la boca.

El silencio se ha convertido en el vehículo de una tensión agresiva dentro de estas cuatro paredes. Yo estoy paralizada, no sé qué decir ni qué hacer. Norma acaba de asegurarme que mi madre vendrá a buscarme. ¿No era eso lo que quería? ¿Volver a mi casa y dejar atrás este maldito lugar? De repente se me pone un nudo en la garganta. En realidad, me he adaptado a esto, he conseguido forjar una rutina, solo necesitaba ver a mi amigo, pero también iba a volver a Camden Hall. Mi plan no era irme para siempre.

—Solo quería ver a mi amigo —me excuso.

Norma abre mucho los ojos y se dirige a su escritorio, gruñendo. Jake me mira y niega con la cabeza para aconsejarme, supongo, que no abra más la boca. La directora coge el teléfono y empieza a marcar.

—Voy a llamar a tu madre y mañana este embrollo estará solucionado. Todos contentos.

Prácticamente corro hasta el escritorio e interrumpo la llamada poniendo la mano sobre las teclas del teléfono.

—¡No! ¡Por favor! —exclamo nerviosa.

La mujer me observa con sorpresa y juraría que percibo en su expresión cierto triunfo silencioso.

—Quiero quedarme.

Ahora dirige sus ojos a Jake, el cual se ha movido hasta detenerse detrás de mí, como si fuese un escudo que no quiere dejarme sola. Algo se rompe dentro de mí, supongo que debido a toda la presión del día, y siento una lágrima caer por mi mejilla. La capturo con la mano de inmediato, pero es demasiado tarde y los ojos se me inundan de agua salada.

—Por favor, déjales ir otro día a la playa. Yo les he arruinado el día. Por favor. No han hecho nada... —Norma ordena unos papeles en su escritorio, coloca el teléfono en su sitio con un golpe seco y se alisa el jersey—. No es justo para ellos.

—Ese no es tu problema, Alessa. Y, por supuesto, si quieres seguir aquí, tendrá consecuencias. —Su voz autoritaria suena como música para mis oídos. Me ha permitido quedarme y eso es suficiente para mí por ahora—. Y tú, mañana hablaremos.

Me cuesta imaginarme que Jake, a sus veintidós años y siendo todo un fenómeno mundial, vaya a ser objeto de una charla disciplinaria de esta señora de gafas de pasta y carácter malhumorado. Intento disculparme con la mirada, pero Norma me interrumpe:

—Podéis marcharos.

Jake y yo salimos del despacho. Tengo una sensación de pesadez que me golpea las costillas y un frío interior del que no puedo librarme por más que ahora me encuentre dentro de esta cálida estancia. Un escalofrío me recorre la espalda cuando subo por las escaleras. En parte por el frío, en parte porque Jake me roza el brazo con el suyo. Me siento mal por él y por mis compañeros. Y cuando estamos frente a mi habitación, otro inoportuno impulso se adueña de mí y no puedo hacer nada para remediarlo.

—Jake...

El chico, con el pelo mojado y la camiseta empapada pegada al pecho, se detiene frente a mí. Me siento ridícula con esta chaqueta enorme sobre mis hombros. Las palabras salen de mi boca sin poder frenarlas:

—Sé que mi padre en el fondo no quiere saber nada de mí, pero intento creer lo contrario. Cada día intento pensar que no es así. —Mi voz se va rompiendo hasta que solo queda un pequeño hilo—. Hice lo que hice porque no era imprescindible para nadie.

Jake está muy quieto y sus ojos grises son un torrente profundo en los que me pierdo. Está sin palabras y yo quiero desaparecer. Quiero que acabe este día y que mañana tenga una fiebre tan alta que no me acuerde de nada.

—Por eso estoy aquí —confieso mientras abro la puerta de mi habitación.

¿No decía que ni siquiera sabía el motivo por el que estaba internada en Camden Hall? Lo último que veo al cerrar la puerta es a un chico triste y abatido que me observa en silencio.

—Buenas noches, Jake —me digo a mí misma una vez dentro.

16

Me arde el cuerpo

Una llamarada de calor infernal que proviene de mi interior me despierta a las seis de la mañana. Cuando intento moverme, un mareo me sacude y me tumbo de nuevo, incapaz de alzar la cabeza. Me tomo un momento para pensar y entonces recuerdo que ayer me reencontré con Tommy y que Jake apareció de repente para llevarme de regreso a Camden Hall. Madre mía. Todo da vueltas en mi cabeza y los primeros síntomas de la vergüenza aparecen.

Anoche, antes de despedirme de mi famoso compañero de rehabilitación, deseé que al día siguiente tuviese una fiebre tan alta que pudiese olvidar los recuerdos. Bien, pues estoy muy enferma, pero por desgracia sigo acordándome de mis hazañas con todo lujo de detalles. Recuerdo cada pelo mojado de Jake que le caía a la altura de las cejas la noche anterior. También recuerdo a Norma muy enfadada. Y la confesión fuera de lugar que me atreví a hacerle a Harris. Todo mal. Intento, sin alzar la cabeza, buscar una botella de agua en la mesita de noche y, cuando logro cogerla, doy un largo trago y cierro los ojos con la intención de caer inconsciente al menos cien años.

—¿Alessa? Estás ardiendo. —Oigo la voz de Norma muy lejana, pero siento su mano congelada sobre mi frente.

Abro los ojos con esfuerzo y noto un vapor caluroso salir de mi cuerpo, me destapo con las sábanas al momento.

—¿Qué hora es? —Mi voz suena débil.

—Son las nueve. Como no has bajado a desayunar, he subido para ver qué estabas haciendo.

—O para comprobar que no me había marchado por la misma puerta por la que entré anoche.

La mujer me mira con su moño perfectamente colocado y sus gafas de pasta y me vuelve a palpar en la frente.

—Tienes fiebre.

—Supongo que me lo merezco por lo de ayer —confieso esbozando una mueca de dolor al moverme.

—Sí, supongo. —A pesar de su seriedad, logro entrever en el tono de Norma cierta burla—. ¿Quieres que llame al médico?

—No. Es solo un enfriamiento. Cogí mucho frío por la lluvia.

—Pues Jake está como una rosa.

—¿Ah, sí? Supongo que él ya tiene cierto entrenamiento llevando su cuerpo al límite.

¿Por qué lo ha tenido que nombrar? Ahora me vienen a la mente flashes de los ojos grises de Jake, de la lluvia mojándole la ropa y de su enfado al entrar en la casa de Tommy. Y el calor en mi cuerpo se hace insoportable. Estoy ardiendo.

—¿Podrías traerme una pastilla?

—Claro. —Ahora Norma está más amable que nunca—. Descansa y recupérate. Si vas a quedarte, tienes que trabajar duro, Alessa. Tienes que adentrarte en ti y ver qué es lo que no funciona. Nadie puede hacerlo, solo tú. Estamos aquí para ayudarte.

Si Norma supiese que, sencillamente, lo que no funciona en mí soy yo misma, creo que nos ahorraríamos mucho tiempo. En fin, cada uno tiene derecho a soñar. No soy yo quien la vaya a hacer bajar del burro. Ya se dará cuenta de que conmigo no hay nada que hacer.

—Gracias por dejar que me quede —le agradezco.

La mujer asiente y se levanta. Desaparece por la puerta de la habitación y yo solo tengo un pensamiento antes de sumirme de nuevo en la inconsciencia. Ese pensamiento tiene nombre y apellido: Jake Harris.

—Alex... Alex... —Alguien me está llamando mientras me da golpecitos en el pelo.

Estoy en la cama boca abajo, sudorosa y con los músculos doloridos. Me siento un poco mejor al incorporarme, aunque el mareo no ha desaparecido del todo. La luz del sol que entra por la ventana me obliga a llevarme las manos a los ojos para taparlos.

—Alex... —Annie está sentada sobre la cama, a mi lado—. Tienes mala cara, ¿estás mejor?

En un extremo de la cama, hay una bandeja con sopa, una botella de agua y una manzana. Observo a mi compañera con ojos suplicantes. Quiero pedirle perdón en cuatro lenguas distintas, pero estoy tan cansada y me encuentro tan débil que ni siquiera puedo abrir la boca.

—Te he traído la comida. María te ha preparado sopa de pollo, ya verás cómo te sienta bien —me anima.

No entiendo nada, Annie se comporta igual de amable que antes. ¿Habré soñado que hui de la playa y que sus planes se fueron a la mierda por mi culpa? A pesar de su delgadez, hoy noto en mi compañera un color agradable en sus mejillas. Seguro que logró coger algo de sol en el poco tiempo que estuvieron disfrutando de su salida.

—Annie, yo... Lo siento, de verdad —balbuceo—. Sé que os jodí el día, pero quiero que sepas que me arrepiento y que ya no podré joderos más porque Norma me ha prohibido las salidas.

—¿Qué tal lo pasaste con Tommy?

Mi compañera agranda su sonrisa y me doy cuenta de que no me guarda rencor y que realmente está interesada en que le cuente mi reencuentro con mi amigo.

—Pero...

—Alessa, aquí todos hemos hecho tonterías. No eres la única. La primera semana me fui y me pillaron en un IKEA comiendo perritos calientes. Luego estuve dos días vomitando aquella mierda. —Los ojos de Annie se entrecierran como si recordaran algo realmente asqueroso.

—¿En serio? —De momento me siento mucho mejor.

—Sí. Todos la hemos cagado de alguna u otra forma, aunque no siempre hemos involucrado a nuestros compañeros. No todos lo van a olvidar tan pronto como yo.

—Me va a tocar compensarlos, ¿no? —pregunto.

—Sí.

—¿Cómo lo habéis sabido? ¿Ha sido Jake el que...?

—No —me interrumpe—. Norma nos lo ha explicado todo esta mañana antes de ir a correr. Y, la verdad, no te voy a mentir, hemos flipado cuando nos hemos enterado de que Jake fue a buscarte. —Los ojos de Annie se abren tanto que casi se le salen de las órbitas.

—Ya, yo también flipé. Y me morí de la vergüenza.

—Al puñetero Jake Harris le importas —dice convencida mi compañera.

—¿Qué? Solo estaba protegiendo su puto culo, ya sabes, él habló para que me dejaran salir.

—He visto cómo te mira. —Las palabras de Annie me están revolviendo el estómago—. Antes de que vinieses no solía relacionarse mucho con nadie, más allá de las tareas, el deporte y las partidas de cartas. Y ahora que estás tú, ha hecho hasta una puñetera actuación en nuestro karaoke —espeta Annie.

—Quizá lo hizo porque tenía mono de concierto —bromeo.

—Creo que de lo que tiene mono es de un buen Brandy con hielo.

No puedo evitar soltar una carcajada y debato internamente si contarle a Annie que me invitó a su habitación y me dijo que podía subir a escuchar música cuando quisiera. Finalmente, decido no decirle nada y me coloco delante de la bandeja para llevarme algo a la boca antes de desmayarme.

—¿Por qué está aquí, Annie? ¿Qué fue lo que pasó exactamente? —la interrogo antes de meterme en la boca un trozo de pan.

Necesito saber más sobre Jake.

—No sé si debería contártelo. Ya sabes, es algo personal. —Noto cierta incomodidad en mi compañera.

—Puedo mirarlo en internet cuando quiera, pero prefiero saberlo de ti. No me fío de esas revistas, aunque la mayoría de las veces estén en lo cierto.

La mirada se le ilumina y se acomoda encima de las sábanas.

—Fue hace un par de meses. Tenía un concierto en Londres después de volver de una gira estadounidense, en la que, por cierto, estuvo increíble. —Estoy expectante y Annie baja la voz como si nos pudieran escuchar a través de la puerta cerrada de la habitación—: La cosa es que actuó y se fue de fiesta... Supongo que, al estar en casa, se relajó.

—¿Cómo que se relajó? —No sé a qué se refiere.

—Se emborrachó, se drogó y salió con chicas.

—¿Con Charlotte? —pregunto.

—No. Con otras chicas.

Abro la boca como si fuera el mayor chisme que me han contado nunca. Annie solo puede sonreír al verme con esa pinta de mendiga, medio muerta, y a la vez tan concentrada en la conversación.

—Se peleó con su amigo en medio de la calle, a las afueras del Gini's, el garito de moda londinense. Le pusieron el ojo morado y llegó la policía. La gente lo grabó y lo subió a Twitter y en media hora era *trending topic* mundial —cuenta Annie con preocupación.

—Vaya.

—Lo peor fue que, después de eso, en vez de marcharse a su casa, volvió al bar y continuó bebiendo. —Annie se detiene con brusquedad.

—Sigue. —Le doy un manotazo suave en el brazo para que no pare de hablar.

—Le dio un coma etílico y, cuando llegó al hospital, no respiraba. —El mareo me vuelve de nuevo y el calor me llega a la garganta—. Lo intentaron reanimar durante unos minutos y al final lograron que su corazón volviera a latir. Lo demás, te lo puedes imaginar. Norma lo trajo para que saliera del pozo en el que estaba metido.

—¿Jake estuvo muerto?

—Se podría decir que sí. Pero resucitó y ahora está aquí.

La respiración se me acelera. Esa voz perfecta, rota y apagada para siempre.

—Y tú tienes que comer algo o entrarás en coma también.

Mi compañera se levanta de la cama mientras yo me dispongo a comer la primera cucharada de esa sopa de pollo que huele tan bien.

—Me voy, Peter me espera —anuncia.

—Suerte. Y gracias por la comida. Te lo compensaré.

17

Mi madre dice que el chocolate lo cura todo

En una ocasión encontré a mi madre tirada en la alfombra de nuestro salón atiborrándose de helado de chocolate belga. Tenía el pelo sucio, los ojos hinchados y los labios cortados. Cuando le pregunté por qué estaba tirada en el suelo despatarrada con el pijama manchado solo me dijo: «El chocolate cura los corazones rotos, Al. Nunca lo olvides». Hacía una semana que mi padre se había marchado y desde entonces mi madre no paraba de decir cosas sin sentido. Aun así, recuerdo esa frase, aunque en aquel momento no me sirviera en absoluto. Yo también tenía el corazón roto, yo también me atiborré a chocolate, pero jamás conseguí curarlo.

Ahora, tiempo después, espero que la solución a mi metedura de pata sea una bandeja enorme de dónuts fondant. Ayer llamé a mi madre para que los enviara a la residencia a la hora del desayuno. Por supuesto, sin que Norma se enterase. Mi madre para estas cosas tiene un don, así que aquí estoy, con una bandeja enorme de dónuts de chocolate a las ocho de la mañana, recuperada de la fiebre y esperando a que mis compañeros aparezcan por la puerta.

El primero en entrar y quedarse petrificado delante de los dulces es Daniel y, segundos después, lo siguen todos mis compañeros, incluido Jake Harris. Todos me observan recelosos, menos Annie, que tuerce una sonrisa como si comprendiera perfectamente lo que está pasando. Daniel, con el semblante serio, se adelanta a los demás, se acerca a la mesa y ojea la bandeja. Luego posa una mirada afilada sobre mí.

—Creo que empiezo a entender lo que está pasando aquí —comenta concentrado—. Nos quieres chantajear con estos dónuts, ¿verdad, Alessa?

—No puedo contestar, pues noto todos los ojos rencorosos juzgándome—. Disculpas aceptadas, señorita. —Su radiante sonrisa se expande de oreja a oreja y no tarda más de un segundo en coger uno de los dónuts y darle un bocado.

Suelto todo el aire que se había acumulado en mi garganta y examino con timidez los rostros de mis compañeros, algunos más alegres y despreocupados que otros, pero todos peleando para coger el par de dónuts que les corresponde. Incluso Jake, que no ha intercambiado ninguna mirada conmigo desde lo de la última noche. Supongo que seguirá cabreado por la bronca que le cayó por mi culpa.

—No creas que nos vamos a olvidar tan fácilmente de esto, chica pelirroja —refunfuña Rachel dando un último mordisco a su dónut y chupándose el pulgar—. Seré la primera en negarme cuando te dejen salir a la calle. Hasta que desaparezca ese disfraz de víctima que llevas encima.

—Genial, Rachel. Yo también estaré encantada de ayudarte si me necesitas. Con disfraz o sin él. Supongo que estás un poco más deprimida esta semana porque te han separado de tu puñetero siamés —le respondo con la misma dureza que ha empleado para atacarme.

—Vamos, chicas. Hagamos un poco de ejercicio a ver si nos relajamos... —Annie quiere quitar todo el hierro del mundo al asunto—. Y tú, Rachel, si tan enfadada estás, ¿por qué te has comido los dónuts?

Rachel se aprieta su coleta de caballo y sale por la puerta de la cocina en dirección al césped. Busco a Jake con la mirada y lo encuentro en una esquina tomando un vaso de zumo con sus inseparables cascos en las orejas. Creo que la confianza y la amabilidad con la que me trató hace unos días han desaparecido de un plumazo. En fin, me lo merezco. Seguro que tampoco está tan bien ser su amiga.

Por primera vez en todo el tiempo que llevo en Camden Hall, soy capaz de correr y aguantar sin detenerme hasta el lago y de vuelta a la casa. Y por tonto que pueda parecer, me siento completa y feliz por haber conseguido un objetivo. Cuando estamos descansando tumbados en el césped, observo a mi alrededor para ver dónde anda mi compañero nocturno. Vaya, qué raro. Está al lado de Barbara, compartiendo confidencias. Nótese la ironía. Algo o alguien impide que el sol me dé en la cara y, al mirar hacia arriba, veo a Ryan, con el cuello repleto de gotas de sudor.

—Hola, Alessa —me saluda.

—¿Qué tal?

Ryan me ha hecho saber durante la carrera que no me guarda ningún rencor. Es más, hemos bromeado acerca de la limonada que tanto le apetecía y que nunca se llegó a tomar. *Mea culpa.*

—Ya veo que tienes más resistencia que algunos que llevan aquí más tiempo —comenta, y sé que se refiere a Rachel, que está más floja que de costumbre.

Sonrío como respuesta y echo otra mirada al dúo sacapuntas. Siguen a lo suyo: riendo, echándose agua, restregándose... ¿Qué me pasa? Supongo que en el fondo me molesta que Jake no me haga ningún caso. Ojalá que todos los problemas de este mundo sean que un egocéntrico que lo tiene todo no repare en ti.

—¿Quieres jugar un partido de tenis? Tú y yo, haciendo equipo. Como me dijiste que habías jugado desde pequeña pensé...

—Claro —le interrumpo observando el encanto que es Ryan con su piel pálida y sus ojos azules—. ¿Contra quién jugamos?

—Jake y Barbs —informa.

¡Oh, vaya! No hay nada que me apetezca más en el mundo que darle una paliza al tenis a esos dos. Soy buena jugando a este deporte. Taylor y yo estuvimos un año ganando campeonatos en el instituto. A ver si compitiendo contra ellos y saliendo victoriosos, la belleza Beatle depresiva puede comprobar, si es que acaso le importa, que me he recuperado de la fiebre y que no fue para tanto tener las piernas al descubierto.

—¿Vamos?

Ryan sonríe y me tiende una mano para ayudarme a levantarme.

Hacía mucho tiempo que no jugaba al tenis de un modo tan intenso. Sin duda, mis tres compañeros son buenos jugadores, pero la compenetración que hay entre Ryan y yo es lo que nos hace ir por delante en dos juegos. Es increíble. Nunca he formado equipo con él, pero nos entendemos a la perfección. Y eso saca de quicio a nuestros contrincantes, que desde luego no disfrutan de consonancia ninguna, al menos en lo que a este deporte se refiere. Barbara tiene un buen revés, pero se ha quedado atrás en ciertas ocasiones y eso les ha hecho perder puntos. Jake es otro tema. Por lo visto, acabo de conocer uno de sus puntos débiles: la competitividad. Tiene la piel colorada por el esfuerzo y la raqueta en la mano preparada todo el tiempo. Se puede ver su frustración desde el Big Ben. Probablemente sea el mejor de los cuatro por la fuerza de sus golpes y por su técnica trabajada, pero la falta de concentración lo está dejando fuera del partido. ¡Una pena!

Después de un juego disputado en el que peloteamos un par de minutos, decido hacer una dejada que no pueden devolver y que nos coloca a un solo punto del partido.

—¡Oh, vamos! Ha sido de potra —gruñe Jake—. ¡Tienes una suerte increíble, joder!

—Lo que tú digas. Te jode que vayamos a ganar —digo con tono burlón.

—Os hemos dado por buenos puntos que no lo eran. Y vosotros no nos habéis dejado pasar ni uno. No es justo —brama Barbara volviendo al extremo de la pista.

Jake está contrariado y con el ceño fruncido, y cuando Barbara se acerca a él para hacer estrategia, la rechaza. Por alguna razón que desconozco, disfruto interiormente con el gesto. Sin embargo, yo sí que recibo a Ryan con simpatía cuando viene a hablarme de nuestro inminente plan para ganar la partida.

—Alex, vamos a cansarlos hasta que se adelanten en la pista. Luego, quien tenga la oportunidad, lanza una bola larga al extremo —susurra Ryan con ahínco cerca de mi oído—. ¿Cómo lo ves?

—Vamos a ello. —La sonrisa se extiende por mi rostro y me coloco en posición.

Tres minutos después, los cuatro estamos jadeando y devolviéndonos la pelota como si no hubiese un mañana. ¡Dios! Es imposible no desconcentrarse teniendo enfrente a Jake. Le recorro el cuerpo con la mirada deteniéndome en la elegancia de sus movimientos. Por suerte para mí, Ryan está absorto en el juego y no tengo dudas de que muy pronto marcará el punto ganador porque Barbara y Jake están cada vez más cerca de la red.

A los pocos segundos, sucede: hago una dejada, Jake la devuelve al límite y mi compañero manda la bola ganadora a la esquina del extremo derecho del campo. Ha sido un auténtico puntazo. Los dos tiramos la raqueta y gritamos. En un brote de entusiasmo, Ryan viene hacia mí, me abraza y me alza del suelo. Lo que pasa a continuación sucede tan rápido que apenas me da tiempo a reaccionar. Jake empuja tan fuerte a Ryan que lo desplaza a varios metros de donde estamos. Luego, lo empuja de nuevo y lo encara.

—¡Te voy a dar! —grita cuando Ryan se cae al suelo de culo—. ¡Levántate!

—¿Qué te pasa? —jadea Ryan.

Observo la escena que sucede a cámara rápida y corro hacia ellos.

—¿Qué coño haces? —gruño mientras tiro fuerte del brazo de Jake. Consigo apartarlo a duras penas.

—Le voy a dar una paliza a este fantasma. —Está fuera de sí.

—¡¿Estás loco?! ¡Ve al puto psicólogo antes de relacionarte con nosotros! —grita Ryan poniéndose en pie—. Chaval, no pasa nada si la raqueta no se te da tan bien como el micro.

El rostro de Jake se enciende y da un paso decidido hacia él.

—¡Para, Jake! Es solo un juego. —Me coloco entre los dos para separarlos, pero la fuerza de su cuerpo me hace retroceder y estrello mi espalda en el pecho de Ryan. Y mentiría si dijese que no me hago un poco de daño.

Barbara llega con la raqueta en la mano, me ayuda a apartar a Jake y poco a poco conseguimos sacarlo de la pista. Sus ojos grises están inmersos en una furia que no conozco, pero me tranquilizo al notar que se van relajando a medida que toma distancia.

—No te fíes de ese tío. Se pueden ver sus intenciones desde lejos, Alessa.

—¿De qué hablas? —Estoy confundida.

—Nada. No hablo de nada.

Da media vuelta y camina apresurado hacia la casa, dejándonos a Barbara y a mí con la boca abierta. Entonces corro hacia él y lo alcanzo justo antes de que llegue a la entrada. Lo agarro del brazo y lo obligo a mirarme.

—¿Qué ha sido eso? ¿Estás bien? —Necesito que sepa que me preocupo por él.

—Ya has visto el humor que tengo. No sé competir, Alessa. Me pasa siempre, no soporto perder —admite con los dientes apretados.

Al ver arrepentimiento en sus ojos, relajo los hombros e intento hablar para acercarme un poco más a él y a su complejidad.

—A mí me pasa lo mismo. —Levanta una ceja como si no me creyese—. Me pongo aún peor cuando pierde el Arsenal. Te lo juro.

La sorpresa se adueña de los labios de Jake, fruncidos y sonrosados por el esfuerzo.

—¿Eres del Arsenal? —pregunta, atónito.

—Claro.

—Joder. La cosa mejora por momentos. —Su sonrisa torcida me nubla el pensamiento.

—¿Qué tienes en contra de los Gunners, eh?

La tensión ha desaparecido entre nosotros y estamos conversando con la misma confianza con la que hablan los amigos.

—Bastantes cosas. Soy del Tottenham.

Cuando abro la boca, perpleja, Jake deja entrever sus dos paletas a través de una sonrisa grande y cautivadora. Se despeina el pelo con sus dedos.

—¡Alessa! —El grito de Ryan llega hasta nosotros.

—Parece que la lapa te reclama. Si se pone muy pesado, me lo dices.

Y así es cómo, dejándome descolocada, mi compañero nocturno, el mismísimo Jake Harris, entra en la casa y desaparece. No conozco el motivo, pero me siento un poco más cerca de él, a pesar de que seamos eternos enemigos futbolísticos.

18

Mi padre viene a recogerme. Por fin

Los ojos de color cielo de Peter me tranquilizan. Y su voz me calma.

—Verás, Alessa. Necesito que hablemos de algo importante. ¿Qué significa el compañerismo para ti?

—¿Me lo preguntas por mi pasada fuga de la playa? —Sé que es por eso.

—Entre otras cosas. Es importante que no te centres solo en ti. Que cuando actúes, aunque sea en menor medida, pienses también en las consecuencias para tus compañeros —reflexiona.

—Sí. Lo sé. Les pedí perdón. Estuvo mal lo que hice.

—¿Y por lo demás? ¿Quién es el chico con el que estuviste? —¡Vaya! Ahora me doy cuenta de que solo ha hecho un rodeo para llegar a este tema.

—Es un buen amigo. Mi mejor amigo, en realidad —afirmo convencida.

—¿Hay algo más entre vosotros?

Niego con la cabeza.

—¿Por qué tiene que haber algo? —Me molesta que todos piensen lo mismo. ¡Solo compartimos un beso cuando teníamos catorce!

—Bueno, porque te fugaste de un centro de rehabilitación solo para verlo.

—Visto así, tiene sentido, pero la realidad es que solo necesitaba salir de aquí, respirar un aire conocido, ¿sabes?

—Entiendo. Pero... ya viste a otra amiga en la hora de la visita, ¿no es cierto? —El hombre hace bien su trabajo.

—Necesitaba hablar con él, sentir que nuestra relación siempre va a ser la misma —confieso.

—Ya veo. Tienes miedo de perder a tus amigos.

Asiento con lentitud. Noto cómo se va metiendo poco a poco en mi mente para llegar al quid de la cuestión. Sé que me está manipulando, pero no puedo hacer nada para impedirlo.

—Quiero que hagamos un ejercicio. Puede que parezca muy banal, pero siempre funciona —explica Peter con una sonrisa—. Quiero que me digas tres adjetivos positivos tuyos. Tres cosas buenas que forman parte de tu personalidad y tu carácter.

Este juego nunca me ha gustado. Dirijo la vista hacia la ventana y observo lo tranquilo que está el jardín. Quizá podría contestar que soy inteligente, pero aún me falta mucho... Hay millones y millones de personas más listas que yo en este mundo. Descubro que no se me ocurre ninguna cualidad positiva, solo aparecen las negativas: impulsiva, irónica, desconfiada, susceptible, inconformista... La lista sería infinita, pero no quiero confesárselo a Peter, me da vergüenza.

—No lo sé, Peter. No sé qué decir. Estas cosas siempre me cuestan.

—Solo son tres. Inténtalo —me anima observándome desde detrás de sus gafas sin montura.

Mi silencio inunda la habitación durante unos largos segundos y Peter rompe el hielo.

—Alessa, tenemos que trabajar tu autoestima. Necesito que comprendas que, siendo como eres, ya eres suficiente. Suficiente para tus amigos, suficiente para tus compañeros y suficiente para tu familia. Todos te quieren como eres. Ahora eres tú quien tiene que aprender a quererse. Iremos poco a poco y empezaremos por cogerte un poco de cariño. Vamos a pensar una cualidad que te guste de ti, solo una. Te ayudo.

Después de todo lo que me ha soltado, noto cómo mi respiración se ha relajado, siento como si un tonel se hubiera esfumado de mi cabeza.

—Soy... ¿inteligente? —balbuceo, indecisa.

—Sin los signos interrogativos, por favor —espeta—. Lo eres. Eres una chica muy inteligente.

Justo en ese momento llaman a la puerta y nos interrumpen. Norma entra y nos dedica una sonrisa sofocada, se ve que lleva una mañana muy ajetreada.

—Alessa, tengo noticias para ti —dice desde la puerta.

—¿Buenas o malas?

Norma sube los hombros en una clara señal de escepticismo.

—Tu padre viene a visitarte este domingo.

¿He oído bien? Norma asiente con la cabeza mientras observa mi enorme sorpresa. Mi padre viene a verme. Por fin. Creo que me queda poco tiempo aquí, justo cuando más cariño le estaba cogiendo a Camden Hall.

19

Quien ríe el último, ríe mejor

Antes deseaba con todas mis fuerzas disfrutar del verano fuera de estas cuatro paredes, rodeada de los míos y saboreando las cosas que más me agradan como, por ejemplo, tumbarme en el enorme jardín de mi madre hasta las cuatro de la madrugada observando las estrellas y preguntándome por el sentido de una vida a la que no le espera nada bueno. Sobre todo, respecto a lo que a mí se refiere. Ahora me dejo llevar y disfruto de los pequeños placeres que pueden existir por estos lares. Estoy ilusionada porque mi padre viene a visitarme. Y sé que le rogué a Norma para que me permitiera quedarme, pero creo que pronto me marcharé de aquí. Estoy convencida de que mi padre me sacará de Camden Hall.

Hoy hemos amanecido con veinticinco grados, y eso, en Londres, siempre hay que aprovecharlo. Así que Norma no ha puesto impedimento alguno para que pasemos parte del día disfrutando del clima. Estamos en el lago de agua cristalina y congelada que hay al final del bosque. Ha sido idea de Ryan, y los valientes que hemos decidido acompañarlo a pasar frío, en vez de aprovechar la piscina interior, hemos sido Daniel, Annie y yo. Los demás están pasando el caluroso día de verano dentro de una amplia sala que solo huele a cloro.

Al principio, cuando me he pegado el chapuzón, la gelidez del agua me ha golpeado como si fueran cuchillos afilados, pero ahora que llevo dentro un buen rato estoy acostumbrada y gozando del paisaje bucólico que nos rodea. Grandes rocas, árboles y rayos de sol que se cuelan entre las hojas que abarrotan las ramas.

—¿Cómo llevas eso de que te falte nada para salir? —pregunta Annie a Daniel, que está sentado sobre un enorme dónut flotador. El resto estamos dentro del agua.

—Pues bien, supongo. —A pesar de la sonrisa de Daniel, percibo una sombra de duda en sus ojos.

—¿Vas a volver a competir? —Ryan quiere ahondar más en el tema.

—Pues claro que sí. Es mi futuro. Mis padres ya lo tienen todo planeado de cara a esta temporada.

Daniel es nadador profesional, pero la presión por la competitividad lo sumió en una crisis de ansiedad con la que tocó fondo. Alguien de élite como él puede estar sometido a tanta presión que cuando explota de verdad es como una bomba de relojería. Daniel lleva en Camden Hall tres meses y, por lo que me ha contado Annie, su evolución ha sido increíble.

—¿Y tú tienes ganas de volver? Más allá de lo que digan tus padres. —Mi compañera se mueve en el agua con los labios morados.

Daniel no contesta, se limita a recolocarse en el dónut y a sonreírnos. Quiero decirle que todo irá bien.

—Es normal que estés un poco nervioso, pero has nacido para ello. Eres increíble.

—Oh, gracias, portadora de dónuts. Me hace ilusión que esas palabras vengan de alguien que me frustró mi día de playa y entrenamiento —bromea él.

—¡Vamos! Olvidadlo ya... —me quejo.

—De eso nada —agrega Annie con el ceño fruncido—. Yo quiero volver a la playa. Aquí me estoy congelando.

Arrugo la frente con arrepentimiento, pero la sonrisa de Annie me hace comprender que no lo ha dicho en serio.

—Voy a nadar para ver si entro en calor —nos informa mientras da unas brazadas que la conducen hacia la parte más honda del lago.

—¡Voy contigo! ¿Quieres echar una carrera? —dice Daniel.

—¡Sí! —grita emocionada.

Daniel se baja del dónut hinchable y nos salpica a Ryan y a mí, que protestamos temblando de frío. Las ondas creadas por sus movimientos provocan que nos acerquemos y ahora puedo ver lo claros que son los ojos de Ryan y lo mucho que se parece a Ian Curtis. Es increíble.

—¿Lo estás pasando bien? —Él se hunde más en el agua y su cabeza queda a mi altura.

—Sí. Esto no está tan mal como hacer ejercicio o acudir a las sesiones de Norma.

Creo que Ryan está cada vez más cerca, pero me siento cómoda con él, al igual que me ocurre con Tommy.

—He estado pensando y quiero preguntarte algo —titubea—. A veces, en ocasiones especiales, podemos pedir un permiso en el que nos dejan salir por algún motivo, siempre y cuando informemos de dónde vamos a estar en cada momento.

—¿Como la salida de la playa? —pregunto.

—Algo así... Solo que es un permiso más bien individual. —Chapotea con los dedos en el agua en calma—. Dentro de dos semanas es mi cumpleaños y querría saber si te apetece que pidamos ese permiso.

Estoy tan confundida que mi cara debe de ser una oda a la incomprensión. Eso ha sonado como una cita un tanto... ¿sexual? Como si de un vis a vis se tratase. Ryan se da cuenta al momento.

—Oh, no, Alessa, por Dios, no me refería a *eso* —se ríe.

Es imposible no unirse a las relajadas carcajadas de mi compañero de rehabilitación.

—¿Cómo has podido pensar...? —continúa. Abro la boca para decir algo, pero la cierro, avergonzada—. Me refería a que podemos pedir el permiso para ir al cine. Solos tú y yo, por mi cumpleaños. Si nos hubiésemos conocido fuera estoy seguro de que seríamos amigos.

Tiene razón. Ryan y yo compartimos muchas cosas y, desde que entré aquí, nos hemos llevado bien. Con él y con Annie son con los que más he tratado y a los que, en definitiva, más conozco. Así que no me parece tan tremenda su propuesta. Pero... ¿por qué no podemos ir con los demás?

—¿Qué dices? —Espera una respuesta con los ojos muy abiertos y el agua resbalándole por sus brazos.

—Me encantaría ir al cine, aunque creo que tendré prohibidos los permisos durante un tiempo. —Hago un puchero con los labios.

—Podemos intentarlo, déjalo en mis manos —dice, confiado.

Un ruido de algo impactando en el agua nos asusta y damos un respingo. Un momento después, Jake Harris sale del agua y se extiende el pelo mojado hacia atrás con los dedos. Madre mía. Es una estampa, una obra de arte. ¿Puede que tenga los músculos más definidos? Sus lunares siguen contrastando con su piel pálida y yo me descubro observándolos uno por uno. De pronto, parece que el agua se ha vuelto más cálida, más agradable. ¿O acaso es mi cuerpo?

—Eres un patoso, Jake.

Por lo visto, el otro día Jake le pidió perdón a mi futuro compañero cinéfilo por su comportamiento en la pista de tenis. ¿Quién se imagina a Jake Harris pidiendo perdón? Yo desde luego que no. Él ni siquiera nos echa una mirada, se vuelve a sumergir pasando por nuestro lado bajo el agua y desaparece nadando hacia la parte más alejada de la orilla.

Una hora después, estoy dentro del agua encima del dónut flotador mientras mis compañeros, sentados sobre la hierba y secándose al sol, juegan a las cartas. Jake Harris también está tumbado al lado de ellos, pero está concentrado en escribir notas sobre su cuaderno. Desde lejos, con esta sensación de paz y deslizándome con suaves vaivenes sobre el agua, me permito observarlo durante un tiempo. Quiero pensar que aquí estamos encerrados y que, bueno, las sensaciones se magnifican. Porque, de lo contrario, no sé qué explicación darle a que, cuando Jake está cerca, mi piel se acalore y los dedos me tiemblen, por no hablar de la sensación de hormigueo en el estómago. Últimamente siempre sucede, así que es un alivio que se mantenga a distancia porque puedo concentrarme en mis cosas; en mi futuro, en lo que quiero hacer, en mi recuperación, en mi estabilidad emocional, en la próxima visita de mi padre...

Cuando vuelvo a mirar hacia la hierba, Jake está de pie, estirándose y preparándose para entrar de nuevo al agua. Me mira directamente a los ojos y choca con mi mirada, así que intento disimular, pero no he tenido éxito. Ha sido una pillada en toda regla. Dentro del dónut, tumbada con las piernas sobre el flotador, me siento protegida. Pido a Dios que Jake no se acerque a mí, aunque en el fondo deseo que lo haga. ¡¿Pero qué narices me pasa?! ¡Otra vez esta desquiciante sensación en el estómago!

Jake se tira de cabeza y no puedo apartar mis ojos de él cuando sale del agua. Uf, qué calor. Por suerte, mis compañeros están sumidos en discusiones y piques derivados del juego y no se percatan de la baba que me está cayendo por la barbilla. El dónut se mueve con la corriente que ha provocado Jake en el agua y, cuando veo que su atractivo cuerpo se dirige hacia la parte contraria en la que me encuentro, mi mente siente cierto alivio. Cierro los ojos con la cara orientada hacia el cielo para seguir disfrutando de este sol increíble, pero no pasa más de un minuto cuando siento que algo me tira del pie. Un momento después, estoy sumergida en el agua, asustada y sin aliento. Intento subir hacia la superficie, me falta el aire, y una mano me coge del brazo y me levanta para que pueda llegar antes. Y respiro, por fin. El agua está congelada. Estoy temblando. Oigo unas fuertes carcajadas y, al abrir los ojos, me percato de que estoy frente a Jake Harris, que parece divertirse, y mucho, observando mi casi tránsito a la otra vida. Tengo el pelo mojado y enmarañado sobre mi rostro y apenas puedo verlo entre los mechones, pero sé que es él.

—¿Está buena el agua? —bromea—. Te estabas achicharrando al sol, te he hecho un favor.

Me coloco bien el pelo y me sacudo el agua de la cara con las manos, aún sofocada por el sobresalto.

—Si quieres salir vivo de este lago, corre. O, mejor dicho, nada lo más rápido que puedas porque te voy a matar. —Mi advertencia solo lo hace reír más fuerte.

Mi ira no hace más que aumentar. Me acerco a él con ahínco e intento empujarlo, pero mi maldito compañero nocturno me esquiva y solo logro hundirme en el agua de manera ridícula. Se ríe de nuevo.

—¡Alessa! ¿Necesitas ayuda? —Oigo la voz de Annie, que llega desde lo lejos.

—¡No! ¡Puedo matarlo yo sola! Gracias de todos modos —grito frustrada.

—No puedes conmigo. Soy más fuerte que tú. —¿Me estoy volviendo loca si pienso que esa frase ha salido de su boca de una forma seductora?

—¿Estás seguro?

Prácticamente vuelo hacia él, me tiro encima y, con la ayuda de mis dos manos, le sumerjo la cabeza debajo del agua. Lo empujo con saña. Sé que él no está empleando toda la resistencia de la que es capaz y, al cabo de unos segundos, me sumerge a mí también. Me coge de la mano y de nuevo estamos sobre la superficie, jadeando y riendo. Sí, estoy riendo porque su maldita risa despreocupada e infantil es contagiosa. Estoy ardiendo por dentro, por el roce de su mano con la mía.

—¡Para! —chillo cuando veo que Jake viene de nuevo a por mí—. ¡Para, por favor! ¡Para! —Una risita nerviosa se escapa de entre mis labios.

El agua cae por su rostro y sus ojos me abrasan. Me observa como si fuese un juguete con el que se está entreteniendo de lo lindo.

—No te voy a hacer nada, Alessa —me asegura.

—¿Que no? —No confío en nadie y menos en él.

—Claro que no. Vamos, solo es un poco de agua fría.

Entonces, en un movimiento rápido, me coge en volandas sin el menor esfuerzo y me lanza por los aires. Aterrizo a unos metros de él y, cuando logro salir a la superficie con bastante agua atravesándome la garganta, oigo a mis compañeros riendo desde el césped.

—¡Joder, Jake! ¡Te has pasado! —grita Daniel sin disimular su risa cuando me ve salir de nuevo.

—¿Estás bien, Alessa? —pregunta Ryan.

—De maravilla —miento.

Le contesto a Ryan con una violencia que se despierta en todo mi cuerpo. Estoy a unos metros de Jake, que sonríe sacando a relucir esas paletas encantadoras que en estos momentos me parecen malévolas.

—Te dije que era más fuerte.

—Esto no ha acabado aquí. —Mi amenaza le hace fruncir las cejas de una manera muy cómica.

Lo fulmino con la mirada y nado hacia donde se encuentran los demás. Salgo del lago, me seco con la toalla y observo a Jake, que no me quita los ojos de encima. Tiene dibujada una amplia sonrisa en su maldita cara y parece que disfruta de su baño en solitario. Me tiembla todo y no sé si es por el frío, porque casi me ahogo o por la adrenalina que genera mi cuerpo al estar cerca de este chico. De momento, solo diré que quien ríe el último, ríe mejor.

20

La hermana pequeña

Somos dos masas de cabellos despeinados, cuatro ojos brillantes de pasión y veinte dedos entrelazados. Jake me besa bajo el agua y siento angustia en lo más hondo de mi corazón al percibir que no puedo respirar. Sin embargo, tampoco puedo calmar mi sed de deseo, por lo que continúo absorbiendo su aliento.

De repente, despierto sobresaltada, con la frente empapada de sudor y desubicada en esta habitación blanca. El sueño se sentía tan real que aún puedo notar el cosquilleo en los dedos y el calor en la piel...

Me dirijo al baño para enjuagarme la cara con agua fría y así calmar el sofoco. El espejo me devuelve el reflejo de un rostro de mejillas y nariz sonrosadas. Después del espléndido día de verano de ayer, me noto mejor, con una energía distinta que tiene que ver (como no puede ser de otro modo) con mi encontronazo con Jake. A pesar de que me fastidió bastante con su broma, no puedo dejar de alegrarme de que se le haya pasado el enfado. Sin embargo, está visto que la atracción que siento por este chico folk no me permite dormir tranquila, como tampoco lo hace la inminente visita de mi padre. Hace mucho tiempo que no lo veo y no quiero que perciba que estoy cambiada, no quiero que note nada extraño en mí; necesito que compruebe que soy la misma niña a la que solía llevar a los partidos de fútbol. Estoy nerviosa y, cuando hay algo que me inquieta, me cuesta dormir bien. Tengo miedo de volver otra vez a esas noches de insomnio.

Me pongo la chaqueta de cuero encima del pijama y me encamino a dar una vuelta por los exteriores con la intención de tomar algo de aire.

Atravieso la puerta de la cocina y la imagen que veo ante mis ojos me deslumbra. Jake está a lo lejos, sentado en el césped con su guitarra colocada entre los brazos y vestido con una camiseta negra y un pantalón del mismo color. Solo observar su expresión de concentración mientras escribe en su libreta hace que me dé un vuelco al corazón. Me planteo si dar media vuelta y quiero hacerlo, he tenido bastante intensidad por hoy, pero es demasiado tarde porque Jake ya ha reparado en mí.

Me siento obligada a saludarlo, así que camino abrazándome a la chaqueta hasta llegar a su lado. Él me observa con sus rasgados ojos grises.

—Hola —lo saludo en voz baja.

—¿Qué haces despierta a las dos de la mañana? —La curiosidad baila en su semblante.

—¿Y tú?

Sus labios se tuercen en una incipiente sonrisa y coloca sus dedos sobre las cuerdas de la guitarra.

—Estoy componiendo —contesta.

—Ah.

Jake repara en mi pijama y en la chaqueta mientras espera mi respuesta.

—He salido a tomar el aire, no podía dormir —digo girando la cabeza, incómoda.

—¿Te puedo enseñar algo? —Su sonrisa infantil muestra todos sus dientes y yo me derrito por dentro.

—Claro.

Espero que no se percate de mi nerviosismo, siempre se me ha dado bien esconder mis emociones y esta vez no va a ser menos. Jake comienza a tocar algunos acordes sueltos con la guitarra y yo me siento a su lado.

—Es algo que he compuesto hoy, aún no tiene forma ni nada, pero quiero que la escuches —me pide—. A ver qué te parece.

El mismísimo Jake Harris va a tocarme algo que está componiendo. ¿Esto es real o sigo dentro del sueño? Siento un escalofrío que me recorre la espalda. Y cuando empieza a cantar, apenas unas líneas, soy consciente del íntimo momento que compartimos. Debe de ser muy vulnerable dar a conocer algo que has creado... Aunque pensándolo bien, él está acostumbrado a compartirlo con el mundo entero, así que me obligo a relativizar. Con los ojos cerrados, canta parte de una balada lenta y a veces yerra en algunos acordes; supongo que es porque acaba de empezar a componerla. Cuando se detiene, abre sus ojos y me observa mientras fijo la mirada en sus manos sobre la guitarra. Estoy absorta, aún sumergida dentro de la canción.

—¿Y bien? —Noto que el silencio que se instala entre los dos lo inquieta. Jake frunce el ceño esperando mis palabras—. Me estoy poniendo un poco nervioso —titubea—. Es difícil para mí enseñar algo que ni siquiera está terminado —confiesa.

—Me ha gustado mucho —aclaro y su expresión se relaja.

Jake coloca la guitarra en el césped delante de nosotros y mira al frente.

—Te ha gustado, ¿pero...? —Su pregunta me coge desprevenida.

¿Cómo sabe que hay un «pero»? Sus ojos intensos y rasgados, que reflejan la luna llena, me avasallan y me invitan a hablar.

—Creo que la melodía es increíble —digo. Jake sonríe—. Me gusta de veras, pero la letra... —Su expresión se endurece—. A ver, no tengo ni idea de esto. No entiendo de composición ni nada...

—Continúa.

—Creo que la letra no es clara. —Por fin lo he soltado—. ¿A quién va dirigida?

Esa última pregunta escapa de mis labios y dudo mucho que vaya a contestarme. Humedece sus labios con la lengua y me observa en silencio durante unos segundos interminables. Estoy a punto de comentarle que no pasa nada si no me lo cuenta. ¡Ya ves tú! ¿Quién me ha mandado a meterme donde no me llaman? Pero antes de que pueda decirle todo lo que pasa por mi mente, Jake abre la boca.

—A mi ex —reconoce.

—Ah.

Debe de ver la incomprensión reflejada en mi rostro porque lo siguiente que responde es una pregunta que ni siquiera he formulado.

—Una chica con la que estuve antes de conocer a Charlotte —me cuenta—. Fue traumático tener que romper con ella, y supongo que toda esa mierda que pasé, me inspira. —Jake es sincero y me siento bien al comprobar que este chico está confiándome una parte de su vida.

Arranco con los dedos pequeñas briznas del césped sobre el que estamos sentados.

—La canción habla del momento en el que tuve que dejarlo todo atrás, a ella también. —Tiene la mirada perdida en un punto del horizonte.

—Tal vez si la simplificas, el mensaje sería más directo. —Me armo de valor para hacer una crítica de lo poco que he escuchado.

Los ojos de Jake me escrutan y me pongo nerviosa. Con torpeza intento colocarme detrás de la oreja un mechón que se me ha escapado del moño despeinado. ¿Va a parar de mirarme?

—Sí, quizá la simplifique. Aún está muy virgen —alega deslizando ahora la mirada hacia el cielo—. Tendré en cuenta tu opinión, Alessa. Gracias.

Al escuchar mi nombre salir de sus labios, algo se despierta en mi interior. Una sensación intensa e incontrolable que me deja paralizada. Solo puedo pensar en si realmente Jake ha olvidado a su ex. ¿Y si aún la quiere? No sé qué le parecerá a Charlotte si se entera de que compone canciones de amor a las dos de la mañana dirigidas a su ex. A mí me parecería una mierda. Pero así son los cantautores, ¿no? Hacen de la sensibilidad y la nostalgia su mayor arma.

—Ryan no te conviene —dice Jake rompiendo el silencio y sacándome de mis cavilaciones.

—¿Qué? —Estoy confundida. Muy confundida.

Jake gira la cabeza y nuestros ojos se encuentran.

—Todos los que estamos aquí, estamos rotos. No le convenimos a la gente. —Su determinación al decir esas palabras me desarma. ¿De qué está hablando?

—Se te olvida un pequeño detalle: yo también estoy aquí —gruño.

—Ryan no está bien, Alessa. Tiene problemas, lo he visto tener una de sus crisis y es violento.

¿Eso lo está diciendo el mismo que, por muy poco, se lía a puñetazos con mi nuevo amigo? Exacto, lo está diciendo la misma persona.

—Mira, no sé de qué va esto. —Mis ojos están muy abiertos y frunzo los labios.

—Es evidente que le gustas.

Mi cara de póker lo hace sonreír como un niño.

—Mucho —recalca.

Estoy en *shock*. ¿Cómo hemos llegado hasta este punto en la conversación? ¿Por qué Jake se mete en asuntos que no le incumben? Un fuerte pensamiento se abre paso por mi mente como un cohete que explota en el cielo al igual que una araña. No quiero hacerme la pregunta, pero no puedo evitarlo: ¿Está Jake interesado en mí?

—¿Por qué la has tomado con Ryan? —Es lo único que se me ocurre decir. Quiero saber la respuesta.

Jake resopla y se pasa la mano por los mechones que le recorren su flequillo. Mira al frente y vuelve a resoplar. Estoy anonadada. ¿Qué coño va a decir?

—Desde que te vi intentando saltar por ese muro has despertado en mí un instinto protector que nunca he tenido. —¡Ay, Dios! Estoy roja como un puñetero tomate—. Eres como esa hermana pequeña que no tuve, ¿sabes?

¡¿Qué acaba de decir?! ¡¿Ha dicho «hermana»?! Doy las gracias a Dios y a todos los santos por que Jake no me esté mirando en este mismo instante para que no se percate de mi nivel de vergüenza y del chasco que me acabo de llevar. ¿Me ve así de infantil? Solo nos llevamos cuatro putos años. Con disimulo, me palpo las mejillas con intención de enfriarme la temperatura. Jake permanece en silencio. ¿De verdad me había creído que este chico popular que tiene como novia a una espectacular modelo podía estar interesado en mí? ¿En Alessa Stewart? Madre... Me ha dicho que soy ¡como una hermana!

—¿Eres hijo único? —Suelto el aire que he reprimido en los pulmones y escondo la decepción en lo más hondo de mi ser.

Él solo asiente y, un segundo después, me atraviesa con la mirada.

—Eres diferente a todos nosotros, Alessa —murmura—. Tú brillarás.

¿Qué? Me seco las manos sudorosas en la tela del pijama. ¿Por qué siempre tiene que ser tan jodidamente enigmático? No tengo ni idea de a qué se refiere, pero estoy cansada de este juego.

—Se te olvida que la estrella aquí eres tú —contesto con ironía.

—Eso ya pasó.

—¿Que ya pasó? ¿Qué quieres decir?

—Brillé y todo ese mundo me engulló. No fue de la noche a la mañana, ocurrió lentamente... —Tiene los ojos entrecerrados—. Hubo una época en la que ni siquiera podía ponerme a escribir. Aquello me superó. Eso que has oído es lo primero que compongo en mucho tiempo.

Vaya, no tenía ni idea de que Jake sufriera teniendo la vida que tiene. ¿Qué más puede pedir? Verlo a mi lado abrazándose las rodillas me hace entender que está muy cansado de todo lo que le rodea. Supongo que debe ser agotador que tanta gente te admire.

—Ahí fuera todos te esperan. —Necesito animarlo.

Se le forma una triste sonrisa en los labios. No quiero seguir ahondando en la herida, solo quiero que sienta que puede pasar un rato tranquilo conmigo a las dos de la mañana porque ninguno de los dos tenemos ni idea de qué es lo que va mal en nuestra cabeza. Al cabo de unos minutos, Jake empieza a hablar:

—Hay un pub al norte de Londres. Es pequeño, muy ruidoso y con un fuerte olor a *whisky*. Hay pocas luces y apenas se puede ver allí dentro... Es donde canté por primera vez. Fue increíble —confiesa mientras se muerde el labio inferior—. La gente se calló por primera vez en toda la noche cuando comencé a cantar. —Río bajito al oírlo alardear—. Ni siquiera les estaba cantando a ellos. Solo canté para mí mismo, quería ser egoísta y saborear mi momento. Al final, todos aplaudieron y se hizo un largo silencio. El jefe subió con otro músico y me dijo: «Estás invitado a un trago» —continúa, imitando una voz grave y ruda—. Cogí la guitarra y bajé del escenario. El ruido volvió de nuevo y yo nunca volví a sentir esa paz. Esa noche por las frías calles, solo fuimos mi guitarra y yo —concluye su precioso relato dejándome con ganas de más.

—¿Y qué pasó después? —pregunto, curiosa.

—Después saqué un disco y me hice famoso. Nunca regresé a aquel sitio, no podían pagar mi caché.

—¿Y eso qué importa? —chasqueo la lengua en desacuerdo.

—No importa nada. Ahora lo sé. —Me observa y yo me pierdo en sus ojos.

—Me hubiera encantado probar ese *whisky*. Adoro el dolor de cabeza al día siguiente de beber alcohol del malo. —Sé que mi ironía siempre va a estar ahí para sacarme de momentos como estos, que se vuelven difíciles de llevar por lo profundos que son.

—Con alcohol del bueno, la cabeza te duele igual. Te lo aseguro —contesta Jake ofreciéndome una sonrisa torcida.

21

Los domingos siempre me deprimen

No he vuelto a pegar ojo en toda la noche. Después de que Jake y yo nos despidiésemos en el pasillo en dirección a nuestras habitaciones, me he metido en la cama y no he parado de tararear la melodía con la que me deleitó de madrugada. Ayer fue un día muy intenso y, a pesar de nuestras riñas y mi desconfianza hacia él, después de que me confesara que me ve como una hermana, ha crecido en mí la esperanza de que podamos llegar a ser buenos amigos. Con él conecto, lo puedo sentir, y sé que piensa lo mismo. Sus ojos me lo dicen cada vez que se cruzan con los míos.

Pero Jake no ha sido el verdadero problema de mi insomnio, ni mucho menos. Estoy atacada porque hoy será el día de mi partida, el día que veré a mi padre después de casi dos años. Desde que se marchó de casa, solo nos hemos visto en Navidad. Y la última Navidad no pude disfrutar de su compañía por culpa de su apretada agenda, que le impidió, una vez más, viajar a Londres... Así que me imagino que si se atreve a venir a este centro será para llevarme con él. Por un lado, me preocupa la ardua batalla que se presentará con mi madre, pero por otro, por fin volveremos a estar juntos. Eso es lo que más anhelo desde que mi madre lo echó.

Frente al espejo del baño, intento disimular las ojeras con un poco de maquillaje. Después, bajo a desayunar la primera, cuando mis compañeros ni siquiera se han despertado. Vuelvo a mi habitación y me preparo con la ansiedad latiéndome en todas las extremidades. A las nueve en punto, ya estoy sentada en la sala de estar observando los pájaros a través de la ventana. Norma es la primera a la que veo bajar por las escaleras, perfectamente preparada para su jornada, con su moño estirado y un vestido negro de tubo que la hace parecer más delgada. Ella nunca disfruta de un día libre, ni siquiera los domingos. Cuando me ve, esboza una mueca de extrañeza y se acerca mientras se alisa el vestido.

—Alessa, ¿qué haces aquí tan temprano? —pregunta.

—No tenía mucho sueño —contesto—. ¿Sabes a qué hora va a venir? —Espero que Norma no se percate de la urgencia en mi voz.

—No. No lo sé. En cuanto llegue te avisaremos.

—Vale. —Creo que el corazón se me va a salir por la boca.

Norma da media vuelta y se encamina hacia su despacho.

Tres horas después, he visto desfilar a todas las visitas de mis compañeros; incluso a la diosa Charlotte Rey, que ascendía muy emocionada por las escaleras para encontrarse con su amado. Todos están en el jardín, menos Daniel, que está con sus padres sentado alrededor de la mesa del comedor. Desde allí me llega su conversación sobre las novedades en la puntuación de los torneos de natación.

No he movido ni un músculo desde que Norma me ha asegurado que me avisaría, pero estoy a punto de hiperventilar por la agonía de no saber qué coño pasa. ¿Por qué no ha llegado aún? ¿Acaso mi madre se lo ha impedido en el último momento? Choco con la mirada de Annie a través de la ventana, que está sentada sobre el césped mientras le hace una trenza a su hermana pequeña. Me saluda con la mano y yo le dedico una sonrisa nerviosa. Intento pensar en otras cosas, como en el día en el que Tommy y yo nos colocamos tanto que terminamos haciendo un enorme grafiti en la puerta de entrada de su jardín («emporrados», decía), y en la apoteósica bronca que nos cayó al día siguiente. También viajo hasta el momento en el lago con Jake, me detengo en los detalles, en el contacto de su mano sobre la mía, en su rostro a centímetros del mío... Y en su risa. Son como imágenes montadas en mi cabeza que tienen como banda sonora la triste melodía de la noche anterior.

Un portazo me devuelve a la realidad y compruebo que las imágenes reproducidas en mi mente han provocado que de mi cuello baje una gota de sudor que capturo con la mano. Entonces los veo: Jake y Charlotte descienden por las escaleras como la pareja del año en el baile de instituto. Acaramelados. Abrazados. No se percatan de mi presencia.

—Seguro que tienes muchas ganas de estar fuera, ¿no? —ronronea ella posando sus operados labios en su oreja—. Tiene que ser muy duro para ti no dedicarle tiempo a tu carrera y a tu música. Los medios están pendientes de tu recuperación.

—¡Que les den a todos! —exclama con el ceño fruncido.

—Me tengo que marchar. —Lo besa—. No puedo perder el avión. —Lo besa de nuevo y me entran náuseas emocionales.

—Adiós, Charlo. —¿Charlo? ¿De verdad?—. Gracias por venir.

Y entonces, en el último beso que se dan antes de separarse, Jake me pilla mirando y yo disimulo girando la cabeza hacia otro lado. Estoy tan cabreada por llevar aquí tanto tiempo y porque Norma no salga a decirme nada que me levanto de manera brusca y camino apresurada hasta su despacho. Aporreo la puerta.

—Soy Alessa. ¿Puedo entrar? —Se palpa el nerviosismo en mi voz.

—Pasa —contesta Norma desde dentro.

Abro la puerta y la observo, sentada delante de un montón de papeles sobre su escritorio. Se coloca las gafas de vista sobre la cabeza.

—¿Va a venir? ¿Ha pasado algo? —pregunto impaciente.

Norma coge un boli, anota algo en un folio y me dedica una sonrisa forzada, parece que le cuesta hablar.

—Ya son más de las doce... —continúo. Quiero saber qué cojones pasa.

—Lo he llamado ya cinco veces. No me coge el teléfono, Alessa. —Norma posa sus ojos preocupados en mí.

—¿Has hablado con mi madre? —La furia se despierta en mi interior. Seguro que es culpa suya.

—Sí. Sabe lo mismo que nosotros —me informa—. Me ha contado que ya lo ha hecho otras veces.

—Vuelve a llamar, por favor —le suplico y me muerdo la lengua. Mi ansiedad está aumentando por segundos.

Norma asiente, coge el teléfono y marca. Pasan unos segundos interminables y entonces lo comprendo: mi padre no va a venir. Algo se rompe, lo noto detrás de mi piel y me impide respirar. Necesito hacer algo.

Sin pensar, vuelo hacia el escritorio donde está sentada y comienzo a barrer todos los papeles hasta que aterrizan en el suelo. Ella se asusta y se levanta. Grito. Grito muy fuerte. Y vuelvo a gritar. Necesito expulsar la rabia. Necesito olvidar el desengaño. Necesito respirar, por favor.

—¡Vosotros lo sabíais y no me dijisteis nada! —rujo rasgándome la voz.

—No sabíamos nada, Alessa. Te lo prometo. —Le tiemblan las manos.

Cuando cojo la grapadora y la estampo contra la pared, Norma reacciona.

—Tranquila, Alessa. Respira. No pasa nada.

Pero ya nadie me puede sacar de la espiral oscura en la que estoy envuelta. Cojo la silla y la estampo contra el suelo.

—¡¡Joder!! ¡Sois unos mentirosos! —Estoy fuera de mí—. ¡Todos!

Salgo del despacho corriendo y subo la escalera mientras la visión se va difuminando poco a poco. Parece que estoy dentro de un sueño. Me duele el corazón y necesito desaparecer. Quiero morirme en este mismo momento. Abro la puerta de mi habitación y la cierro con un fuerte portazo. Empiezo a volcar todos los libros de la estantería contra el suelo, abro el armario y arranco toda la ropa de las perchas. Necesito sacar toda esta ira.

—¡¡¡¡Joder!!!! —grito mientras pego una patada a la mesita de noche. Me apoyo en la pared para recobrar el aliento. Todo esto duele demasiado. Las lágrimas se derraman como un torrente por mis mejillas. Me estoy mordiendo con fuerza la lengua y empiezo a saborear la sangre. Estoy mareada y no puedo ahuyentar de mi mente lo que ha pasado hace un momento. Otra vez, no.

Empiezo a dar fuertes puñetazos contra la pared. Me hago mucho daño, pero prefiero partirme la mano a sentir lo que estoy sintiendo. Duele demasiado. A cada golpe que asesto, me muerdo la lengua con más ferocidad y escupo un hilo de sangre en el suelo. Vuelvo a pegar puñetazos, ahora con más fuerza. De pronto, escucho que la puerta se abre, pero estoy demasiado ocupada reventándome la mano para mirar de quién se trata. Noto que me cogen de la cintura y me tiran hacia atrás. Opongo toda la resistencia de la que soy capaz y finalmente caemos al suelo. Apenas puedo ver la sangre de los nudillos estampada en la pared.

—¡Suéltame! —exclamo con la voz quebrada—. ¡Suéltame!

Intento zafarme de su agarre pataleando con fuerza, pero me agarra aún con más firmeza, aprisionándome. Oigo a Norma sollozar. Grito con toda la violencia que me queda dentro.

—Para, Alessa. Para. —Es su voz. La voz de Jake. Es él. Me aprieta contra su pecho y me inmoviliza—. Tranquila.

El techo de la habitación da vueltas y me abandono. Paro de luchar cuando oigo pasos a mi lado y noto un pinchazo en el brazo. Creo que pierdo la consciencia porque lo último que veo son los ojos temerosos de Jake y una oscuridad apisonadora que se cierne sobre mí.

El dolor de la mano es insoportable. Abro los ojos con dificultad y la luz de la tarde me ciega. Estoy tumbada en la cama, bocarriba, desorientada. Aprieto los ojos con fuerza, tratando de dilatar más la relajación que siento en todo mi cuerpo. Mi padre no ha venido. No se ha dignado a aparecer. Y me ha dado una crisis de esas por las que te encierran en un centro como en el que estoy.

—Cariño. —La voz de mi madre suena en medio del silencio—. Cariño, ¿cómo te encuentras?

¿Qué hace mi madre aquí? ¿Estoy en mi casa? Al abrir los ojos de nuevo percibo que sigo en mi habitación blanca de Camden Hall y que mi madre está agazapada sobre mí, con su melena rubia, sus pequeños ojos y su nariz puntiaguda.

—Mamá, ¿qué haces...? —Se me quiebra la voz.

—Chis, cariño. No digas nada —me consuela.

Tengo las articulaciones agarrotadas y, aunque intento incorporarme, no tengo fuerzas. Puedo ver la preocupación latiendo en los ojos de mi madre.

—Norma me ha llamado. Lo siento, Alessa. De verdad, lo siento mucho —confiesa.

¿Por qué lo siente? Todo lo que ella me decía se ha materializado de repente, debería estar contenta de tener razón.

—Quiero quedarme aquí. Necesito ponerme bien, mamá —murmuro. Me duele la garganta.

Mi madre asiente y me coloca el pelo detrás de la oreja.

—Vas a tener que aceptar la pérdida, cariño. Yo la asumí hace tiempo y me dolió, me destruyó, pero tienes que hacerlo. Eres muy joven, tienes toda la vida por delante. Acepta que él ya no está con nosotras y entiende que bajo ningún concepto tú tienes la culpa de ello. —Sus ojos se empapan de lágrimas que no se derraman—. No quiero perderte.

Le agarro la mano y se la aprieto. Ya ni me acuerdo del último gesto de cariño que le dediqué a mi madre. Noto la debilidad en mis músculos, pero encuentro la calidez en sus dedos. La única verdad que me importa en estos momentos es que mi padre no ha venido y que la que sí está aquí, salvándome como siempre, es mi madre. Así de sencillo. Así de simple. Pero el corazón late de manera independiente a la razón. Mi corazón necesita a mi padre. Mi corazón necesita saber que soy importante para él, que soy imprescindible. La realidad es que hace tiempo que no lo soy. Estoy en este lugar para enseñar a mi corazón a aceptar las verdades más dolorosas.

22

No estoy llorando

No tengo ni idea de qué es lo que me han inyectado esta mañana en el brazo, pero supongo que es bastante fuerte, porque aún me encuentro como si estuviera dentro de una burbuja y flotara al caminar. Estoy tranquila y he encontrado la fuerza necesaria para estar frente a la puerta de Jake Harris a medianoche y que no me tiemble el pulso por ello. He dudado un poco si subir o no, pero le debo una disculpa por lo de antes, le he debido de hacer daño. Además, necesito que sepa que no quiero que me proteja más. No soy su problema, por más hermana pequeña que le parezca. Incluso a veces los hermanos se odian. Me siento mal porque Jake siempre esté metido en todas mis mierdas. Quiero darle las gracias y asegurarme de que no interviene más.

Suspiro y doy dos golpes suaves sobre la madera. Unos segundos después, Jake abre la puerta con una expresión de extrañeza dibujada en su rostro. Lleva una camiseta blanca, un pantalón gris de chándal y tiene el pelo tremendamente alborotado. Y eso me encanta.

—Oh, no. —lamento—. ¿Te he despertado? —Sueno arrepentida.

Jake me mira de arriba abajo, como si me estuviera inspeccionando.

—Claro que no —murmura un momento después.

—Jake, yo... solo quería pedirte perdón por lo de antes. —Está apoyado en el marco de la puerta mirándome fijamente—. Y darte las gracias. De nuevo.

Me empiezo a incomodar y me rasco la nuca. Los nervios comienzan a despertarse en mi interior. A ver si al final el chute no va a ser suficiente...

—¿Estás bien?

—Sí.

—No lo parece. —Sonríe de lado al fijarse en mis nudillos hinchados y amoratados.

Los escondo detrás de la espalda en un movimiento rápido.

—¿Te hice daño? Yo no quería... —titubeo.

Jake se sube la manga de la camiseta y me enseña varios arañones rojizos con postilla incluida en el nacimiento de su hombro. Joder. ¿Eso se lo he hecho yo? Me tapo la cara con las manos, avergonzada.

—¡Dios! Lo siento —me disculpo—. No podía controlarme.

—Estoy acostumbrado a que me arañen los hombros, pero no precisamente por ese motivo. —Sus ojos brillan más que nunca, burlones.

Comienzo a hiperventilar y seguro que los mofletes se me tiñen de rojo.

—Creo que tampoco era necesario que conociese esa información —digo arrugando la nariz.

Jake lanza una carcajada y abre la puerta con la relajación dibujada en su semblante.

—¿Quieres pasar? Estaba terminando de escribir unas cosas.

Debería decir que no, pero mis hormonas van por libre y se adelantan.

—Sí. Estaría bien escuchar algo de música. —Sonrío mientras me adentro en su habitación.

¿Escuchar música? ¡Y una mierda! Lo que quiere una parte de Alessa Stewart es observarlo con disimulo y admirar ese aire despreocupado e increíblemente atractivo que desprende hoy mi compañero nocturno. Pero ya es demasiado tarde para echarse atrás. ¿Qué daño puedo hacer? Ninguno.

En la habitación reina un ambiente apacible, está iluminada de manera tenue y a la vez cálida, solo están encendidas las lámparas de las dos mesitas de noche. Este lugar es realmente acogedor y me temo, por el estado de las sábanas y los papeles que se mezclan entre ellas, que Jake estaba acostado, aunque no hubiese cogido el sueño aún. Todo está impregnado de su olor, y reconozco, seguramente porque estoy bajo los efectos de algún opiáceo, que soy adicta a su aroma a lluvia y a hierba mojada.

Me dirijo al sofá y tomo asiento. Jake va directo a los vinilos arrastrando los pies.

—¿No te asusta estar en la misma habitación que yo después de lo de hoy? —lo desafío.

—¿Vas a reaccionar igual que antes? —pregunta con un deje de miedo fingido.

Me limito a levantar los hombros en señal de no tener ni idea y la expresión se me oscurece, ahora mismo tengo los ojos teñidos de una supuesta locura. Jake frunce el ceño y me recorre todo el cuerpo con la mirada.

—No podrías hacerme nada ni aunque pusieras todo tu empeño —alega.

—Te he arañado el brazo —lo contradigo.

—Porque yo te lo he permitido —dice mientras busca algo entre los vinilos.

—¿Ves? Ryan no es el único violento aquí. Haríamos muy buena pareja, ¿no crees? —bromeo con la cabeza ladeada.

—Sí. Una pareja maravillosa. Dos deprimidos suicidas y *groupies* de Ian Curtis. Terminaríais en el cementerio con total seguridad. —Admito que su humor negro me hace reír un poco.

—Ahora en serio, no tienes por qué hacer más esto, Jake. Son mis problemas. Siento como si siempre te estuviese molestando. —Jake detiene lo que quiera que esté tramando y coloca la mano sobre su cintura—. Tú mismo me lo dijiste...

—Alessa —me interrumpe antes de que pueda seguir hablando—, si me hubieses visto a mí en el estado en el que estabas, también habrías intervenido. —Niego en desacuerdo y él continúa con lo que estaba haciendo—. Solo olvídalo. A veces necesitamos ayuda, venga de donde venga.

Me echo hacia atrás en el asiento y me recuesto. Este sofá de cuero es comodísimo, a diferencia de los que ocupan el gran salón de la casa de mi madre. No quiero seguir con el tema de mi reciente ida de olla, así que me enfoco en la música, para relajar la atmósfera.

—¿Qué estás buscando?

Justo cuando la pregunta sale de mi boca, Jake extrae un vinilo de la estantería. Lo observa y va hacia el reproductor.

—¿Sabes quién es Sufjan Stevens?

—¿Por quién me tomas? —respondo con la ceja enarcada.

—Te sorprendería la cantidad de gente que no tiene ni idea de quién es —espeta Jake colocando el vinilo en el reproductor—. ¿Has escuchado su último disco?

—¿Tienen nuevo disco? —La sorpresa se plasma en mis ojos y los abro con exageración.

—Vaya, por fin algo que se le ha pasado por alto a señora Sabionda —dice divertido—. Di con él justo antes de entrar aquí. Y es jodidamente bueno.

—Creía que ese mito de que los artistas no se echan halagos mutuos por la guerra de egos era cierto.

—Y es cierto. La mayoría de artistas son así. Pero a mí me gusta apreciar lo bueno, al menos en la intimidad. —Sus labios se tuercen y me dedican una incipiente sonrisa.

—¿Tan bueno es?

—Es un trabajo increíble. Habla de la pérdida de una manera tan bella y a la vez tan triste... Estoy seguro de que fue como una especie de terapia casera. En cada palabra se puede notar el dolor.

—¿Habla de la pérdida? —Mi curiosidad se expande por la habitación.

—La madre de Sufjan lo abandonó cuando él tenía solo un año. —El color abandona mis mejillas—. La mujer lidiaba con muchos problemas psicológicos. El caso es que tenían una relación especial y, cuando su madre murió mucho tiempo después, sintió la necesidad de hacer este disco para plasmar su dolor y, de alguna manera, perdonarla.

Me he quedado sin palabras y me observo las manos con el fin de no enfrentarme a los ojos de Jake. Se me forma un nudo en la garganta cuando comprendo que ha hablado con Norma sobre mí y sobre mi padre, y mi pena se me debe reflejar en el rostro porque Jake acorta la distancia que nos separa y, haciendo alusión a un comentario que ni siquiera he formulado, me dice:

—Solo lo hago porque creo que te va a encantar.

Y porque me has visto destrozarme la mano contra la pared, supongo. Asiento y me tumbo en el sofá. Jake coloca la aguja en el disco y le da al play. Luego, se acuesta en la cama bocarriba, con las manos bajo la cabeza, relajado. Observo el techo mientras intento difuminar todos los recuerdos dolorosos que viajan por mi mente. La música empieza a sonar.

—Esta se llama *Fourth of July* —me informa Jake desde su posición.

Los primeros versos que resuenan entre las paredes de la habitación se cuelan directamente en mi alma.

The evil it spread like a fever ahead
It was night when you died, my firefly.[1]

Después, una lágrima se derrama con furia sobre mi mejilla. Es una canción preciosa, llena de melancolía y dolor. Justo lo que necesitaba para mi estado anímico de hoy. La emoción es tan grande que tengo que llevarme la mano a los ojos para secarlos.

—¿Estás llorando? —La voz confusa de Jake suena por encima de la música.

—No —miento.

---

1. **Canción:** *Fourth Of July* de Sufjan Stevens.
The evil it spread like a fever ahead.
It was night when you died, my firefly.
(El mal se esparció como una fiebre.
Era de noche cuando moriste, mi luciérnaga).

Entonces vuelve el silencio, derramo un par de lágrimas más y escuchamos una canción tras otra. Intento no mirar a Jake, que sigue tirado en su cama, callado, sin molestarme, con la vista fija en el techo, al igual que yo. No sé cuánto tiempo permanecemos así, pero hay mucha quietud en estas cuatro paredes. Y en un momento determinado, caigo en la inconsciencia del sueño.

23

Ahora es mi amiga

La sensación que tengo al despertarme es parecida a cuando un camión te pasa por encima. Al menos, eso es lo que creo porque, evidentemente, nunca me ha arrollado un camión. Me duelen todas las articulaciones y, al moverme levemente, el dolor punzante se acentúa. Abro los ojos y me quedo paralizada. Definitivamente, el chute que me dieron ayer debe de ser muy pero que muy fuerte, porque debo de estar muy drogada para creerme que he dormido en la cama de Jake Harris. Intento mover mis piernas agarrotadas y mis pies chocan con algo. Reparo en la carátula de un vinilo y entonces recuerdo que anoche estuve aquí escuchando música con el señor famoso. Me llevo las manos a la cabeza y resoplo. ¿De verdad he dormido aquí? Qué vergüenza. ¿Dónde coño está Jake? El otro lado de la cama está vacío... Me incorporo, subo las rodillas hasta el pecho y las rodeo con los brazos.

—Ayyyyyy. —¡Qué dolor!

Tengo los nudillos en carne viva y tienen peor aspecto que ayer. El morado ahora es mucho más oscuro y se me han hinchado los dedos. Intento cerrar la mano, pero me molesta demasiado. No tengo fuerzas para levantarme y quiero salir de aquí ya. ¿Dónde está Jake? Si me quedé dormida, este chico, el que se cree mi hermano mayor, debería haberme despertado y de muy buena gana hubiera bajado las escaleras hasta llegar a mi habitación.

Al girar la cabeza, observo sobre la mesita una botella de agua en la que hay pegada una nota con celo. La cojo valiéndome de un gran esfuerzo para estirar el brazo:

Por si te lo estás preguntando: sí, has dormido aquí.
En la mesita te he dejado ibuprofeno, tómatelo.
Tu mano tiene una pinta horrible.
Le he dicho a Norma que estabas recuperándote y que bajarás a comer.
Espero que disfrutaras con mi recomendación musical.
Por cierto, roncas.

Las náuseas se posan en mi garganta. Ante tal bochorno no me queda más remedio que coger un par de pastillas y tragármelas. Me vuelvo a tirar bocarriba en esta enorme cama, miro al techo y me tapo la cara con las sábanas. Quiero desaparecer y, de pronto, me invade por entero el olor de Jake, ese olor a lluvia, y el corazón se me acelera pensando en sus labios, en sus ojos y en la canción de ayer. Un sentimiento de plenitud me atraviesa el pecho y me coge tan desprevenida que me levanto de un salto y salgo de la habitación acelerada. Cuando llego a la mía, me percato de que tengo la mano sana apretada en un puño. Cuando la extiendo, aparece la nota arrugada que me ha dejado Jake. Definitivamente, necesito una ducha fría.

Me he vestido con unas bermudas anchas y una camiseta de tirantes, me he peinado y aclarado un poco y, a la hora de comer, ya estoy recompuesta. Digamos que lo he hecho todo de una manera lenta, deteniéndome en los detalles, porque aún sentada delante de la enorme mesa del comedor, me encuentro como si estuviese dentro de una pompa. De todos modos, sé que esta sensación está a punto de acabar.

La primera que llega y toma asiento es Barbara, que me observa como si yo fuera un cubo de Rubik. Supongo que ya todos estarán enterados de mi crisis nerviosa. Cinco minutos después, mis compañeros y yo estamos sentados a la espera de que María aparezca con la comida. Según dicen, hoy toca macarrones con queso. Y me apetecen una barbaridad. Ninguno de los chicos repara en mí, sino que están a lo suyo. Annie me sonríe mientras toma asiento a mi lado y noto en el acto que su sonrisa no le alcanza a los ojos.

—¿Cómo estás? —pregunta a la vez que deja su plato en la mesa.

—Mejor. ¿Y tú? ¿Cómo ha ido el entrenamiento con Phil?

—Bien. —Tengo la impresión de que Annie no tiene ganas de hablar y me parece raro.

Ryan aparece por la puerta y arquea las cejas cuando me ve porque lo más seguro es que no esperara encontrarme aquí. Le dedico una sonrisa que él interpreta como una invitación para sentarse a mi lado.

—Creía que no te vería hoy —murmura.

—Ya ves. Aquí estoy, lista para zamparme esos macarrones. Estoy muy hambrienta. —Pongo los ojos en blanco y le provoco una espontánea carcajada a mi compañero.

En ese momento, el aroma a tomate y a queso se extiende por el comedor y María entra apresurada con una enorme bandeja de metal sujeta con dos manguitos de goma entre las manos.

—Te veo de muy buen humor. —Ryan se fija en mis heridas—. Joder, cómo tienes la mano.

—¡Qué bien huele! —exclamo para intentar evitar el tema de mis puñetazos contra la pared.

—¿Sabes? Mis padres me han mandado una caja con libros nuevos que les había pedido. ¿Te apetece echarles un vistazo? —No puedo negarme a los ojos amables de Ryan—. Puedo bajarlos esta noche.

—Claro. Me encantaría. —No aparto la mirada de los macarrones. Rachel se sirve impaciente, y yo quiero que llegue ya mi turno.

Giro el cuerpo para acercarme a Annie y comentarle la buena pinta que tienen los macarrones con queso, pero ella parece absorbida por la tristeza, así que prefiero no molestarla. Espero que lo que sea que vaya mal se le pase lo antes posible. Aquí todos estamos a punto de caramelo, cada día, cada hora y cada minuto. La susceptibi-

155

lidad es nuestra bandera y lidiar con algo así es agotador y frustrante, doy fe.

Cuando decido apartar mi atención de Annie, unos ojos grises allanan mi visión. Jake entra por la puerta y se sienta justo en el extremo de la mesa, al lado de mi compañera, y ahora me está mirando como si quisiese saber cómo me encuentro. Así que tomo la iniciativa de formar un claro «gracias» con los labios y cortar el contacto visual de inmediato. El calor del sonrojo me llega hasta la raíz del cabello y necesito respirar y estar tranquila para pegarme el atracón de mi vida. Intento con todas mis fuerzas olvidarme de que, probablemente, esta noche he dormido al lado de Jake Harris y ni siquiera he sido consciente de ello. Pronto logro alejar de mi mente este hecho perturbador (y a la vez emocionante) y concentrarme solo en mi plato. A mi favor he de decir que llevo bastante tiempo sin comer.

Un rato después, me recuesto en la silla con la barriga hinchada. La bandeja, como es natural, está vacía y Daniel rebaña los últimos rastros de tomate con un trozo de pan. La preocupación se ha instalado en mi pecho al observar que Annie no ha probado bocado hasta que todos hemos terminado y se ha visto obligada a llevarse algo a la boca. Le he preguntado qué actividad libre nos toca esta tarde y ni siquiera me ha contestado, solo mantenía la atención en sus manos escuálidas. No me gusta nada la tensión que emana de ella, por eso ahora la observo con detenimiento. La sorpresa es mayúscula cuando arrastra la silla con fuerza y cruza el comedor para desaparecer por la puerta del salón. Lo que escucho después es una puerta cerrarse con fuerza. No ha subido las escaleras, así que supongo que ha entrado en el cuarto de baño de la sala de estar. De pronto, noto unos dedos en la comisura de los labios y la alarma se dispara en mi interior. Al principio imagino que se trata de Jake, pero cuando miro a su lado de la mesa y veo que sigue ahí, compruebo con alivio que no se trata de él, sino de Ryan.

—Se te ha quedado un poco de tomate aquí. En menudo animal te conviertes cuando comes, nadie lo habría adivinado —se burla mi compañero mientras frota su dedo contra mi mejilla—. Ya está.

—Comer cuando tengo tanta hambre es lo más cerca que he estado de un orgasmo en mi vida —suelto de repente.

Y esa es mi impulsividad vestida de gala. Creía que lo había dicho bajito, pero el estruendo formado por las risas de todos mis compañeros me hace entender que no es así. Todos se han enterado de este comentario elocuente y bromista, y se están riendo tanto que no puedo evitar unirme a ellos. A Ryan hasta se le saltan las lágrimas. Es entonces cuando me percato de que Jake me está mirando con seriedad y la sonrisa se me borra de inmediato.

—¡Joder, Alessa...! —Ryan aún se está riendo.

—Era broma. Lo sabéis, ¿no? —Intento relajar el ambiente caldeado para no quedar en evidencia. Quiero que crean que sí he tenido un orgasmo en mi vida, aunque sea una mentira como una catedral, porque me temo que en este mundo es un estigma gigante ser virgen a los dieciocho.

—Bueno, no sé si nos ha quedado muy claro. —Daniel sonríe mientras continúa comiendo pan—. ¿Cuántos orgasmos has tenido hasta ahora?

—¡Eso no se le pregunta a una chica, Daniel! —Rachel sale en mi defensa, indignada.

—Bueno, los puedo contar con los dedos de una mano —aclaro con sarcasmo.

Y todos estallan en carcajadas de nuevo. Sí que es fácil ser ingeniosa con ellos, a la mínima están predispuestos a la mofa. Me gusta esta sensación de sentirme parte de una conversación, del ambiente de jolgorio, de ser yo la que ha provocado que lo estén pasando bien. Intento sonreírle a Jake para que se una, pero está concentrado fulminando con la mirada a Daniel, que, valga decir, no le está haciendo ni puñetero caso. Ya..., la protección del hermanito mayor. Si no le gusta lo que oye, que se vaya. Pero en vez de irse, se levanta con el plato y el vaso en la mano y se me acerca. Agacha la cabeza hasta colocar sus labios tan cerca de mi oído que incluso puedo notar su aliento. Y me entra calor. Mucho calor.

—Deberías ir a ver a Annie —murmura con tono hosco.

Jake Harris asesina mi alegría y vuelvo a la realidad *ipso facto*. Pienso en Annie, en cómo se ha ido y en lo deprimida que la he visto hoy. ¿Necesitará mi ayuda? Jake se detiene delante del fregadero, abre el grifo y yo me levanto dispuesta a abandonar el comedor.

—Perdonad, chicos... —me disculpo antes de salir de la sala.

—Perdonada, señorita multiorgásmica —bromea Daniel—. Luego seguimos con este tema, no te creas que te has escaqueado.

Aún me llegan carcajadas desde el comedor al detenerme delante de la puerta del baño.

—¿Annie? —la llamo. No contesta. Doy dos golpecitos en la puerta—. Annie, sé que estás ahí.

Sigue sin contestar y llamo de nuevo.

—¿Estás bien? —pregunto preocupada—. Vamos, Annie, sal.

Llamo con insistencia y sin resultado.

—¿Prefieres que llame a Norma? —la amenazo.

Tras unos segundos de espera, oigo que mi amiga entona un «Entra» apagado al otro lado de la puerta. Y lo que veo al entrar provoca que se me encoja un poco el corazón. Annie está sentada en el suelo con la cabeza hundida entre las rodillas emitiendo unos sollozos sordos. Cierro la puerta y me siento a su lado. Puedo ver cómo tiembla.

—¿Qué pasa, Annie? —Mi voz suena preocupada.

Annie levanta la cabeza y observo sus ojos hinchados de llorar.

—Siempre que como macarrones me siento la persona más obesa del mundo —solloza—. No quiero comer, simplemente.

—Eso no es así, Annie. Sé que es complicado que lo entiendas. Lo sé, créeme. Pero tu cuerpo no va a cambiar después de comerte un plato de macarrones —le digo.

—Claro que sí. La pasta engorda, y mucho —me informa—. Bueno, puede que a ti no —agrega echándome una ojeada.

—Tienes que comer, Annie. No puedes dar un paso atrás. —Quiero que lo entienda.

Annie gruñe y se rodea el cuello con las manos, desesperada.

—Ya he dado un paso atrás. Ahora toca volver a donde estaba... —Sus ojos son sinceros. Me parte el alma verla así, su alegría se ha esfumado—. Y estoy cansada, Alessa. No sabes cuánto.

—Lo sé. —No puedo evitar que una lágrima me resbale por la mejilla al acordarme del deprimente episodio de ayer—. Pero puedes contar conmigo. Estoy aquí.

Annie me coge de la mano y nos quedamos aquí sentadas compartiendo el silencio.

—Quiero decirte algo, Alessa —murmura. La miro a los ojos—. Si tu padre no quiere verte, él se lo pierde. Porque eres muy guay. Eres tan guay que hasta Jake Harris quiere ser tu amigo. —Si supiese que en realidad lo que quiere es ser mi hermano mayor...

Sus palabras me consuelan.

—¿Sabes? He subido a su habitación un par de veces a escuchar música. —Annie levanta las cejas exageradamente—. Solo a escuchar música —repito.

—Oh.

El gritito de alegría que suelta Annie me sobresalta y, cuando la miro, veo que tiene una amplia sonrisa formada en sus labios. Me alegra tanto verla sonreír de nuevo que apoyo la cabeza en su hombro. Nos quedamos así un buen rato más. Puede que esto sea el comienzo de una amistad verdadera.

24

La revolución emocional

Nunca antes he visto a Ryan con tanta expectación reflejada en sus ojos y no puedo evitar sentirme también emocionada. Estamos delante de la enorme caja de libros que le han mandado sus padres, en un estado de exaltación, con los ojos abiertos y concentrados. Y, de vez en cuando, gritamos.

—¡*En el camino* de Kerouack! ¡Es brutal! —chillo sosteniendo el libro nuevo sobre mis manos.

—Será el primero que lea entonces. —La sonrisa de Ryan se extiende por su rostro y rebusca en la caja a nuestros pies.

—No he conocido en toda mi vida a dos personas tan frikis, en serio. —Rachel está sentada en el sofá de enfrente pintándole las uñas a Barbara—. ¿Cuánto lleváis así? ¿Una hora?

—Mi padre estaría encantado con estos dos viendo cómo se emocionan por un libro. Malditos empollones. —Barbara utiliza su habitual tono despectivo, pero sé que solo quiere molestarnos.

Rachel tiene parte de razón, llevamos aquí demasiado tiempo sacando libro por libro y comentándolos con la ilusión a flor de piel. Puede que los padres de Ryan sean los mejores padres del mundo, se han gastado un dineral en comprar todas estas novelas. Y lo mejor de todo es que mi compañero me ha dejado claro que son tan suyos como míos, y que, si quiero leer alguno, tan solo tengo que ir a buscarlos a la estantería de su habitación. Así que la alegría me embarga el pecho al pensar que en Camden Hall tendré una biblioteca casi propia.

Norma entra en el salón con un pequeño cuaderno entre las manos y se sienta en el sofá, al lado de Barbara, que se incorpora en su lugar. Seguida de la jefa, llegan todos los demás, ataviados con ropa cómoda. Falta poco para que se nos acabe *en teoría* el toque de queda. Y digo «en teoría» porque tanto Jake como yo nos lo hemos saltado cada vez que nos ha convenido. La verdad es que no hay mucho control sobre eso de estar a las diez en la cama. Norma tiene algo que contarnos y, como es habitual cada vez que esto ocurre, nos reúne a todos en el salón a última hora del día. Al principio me cuesta un poco apartar la mirada de todos esos libros, que son para mí como algodones de azúcar para un niño de siete años, pero cuando Jake toma asiento a mi lado, Norma tiene toda mi atención.

Por el rabillo del ojo, logro ver que él observa con extrañeza la caja que descansa a nuestros pies. Por suerte, Norma empieza a hablar en el mismo momento en el que mi compañero nocturno, también conocido como «el hermano mayor que nunca tuve y que nunca pedí», iba a decir algo.

—Chicos, ya sabéis que si estoy aquí en vez de estar en mi cama es porque tengo que contaros algo —nos anuncia con una sombra gris bajo sus ojos—. Bien, esta vez solo se trata de buenas noticias: Jim ya está mucho mejor. —Se oye un suspiro de alivio conjunto—. Pero no va a volver, al menos por ahora. Va a ingresar en un centro más adecuado para que le ayuden a afrontar sus problemas.

La habitación enmudece porque todos sabemos que es una derrota para Jim. Sin embargo, es una buena noticia: está vivo, fuera de peligro, y ahora tiene que luchar más que nunca. Es para lo que estamos hechos todos nosotros, para el combate diario.

—Por otro lado, el próximo fin de semana tenéis permiso para salir el domingo. —Norma clava su mirada en mí, que agacho la cabeza y me miro los dedos—. Yo tengo un viaje de trabajo, así que iréis con Phil.

—¿Y dónde nos llevará? —pregunta Annie y puedo palpar la emoción en la voz de mi amiga.

—Al parque de atracciones.

Daniel se pone de pie y alza las manos mientras lanza un grito eufórico. Sonrío porque me alegro por mis compañeros, se lo merecen.

—Evidentemente, Alessa y Jake no tienen permiso para ir a la excursión. Se quedarán aquí. —Norma confirma lo que ya me imaginaba.

—¿Y no podéis pasar por alto el castigo? —Annie quiere ayudarnos—. Solo por esta vez, ya sabes... Nunca hemos ido al parque de atracciones.

—No. —Norma es rotunda y Annie deja de intentarlo de inmediato.

Observo cómo Rachel esboza una sonrisa doblada y maliciosa. Ya tiene lo que quería, mi merecido castigo.

—Parece que tendremos la casa para nosotros solos —susurra Jake en mi oído.

Una sensación de vértigo se posa en mi garganta, una sensación que me seca la boca. Intento tragar saliva.

—Eso parece, sí —logro decir con un hilo de voz.

La carcajada interna de Jake que no traspasa sus gruesos labios me hace entender que solo estaba bromeando. Maldito sea. A su deliciosa y encantadora mirada solo puedo devolverle una sonrisa. Es en ese preciso momento cuando la voz de Ryan nos lleva de vuelta a la realidad de este salón.

—Norma —la llama mi compañero por encima del murmullo que se ha formado—. Entonces, ¿nos das permiso a Alessa y a mí para ir al cine la semana que viene?

Silencio sepulcral en la sala. Todas las miradas puestas en mí. Mis mejillas enrojecidas en cuestión de un segundo. Unos ojos grises atravesándome desde la parte derecha del sofá.

—¿Perdona? —Rachel está sorprendida y molesta.

—Es mi cumpleaños, Rachel. Todos tenemos ese beneficio en ocasiones especiales.

Rachel resopla y se recuesta en el sofá.

—Eso suena a cita. —Barbara últimamente está de lo más graciosa, la verdad.

—Uuuhhh. —El que faltaba. Daniel emite el típico sonido que hace suponer que dos personas están enamoradas en secreto.

—¿Podemos, Norma? —Mi compañero, ignorando las habladurías, intenta buscar una respuesta por encima del griterío que se ha formado.

Yo estoy en silencio, petrificada en mi sitio. Levanto la mirada y veo a Annie frente a mí, con los ojos abiertos y la boca torcida, como diciendo: «¿Por qué no me lo habías contado?». Alzo los hombros débilmente como respuesta. De ninguna manera quiero girar la cabeza y encontrarme con esos ojos grises que continúan observándome.

—Sí. Podéis. Pero solo las dos horas que dura la película y sin intercambio de saliva de por medio. Espero que nadie se olvide de que aquí las únicas relaciones que están permitidas son las de amistad —sentencia Norma.

Ahora todos enmudecen intentando esconder sus muecas burlonas. Norma me dedica la mirada más amenazadora de la que es capaz en estos momentos en los que el cansancio la desborda.

—¿Podrás no escaparte esta vez, Alessa? —pregunta con dureza.

Asiento y, al segundo siguiente, tengo a Ryan pegado a mi oído.

—Te lo dije. Era pan comido.

Me giro y lo observo porque, por nada del mundo, quiero enfrentarme al otro lado del sofá, donde un silencioso Jake se levanta y sale del salón entre vítores de adolescentes hormonados que creen que están ante un romance inminente. Y me da por pensar en las razones que me dio para alejarme de Ryan. Unas razones equivocadas.

Una hora después estoy en medio de una revolución emocional. Respiro con dificultad por la ansiedad que padezco desde que Jake ha bajado por las escaleras después de que Barbara lo invitara a ver la última de Marvel en el salón. Norma ha cedido ante la insistencia de Daniel para que esta noche subiéranos a nuestras habitaciones más tarde. La piedad que ha mostrado la jefa me empieza a parecer de mal gusto en el mismo instante en el que mi compañero nocturno se sienta a mi lado de nuevo. Estoy perdida.

Ni siquiera puedo refugiarme en el otro extremo donde se encuentra Ryan, cada vez más pegado a mí. El resultado es que mi cuerpo refleja la rigidez de una estatua en medio de estos dos. No puedo, ni quiero, despegar los ojos de *Iron Man* y, a pesar de que a veces me olvido de parpadear, no me estoy enterando de nada. Mis pensamientos están lejos de aquí y, de buenas a primeras, sobreviene a mi mente esta misma mañana cuando me levanté envuelta en las sábanas de Jake. Me da vergüenza admitirlo, pero el recordar tan solo su olor, despierta en mí algo parecido a la excitación. Y no me siento nada cómoda con este pensamiento irracional. En primer lugar, porque es un famoso inalcanzable que tiene una novia espectacular. Y en segundo, porque mi lema siempre ha sido: «El amor apesta y, además, ni siquiera existe. Es algo que la sociedad se ha inventado. Por lo que no voy a dedicarle ni un solo segundo». ¿A santo de qué estoy pensando yo en el amor? Esto es un calentón en toda regla producto del encierro y de estar en contacto con ese par de ojos irresistibles y esa boca húmeda de caramelo. A ver, es un hecho que Jake me atrae más de lo que me gustaría admitir, pero así es el cuerpo humano. Así nos hicieron, imperfectos. Jake se hunde en el sofá y el movimiento provoca que quede aún más cerca de él, por lo que ahora su muslo está en contacto con el mío. Esto se está empezando a parecer a una tortura china y, cuando noto su cabeza al lado de la mía, todos los vellos del cuerpo se me erizan como un mecanismo de defensa. ¿O acaso es otra cosa?

—¿Por qué no me contaste que estabas saliendo con él? —susurra.

Lo fulmino con la mirada y sé que me ha visto a pesar de la oscuridad en la que estamos envueltos.

—Porque evidentemente no estoy saliendo con él.

—¿Ah, no? Pues eso no es lo que piensan todos. —Se pasa sus largos dedos por el cabello, despeinándolo.

—Sin ánimo de ofender, Jake... Me importa una mierda lo que piensen los demás.

Me hubiese quedado más a gusto comentándole que me importa aún menos lo que piense él, pero me lo callo.

—Eso no era lo que daba a entender tu sonrojo. Estabas más colorada que tu melena. —Y me enciendo de nuevo, ahora por la furia.

Gracias a Dios que Rachel suelta un ruidoso «¡chis!» para hacernos callar, porque de lo que tengo ganas en este preciso instante es de darle un manotazo y alejarlo de aquí. Encerrarlo en su cuarto como por arte de magia.

—Verás, puede que no lo sepas aún, pero la semana que viene tienes una cita con el de ahí al lado. —Vuelve a la carga y giro tanto la cabeza hacia él que parece que se me va a descolgar del cuello.

—¿Por ir al cine? —pregunto desconcertada.

—Por ir solos, sí.

—Chicos, ¿os podéis callar? Ahora viene la mejor parte. —Ryan hace su aparición por encima de mi hombro.

—No me da la gana. —Jake suena tan rotundo que Ryan vuelve al mismo lugar en el que estaba.

—Aunque creas que soy tu hermana pequeña, Jake, no lo soy. Tengo dieciocho, casi diecinueve, y sé cuidarme sola, siempre lo he hecho —murmuro muy bajito.

—Permíteme que lo dude un poco, Alessa —ironiza y me vuelve más loca de lo que estoy.

Me cago en él. Una y otra vez. ¡¿Por qué coño ha tenido que bajar?!

—Y sí, ya me doy bastante cuenta de que no soy tu hermano. Créeme.

25

Estamos solos

—¡Oh, venga! No te embadurnes más, Annie —le recrimino a mi amiga—. Parece que te vas a pegar la fiesta de tu vida.

—Deja de ser envidiosa. Tú no puedes salir —me indica apuntándome con el dedo. Como si no lo supiera.

Annie está frente a su espejo del cuarto de baño, concentrada en ponerse una base de purpurina por encima de los párpados. Una masa densa, rosa y dorada. Sabe lo que hace. En lugar de a un parque de atracciones parece que vaya a Coachella. Y, mira, ojalá estuviéramos allí.

—Déjame, ¿vale? Hoy me siento genial. Hacía tiempo que no me sentía así. ¿Has visto el tiempo, Alex? ¡Hace un día increíble! —dice mi amiga con la efusividad reflejada en sus ojos pintorreados.

Lo cierto es que hemos amanecido con un sol resplandeciente y la calidez se ha colado por las paredes de Camden Hall hasta que todos hemos terminado por sentirla bajo la piel.

—Quiero ir... —me quejo—. Quiero tirarme de la caída libre. Adoro esa sensación de...

—Muerte —me interrumpe mi amiga doblando la boca con asco—. Yo también quiero que vengas, créeme. Pero la jodiste, muñeca. —Esbozo un elaborado puchero que la hace sonreír—. Lo puedes mirar por el lado positivo: te quedas a solas con Jake Harris. Ni más ni menos —expone al acabar de pintarse los labios.

—Sí, superpositivo. No saldrá de su habitación y me aburriré como una ostra.

—Siempre puedes subir a escuchar música...

La fulmino con la mirada. Annie da media vuelta y empieza a guardar todos los bártulos en su neceser de los Looney Tunes.

—En otra ocasión tendremos que hablar sobre tu cita con Ryan. Y no menos importante, sobre por qué no me lo contaste. —Me taladra con su oscura mirada—. Creía que confiábamos la una en la otra.

Ahora está triste, pero sé que solo es una tristeza superficial. Quiere ir al fondo del meollo, enterarse del cotilleo, así que decido zanjarlo inmediatamente.

—No es ninguna cita. Es su cumpleaños y le apetecía ir al cine. Punto —espeto. Me empieza a molestar que todo el mundo lo vea como la máxima señal de intimidad entre dos personas.

—A Ryan le gustas. Punto.

—No le gusto, nos gustan las mismas cosas y nos llevamos de maravilla.

—Me lo ha contado, ¿vale? —¿Perdona?—. Se supone que no podía decirte nada y eso, pero como te veo tan perdida, chica... Está coladito por ti.

Ay, madre. No quiero gustarle a Ryan porque no lo veo del mismo modo. Solo es un amigo. En realidad, no veo a nadie de esa forma. El amor es algo que hasta el momento me ha dado bastante igual. No soy como esas chicas que disfrutan con gustar al prójimo. Más bien soy lo contrario, aquella que disfruta pasando desapercibida. Ahora no sé cómo voy a mirar a la cara a Ryan después de la confesión de Annie. Y lo peor de todo, ¿cómo voy a afrontar nuestra «cita»?

—¿Hablas en serio? —pregunto esperanzada por que sea una broma de mal gusto.

—Y tan en serio. ¿Te gusta? ¿Te quieres liar con él?

—¡No! —Mi indignación hace que salga del baño apresurada y me tire bocarriba en su cama.

Annie sale diez segundos después con su bolso colgado del hombro. Cruza los brazos y me dedica una mirada seria.

—Pues entonces no le hagas daño. Ryan es muy bueno y si está aquí es porque no necesita más problemas que añadir a su vida. —Sé que Annie se preocupa por él al igual que lo hace por mí.

Ladeo la cabeza y formo una sonrisa comprensiva antes de que salga de su habitación para disfrutar de su día libre.

Los altos y espesos árboles mantienen en sombra la mayor parte del bosque por el que camino. Menos mal que corre una leve brisa que me protege de este calor tan insólito en Londres. Hace ya un rato que mis compañeros se han marchado y he decidido ataviarme con mi bikini verde melón y dirigirme hacia el lago. Voy sorteando los hierbajos mientras cargo con la mochila en una mano y la toalla en la otra. Me refrescaré, nadaré hasta cansarme y disfrutaré de la soledad que tanto he anhelado estos días atrás. La soledad a veces puede ser peligrosa, pero la necesito para pensar. Para relajarme. Y para olvidarme de que no estoy disfrutando de un verano de libertad. Creo que puedo hacerlo teniendo en cuenta que este ambiente se parece cada vez más a un paraíso.

Cuando atravieso el último tramo que me separa del claro, diviso algo que se mueve y me detengo de golpe. Es Jake. Tenía entendido que aún no se había despertado. Adiós soledad. Me permito observarlo de lejos, con esa piel pálida, ese pelo despeinado y ese perfil del que emana una tristeza que lo hace irresistible. Empiezo a entender por qué tiene tantos fans. Jake ha nacido para ser admirado, tal como lo estoy haciendo yo ahora. Tiene esa luz innata a la que no puedes aspirar. Y cuando canta, esa luz solo se extiende y se queda suspendida en el aire mágico que lo rodea. Se quita la camiseta y le recorro el cuerpo con mis ojos, se pasa la mano por el pelo alborotándolo aún más... Y entonces lo recuerdo: la trastada que por poco me mata en este mismo lago. Quien ríe el último, ríe mejor. Mi venganza. Suelto el bolso y la toalla con mucho cuidado y sin hacer ruido. Empiezo a caminar sigilosamente hacia él, que está de espaldas a mí y de cara al agua en calma. Al aproximarme, los nervios se despiertan en mi cuerpo como si fueran un ejército de hormigas. Ya casi estoy. Solo tengo que empujarlo para que aterrice en el agua de un chapuzón. Y lo hago. Pero en el movimiento nota mi presencia, me coge del brazo y me arrastra con él. ¡Mierda! El agua está tan fría que cuando la traspaso es como si rompiese un cristal.

—¡Joder! ¡Está congelada! —grito al salir a la superficie.

Jake chapotea a mi lado, resoplando y agitando su cuerpo por el impacto del frío y del cambio de temperatura. Me observa con los ojos más rasgados que nunca.

—Empieza a nadar porque como te pille... —me amenaza con una sonrisa maliciosa en el rostro.

Me sumerjo de nuevo y nado hacia la parte más alejada, a ver si así me deja en paz, aunque sé que en el fondo he sido yo la que ha perturbado su baño y su tranquilidad. Algo me agarra la pierna y tira hacia atrás, sé que es él. Me ha pillado antes de lo que esperaba. Me alza obligándome a salir del agua, cojo todo el aire que puedo y le dedico una mueca de disgusto. Está cerca y saca a relucir sus aniñadas paletas detrás de una sonrisa y es posible que ese gesto sea lo más hermoso que haya visto en mi vida.

—¿Ahora qué, eh? —Me quedo muda. Está muy cerca.

Entonces se acerca aún más, me pone las dos manos sobre los hombros y me hunde en el agua. Reacciono pataleando e intentando empujarlo para soltarme de su agarre, pero es firme. Pataleo de nuevo y por fin me alza hacia arriba. Se está riendo de lo lindo mientras toso y escupo agua.

—¡Déjame de una vez! —Lo empujo cuando me recupero.

—Has sido tú la que ha venido para fastidiarme. —Tiene el pelo mojado y caído sobre la frente y los labios sonrosados.

—No sabía que estabas aquí; si no, no hubiera venido —le hago saber estirándome el pelo hacia atrás. Ahora tengo la cara despejada y Jake deshace toda expresión desinhibida de su rostro.

—Puedes irte si quieres.

Sus ojos me inspeccionan, no se apartan de los míos ni un segundo y comienzo a sentirme cohibida. A pesar de que estamos a un par de metros de separación, siento como si hubiera un hilo que nos conectase, cuerpo con cuerpo. Me recoloco el bikini y lo miro con determinación.

—No quiero irme. He venido a nadar.

—Pues nada entonces —alega sin desprender ninguna emoción en su voz.

No sé la razón, juro que no la sé, pero lo que verdaderamente quiero es quedarme allí parada frente a él mientras nos miramos en silencio. Su rostro está a ras del agua y el gris de sus ojos me recuerda a un cielo sin sol. Aún no ha apartado su mirada de mí y no sé cuánto tiempo más podré soportarlo, así que hundo los brazos en el agua y me alejo.

Tengo los músculos agarrotados después de haber estado nadando concienzudamente durante un rato largo. Y cuando digo «largo», quiero decir cerca de una hora. ¿Y sabéis qué? Jake, a lo lejos, sin moverse del sitio, no me ha quitado los ojos de encima en ningún momento. Cada vez que dirigía la mirada hacia él, lo veía allí, sumergido hasta el cuello, reparando en cada movimiento que ejecutaba, con la confianza de un rey que observa a su vasallo. Pero ya me he cansado, así que le sostengo la mirada durante un tiempo, y al final le hago la peineta antes de nadar en su dirección. Al llegar me sonríe, pero solo con los ojos.

—Si no hubieras convencido a Norma para que me dejara ir a la playa, hoy podrías estar de salida oficial —comento con ojos acusadores.

—Prefiero estar aquí —dice con tranquilidad.

—Me refiero a que yo estaría disfrutando de mi soledad y no compartiendo el lago contigo. —Mi tono es serio, pero en el fondo solo estoy bromeando.

—Eres tú la que se ha acercado —contraataca sin atisbo de burla en su voz.

—Porque no parabas de mirarme todo el rato. —Vale. Me he columpiado y estoy avergonzada. Ahora su sonrisa sí llega hasta sus labios, una sonrisa torcida y pícara. Estoy tan irritada frente a este chico y él parece tan sumamente tranquilo...

—Tenías razón —suelto, y su rostro se tiñe de confusión—. Por lo visto a Ryan le gusto.

No sé por qué se lo he contado, supongo que porque necesito aligerar la tensión que siento en todo el cuerpo y desviar el tema. Su carcajada logra abochornarme aún más y ahora puedo notar el calor de las mejillas sonrojadas.

—¿Se te ha declarado?

Niego.

—Me lo ha contado Annie.

—Seguro que querrá que os lieis.

Jake por fin aparta su mirada de mí después de mucho tiempo y respiro aliviada.

—Solo me ha dicho que no le haga daño.

—Se lo vas a hacer si no os enrolláis en el cine.

—No soy esa clase de chica, Jake. No voy al cine para liarme con la gente. Puede que tú estés acostumbrado a que tu vida se reduzca a tetas, culos, sexo y... *rock and roll* —abre mucho los ojos en una mueca divertida—, pero lo cierto es que yo no. Paso de ese tema.

—¿De qué tema? —pregunta, curioso.

—Del tema de tener rollos, estar detrás de alguien y todo eso. —Ahora estoy moviendo los brazos dentro del agua con nerviosismo, formando ondas que mecen a Jake.

—Y todo eso... —repite mis palabras con lentitud.

Aprieta sus labios. Unos labios que, por cierto, me gustaría besar. Por la sencilla razón de saber qué se siente, no porque me interese liarme con nadie, claro. Jake se acerca y nos quedamos frente a frente. Es imposible mirar a nada más que no sea su rostro.

—¿Y qué temas te importan? —Su voz despierta un anhelo en mi cuerpo que hasta ahora era totalmente desconocido para mí.

—Pues... en realidad, no muchos. Me gusta leer sobre lo jodida que puede ser la vida. Y bueno, ya sabes, me gusta escuchar música deprimente también. —Mi respuesta lo hace sonreír.

—¿Qué vas a hacer con tu vida cuando salgas de aquí?

Noto que su interés es sincero, pero la realidad es que su pregunta ha despertado la ansiedad de no saber qué voy a hacer el día de mañana. Solo levanto los hombros y agacho la mirada.

—¿No lo sabes? —insiste.

—No. —Mi voz suena afligida—. No tengo ni idea.

—Ya lo decidirás, Alessa.

Oír mi nombre salir de su boca provoca una corriente de fuego en mi mente. Necesito entrar de nuevo en el agua para despejarme. Lo hago, sin moverme del sitio y, cuando vuelvo a la superficie, veo que Jake sigue en el mismo lugar. Pienso en él y en lo diferentes que somos. A los dieci-siete años supo cuál era su meta, supo quién era; yo, casi con diecinueve, ni siquiera estoy cerca de conocerme.

—¿Qué pasa? —Supongo que quiere saber por qué mi ceño se ha frun-cido de repente.

—Estaba pensando en ti. —Mi respuesta lo coge por sorpresa—. En que tienes toda la vida resuelta y sabes quién eres y quién quieres llegar a ser. Y, además, ya lo has logrado.

—Y a pesar de eso, no soy feliz. —Ahora es él quien frunce el entre-cejo—. De eso se trata, ¿no? De ser tan feliz que te duela el corazón, igual que nos duele a todos los que estamos aquí, pero por otros moti-vos.

Asiento.

—De todos modos, creo que tú no puedes aspirar a eso. Eres algo pa-recido a un cantante folk. Ellos siempre están tristes —bromeo.

—Algo parecido, ¿eh? —Ríe y su carcajada es como alcanzar el nirva-na. De repente no existe nada más que su risa.

Por primera vez me alegro de no estar en este lago disfrutando de mi soledad, sino de estar compartiendo minutos con Jake Harris, una autén-tica superestrella que tiene el poder de alejar mis preocupaciones. Su-pongo que hoy es el día en que me declaro su fan, pero solo en secreto.

—¿Quieres hacer una carrera? —pregunto.

—No puedes ganarme. Ni siquiera quedarte cerca.

Y se hunde en el agua, preparándose para nuestro pequeño combate.

Me despierto sin abrir los ojos, intentando alargar el momento de paz y dormir un poco más para regresar al país de las maravillas. Al inconsciente absoluto. Sin embargo, algo caliente me transporta directa a la realidad. Es mi mejilla, está pegada a algo cálido y muy suave. Profundizo en la sensación, abro los ojos poco a poco y compruebo que me encuentro en la sala de estar de Camden Hall, el alto techo y la lámpara triangular lo confirman. Ahora la sensación en mi mejilla se acentúa mucho más, por lo que no tengo más remedio que girar un poco la cabeza para ver de qué se trata. Oh, es el hombro desnudo de Jake, que tiene su cabeza apoyada sobre la mía. ¿Cómo he llegado hasta aquí?

Entonces los acontecimientos aparecen claros en mi mente, en línea recta. María, la cocinera, nos ha hecho una *pizza* casera para comer. Mientras ella disfrutaba de sus sudokus bajo el sol del jardín, embadurnada de bronceador solar, Jake y yo nos hemos comido la *pizza* encaramados al sofá. Después hemos decidido poner la primera película que apareciera en el disco duro y ha sido *2001: Una odisea en el espacio*. No es una buena combinación de sobremesa, así que supongo que he caído rendida demasiado rápido, probablemente víctima de la lucha matutina con Jake en el lago en la que no he logrado ganarle ni una sola vez. Por lo que veo, él también se ha dormido. La postura que hemos adoptado en la siesta es el momento más íntimo que he compartido nunca con nadie, así que la incomodidad empieza a adueñarse de mi cuerpo. ¡Quiero salir de aquí antes de que Jake me vea!

Con sumo cuidado y con los párpados todavía pesados, agacho la cabeza hasta eliminar el contacto que me une a él. De repente, siento frío en la piel. Me muevo un poco hacia el otro lado para recolocarme en una nueva postura. Casi lo he conseguido cuando la cabeza de Jake cae sobre mi hombro. Me quedo paralizada y comienzo de nuevo con la maniobra sustituyendo mi hombro por un cojín. Lo logro y resoplo, sentada con la espalda recta y demasiado despierta para mi gusto. Observo el techo, acalorada por los nervios. Una risita baja rompe el silencio y ladeo la cabeza como si fuese un búho. Jake Harris tiene una enorme sonrisa pintada en el rostro y me está mirando con desparpajo. ¡Estaba despierto!

—Puedo servirte de almohada durante toda la película, de la que por cierto solo has visto cinco minutos, pero cuando te despiertas por poco me partes el cuello —refunfuña.

—Seguro que tú también te has dormido con la película. —Entrecierro los ojos.

—Una hora después de que tú lo hicieras apoyada en mi hombro —remarca.

—¿Es un delito?

—Supongo que no. Pero por la manera en la que luchabas por escabullirte hace un momento eso es exactamente lo que parecía. —Lo fulmino con la mirada porque sé que tiene razón. Eso es lo que parecía—. ¿Has dormido bien?

—Sí —contesto. Y al segundo siguiente bostezo con mi cuerpo relajado.

—Yo también.

Jake se levanta. ¡¿Dónde va?! Lo mío es increíble. Esta mañana quería pasar el día en soledad y ahora entro un poco en pánico con la idea de que Jake se marche...

—Ven —me ordena mientras me coge de la mano y me obliga a levantarme de un tirón.

Unos minutos después estamos ante una puerta metálica dentro de su cuarto de baño. Jake lleva la guitarra al hombro, se saca unas llaves del bolsillo y mete una en la cerradura de la puerta. Esto es muy raro. ¿Qué diablos hay ahí detrás? La puerta se abre y unas escaleras minúsculas nos dan la bienvenida. Debe de notar mi nerviosismo porque al momento en el que sube las escaleras conmigo detrás, dice:

—Solo te voy a enseñar la canción terminada, Alessa. —Su voz suave me tranquiliza.

¿La canción terminada? ¿Qué clase de guarida es esta? De pronto noto el aire fresco directamente en la frente, subo un último escalón y piso suelo firme. Estamos en el tejado, sobre una cubierta de pizarra. El suelo está levemente inclinado y, justo en el centro, hay un par de cojines descoloridos. Jake camina con cuidado hacia allí para sentarse sobre uno de ellos. Sencillamente estoy boquiabierta y solo puedo parpadear un par de veces al observar todo el bosque y el lago que se extienden a lo lejos, bañados por la preciosa luz del atardecer. Un cielo de tonalidades naranjas, rosas y violáceas se cierne sobre nosotros. Casi puedo ver la luna empujando al día para dar la bienvenida a la noche. Jake ha mantenido este sitio tan íntimo en secreto; no creo que ninguno de nuestros compañeros sepa que se puede subir al tejado...

Comienza a afinar las cuerdas, ajeno a mi sorpresa, y yo camino hacia él con recelo de no pisar la parte más empinada del tejado. Cuando estoy a su lado, alza la mirada. Su rostro se torna serio y me examina con expectación.

—No me puedo creer que solo tú sepas de este sitio —gruño.

—¿Te parece que es un buen lugar para que lo conozcan los de aquí? —me interroga—. De hecho, no sé por qué cojones te lo estoy enseñando a ti, dados tus antecedentes. —Eso ha sido un golpe bajo hasta para Alessa Stewart.

—Pues anda que los tuyos... Creo que es el mejor puto lugar para emborracharse —contraataco.

Me mira con los ojos muy abiertos y no puede evitar que una minúscula sonrisa se le abra desde la comisura de los labios.

—¿Por qué me has traído entonces?

—Porque merece la pena. ¿No crees?

—Desde luego.

Tomo asiento a su lado y alzo la cabeza hacia el cielo. Me siento como si estuviéramos encima de toda la mierda que nos ha conducido hasta aquí. Incluso percibo en el pecho esa sensación de libertad que tanto ansío.

—Escucha.

Jake cierra los ojos, viaja a su interior y comienza a tocar. Yo también cierro los ojos. Durante un rato demasiado corto para mi gusto, me sumerjo en la voz ronca, casi rota, de Jake. Solo en eso. «Yo te prometí el mañana, pero el mañana desapareció bajo nuestros pies», oigo que canta en una parte de la canción. Y realmente siento cierta adrenalina corriendo por mis venas por compartir este momento con él.

Cuando deja de tocar, continúo con los ojos cerrados. La brisa, la luz, mi paz interior... Creo que recordaré este momento para toda la vida. Y es posible que este sentimiento no sea recíproco, pero no me importa. No me importa en absoluto. Jake deja caer la guitarra a su lado y su hombro se roza con el mío. Su mirada me penetra la piel, abro los ojos y un cielo en llamas me da la bienvenida.

—Es de las canciones más bonitas que he escuchado nunca. —Rompo el mágico silencio—. Tu exnovia es una afortunada, ya tiene algo encerrado entre notas y acordes que durará para siempre.

—Vaya, viniendo de ti, es todo un halago.

—Espero que no la estropees metiéndole arreglos —me atrevo a decir y nuestras miradas se encuentran—. Por favor.

Él me ilumina con la sonrisa más sincera que me ha regalado hasta el momento.

—No lo haré. Quiero tocar algunas acústicas en las próximas giras.

Nos quedamos callados durante un buen rato, disfrutando de este momento celestial. Pero Jake lo rompe haciendo una pregunta:

—¿En qué estás pensando?

—En que yo también creía que tenía un mañana, pero desapareció. De un día para otro ya no estaba ahí. —Hay una tristeza intrínseca en mi voz.

Jake gira la cabeza y se encuentra con mis ojos. Estamos cerca. Es increíblemente guapo, esta iluminación que nos rodea le resalta sus facciones suaves y permite que pueda detenerme en su nariz respingona y en los lunares que le asoman por el cuello de su camiseta.

—Creo que solo importa el hoy. El momento. Solo es eso, el momento. Los recuerdos y los sueños por cumplir vienen y van. Pero el momento está aquí, con nosotros, a cada instante. Es lo único que tenemos.

Le dedico una tímida sonrisa que le hace entender que estoy emocionada. Soy feliz en este mismo instante.

—Solo el momento —repito.

Me pierdo en el gris de sus ojos hasta que las ganas de abalanzarme sobre él y apoyarme en su hombro casi se me escapan por la garganta, así que dirijo de nuevo la mirada hacia el cielo, alejándome de otro fuego muy distinto al que se refleja en las nubes.

—¿Cómo se siente? —pregunto en un susurro.

—¿El qué?

—La muerte.

Sus ojos rasgados parecen recordar. Ahora ya es consciente de que sé que estuvo varios segundos muerto.

—Supongo que es fría. Diferente a como me siento ahora mismo —contesta al cabo de un rato.

Y después de eso, solo compartimos un silencio que se expande entre nosotros como el azúcar fundido, hasta que el ruido de una furgoneta y las voces de nuestros compañeros nos expulsan de este edén particular que hemos creado. Ni siquiera sé el tiempo que ha pasado, solo que el cielo ahora es azul oscuro y las estrellas brillan con fuerza.

26

La maldita carta

Mi madre me ha enviado un montón de conjuntos de deporte: mallas, tops de tirantes, sudaderas, pantalones de chándal, *shorts* y, por supuesto, varios uniformes para jugar al tenis. Todo de marca, ¿cómo no? Después de que en la última llamada le contase que aquí practicamos deporte a diario y que, además, me he aficionado a ello, le entró un ataque de amor y este ha sido el resultado.

Frente al armario rebosante de prendas, intento elegir una vestimenta para hoy. Es demasiado temprano, pero ya me he acostumbrado a esta dinámica que sienta tan bien.

Annie está sentada en mi cama, detrás de mí, observando mi indecisión.

—Los *shorts* rojos —murmura con impaciencia.

—Son muy cortos —comento mientras busco una prenda que pase más desapercibida.

—Lo que tú digas... ¿Podemos bajar hoy?

Al final me decido por unas mallas negras con tres rayas en el extremo y un top ajustado de tirantes que me deja el vientre al descubierto. Mi amiga se levanta y se pone frente a mí con los ojos brillantes y las mejillas sonrosadas.

—Ayer me enrollé con Daniel —suelta.

—¿Qué?

—Lo que oyes. En la montaña rusa.

—Sabes que no podéis estar juntos, ¿no? Aquí no. Os pueden echar en menos de que cante un gallo —le informo, como si Annie no fuese más veterana que yo.

—Oye, Alex, no seas aguafiestas. No nos vamos a casar, ¿vale? Solo nos estamos divirtiendo.

—Te recuerdo que a Daniel le quedan menos de diez días para marcharse. —Levanto las manos en señal de derrota cuando veo su ceño fruncido y le dedico una sonrisa socarrona—. Después no digas que no te lo avisé.

—No hace falta que te diga que esto no puede salir de aquí, ¿no? Ni siquiera se lo cuentes a Ryan —me pide.

Llaman a la puerta y, cuando abro, Norma me extiende un sobre. Es pequeño y me llega un aroma a fresas que emana del papel.

—Tienes una carta. —La cojo y Norma desaparece por el pasillo, como si tuviera muchas cosas que hacer.

—Yo voy bajando. Hoy estás más lenta que nunca. —Annie sale apresurada y oigo sus pasos trotando por las escaleras.

Antes de abrir el sobre sé que es de Taylor. Es su olor. Su detallismo. Su luz. ¿Por qué me ha enviado una carta? No es para nada su estilo. Algo se tensa dentro de mí y mi atuendo ajustado me empieza a apretar demasiado.

Querida Alessa:

Debes de estar preguntándote qué hago enviándote una carta como si fuera la mismísima Jane Austen y viviese en el siglo XVIII. Pues bien, te resolveré la duda lo más rápido que puedo: me da vergüenza contarte que Tommy y yo estamos saliendo. Sí, tu Tommy. Fuiste tú quien me lo presentó y es tu mejor amigo, obviamente después de mí. Sé que te puede molestar, pero, por favor, no permitas que esto nos separe. Te quiero demasiado y solo quiero que estés bien. No sé cómo ha ocurrido, pero nos atraemos, a pesar de que él sea muy alto y muy delgado. Lo único que puedo decir es que tiene don de palabra, pero supongo que eso ya lo sabes.

TE QUIERO, ALEX.

POR FAVOR, NO ME ODIES.

TU ¿MEJOR/PEOR? AMIGA TAYLOR

PD: Señala con una casilla la opción y mándame la carta de vuelta. Lo entenderé si decides odiarme.

¡Y una mierda voy a mandar la carta de vuelta! ¿Pero qué clase de traición es esta? Mis peores miedos se han hecho realidad. He perdido a mis dos (y únicos) amigos de un plumazo. A la vez. La ansiedad se apodera de mi pecho y empiezo a sudar.

—¡Vamos, Alessa! —Norma grita desde el hueco de la escalera—. ¡Te están esperando!

Arrugo la carta, la tiro a la basura y salgo de la habitación dando un sonoro portazo.

Phil nos ha formado en dos equipos para correr en carreras de relevo. Según él, estamos preparados para la competición que esto requiere. Estaría de acuerdo si no me ardieran los ojos y estuviera a punto de llorar de impotencia. Calentamos corriendo alrededor de la casa. Me pongo a la cabeza, apresurada y apretando mi marcha, y todos los demás se quedan atrás con un ritmo aminorado, como es normal en las sesiones de calentamiento. Pero me importa una mierda. Solo quiero salir de allí, forzar la máquina. Quiero partirles la cara a esos dos y después irme a tomar un gin-tonic con muchos frutos rojos, tantos que terminen por teñir la ginebra de rosa, para olvidarme de que algún día fueron mis mejores amigos. Los dos.

Phil pita y nos señala con la mano para que nos coloquemos en posición. No miro a nadie, no aparto la mirada del suelo. Estoy muy nerviosa y noto como si en cualquier momento pudiera caerme al suelo. Me coloco la última. Por delante de mí están Ryan, Annie y Daniel, que se prepara para salir. Cuando nos va a llegar el turno de batirnos en duelo de atletismo a Barbara y a mí, la altísima diosa del bótox me atraviesa con sus deslumbrantes ojos.

—Vamos, demuéstrale a tu noviete lo buena que eres —se burla.

Y eso es lo único que me falta para encender la mecha. Me abalanzo sobre ella y le agarro del pelo con tanta fuerza que su espalda se arquea como consecuencia del dolor.

—¡¿Pero qué coño haces?! —chilla—. ¡¿Estás pirada?!

No reparo en los gritos entrecortados que me llegan de mis compañeros, ni en el exasperante pitido de Phil, ni siquiera en las manos que me empujan a parar. En mi cabeza solo aparece la imagen de mis dos amigos follando. Así de perjudicada está mi mente. Barbara no deja de sollozar. Ryan me aparta de un tirón con fuerza y consigue que la suelte llevándome en la mano un mechón de su dorada y sedosa melena.

—¡Joder, Alessa! Para. —Mi amigo me empuja para alejarme de la chica.

Entonces alzo la cabeza y me encuentro con la mirada de todos mis compañeros, que me observan con sorpresa en sus ojos. Phil llega corriendo desde el otro lado del césped.

—¡Estás fuera! ¡Adentro! —Levanta el brazo y señala la casa que queda detrás de nosotros.

Estoy paralizada. Observo a Barbara, que está sentada en el suelo echándose agua en la cabeza.

—¡¡Ya!! —El grito de nuestro entrenador me sobresalta, y aún soy incapaz de moverme—. Vamos, Ryan, acompáñala.

Jake se interpone entre los dos y me agarra fuerte del brazo, obligándome a caminar.

—Voy yo. Tengo que ir al baño —propone.

Nos alejamos de la escena a paso apresurado hasta que entramos en la casa.

—¿Pero qué coño te pasa? —Observo su expresión de sorpresa y preocupación y solo en este momento soy consciente del numerito de hace unos segundos.

—Dios. —No me salen las palabras—. ¡Mierda! —Ahora soy yo la que se tira del moño en un gesto brusco y me suelto la melena—. ¡Mierda, mierda, mierda!

Jake permanece frente a mí, con la incomprensión dibujada en su rostro.

—¿Qué te ha hecho? —pregunta.

—Me ha dicho que ganase la carrera para que lo viese mi novio... —Jake entrecierra los ojos—. Ryan —le aclaro.

—Solo estaba bromeando, Alessa.

—¡Joder, ya lo sé! Toda la culpa la tienen esos dos hijos de puta traidores... —No puedo seguir.

Me apoyo con fuerza en la pared. Un nudo se me forma en la garganta y noto como los ojos se me aguan.

—¿Qué es lo que pasa? —Ahora Jake está frente a mí, muy cerca.

—Tommy y Taylor están juntos —me sincero y me rompo un poco más.

—¿Y qué?

—¿Y qué? Que estoy muy cabreada porque los he perdido.

—Claro que no. —Le está quitando demasiado hierro al asunto y eso me hace enfadar más.

—Claro que sí —le desafío.

—¿Estás enamorada de tu mejor amigo, Alessa? —La sonrisita socarrona que se forma en la comisura de su labio inferior me altera la sangre y quiero tirarle del pelo a él también. Le lanzo una mirada llena de odio.

—¡Solo nos dimos un beso cuando teníamos catorce! Ahora Jake está anonadado—. Joder. Que no quiero salir con nadie. Y estaba segura de que él nunca iba a tener novia. Creía que era como yo, que le importaba una mierda todo lo demás. Pero ahí está, follándose a Taylor, alguien que, por cierto, es totalmente diferente a él —me desahogo.

—Las personas cambian.

—Sí. Sobre todo cuando no puedo estar fuera para impedirlo.

—¿A qué te refieres?

—Estoy aquí, ¿no? Viviendo un verano de mierda porque cometí un error. —Estoy muy nerviosa y Jake intenta atraparme con su mirada para transmitirme algo de su tranquilidad.

—Te estás recuperando.

—¡¡¡Joder!!! Podría estar recuperándome bailando y bebiendo sin parar en uno de esos festivales de verano. —Esbozo una mueca de disgusto que, sorprendentemente, hace reír a Jake.

De repente, me fijo en él, parado ante mí, con su camiseta sudada y el pelo despeinado. Sus ojos achinados, curiosos y entrecerrados por la luz del sol. Y se me olvida todo. Todo. Hasta se me olvida que mis dos mejores amigos ahora son novios. Solo puedo centrarme en sus labios.

—Lárgate a tu habitación —escupe con una sonrisa de oreja a oreja.

Salgo de allí acalorada y, en realidad, no sé el verdadero motivo. Si es por la traición o por las sensaciones que se han despertado en mi vientre al tener a Jake tan cerca. Supongo que el motivo de mi enfado ha sido el darme cuenta de que Tommy se está haciendo mayor. Y que probablemente tenga que asumir que yo también.

27

El cine es pura magia

Las películas, como los libros, siempre han significado para mí una vía de escape de la realidad. Son unas horas en las que me sumerjo en la historia de otro, en las vidas de personajes con los que empatizo. Unas horas en las que respiro al son que marcan las escenas diseñadas para impactar en el espectador dejando al descubierto su parte más *voyeur*... Me encanta imaginar qué motiva a la gente para hacer según qué cosas. Las buenas películas son aquellas que, una vez visionadas, te las llevas a tu habitación y las colocas, de manera invisible, en la mesita de noche. Y te acuerdas de ellas antes de irte a dormir y también al despertarte por la mañana. Al menos eso es lo que me pasó con *Deseando amar*, de Wong Kar-Wai, que deambuló por mi mente varios días después de haberla visto. No conseguía despegarme de esa insólita y trágica historia de amistad (y también amor) entre dos personas a los que el cónyuge los había decepcionado.

La idea de ir al cine me entusiasmó desde un principio, aunque después todos lo vieran como una cita romántica. La mayoría de las veces, las expectativas se debilitan cuando las cosas ocurren. Y eso es lo que ha ocurrido. La velada cinéfila que acabo de compartir con Ryan ha sido lo más relajado y reconfortante que he hecho en mucho tiempo, y tengo que agradecerle el que haya pensado en mí para invitarme. La película que hemos visto ha sido increíble. Siempre averiguo quién es el asesino, pero esta vez me ha cogido completamente por sorpresa. La verdad es que Ryan ha acertado en la elección de este *thriller* con escenas tan desgarradoras que me va a costar no recordarlas cuando apague la luz de mi habitación.

—Ha estado bien, ¿no? —pregunta Ryan entrecerrando los ojos a la espera de mi respuesta.

Está guapísimo. Se ha puesto una camisa verde oscura que resalta su piel pálida, y sus ojos parecen hoy más azules. Estamos con la espalda apoyada en la fachada del cine, un edificio bajo y antiguo que anuncia los últimos estrenos con luces de neón en azul. Y yo bebo los últimos restos de mi Coca-Cola en un enorme vaso de cartón amarillo.

—Ha sido increíble. No he parpadeado ni un momento. —En sus labios aparece una sonrisa orgullosa—. ¿Y qué me dices de la escena en la que lo entierran vivo? ¡Joder! Me costaba respirar hasta a mí.

—Leí un par de críticas en el periódico que aseguraban que esta peli estaría en las apuestas de los Óscar —confiesa—. Me alegro de que te haya gustado, Alex. —Mi compañero se ha acostumbrado a llamarme por mi diminutivo y eso me hace sentir como en casa.

—Gracias por invitarme.

—Me ha gustado venir contigo. —Fija la vista en la carretera, para asegurarse de que aún no ha llegado nuestro transporte—. Si no estuviéramos internados, ahora te invitaría a comer a algún sitio chulo —masculla—. Y luego podríamos ir a escuchar algún grupo alternativo. Por aquí hay muchos locales que tienen actuaciones en directo.

Todos estos planes molan mucho, pero no puedo evitar preguntarme si suena aún más romántico que la cita del cine. La verdad es que no me importa. Creo que ahora necesito conectar con Ryan si tenemos en cuenta que mi mejor amigo está desaparecido en combate y que, de todos modos, yo apenas puedo tener contacto con el exterior.

—Tendremos que conformarnos con ver la MTV en la tele de la sala de estar —espeto.

Ryan sonríe de oreja a oreja y ladea la cabeza para encontrarse con mis ojos.

—Quiero saber algo, Alex. —Mi curiosidad lo empuja a hablar de nuevo—. ¿El tal Tommy ese era tu novio?

Pongo los ojos en blanco. ¿Por qué todos creen eso?

—No era mi novio. No podría serlo nunca —contesto con retintín.

—Annie me ha contado que estás cabreadísima porque se ha liado con tu mejor amiga... —me explica.

—Veo que Annie no puede estarse calladita.

Ryan me mira con incomodidad y me arrepiento de haber hecho ese comentario. Entiendo que quiere que confíe en él y le cuente mis problemas.

—Sí. Están juntos. Y cada vez que lo pienso me dan ganas de vomitar. No dejo de pensar que, seguramente, estaré en sus conversaciones postsexo y eso me cabrea muchísimo, ¿sabes? —Él asiente—. Seguro que Taylor dirá: «¡Joder! Me he corrido como nunca. ¿Crees que Alessa algún día nos podrá perdonar?». Y Tommy, mientras se enciende un porro, le contestará: «La verdad es que no me importa en absoluto. Yo la voy a querer siempre».

Ryan suelta una carcajada.

—Ya se te pasará. Quizá no duren mucho.

—O sí —le rebato—. Una no puede estar sola ni una maldita hora. Y acabo de descubrir que, al otro, dos tetas le tiran más que dos carretas. Como a todos.

—A mí no —objeta Ryan con una sonrisa burlona bailando en sus labios.

Y de esa manera, con sus ojos fijos en los míos, comprendo que a Ryan le gusto. Recuerdo entonces aquella vez que mi madre me explicó que cuando un hombre está interesado en una mujer, la mujer lo sabe. Siempre lo sabe. Necesito apartar la vista de él, así que giro la cabeza a la búsqueda de nuestro coche. Dios debe de estar de mi parte esta noche, porque el vehículo aparece un segundo después doblando la esquina, y se detiene delante de nosotros. Camino hacia el coche y Ryan me rodea el hombro con el brazo. Un acto que me deja sin palabras y que me alegro que haya ocurrido frente a este viejo cine y no en el césped de Camden Hall a la vista de todos. Mi compañero me abre la puerta trasera y me cede el paso con una sonrisa deslumbrante.

El coche arranca y pierdo la mirada en los altos edificios de estilo victoriano que se alzan imponentes. Quiero que Ryan sea mi nuevo mejor amigo, no que espere que algún día pueda agarrarme la mano al salir del cine mientras le doy un beso en los labios.

Todas las luces del interior de Camden Hall están apagadas. Con cuidado de no hacer ningún ruido, Ryan y yo nos adentramos en la penumbra de las escaleras que conducen a las habitaciones. Su habitación es la primera del pasillo y me sorprende cuando la pasamos de largo. Nos detenemos al llegar a mi puerta y nuestras miradas se encuentran. De pronto el ambiente se condensa y la situación se vuelve un poco incómoda. Lo último que quiero es darle falsas esperanzas.

—Espero que no tengas pesadillas —dice burlón.

—Y yo. —Pongo los ojos en blanco—. Gracias otra vez.

—Estaría bien salir de nuevo. Quizá podríamos buscar otra ocasión especial...

Lo observo sorprendida porque esa propuesta, al igual que aquel día en el lago, me ha cogido desprevenida. El silencio nos envuelve. Entonces Ryan se acerca a mi rostro y yo pego la espalda a la pared.

—Que descanses —susurra, y acto seguido deposita un delicado beso en mi mejilla.

Después, prácticamente vuela hasta su habitación cerrando la puerta tras de sí. Yo me adentro en la mía, cierro también y me relajo al oler el aroma a lavanda que pulula por el aire. Me recuesto en la madera y suspiro. El día ha sido largo. Un golpe seco en la puerta hace que me dé un vuelco al corazón y que me lleve la mano al cuello, asustada. ¿Qué cojones...? Quizá sea Ryan, pienso ya recuperada del susto. Quizá venga a lanzarse a por mis labios porque la mejilla le ha sabido a poco... Abro y me encuentro con el mismísimo Jake Harris y su mirada imperturbable.

—Qué susto me has dado. —le digo con la voz ronca.

Jake pasa por mi lado sin que le haya dado permiso para entrar y no me queda más remedio que cerrar la puerta y colgar mi bolso en el pomo. Cuando me doy la vuelta, veo que se ha sentado en la silla y hojea un libro de relatos que descansa sobre el escritorio.

—Esto... Me encantaría saber qué haces en mi cuarto a medianoche. —Intento parecer que no estoy nerviosa, pero no sé si lo he conseguido.

Jake levanta la cabeza y me recorre todo el cuerpo con la mirada mientras camino hacia la cama y me siento sobre ella con las piernas cruzadas.

—Solo quería saber cómo te ha ido —aclara.

Deseo ser inmune a su sonrisa torcida, pero fracaso estrepitosamente cuando mis labios se curvan al observarlo en mi habitación tan cómodo, tan cercano, tan él.

—Esto del hermano mayor se te está yendo de las manos.

—Bastante —concuerda—. Esperaba que te arreglaras un poco más para tu cita romántica. —Está siendo irónico.

Me he puesto un vestido con mis botines blancos y él no está acostumbrado a verme así, sino a verme ataviada con vaqueros y camisetas.

—¿Qué pasa? ¿Acaso no estoy guapa? —Le sigo el juego.

—Ese vestido de rayas parece sacado de la *Nouvelle Vague*. Bueno, pensándolo mejor, creo que has dado en el clavo porque seguro que os gustan ese tipo de películas. Muy de vuestro rollo.

—¿Te gustaría saber si he dado en el clavo? ¿Es eso? —pregunto, socarrona.

Su expresión se torna dura y entrecierra los ojos. Apoya los codos en las rodillas, sujetándose la cabeza con las dos manos. Está esperando a que diga algo.

—Solo estoy bromeando. Ha ido bastante bien, la película ha estado genial —le cuento cruzando los brazos bajo mis pechos.

—¿Y? —Su curiosidad me desarma. No tenía ni idea de que podía ser tan cotilla.

—¿Quieres saber si nos hemos besado? —Otro de mis impulsos. Una pregunta que rondaba por mi cabeza, pero que no tendría que haber sido formulada en voz alta.

—¿Os habéis besado? —Ahora el tono de su voz es más grave.

El tiempo se congela cuando encontramos nuestras miradas. De repente me parece que ya no huele a lavanda, sino a lluvia. A Jake. Está sentado a un par de metros de mí, pero lo siento como si me presionara la piel.

—No —contesto al fin.

Jake se recuesta en el respaldo de la silla y me dedica una sonrisa despampanante.

—¿Ha intentado besarte? —Veo la burla en sus ojos y me cabreo.

—No te importa —lo ataco—. Ya sabes cómo ha ido nuestra «cita romántica». —Abro comillas con los dedos cuando pronuncio las dos últimas palabras—. Ahora puedes irte.

—En realidad, venía para otra cosa que te encantará saber, ya que no has estado por aquí esta noche.

¿Perdona? ¿Todo su interés solo ha sido puro teatro? Mi corazón se acelera en cuestión de segundos y mis dientes se clavan en la lengua con saña. La inseguridad me alcanza como una flecha a una diana. Jake se levanta de la silla y camina hacia la cama. Se detiene frente a mí, de pie, y me observa tras sus pestañas oscuras. Es muy alto y tentador. ¿Va a hablar de una vez?

—Dentro de unos días vamos *todos* —dice esta última palabra con especial énfasis— a un concierto. Kings of Leon.

—¿Te estás quedando conmigo? —Mis ojos están muy abiertos.

—No.

—Como sea otra de tus bromas te juro que...

—Es cierto, Alessa —me interrumpe—. ¿No es eso lo que querías? ¿Ir a uno de esos festivales de verano? Bueno, no es un festival, pero es mucho mejor. Un concierto en el Eventim Apollo.

Estoy congelada con la cabeza alzada hacia el dios que tengo delante.

—¿Has sido tú el que ha convencido a Norma?

—Por supuesto. —Lo dicho. Es un dios.

En un auténtico arrebato emocional me bajo de la cama y lo abrazo tan fuerte que su aroma se me queda clavado en la garganta. Estoy tan impresionada que me he olvidado de la cordura. Él recula hacia atrás por el impacto, pero me sujeta con sus brazos firmes y entierra la cabeza en mi melena. Un gesto que me descoloca por completo y que me hace volver a la realidad. A esta habitación. A donde estoy, encajada sobre su pecho. Me separo, presa del pánico, y me obligo a separarme de su cuerpo. Sencillamente es irresistible y me pierdo en la posibilidad de haberlo besado.

—Es increíble, Jake.

Él me observa con los ojos sumidos en un torbellino gris y el índice y el pulgar en la comisura de sus labios, aturdido.

—Que sepas que no te perderé de vista ni un solo minuto. —Sus palabras tienen línea directa con mis mejillas, que se acaloran de inmediato. Pero sé que se está refiriendo a lo mal que acabó la salida a la playa y al lío en el que acabó metido por mi culpa.

—Ni loca me piro de allí. Siempre he querido ver a los Kings of Leon en directo —mi confesión le hace esbozar una tímida sonrisa.

—Pues de nada. —Su voz suena orgullosa—. Me piro a sobar, ha sido un día largo.

—Muy largo, sí.

Jake me echa una última mirada cargada de necesidad. Necesidad por oír algo más de información sobre mi cita. Puedo notar su expectación, pero no le voy a dar el gusto a pesar de que me haya dado la alegría más grande desde que estoy aquí. Me refiero al concierto. Sin embargo, también me gustaría hacerle entender que no ha pasado nada de todo lo que su cabeza de hermano protector se imagina.

—Buenas noches, Jake.

Camina hacia la puerta y, antes de abrir, ladea la cabeza sin que sus ojos se lleguen a cruzar con los míos.

—Por cierto, el vestido te queda muy bien.

Luego sale de la habitación cerrando con cuidado. El corazón me martillea fuerte en el pecho y es una sensación muy diferente a lo que he sentido todo el tiempo que he compartido con Ryan en el cine.

28

Peter me quiere cabrear

Si hay algo que odie más que a nada en el mundo, es hablar sobre mí misma. Bueno, quizá solo haya una cosa que puede igualar este nivel de odio: las manzanas. Esa textura rugosa que se desmorona cuando entra en contacto con el cielo de la boca tras dar un mordisco me provoca náuseas. Y ya no hablemos de su sabor. La acidez caducada. Puedo soportar la acidez de un limón, pero no de una manzana, porque me parece un sabor viejo, un zumo que te dejaste abierto el tiempo necesario para que se volviera agrio. Pero puestos a elegir, si me tengo que quedar con alguna de estas dos cosas que tanto detesto, elijo comerme una manzana, bien roja, bien fresquita, con su textura rugosa y su piel tersa, antes de hablar en voz alta sobre mí misma. Eso me pone realmente enferma. Ni siquiera sé quién soy, como para querer mantener una conversación sobre ello.

Además, no sé si me gusta la persona en la que me he convertido, sobre todo si me comparo con la niña dulce que jugaba a la rayuela delante del garaje. Cuando la gente me pregunta sobre cosas sustanciales, cosas más allá de mi color, libro o programa de televisión favoritos, la ansiedad se afinca en mi pecho y tarda un buen rato en desaparecer. Me siento incómoda cuando reflexiono sobre mis aciertos o mis errores porque, sencillamente, prefiero no pensar en ellos. Elijo enterrarlos y poner una bonita alfombra que cubra la puerta de la escotilla.

Por eso cuando Peter me interroga sobre mi padre y el pasado incidente en el que me eché abajo los nudillos, empiezan a sudarme las manos. El hombre me observa con su temple habitual y yo me rasco las rodillas, inquieta. No quiero ser borde con Peter, que se ha portado tan bien conmigo desde el principio y que nunca ha querido hondar en la herida. Espero que siga por el mismo camino.

—¿Y bien? —repite—. Cuéntame cómo te sentiste cuando descubriste que tu padre no había venido.

—De maravilla. Hacía tiempo que no disfrutaba tanto de un plantón.

—Mi sarcasmo le hace fruncir el ceño.

—Preferiría que no perdamos más tiempo evitando los temas que te incomodan. Hace ya un tiempo que estás aquí y has mejorado mucho, Alessa. La rutina te hace bien. También el ejercicio y mantenerte lejos de una realidad que, evidentemente, te hace daño. Pero en algún momento hay que enfrentar esa realidad.

Vaya, esto se está poniendo serio y no sé si quiero irme a mi habitación con el ánimo por los suelos. Tiene razón en lo que dice, prefiero no pensar en las cosas que me hacen daño. ¿Acaso es un delito?

—No me afectó demasiado —le digo.

—¿Que no te afectó demasiado? Explícate, por favor. Te tuvieron que inyectar un tranquilizante y estuviste toda la tarde durmiendo.

—Me refiero a que en el fondo sabía que mi padre no me quiere en su vida. En mi interior notaba que era una prueba de fuego. O venía esta vez o lo perdía para siempre. No me cogió de sorpresa.

—Alessa, es importante que entiendas que esa decisión solo le pertenece a tu padre. De ninguna manera tienes nada que ver con ello. Ni tu madre ni tú sois responsables de su decisión.

Levanto una ceja, perpleja. ¿Qué sabrá él?

—El mundo está lleno de culpables que no somos nosotros mismos.

Me apuesto el cuello a que él hace responsable a mi madre de no poder verme.

—Eso solo es un autoengaño para él y, tarde o temprano, se dará de bruces con la verdad. La única verdad, es decir, que hay cosas que solo están en nuestra mano por más que haya factores en la periferia —explica.

—Pero eso no cambia nada. Al menos para mí.

—Por eso quiero saber cómo te sientes al respecto —dice.

Error. Creo que Peter me conoce lo suficiente para saber que de ninguna manera le voy a abrir mi corazón y mi dolor a nadie, por más que se trate de uno de los mejores psicólogos del país.

—Y yo soy libre de no querer responderte. Estoy bien. Annie y yo nos divertimos y los pensamientos negativos parece que van desapareciendo poco a poco. Eso que me aconsejaste de ir eliminando el «no puedo» de mi vocabulario está dando resultado.

Peter se incorpora en su sillón de cuero y apoya los codos en la mesa. Me inspecciona con la mirada antes de hablar de nuevo.

—Sin embargo, aquí estás, diciéndome que «no puedes» hablar de algo —espeta. ¡Maldito sea! Es bueno—. ¿Por qué no puedes? Al menos justifícamelo —pregunta conciliador.

—Cuando te lo propones puedes ser muy pesado, Peter. —Él sonríe—. Deberías saber mejor que nadie, por toda tu trayectoria profesional, que no tocar un tema que no se quiere tocar es el mejor antídoto contra el sufrimiento —confieso contestándole así a su pregunta—. Llámame loca, pero prefiero dormir bien esta noche.

Peter frunce tanto el ceño que su cara se llena de líneas y arrugas.

—No puedo estar más en desacuerdo contigo —expresa contrariado.

—Me has hecho una pregunta. Solo la he contestado. Si no te gusta mi respuesta... —Sé que soy un incordio para él, pero así están las cosas.

—¿Cómo te sientes respecto a lo que pasó la semana pasada con tu padre, Alessa? —Su tono es firme.

—No te vas a dar por vencido, ¿no? —resoplo con fuerza.

—No. Hasta que no me contestes a esa sencilla pregunta, no me iré de aquí. Podemos estar hasta las seis de la mañana si quieres, pero serás tú quien le comunique a tus compañeros que su sesión de hoy se cancela. —Es una amenaza, pero lo dice con tanta delicadeza que realmente pienso que está preocupado por mi estado. Quiere saber cómo me siento, quiere ayudarme y lo puedo ver en sus ojos.

Por primera vez en toda mi vida, abro la escotilla de mi dolor. De par en par. Y digo lo que llevo enquistado en el pulmón y que a veces me dificulta la respiración.

—Verás, Peter, no es muy alentador que tu padre no te quiera. ¿Quién te va a querer si ni siquiera tu propio padre es capaz de quedarse a tu lado? Estoy rota de serie, así que supongo que se habrá cansado de luchar por mí. —Lo suelto de un tirón, sin pestañear. Entonces, para mi sorpresa, el pecho se expande y la incomodidad se dilata en el aire. Los músculos se relajan y me apoyo en el respaldo del sillón que ahora parece mucho más confortable.

Debo decir que Peter nunca se ha quedado sin palabras, pero después de escuchar las mías, permanecemos un rato en silencio. Él me mantiene la mirada y yo no puedo evitar que la mía se dirija hasta mis manos, que están apoyadas en mi regazo. Estoy lista para cerrar la escotilla de nuevo.

—Necesito que me digas qué crees que hiciste para que tu padre te abandonara, Alessa. —¿Qué?—. ¿Qué fue lo que hiciste para que él se fuera?

Parpadeo un par de veces y mi mente empieza a funcionar. Me llevo la mano a la frente intentando buscar una respuesta mientras el corazón se me acelera por el impacto de su pregunta.

—Pues... no lo sé. Pero pienso en ello a menudo. ¿En qué fallé? —Arranco las palabras directamente de mi alma y probablemente sean las palabras más sinceras que haya compartido bajo este mismo techo.

—Déjame decirte algo: no hiciste nada, Alessa. Nada de lo que tú hicieras pudo ser determinante para que él se fuera. Nada —repite—. Por favor, grábatelo a fuego en la cabeza.

Quiero creerlo, de verdad, pero me cuesta tanto...

—Vamos a jugar a algo —propone Peter a la vez que anota una frase en su libreta.

—¿A qué? —sueno desconfiada.

—Vas a pedirle a uno de tus compañeros que te cuente lo que piensa de ti con pelos y señales. Tanto lo bueno como también lo malo, tanto lo físico como tu interior —dice con tranquilidad.

—No. —Mi rotundidad no le sorprende a estas alturas del cuento.

—¿Por qué no?

—Porque no me importa lo que piensen de mí —contraataco.

—No he dicho que te vaya a importar o no. Lo que quiero es que sepas qué piensan tus compañeros de ti. Eres muy exigente contigo misma y piensas que no eres suficiente. —Eso ha dolido—. Que no fuiste suficiente para tu padre. —Y eso me parte en dos.

Giro la cabeza hacia la ventana, por donde diviso un cielo despejado poblado de nubes de un blanco resplandeciente, y las lágrimas luchan por no salir de mis ojos y rodar por mis mejillas. En estos momentos, mi herida está supurando y estoy pensando qué puedo hacer para curármela de nuevo.

—Quiero que sepas que eres más que suficiente. Que siempre lo fuiste y que siempre lo serás.

La alarma de su reloj de muñeca suena dando por zanjada nuestra consulta. Me levanto apresurada, con intención de marcharme cuanto antes de su despacho, pero Peter hace lo mismo y me distrae, por lo que nuestros ojos se quedan conectados.

—Prométeme que harás el juego. Es muy sencillo. —Ahora me habla con la voz más tierna del mundo.

—Lo prometo. —No quiero entristecerlo y le digo exactamente lo que quiere oír.

Sin embargo, ese es el tipo de juego al que nunca me enfrentaría porque, pase lo que pase, presiento que voy a perder.

29

Salimos de concierto y podemos beber alcohol

Estos últimos días no he dejado de darle vueltas al juego que me propuso Peter. Hace un rato, cuando Annie me maquillaba para el concierto frente a su espejo del baño, he estado a punto de proponérselo, aunque en el último momento me he acobardado. Sinceramente no sé qué piensa Annie de mí, cómo me ve ella, pero puedo vivir sin su opinión. Sin la opinión de nadie, en realidad.

Ahora, las dos nos hemos transformado y es evidente que irradiamos felicidad. ¡Qué cojones! ¡Vamos a ver a los putos Kings Of Leon! Precisamente por ello no me parece demasiado el maquillaje colorido y de purpurina con el que Annie me ha deleitado. Me ha peinado con dos trenzas de raíz que recogen a la perfección mi cabello naranja, y en la comisura de mis ojos se expande una nube de purpurina plateada y violeta que termina con un par de pequeñas pegatinas de estrellas. Mi amiga, por su parte, ha decidido resaltarse la raya del ojo de dos colores distintos. Rosa fucsia para el párpado superior y amarillo para trazar la fina línea que se extiende debajo del ojo. Está guapísima. Estamos guapísimas. Y solo por un día, soñamos con olvidar que debemos volver a Camden Hall para seguir trabajando en nuestra terapia conductual.

El reloj marca las seis en punto cuando bajamos por la escalera principal. Allí ya nos esperan todos, charlando e igual de emocionados que nosotras. Al enfrentarme al último tramo, un silencio incómodo nos alcanza y Annie me sujeta de la mano como si fuésemos novias. Nos miran con la sorpresa de estar ante dos personas conocidas y diferentes a la vez. En realidad lo que sucede es que hoy parecemos, más que nunca, dos adolescentes. Nadie diría que nuestra salud mental está en horas bajas y, por eso, mis compañeros están anonadados, a pesar de que Barbara lleve los labios pintados de su rosa habitual o que Rachel se haya alisado el pelo con las planchas. Se han arreglado, pero estamos acostumbrados a verlas de ese modo. Hoy las que destacamos somos nosotras.

A Ryan es al primero que diviso agarrado en el barandal de la escalera. Tiene los labios separados y no aparta la atención de mí en ningún momento. Se ha peinado el pelo en un intento de tupé que le da un aire más bohemio. Sin embargo, no puede competir con el moreno triste que espera apoyado en la ventana. Él también me está mirando y reparo inmediatamente (sobre todo para librarme de la intensidad de sus ojos) en las Vans nuevas que calza, unas Old Skool negras con las suelas de goma marrón. Creo que acabo de enamorarme de unas zapatillas. Lleva un pantalón tejano oscuro y una *bomber* negra con la cremallera dorada con la que está impresionante. En el momento en el que en sus labios aparece una sonrisa peligrosa, decido que esta noche me mantendré lo más alejada posible de Jake Harris. Paso de problemas.

—¡Vaya! Parece que alguien se ha peinado hoy. —Daniel sonríe y enseña toda la dentadura—. Es solo una broma, que sepas que te estoy cogiendo cariño, pelirroja multiorgásmica —susurra mientras me pasa el brazo por el hombro.

Noto cómo Annie se incomoda a mi lado.

—¿Podemos irnos ya? Odio las aglomeraciones de este tipo de eventos. —Rachel arquea las cejas en nuestra dirección para mostrarnos su disconformidad.

Rachel no soporta las aglomeraciones en ningún lugar en realidad, también le dan pánico los espacios abiertos. Y, a pesar de que la chica está trabajando duro en su recuperación, las recaídas son reales. Tan reales que ahora parece a punto de salir corriendo hacia su habitación.

—Quédate aquí si tanto te disgustan. —Creo que Annie está pagando con Rachel la punzada de celos que ha sentido cuando Daniel me ha agarrado.

Norma sale de su despacho y se dirige hacia nosotros. Como es costumbre en ella, parece que lleva un gran peso sobre los hombros, pero eso no le impide sonreír cuando se adentra en el coro que hemos formado en el *hall*.

—Bien. Quiero que sepáis que esta salida *extraordinaria* —esa última palabra la pronuncia más lenta de lo normal—, es porque todos lleváis un tiempo aquí, habéis trabajado bien esta semana y habéis alcanzado objetivos. También porque os vendrá bien desconectar.

—Norma, ¿sabes que en los conciertos de verdad la gente se toma algún trago? Quiero decir... —Daniel no sabe cómo salir de la encrucijada en la que se ha metido él solito.

—Sí, Daniel, podéis beber —suelta Norma de repente. En la sala se hace un silencio embadurnado de una agradable sorpresa—. Pero si llegáis como una cuba, mañana haréis las maletas.

—Nadie va a emborracharse. O lo harán por encima de mi cadáver. —Rachel se mete en la conversación tras dedicarle una significativa mirada a Jake.

La expectación y las ganas que emanan de nuestros cuerpos pululan por el aire y Norma, como buena profesional y como alguien que nos conoce demasiado bien, se percata de ello.

—Y ahora, marchaos antes de que me arrepienta de verdad.

Caminamos en grupo hasta la salida y por el rabillo del ojo observo que Jake continúa apoyado en la ventana, no se ha movido y tiene la mirada fija en el suelo. ¿Qué es lo que has dicho hace tan solo un puto segundo, Alessa? Nada de Jake hoy, por favor. ¿Y entonces por qué no puedo parar de fijarme en él todo el tiempo?

El camino en furgoneta con Phil al volante se me está haciendo eterno y no puedo evitar ponerme nerviosa cada vez que Ryan se pega más a mi cuerpo. Daniel, Annie y Barbara, en la fila de delante, están enfrascados en una conversación sobre la comercialidad de la música. No entiendo cómo pueden hablar de ese modo tan sabiondo cuando tienen en el asiento trasero a un cantante de verdad, a un ídolo de masas. Pero parece ser que les han dado cuerda y ya nadie puede pararlos.

—¡¿Me estás diciendo que Katy Perry es mejor que Lady Gaga?! —exclama Daniel ofuscado—. ¿Qué clase de ansiolítico te has tomado hoy, muchacha?

—Simplemente es cuestión de gustos. Creo que Gaga solo monta toda esa parafernalia porque, de lo contrario, nadie le haría caso —opina Barbara.

Annie suelta de repente una carcajada sarcástica que nos hace pegar un bote a Ryan y a mí.

—Porque Katy Perry no es estrafalaria. ¡Qué va! —reprocha mi amiga pegando su cara al espejo de la ventanilla—. Lady Gaga es la jefa, cuando canta se nota que lo hace desde dentro. Y, por cierto, utiliza *muuucho* menos *autotune*.

—¿Qué sabrás tú? —Barbara no hace más que picar a Annie y yo me alegro enormemente de no estar en su lugar.

—Es una tía que comparte toda la mierda que tiene dentro y no le importa exponer lo jodida que está. ¿Cuántas estrellas adolescentes lo esconden? —Supongo que la pregunta retórica de mi amiga ha podido incomodar al cantautor que tengo justo detrás y el cual, hasta ahora, no ha dicho ni una sola palabra.

Barbara gira la cabeza con disimulo y pierde su mirada en el último asiento. Esta chica está coladita por él, pero ¿quién puede culparla...?

—Es bastante sencillo: la reina del pop es Beyoncé —salta Ryan para amenizar el ambiente.

—¡Con permiso de Madonna! —grita Annie.

Sonrío con ganas por el tono infantil de su voz, pero al segundo siguiente mi expresión se congela porque noto el aliento de mi compañero nocturno en la nuca. No he vuelto a cruzar una mirada con él y está más callado de lo que me tiene acostumbrada estos últimos días. Me pregunto si quizá estoy siendo demasiado injusta con él. ¿Acaso no puedo ir hoy al concierto gracias a este chico? El malestar me embarga y las manos me sudan. ¿Debería volverme y preguntarle algo por educación? El ambiente se ha cargado de una electricidad extraña.

—¿Y tú, Jake? —pregunta Daniel, alzando la voz desde su asiento—. Te dedicas a esto, ¿qué piensas?

Tarda en contestar, se toma su tiempo, pero al final lo hace:

—Pienso que ninguno de los que estáis en este coche tenéis ni puta idea de lo que es la música —gruñe.

Rachel, que va absorta observando la ciudad a través de la ventanilla, es la primera en lanzar una carcajada a la que se unen todos los demás. Todos menos yo, porque siento que esa contestación ha sido un ataque directo hacia mí y hacia todos los momentos musicales que he compartido con él, a pesar de que no he abierto la boca en todo el rato.

El Eventim Apollo es imponente y hermoso. El olor a madera, su techo formado por dos inmensas aberturas de luz cálida y el escenario que destaca al fondo solo iluminado con un foco. Es una estampa para el recuerdo. Cuando atravesamos los pasillos para dirigirnos a la parte a pie del escenario, observo que el anfiteatro está atestado de gente. Nos abrimos paso y voy explorando todo a mi alrededor; mis sentidos se concentran en recoger la esencia de este maravilloso lugar. Nunca he estado aquí antes, pero ahora no se me olvidará jamás. La sala se oscurece de repente, una luz azul eléctrico nos baña por completo y se nos contagia la emoción del resto del público. La euforia es de las mejores sensaciones que existen. Recorre nuestras venas y nos hace sentir como si fuésemos los reyes del mundo. Nada nos falta, nada nos sobra, simplemente podríamos vivir en este momento para siempre. Y es una emoción tan reconfortante, tan amplia, tan intensa, que cuando la sentimos, nos hace creer que la vida merece la pena. Como ahora. Como aquí. Desde que ha empezado el concierto, Annie y yo no hemos parado de bailar y de cantar, tanto que ahora mismo no encuentro mi propia voz. Nos sabemos todas las canciones; yo desde siempre y Annie desde que la semana pasada metiera en su iPod todos los discos de Kings of Leon. La felicidad es esto. Luces, guitarras eléctricas y música latiéndote detrás de la piel. La emoción de escuchar a la gente corear canciones tan icónicas como *Sex on fire*. La llama de latir al son de los demás corazones. Sin embargo, la euforia puede ser peligrosa cuando acaba, porque aterrizamos en lo opuesto, nos sentimos como si descendiéramos al fondo de un pozo oscuro y profundo.

Agarro la mano de mi amiga mientras movemos la cabeza arriba y abajo al son de una melodía de rock tocada con la guitarra y rápidamente se nos unen los demás. Todos menos Jake y Barbara, que están detrás de nosotros y, de vez en cuando, sueltan gritos acompañados de aplausos y silbidos. Cada vez que mi mirada se cruza con la de ellos, siento que están demasiado cerca bajo mi punto de vista. Ella apoyada en su hombro para ver mejor, él cantando a pocos centímetros de su boca y yo muriéndome de los celos, porque a estas alturas del cuento admito que estoy celosa, y eso es algo que jamás había experimentado y que ojalá nunca hubiese descubierto. Me digo a mí misma que no puedo dejar que este pequeño tonteo que se traen entre manos los más exquisitos de Camden Hall me prive de la emoción que siento dentro, por lo que continúo bailando. Se oyen las primeras notas de *Radioactive* y todo el mundo enloquece. En un instante me barren hacia un lado y choco contra Ryan, que no ha dejado de cantar a grito pelado en todo el concierto.

—¡Vamos! ¡Te subo! —grita mi amigo cerca de mi oído.

Cuando se pone de rodillas, comprendo lo que quiere decir. Coloco mis piernas sobre sus hombros y me alza. De pronto, estoy sobre la extensa manta de brazos alzados de la gente mientras la luz baila en mi rostro. Noto la firmeza de las manos de Ryan sujetando mis tobillos y me suelto dejándome llevar coreando la canción. Mi amigo comienza a dar vueltas conmigo encima y cierro los párpados a la vez que siento el hormigueo de la adrenalina en el estómago. No puedo parar de reír. Todos cantan. Estoy volando.

Al abrir los ojos, Jake está justo detrás con la mirada fija en mí, ajeno a la locura de la gente. No me da tiempo a dedicarle una sonrisa de agradecimiento por convencer a Norma, porque justo cuando voy a hacerlo, Ryan me baja de un tirón y me deja a centímetros de su rostro. Sus ojos, extremadamente azules, destacan cuando la luz se vuelve naranja, cálida. Comienza a inclinar su cabeza y sé lo que va a pasar si no lo impido, por lo que le rodeo el cuello y lo abrazo con fuerza, sin darle la oportunidad de zafarse de mis brazos. Espero que nadie haya visto mi gesto de rechazo, porque estoy empezando a querer a Ryan. Pero solo como a un amigo. Me separo de él y le sonrío ante la expresión de perplejidad que puebla su entrecejo. ¿Le habré dado alguna falsa esperanza? Me muevo entre la gente y me choco con Jake, que me agarra del brazo y me obliga a mirarlo. Alguien me empuja y me estrello contra su pecho. Me separo y me zafo de su agarre, pero antes de que me marche se acerca a mi oído.

—Menuda cobra le has hecho a ese capullo. —Juro que hubiera pagado por no escuchar ese comentario.

Lo enfrento con mis ojos cargados de furia y una sonrisa mordaz atraviesa sus labios. Tengo ganas de darle un puñetazo en su nariz respingona y borrarle de una vez por todas esa expresión de superioridad de la cara, pero alguien me tira del brazo otra vez y me arrastra dos metros hacia delante. Sé que voy a arrepentirme toda la vida de no haberle cruzado la cara a Jake en este momento. ¿Quién se cree? Odio que haya tenido que ver el casi beso y mi posterior huida.

—¡Alessa! ¡Te había perdido! —Annie está exaltada y tiene las rayas de colores de los ojos corridas—. ¡¿Has visto a Jake?! Las tías lo están reconociendo y no paran de lanzarle miraditas.

—¡Voy al baño! —grito.

—¡¡¿Qué?!!

—¡Que voy al baño! —Me acerco a Annie.

—¿Eso significa que vas a casa de tu amigo Tommy? —pregunta gritando a través de una especie de altavoz que ha formado con las manos sobre su boca.

Sonrío.

—¡¡No!! —Mi amiga me mira, seria—. ¡Te lo prometo!

—¡Vale!

Doy media vuelta y me abro paso entre el barullo de gente para intentar llegar al final de la pista.

Me pitan los oídos. Me observo en el espejo de los servicios, un cubículo de azulejos verdes y muebles de madera, y veo que las trenzas siguen en el mismo sitio: estiradas, de color rojizo y cayendo por mi espalda. No sé el motivo por el que se me forma una sonrisa entre los labios. Respiro de manera agitada y, por primera vez en mucho tiempo, no tiene nada que ver con la ansiedad, sino con un estado de alegría. Necesitaba olvidarme un poco de mi vida y trabajar en crear recuerdos nuevos con gente que no tuviera nada que ver con mi pasado. Solo soy Alessa, caótica y espontánea, sin esa mochila que suelo cargar a todos lados. La mochila sentimental. El equipaje lleno de mierda y de reproches. Levanto la mano y me paso los dedos por la periferia del ojo, lleno de purpurina. Me siento distinta. Sigo estando viva. Y es una sensación parecida a cuando te despiertas después de un sueño reparador. Noto los pies calientes, vivos también. Abro el grifo y me refresco la nuca. No quiero perderme ni un segundo más de lo que me depara este concierto. Y esta noche, y el día de mañana. Ahora mismo, tengo ganas de todo.

Al salir de los servicios me encuentro a Jake apoyado en la pared. No tengo intención de hablar con él, por lo que apresuro el paso para volver a la pista. Pero a los pocos segundos lo tengo delante, impidiéndome caminar.

—¿Qué quieres? —gruño.

—Comprobar que no me la volvías a jugar —me dice alzando la voz por encima de la música.

—Estáis todos muy preocupados por mí. Podríais fijaros también en las cuatro copas que se ha metido Rachel entre pecho y espalda, o en la cerveza que te has tomado tú antes en el bar —suelto.

—Solo se la estaba sosteniendo a Barbara mientras iba al baño —desmiente con la frente llena de arrugas.

No quiero seguir oyendo el nombre de Barbara por todas partes, así que me aparto hacia un lado con la intención de reanudar mi camino, pero Jake me coge de la muñeca de nuevo y me obliga a permanecer frente a él. Tan solo ese contacto hace que el calor se despierte dentro de mí y se propague por todo el cuerpo como una llama por el palito de una cerilla.

—Me alegra que lo estés pasando bien.

—Estaba siendo una de las mejores noches de mi vida hasta que te has metido en medio.

Sus ojos se entrecierran y dibuja una sonrisa de superioridad.

—Estás aquí gracias a mí.

—Oh... Gracias, señor Harris que todo lo puede. —Le vacilo con maldad, aunque sé que en el fondo tiene razón—. ¿Por qué no vuelves con Barbara y terminas de rematar la noche? ¿O con esas *groupies* que no paran de acosarte?

Otra vez esa sonrisa prepotente. Se me acaba de ver el plumero y Jake se ha percatado de la bola de celos que se ha instalado en la boca de mi estómago. Maldita sea. Nos miramos. Yo avergonzada y él relajado, como siempre. El griterío de la gente aumenta y giro la cabeza hacia el escenario al otro extremo de la sala. Y de repente oigo la melodía. Esa canción. Mi canción. *Cold desert*. La emoción me sube por el esternón y me escabullo entre el gentío con un movimiento felino. Protestan, me zarandean, pero cada vez estoy más cerca. Entonces alguien me agarra por el hombro y me dirige hacia delante hasta un lado del recinto, a pocos metros del anfiteatro, donde la vista no está nada mal. Es una zona elevada que me permite divisar a toda la gente que lo está dando todo a pie de pista y también a las cientos de personas que están sentadas en sus asientos sobre mí.

—¿Qué te crees que haces? —Jake está a mi lado, con el pelo alborotado sobre la frente y la *bomber* abierta.

—¡Es mi favorita! —Ni siquiera lo miro. Observo a mi alrededor con los ojos llenos de expectación.

La magia no tarda en llegar. Se apagan todas las luces y la gente alza pequeñas bolas de luz blanca al son de los acordes de la guitarra. Sumergida en un hermoso mar de estrellas me dispongo a escuchar la canción más triste del mundo. Mi canción. El sentimiento es tan grande que las lágrimas se posan en mis ojos. A mi lado, alguien tira su bebida y una pequeña marea de brazos borrachos me obliga a adelantarme en mi sitio. Ahora la distancia entre la gente y nosotros ha disminuido y siento un cuerpo detrás, pegado al mío. Cuando voy a girarme, un aliento me hace cosquillas en la oreja.

—Soy yo —susurra Jake.

Esas dos palabras me dejan congelada en mi sitio, mirando al escenario, asimilando todas estas sensaciones. Noto su pecho presionando mi espalda, sus manos rozando mi cadera y todo explota cuando las primeras palabras de la canción retumban en el teatro y también en mi oído a través de la voz rota de Jake.

—*I'm on the corner, waiting for a light to come on... That's when I know you're alone...*[2] —me canta. Solo a mí.

Los cuerpos a nuestro alrededor se mueven lentos, el hechizo vuela sobre nosotros. Y Jake sigue con sus labios cerca de mi piel deleitándome con su concierto privado...

Cuando sus labios rozan el lóbulo de mi oreja pienso que ya ha sido suficiente. No puedo aguantar esta tortura. El valor se apodera de todo mi cuerpo y echo un último vistazo al escenario enmarcado por las miles de luces que inundan el teatro. Me giro lentamente hasta que me coloco

---

2. **Canción:** *Cold Desert* de Kings Of Leon
I'm on the corner, waiting for a light to come on.
That's when I know that you're alone.
(Estoy en un rincón, esperando que alguna luz se encienda.
Ahí es cuando sé que te encuentras sola.)

a unos centímetros del rostro de Jake. Él para de cantar y me mira con una serenidad apabullante, su sonrisa socarrona ha desaparecido por completo, pero sus ojos grises brillan más que nunca. Agacho la cabeza y la oculto en su pecho, al lado de su corazón, que late al compás de las guitarras. Lo abrazo y se convierte en una necesidad porque busco un refugio para esconderme de todo lo que viene. Mis sentimientos por este chico. Y, sobre todo, porque deseo enfrascar este recuerdo para siempre y quiero que Jake forme parte de lo que estoy experimentando ahora mismo. De la euforia que solo él me provoca. Me abraza con fuerza y coloca una de sus manos en mi costado. Es una sensación que espero no olvidar jamás y compruebo que me quiero quedar a vivir en su pecho, quizá por una larga temporada o al menos hasta que acabe esta canción. Aspiro su aroma y me inunda los pulmones. Jake empieza a balancearse con la música en un baile lento y torpe porque nuestro alrededor apenas nos deja margen de maniobra. Pero este vaivén es delicioso. Solo pienso en la música, en este ambiente, en toda la energía, en su olor y en nuestras pieles ardiendo detrás de la ropa. Un momento de gloria o de perdición, según se mire, porque sé que me estoy enamorando de Jake Harris y que no hay ninguna posibilidad de que me tenga en cuenta más allá de ser la hermana pequeña de la que cuida. Dentro de mí, todo encaja.

La canción acaba dejándonos un vacío. Nos separamos y nos observamos en medio del griterío y de los silbidos a nuestro alrededor. Ahora Jake tiene una expresión de aturdimiento, como si deseara leerme la mente.

—Será mejor que volvamos. No quiero que piensen que los he defraudado otra vez —hablo.

Jake asiente sin dejar de mirarme a los ojos.

30

El juego

—Te juro por Dios que ha si-sido la mejor noche de mi vi-vida. —El alcohol hace tartamudear a Annie, que estrella su cabeza contra la almohada—. ¡Ayyyyyyy!

La he traído a rastras desde la furgoneta hasta su habitación porque se ha pasado con el Malibú. ¿Pero quién no lo ha hecho? Puedo suponer que mañana Ryan tendrá una contractura en el hombro por arrastrar a Daniel del brazo y conducirlo a base de fuerza escaleras arriba. Tarea que podría parecer sencilla, pero que les ha llevado casi media hora. Solo de pensar que a Daniel le queda tan poco tiempo aquí, siento pena y alivio a partes iguales. Hacia el final de la noche, Annie y él se han morreado delante de mis compañeros, los cuales solo se han limitado a abrir los ojos como platos. Yo solo me he tapado la cara con las manos al ver la dirección que estaban tomando las cosas. Rachel es otro asunto. Se ha quedado dormida en la furgoneta y Jake la ha cogido en brazos. Y a pesar de que he estado tentada de proponerle que la dejase tumbada en el césped, ni siquiera esta niña de papá se merece una cosa así.

—Ha sido increíble para mí también —le digo a mi amiga.

Me observa desde la cama con el pelo enmarañado.

—Los Kings of Leon son la po-polla —confiesa.

—Te lo dije.

—No quiero que... que se vaya, Alessa. —Sus ojos se nublan de repente y sé que se refiere a Daniel—. Esto es como un oasis. Aquí se acallan todos los problemas y Daniel forma parte de esto. No quiero perderlo.

—Y no lo vas a perder. —Sueno convencida, aunque en el fondo sé que lo que dice se convertirá en realidad.

—Hoy me ha di-dicho que quiere ir a... —La voz de Annie se apaga y compruebo que se ha quedado dormida.

La tapo con las sábanas y me tumbo a los pies de la cama. Miro el techo intentando asimilarlo todo. Me siento tan bien y tan despierta que me planteo bajar y colarme en la piscina para nadar un rato con el propósito de cansarme y dormir como nunca.

Rodeo la piscina mientras me desabrocho los botones de mis *shorts* vaqueros. Me los quito y los dejo en un extremo. No he perdido el tiempo en ponerme el bikini, así que me lanzo al agua con la camiseta puesta. Mientras nado disfruto de la sensación cálida que el agua templada deja en mi piel y comienzo a dar brazadas que me llevan de un extremo a otro. Los minutos pasan y noto las piernas entumecidas. Un ruido que proviene del exterior me pone en alerta; pensaba que todos se habían ido a dormir porque, al salir de la habitación de Annie, las luces estaban apagadas y reinaba un silencio absoluto tan solo perturbado por el runrún que el concierto me ha dejado en el oído.

Entonces veo aparecer a Jake Harris por la puerta del pabellón y el corazón me empieza a latir desbocado detrás del pecho. Él siempre aparece cuando no están los demás. Él, yo y las madrugadas. ¿Qué importa el resto? Camina con una mano metida en el bolsillo con una postura digna de un modelo. No de cualquier modelo, sino de uno que no tiene que fingir su expresión para parecer irresistible. A él le sale de manera natural. Se detiene al llegar al borde de la piscina y lo observo desde lejos. Entro en el agua de nuevo y buceo en la profundidad hasta llegar al extremo donde mi compañero nocturno se ha detenido. Cuando salgo a la superficie, Jake se quita la camiseta despreocupado. Está en calzoncillos y verlo así me hace parpadear y mirar hacia otro lado. Intuyo que estoy sonrojada por el calor que desprenden mis mejillas, pero intento restarle importancia repitiendo mentalmente una y otra vez: «Vamos, Alessa, solo es tu hermano mayor. Ha venido a darse un baño como tú». Oigo su cuerpo impactar contra el agua y su acción apresurada me devuelve a la realidad. Al salir, se recoloca su pelo negro hacia atrás y se queda a un par de metros de distancia de mí, cerca del poyete. Y de la salida también, por si acaso hay que correr. Mueve los brazos por el agua y todo en él contrasta con el color azul de la piscina y de los azulejos.

—Creo que lo del concierto ha sido buena idea —comenta con normalidad, como si no estuviera en calzoncillos a las dos de la mañana en la piscina de una clínica de rehabilitación.

—Pues sí. Madre mía, cómo han acabado todos. Espero que mañana se levanten bien porque si no, Norma... —Quiero que parezca que su llegada no ha arrasado con toda mi calma interior.

Niega pasándose los dedos por el pelo a modo de peine.

—Norma no les dirá nada. Sabía perfectamente que iban a beber.

—¿Y tú? ¿Cómo te has sentido? —pregunto.

Se hace el silencio.

—Lo he aguantado bien. Quiero decir, no me apetece irme a mi casa a perderme en una botella de *whisky* y no parar hasta verla vacía —explica—. Creo que esto era una prueba para ella. Para mí.

—Pues me alegro de que la hayas superado —digo con sinceridad.

Chapoteo un poco a mi alrededor para intentar concentrarme en algo que no sea este Adonis mojado, triste y encantador.

—No me has dirigido la palabra desde que nos despedimos en aquella canción. —Ahora habla con voz suave—. ¿Se puede saber qué es lo que he hecho?

No puedo decirle lo que sentí en ese momento, cuando me susurró los versos de *Cold Desert* en el oído. Cuando nos abrazamos y acompasamos nuestros latidos detrás de la piel. Por eso lo he evitado el resto de la noche. Pero ahora prefiero salir por otros derroteros no menos importantes.

—No me apasiona que te burles de los míos. —Lo desafío con la mirada mientras nado un poco hacia él.

—¿Los tuyos?

—Sí. Ryan es de los míos. Y antes te has burlado de él cuando has visto lo que ha pasado entre nosotros. Se porta tan bien conmigo que ni siquiera me ha pedido explicaciones después del casi beso.

—¿Y por qué tendría que pedírtelas? —Frunce tanto el ceño que estoy a punto de reírme de su expresión.

—¿Porque lo he dejado con la cara partida cuando un segundo antes tenía mi culo en su cuello? —En el fondo me siento culpable porque podría haberle hablado claro a Ryan desde el principio.

—¿Te sientes mal por eso? Solo lo estabais pasando bien —asegura Jake.

—No sé si le he dado falsas esperanzas.

Ahora su cara se tiñe de una leve sorpresa y asiente. Mira hacia el otro extremo de la piscina y percibo su amago por empezar a nadar y alejarse de mí, pero yo no quiero que se vaya.

—¿Sabes? A veces me planteo qué tengo de malo. Todos siempre esperan cosas de mí que terminan siendo lo opuesto. Ryan, por ejemplo, esperaba que lo besara, pero lo único que he podido hacer es dejarle claro de manera incómoda que no lo quiero de ese modo. O mi madre, que toda su vida ha estado ilusionada porque su hija disfrutase con las típicas cosas de chicas, como hacerse la manicura o pasar horas dando vueltas por un centro comercial.

—Me cuesta mucho imaginarte haciéndote la manicura, la verdad.

—¿Puedo pedirte algo? —le pregunto de repente. A pesar de los nervios que me provoca, siempre termino sintiéndome muy cómoda con él.

La curiosidad le inunda el rostro y se sumerge en el agua hasta el punto de que posa su barbilla sobre la superficie y la hunde un poco.

—Creo que me voy a arriesgar a decir que sí.

—El otro día Peter me propuso un juego. —Ladea la cabeza, confundido—. Me dijo que le preguntase a alguien de aquí sobre mí. —Me cuesta mucho decir esto, pero ya lo he soltado. Lo he tenido atravesado todos estos días.

—¿En qué sentido? —se interesa.

—Supongo que en todos... Ya sabes, quiere que no tenga una percepción distorsionada de lo que soy y cree que necesito saber qué es lo que piensan los demás sobre mí para poder seguir avanzando —suelto un poco avergonzada.

Me entra el pánico por lo que vendrá a continuación porque en el fondo sé que Jake no es la mejor persona para jugar a este juego, y aun así lo he hecho porque me siento demasiado bien a su lado. Además, él ha visto la peor parte de mí. Mi compañero acorta la distancia que hay entre los dos, pensativo, y yo me empiezo a acalorar. Me falta el aire, que seguramente se ha consumido por su presencia.

—Así que... ¿qué piensas de Alessa Stewart? —Intento armar una sonrisa que no me haga parecer una desquiciada.

—Pues... puedo intuir que sabes mucho sobre música. —Su sarcasmo de nuevo.

Le lanzo una mirada amenazante y me muevo por el agua.

—Por eso tu ataque de antes en la furgoneta, ¿no? —Parece confundido, pero rápidamente entiende que me refiero a lo que dijo durante el viaje al Apollo.

—Me estaba poniendo de los nervios —se excusa y levanta los hombros como señal de falso arrepentimiento.

Quiero preguntar quién le estaba poniendo de los nervios, pero no sé si quiero saber la respuesta porque esta charla entre compañeros de centro de rehabilitación se puede transformar en algo tenso. Y la verdad es que ninguno tenemos la necesidad de tensarnos, ¿no?

—¿Qué más? —Cambio de tema.

—Eres inteligente. —Ahora su sinceridad me apabulla y algo parecido a la plenitud se posa en mi vientre.

—¿Y cómo lo sabes? No te he contado nada acerca de mis notas.

—No hace falta. Lo sé por todos esos libros que tienes en la estantería, en la mesita y en el escritorio. Solo los leen la gente que es muy inteligente, como tú.

—O la gente que no le encuentra el sentido a la vida y necesita leer a quienes piensan o se sienten igual que ellos —espeto.

Jake ladea la cabeza y sonríe sacando a relucir sus paletas blancas y deslumbrantes.

—¿Y sabes lo que creo? —pregunta con seguridad.

—¿Qué?

—Que vas a superarlo todo en la vida. —Me quedo muy quieta, nunca he escuchado tantas cosas buenas sobre mí y es una sensación extraña y a la vez placentera—. Eres fuerte. Una de esas personas que han nacido para convertirse en una guía para los demás.

Me río con ganas y él se ofusca con mi burla. Me salpica agua para que cierre la boca. De pronto estamos más cerca, confiados y relajados.

—¿De verdad esto me lo está diciendo Jake Harris? Eres un referente para todos. Los chicos quieren ser como tú y las chicas quieren acostarse contigo como mínimo. —Jake frunce los labios al escuchar mis palabras.

—Como mínimo —repite.

—Sí.

—¿Y cómo máximo?

—Como máximo todas quieren tener contigo la vida que la sociedad les ha enseñado a idealizar.

—¿Y cuál se supone que es esa vida?

—Ya sabes: fama, dinero, amor, hijos y casa gigante. El vivir feliz y la perdiz.

—¿Y tú no quieres eso? —pregunta con una ceja enarcada y los labios sonrosados.

Hago una mueca de disgusto que le provoca una sonrisa.

—Sabes tan bien como yo que toda esa parafernalia no te asegura sentirte a este lado del mundo. En el lado de los vivos. El lado de los perdidos, de los que no encuentran el camino ni la razón de ser, de los sufridores, ese lado puede estar en cualquier parte, incluso en el castillo de un príncipe que come perdiz mientras comparte mesa con su perfecta esposa y sus adorables hijos.

Guardamos silencio y el ambiente se vuelve un poco pegajoso. No es fácil entender que somos seres tocados por el dolor. Aunque sé que Jake está en la misma sintonía, me lo gritan sus ojos cada vez que me zambullo en ellos.

—La primera vez que te vi, pensé que esto solo te iba a hacer sentir peor. Estuve a punto de confesarte que no tenías que trepar ese muro porque la puerta siempre estaba abierta —confiesa con la mirada fija en un punto detrás de mí.

—¿En serio? Pues no lo parecía —ironizo.

—Pero con los días has ido creciendo y aceptándolo. Y ahora brillas y tu luz nos contagia a todos.

—No sé de qué luz hablas, pero supongo que tendrá que ver con mi color de pelo, que resalta entre todo lo demás. —Quiero parecer graciosa, pero él me mira muy serio.

—Tiene que ver con toda tú —murmura y yo me congelo a pesar de que el agua está templada.

Necesito cambiar de tema porque estamos tan cerca que puedo observar con todo lujo de detalles el lunar que le decora el cuello justo debajo de la oreja. Oscuro y desigual. Sus ojos vuelven a mí y ahora parecen salvajes, como si hubieran caído presos de algún fin que desconozco.

—Lo del juego de Peter también va del tema visual, ¿sabes? —logro decir—. No es todo tan intenso. Así que... ¿qué te parecen mis odiosas pecas o mi piel blanca como la leche? Bueno, la tuya no es que sea mucho más oscura... —Sueno nerviosa. *Estoy* nerviosa y no sé qué diantres hago preguntándole a Jake Harris sobre mi físico. ¿Qué estoy haciendo?

Él no muestra ninguna emoción, solo endurece la mandíbula. Sin embargo, al segundo siguiente, parece más relajado.

—Tienes las piernas largas, la melena naranja y tus pecas no están tan mal —comenta como un autómata.

Intenta parecer calmado, pero por primera vez desde que lo conozco veo su contención, y esto es algo nuevo que me hace sentir segura porque no soy la única que se apabulla cuando lo tengo delante.

—Eso ha sonado muy sincero. —Asiento con cierto sarcasmo.

Se pasa la lengua por el labio inferior, como si le costase hablar. Y noto mis mejillas calientes otra vez.

—Cuando te sonrojas eres la persona más bonita que conozco, porque tus ojos verdes resaltan aún más y parecen un aguacate partido por la mitad. —Lo dice tan deprisa que no sé si lo he entendido bien. ¿Ha dicho «aguacate»?

—Guau. Eso es lo más parecido a un piropo que me han regalado nunca y ha sido... decepcionante. ¡¿Aguacate?! ¿Hay una palabra que suene más a burla que esa? —pregunto risueña.

Pero él no sonríe, lo que hace es entrecerrar sus ojos y adoptar una expresión dura. Y veo cómo el muro cae. Veo su debilidad y me hace querer consolarlo. Se acerca con el vaivén del agua y yo ya estoy perdida en sus labios. Gruesos, sonrosados y más apetecibles que nunca.

—¿Prefieres que te diga que me controlo todo el tiempo para no besarte porque estoy deseando probar esos labios? —El color abandona mi cara y, si eso fuera posible, ahora debo de parecer más pálida que de costumbre—. ¿Ese piropo está mejor?

Oh. Dios. Mío. No me da tiempo a decir algo coherente porque estampa sus labios contra los míos y todo se descontrola. Posa sus manos frías en mis mejillas sin despegar su boca de la mía y me arrastra hasta que quedo atrapada entre el poyete de la piscina y su cuerpo. Su cercanía me obliga a cerrar los ojos por inercia y eso incrementa la electricidad que navega por mi piel. Se me eriza el vello. Todo palpita en mi interior mientras nos saboreamos. Sus labios se mueven contra los míos con un apetito voraz. Abro la boca porque quiero ir a más y su lengua, deliciosamente húmeda, se entrelaza con la mía. Me aprieta contra su pecho y le rodeo el cuello con las manos temblorosas y expectantes por perderse entre sus cabellos. Su olor me traspasa los poros de una manera placentera, pero su sabor... No creo que haya nada parecido en el mundo, al menos no algo que yo haya probado hasta ahora.

Con una maniobra ágil, me agarra por el interior del muslo y me encaja en su regazo. Y al segundo siguiente, floto sobre una atmósfera celeste alejada de la tierra. Nos aceleramos y nos quedamos sin aire demasiado pronto. Jake captura mi labio inferior entre sus dientes y tira con suavidad mientras relaja su respiración, separándose lentamente. Entonces me observa y puedo ver cómo el miedo cruza su semblante. Sus labios torturados por la actividad se fruncen y leo el arrepentimiento en la forma en la que me baja y se separa de mi cuerpo. ¿Qué cojones acaba de pasar? Mi compañero nocturno, ahora también conocido como un besador implacable, apoya las manos en el borde de la piscina y se alza. No me hace falta seguirlo con la mirada para saber que ha abandonado el pabellón, dejándome aturdida y, valga también decir, con el recuerdo más salvaje de mi vida.

31

Vuelta a la tierra

Esta mañana al despertar aún sentía el sabor de Jake en mis labios. Caliente, dulce, espeso. No podía parar de darle vueltas a cómo se marchó de la piscina. «Hoy no es ayer, es un nuevo día, y hay que asumir las consecuencias», me digo; aunque lo cierto es que le he dedicado más tiempo a peinarme la melena antes de bajar a la sala común y, al salir de la habitación, me he pellizcado los pómulos con la intención de que se sonrojaran. Lo único que me tranquiliza de tener que enfrentarme hoy a Jake Harris es que fue él quien me besó, yo solo seguí el camino que marcaban sus labios y sus manos con bastante dedicación. Así que, cuando cruzo la puerta para afrontar la situación, el corazón no late tan disparatado. ¿Será eso la madurez? ¿Enfrentarse con seriedad y parsimonia ante algo incoherente y alocado?

Empezamos el día con una sesión de terapia grupal. Hace unos días, Norma nos dijo que esta mañana no haríamos deporte, quizá porque ya contaba con los estragos de nuestra salida nocturna. En la sala están todos perfectamente sentados en sus sillas, esperando que la jefa dé comienzo a la sesión. Todos menos Jake. Miro hacia atrás para ver si me ha seguido en silencio, pero el pasillo está desierto. Después de todo, parece que la ansiedad está haciendo su primera aparición del día. Camino hasta tomar asiento al lado de Annie, que lleva unas enormes gafas de sol estilo *cat eye*.

—¿Puedes quitarte las gafas? —pregunta Norma clavando su mirada en mi amiga—. Vamos a empezar ya.

—¿No esperamos a Jake? —se me escapa la pregunta y me pongo nerviosa *ipso facto.*

Ryan, sentado al otro extremo, me saluda con una pequeña sonrisa en sus finos labios.

—Se habrá quedado dormido, y ya llevamos media hora de retraso —alega Norma.

Sin lugar a dudas, soy la que está más entera de todos los que me rodean. Daniel tiene unas ojeras que le llegan a la altura del pómulo y Rachel tiene los ojos hinchados y achinados, como si fuera presa de un horrible dolor de cabeza. Además, en la sala se ha concentrado un leve olor a alcohol que me ha golpeado al entrar y, cuando recorro la vista por la estancia, me doy cuenta de que Daniel, Barbara y Annie aún llevan la misma ropa que en el concierto. Auguro que esta sesión va a ser muy interesante.

—¡Oh, Dios! —se queja Annie mientras se quita las gafas y las apoya en su regazo—. Dime que luego no toca con Phil. Y, si es así, miénteme. Prefiero seguir imaginando que no es así una hora más. —Tiene la voz ronca a consecuencia de todo el griterío de la noche anterior.

—¿No te acuerdas de que Norma anuló las clases de deporte o qué?

—Ahora mismo no me acuerdo de nada.

Annie suelta un largo resoplido y relaja la espalda sobre el respaldo de la silla.

—¿Qué tal estás, Daniel? —pregunta Norma, casi con dulzura.

—Pues... —Todos nos reímos al escuchar su voz grave de camionero—. He estado en mejores circunstancias. Hacía mucho que no salía de fiesta y...

—Ya sabes a qué me refiero. —Sonríe—. En unos días, te vas. ¿Cómo te sientes para enfrentarte a la vida real?

Me aíslo de la conversación porque no quiero pensar en lo tristes que estaremos cuando Daniel ya no deambule con su característica vitalidad por los pasillos, y aprovecho para echar otro vistazo a la puerta, esperanzada por ver aparecer a Jake. ¿Se le habrán pegado las sábanas? Desde que llegué a Camden Hall no se ha saltado ninguna de estas sesiones, pero la verdad es que nadie se ha sorprendido por la ausencia del chico famoso. Ni siquiera Barbara, siempre tan pendiente de él, y que en estos momentos hace una pompa con un empalagoso chicle rosa.

Mi mente empieza a divagar y la tranquilidad que había llegado con el sol de la mañana se evapora. Dios mío. He besado a Jake Harris. ¡Joder! ¡¡Joder!! ¡¡¡Joder!!! ¿Pero en qué coño estaba pensando? «No has sido tú, te ha besado él», repite en mi cabeza mi parte más protectora. Y me vuelvo a relajar, aunque solo una milésima de segundo. ¿Cómo actuará Jake ahora? ¿Me pedirá perdón? ¿Dirá que fue un error? ¿El mayor error de su vida? Está claro que anoche se nos fue de las manos a los dos. Toda la euforia y la adrenalina del concierto, sumadas al dichoso juego que le propuse, fue un cóctel molotov que no hizo otra cosa más que estallar. Lo mejor será que hagamos como si nada hubiese pasado... ¡Y un cuerno! Ha pasado, y aún puedo notar el calor recorriéndome la piel, sus manos paseándose por todo mi cuerpo y sus ojos encendidos. Las náuseas trotan en mi estómago e intento transformar los pensamientos negativos, tal como Peter me aconsejó que hiciera. Maldito Peter, por culpa de él estoy en este embrollo. Vale, Alessa, madura. Solo ha sido un maldito beso. Llevamos mucho tiempo encerrados, somos jóvenes y nuestras hormonas van por libre. Sobre todo las mías, que ahora mismo en lo único que piensan es en volver a sentir esa misma sensación.

—Ryan, me quedé un poco preocupada con tu consulta del otro día. ¿Estás bien? ¿Duermes mejor? —Vuelvo a la voz firme de Norma—. ¿Necesitas que te recetemos algo?

¿Ryan está pasando un mal momento? No tenía ni idea y Annie tampoco me ha comentado nada. Observo con detenimiento a mi amigo, que se pasa sus delgadas manos por el pelo y cierra los ojos con pesar.

—No lo sé, Norma. Últimamente no duermo y, cuando lo hago, me levanto aún más cansado —confiesa Ryan.

La mujer asiente comprensiva en un delicado movimiento.

—Pásate por mi despacho al terminar, ¿vale?

Mi amigo asiente y centra su atención en el paisaje que se expande a través del ventanal. Después, Norma nos propone un juego en el que tenemos que exponer en voz alta tres cosas buenas que nos hayan pasado esta semana, pero al percatarse de la agilidad mental de cinco adolescentes resacosos y una chica a la que le han dado el mejor beso de su vida, nos concede la libertad para marcharnos. Todos desaparecemos por la puerta motivados por entrar de nuevo en la cama, y echo una última mirada a Ryan, sentado ante la seria mirada de nuestra orientadora.

Al cabo de un rato en el que no he salido de mi habitación y me he ahogado en la lectura de algunos relatos de Raymond Carver, me decido a bajar al comedor. Mi sorpresa es mayúscula al encontrarme solo a Barbara, sentada a la mesa, con sus cascos puestos y delante de un sándwich del que sobresale una lechuga reluciente que tiene una pinta increíble. Cuando entro en su campo de visión, teclea en el móvil y se quita los cascos. Y ese sencillo gesto ha sido, sin lugar a dudas, el más humano y empático que ha compartido conmigo desde que llegué a este lugar.

—¿Todavía están durmiendo? —pregunto intentando sacar un tema de conversación.

Cojo del frigorífico un poco de jamón york y unas lonchas de queso y me siento frente a Barbara.

—Supongo. Rachel no se despertará hasta mañana, tiene un dolor de cabeza horroroso que ni siquiera los analgésicos pueden calmar. Barbara alza las cejas y me percato de que hoy no lleva ni un ápice de maquillaje. Y sigue estando fabulosa.

—Uf... Se la veía muy perjudicada esta mañana.

—Todos aquí estamos perjudicados. —Su tono taciturno me coge de sorpresa.

¿Debería preguntarle si está bien? Barbara da un gran bocado a su sándwich y veo que sus ojos se tornan llorosos.

—¿Estás bien?

—Sí. No. Es que no aguanto más aquí —murmura—. Mi vida era una auténtica pasada. Viajaba casi a diario, conocía lugares en todo el mundo, me trataban como a una reina... Realmente me gustaba, ¿entiendes? Sentía que había nacido para eso.

—¿Y qué pasó? —No sé si me estoy envalentonando e inflando de una confianza que no comparto con ella.

Barbara me observa con esos ojos claros, perfectos y profundos, y esboza una triste sonrisa.

—Que llegaron chicas más nuevas y más guapas. Ahora se lleva toda esa belleza *nude*. Sabes lo que es, ¿no? —me pregunta volviendo a su tono altivo.

Niego con la cabeza.

—Algo así como la belleza natural. Ponerse frente a la cámara y no hacer nada. Yo he nacido para posar y, cuando me dijeron que estaba un poco sobreactuada, me volví loca. No dije nada, pero intenté sabotear a mis compañeras. Quería que fracasaran, jamás he deseado tanto algo como que a esas chicas las largaran...

—Vaya... No sé qué decir. —Estoy un poco descolocada.

—Al final a la que despidieron fue a mí, claro. Descubrieron todo el pastel y en el aeropuerto de vuelta a casa tuve un ataque de nervios violento y quise estrangular a mi representante con su propia bufanda. —Abro los ojos como platos y Barbara esboza la sonrisa más espectacular que he visto en mi vida—. Supongo que hoy estoy melancólica por todo lo que perdí, Alessa.

Sigo sin palabras y un poco asustada por la Barbie malvada que está sentada al otro lado de la mesa, pero, por raro que pueda parecer, se ha formado entre las dos un ambiente relajado, como si no tuviéramos nada que perder y nos viéramos obligadas a compartir una vida común por un tiempo limitado.

—Yo también estoy agotada de estar aquí. Lo de ayer por la noche me recordó todas las cosas buenas que están pasando ahí fuera. Estamos derrochando la mejor época de nuestras vidas.

—Solo nos queda esperar y disfrutar de lo bueno que nos puede aportar esta casa exiliada del mundo. —Sonríe socarrona—. No todo el mundo tiene la oportunidad de poder ligarse a Jake Harris.

Me atraganto con un trozo de jamón y toso hasta escupirlo en el suelo. Me arde la cara.

—¿Estás bien? Bebe agua.

Eso es lo que hago, con la mirada fija en mis manos.

—¿Te gusta Jake? —Aunque ya sé la respuesta, necesito saber cuál es su nivel de obsesión.

—¿Y a quién no? Siempre he querido estar en el lugar de Charlotte Rey, y no solo por tenerlo de novio, sino más bien por vivir su vida de lujo.

Y ese es el primer momento desde que nos besamos en el que pienso en la novia de Jake Harris. La perfecta y asombrosa Charlotte.

—No me pareció que Jake fuera tan bebido ayer para que aún no se haya levantado —comento intentando cambiar de tema.

—No está en su habitación. Se ha fugado —apunta Barbara.

¿Qué? Un nudo se me forma en la garganta y mi compañera debe de ver el cambio en mi expresión porque continúa contándome todo lo que sabe.

—Norma vino a buscarme esta mañana para preguntarme si lo había visto o si ayer noté algo raro.

—¿Dónde estará? —Es más una pregunta para mí misma que para ella.

Se encoge de hombros y yo solo deseo que el beso no haya sido el desencadenante de nada. No quiero que después de nuestro fugaz y fortuito encuentro se haya marchado en busca de los brazos de su Charlo. Aunque supongo que eso es exactamente lo que ha debido de hacer porque es su novia y yo solo soy su compañera de manicomio.

Corro con fuerza, con urgencia y agonía para huir de mis pensamientos. Zancada a zancada, me voy acercando más al lago. Solo quiero que mi mente se calle un par de minutos. Me agoto físicamente para no tener nada más en lo que pensar, solo en mi respiración. Cuando me detengo ante el precioso paisaje bucólico bañado por la última luz de la tarde, el agua transparente refleja los altos pinos y las espesas nubes que envuelven el cielo. Con los brazos apoyados en un árbol, relajo mi respiración. ¿Dónde estará Jake? No sé nada de él desde anoche y el hecho de que nadie sepa dónde se encuentra me está matando poco a poco. Por el bien de mi salud mental, necesito que aparezca por la puerta, que me dirija una de sus miradas amenazadoras y tristes a partes iguales y que suba las escaleras hasta su habitación. Mi cuerpo se va calmando y la brisa que se levanta a esta hora de la tarde me alivia la piel acalorada.

En estos momentos, hablar con Taylor haría desaparecer esta angustia. Ella siempre ve el vaso medio lleno y, a pesar de que siento que me ha traicionado al acostarse con mi mejor amigo, Taylor siempre será un ser de luz a la que no podré negarle nada. Tan solo su existencia ya es un motivo por el que esbozar una sonrisa en las noches de oscuridad. La felicidad es algo que vino pegada a su piel cuando nació. ¿Cómo no iba a enamorarse Tommy de ella? Me gustaría contarle a mi amiga el enredo que se ha formado en mi pecho desde mi encuentro con Jake y, no sin un poco de vergüenza, confesarle también el tipo de sensaciones que despertó en mi piel. Sensaciones a las que sería muy fácil volverse adicta. Mañana debería escribirle y contestarle a su carta de estilo Jane Austen.

Agito la cabeza para que mis pensamientos se esfumen y vuelen como los pájaros que pían enloquecidos en el cielo. Por fin, mi mente se queda en blanco y una afirmación certera me sobrevuela la mente: no hemos hecho nada malo, solo ha sido un descuido en un momento determinado debido al tiempo que llevamos aislados aquí dentro. Y sé que, en el fondo, Jake puede pensar lo mismo. Quiero llenarme de confianza, quiero consolarme pensando que es un chico maduro que ha vivido demasiado como para desbaratarse por un simple beso en una piscina. Acepto sin rechistar que Jake Harris me atrae mucho y que es algo químico, algo que soy incapaz de controlar, por lo que alejo un poco de responsabilidad propia de nuestra desbocada escena. Con esta nueva perspectiva, me infundo las ganas de regresar a Camden Hall y proponerle a Annie ver una de esas películas pastelosas que tanto le gustan. Esperaré a que mi compañero nocturno haga acto de presencia. Lo solucionaremos. No somos como los demás, un beso no puede afectarnos. Troto de nuevo por los senderos que conducen hasta la casa y me pregunto por qué se ha marchado sin avisar.

Entro en la casa y me quedo congelada detrás de la puerta entreabierta del despacho de Norma. Su voz irritada inunda el pasillo.

—¿Tampoco está allí? ¿Has hablado con Stone? ¡¿Pero qué demonios ha podido pasar?! —grita, y yo siento un férreo hormigueo en las manos y la realidad de la situación me golpea—. Sabía que no iba a salir bien lo del concierto. Fue idea suya... Seguro que se encontró con alguien y...

No, no y no. No puedo permitir que lo juzguen de esa manera, así que apoyo la mano en el pomo y empujo la puerta. Al instante, acaparo la total atención de Norma.

—Bien. Mantenme informada, por favor. Necesitamos que aparezca antes de que todo se vaya a la mierda. No es una persona anónima y todo esto puede explotar mediáticamente. —Norma cuelga y se sienta en su escritorio—. Pasa, Alessa, ¿querías algo?

Debe de ver la preocupación navegando por mi rostro sudoroso y palpitante porque me insta a hablar con ojos cariñosos ante mi incapacidad de arrancar.

—Yo solo... Solo quería decirte que él volvió del concierto. —Norma entrecierra sus ojos—. No bebió y estaba contento por no tener la necesidad de hacerlo. No se encontró con nadie, de verdad —suelto de manera atropellada.

—Eso no puedes saberlo, Alessa. —La mujer me observa con la expresión cansada.

—Estoy segura de que ha tenido que pasar algo grave...

—Estas cosas están a la orden del día aquí —agrega con tacto—. Habrá vuelto a recaer y solo queremos asegurarnos de que vuelva sano y salvo para poder ayudarlo.

Y ante la desgarradora certeza de su mirada, no puedo hacer nada. Solo asentir, dar media vuelta y caminar hasta mi habitación. Estoy realmente preocupada por Jake y todo el ejercicio de contención que había conseguido se desmorona como un castillo de arena al que alcanza el agua del mar.

32

El motor se ha puesto en marcha

Un golpe sordo me despierta y me arranca de un tirón del sueño en el que estaba sumida. Éramos Jake y yo en la piscina, terminando lo que empezamos la otra noche. Anoche me quedé hasta tarde leyendo en el banco de la entrada de Camden Hall, pero no apareció y, finalmente, la desgana me condujo hasta mi habitación. Ojeo el despertador, son las 3:01 de la mañana... Otro golpe, ahora más fuerte, suena al lado de la puerta. Me levanto deprisa porque quiero averiguar qué está pasando en el pasillo a estas horas. Abro la puerta y, a pesar de que está oscuro, lo vislumbro frente a mí, agarrado a la barandilla de las escaleras, incapaz de sostenerse. Soñando con el rey de Roma... Jake levanta la cabeza y me enseña toda su dentadura con una amplísima sonrisa de borracho. Genial. Va a dar un paso para subir, pero se tropieza en el intento y provoca otro estruendo al estrellar la espalda contra la barandilla.

—¡Chis! —Voy hasta él y lo agarro del brazo.

Jake me observa, con las pupilas dilatadas y las mejillas sonrosadas. Huele a *whisky* y no atisbo su particular aroma porque el alcohol lo inunda todo. Resoplo con la intención de alejar el tufo.

—¡Ho-la, Aless-aaaa! —exclama atropellado—. ¿Qué haces despierta? ¿Te vas a fu-gar, eh?

De la nada, le da un escandaloso ataque de risa y comprendo que está más ebrio de lo que creía.

—Chis... —Lo mando callar—. ¿Quieres cerrar la boca? Te van a pillar —le reprendo.

Jake posa de nuevo la mano en el barandal y acerca su rostro al mío.

—Hola —me saluda de manera seductora.

Ay, Dios, ¿Por qué has hecho esto, Jake? Lo cojo del brazo y lo apoyo sobre mi cuello.

—Vamos. Te voy a ayudar a llegar a tu habitación antes de que montes un numerito.

Me obedece sin rechistar y tengo que hacer uso de todas mis fuerzas para conducirlo por las escaleras hasta su habitación.

—¡Jo-der! To-do da vuel-tas. Es-pera. —Ni siquiera puedo entenderlo bien.

Se detiene frente a la puerta y se apoya en ella con los ojos cerrados y el pelo sudoroso. Está en un estado deplorable y sería algo muy gracioso si no llevase aquí varios meses luchando contra la adicción. Me pongo nerviosa al pensar que todo puede ir a peor si nos descubren, por lo que lo agarro de la mano, abro la puerta y prácticamente lo empujo hasta la cama. Está llena de papeles, cuadernos, frases y canciones inacabadas sobre las que cae de espaldas.

—¡Di-os! —se queja.

Verlo ahí tumbado, derrotado y perdido me hace tener la necesidad de protegerlo. Quiero ayudarle como él ha hecho conmigo. Nunca lo he visto fuera de control. Me arrodillo y comienzo a quitarle las Vans, que, por cierto, también huelen a alcohol. Esas Vans eran mis favoritas. De pronto, Jake se incorpora y se queda muy cerca de mi cara. Tiene ojos pícaros y una mueca de chico interesante que no le pega en absoluto.

—¿Me quieres desnudar? —pregunta recomponiéndose—. Oh, va-ya. Te vas a... aprovechar. Ve-rás, no sé si... voy a dar... la ta-lla —dice atropellado.

Lo fulmino con la mirada y él no se avergüenza ni un poquito.

—Te voy a quitar la ropa porque está llena de alcohol —le reprocho—. Apestas.

Jake no me quita los ojos de encima y apoya una mano sobre mi mejilla. Me acaricia y comienzo a temblar.

—Nos besamos y ya te quieres lanzar a la piscina...

A pesar de que esté borracho, a pesar de que tenga los ojos tan entrecerrados que casi parece asiático, a pesar de su tufo, esas palabras suenan muy sensuales en su voz rota.

—Mañana estarás en un buen lío si Norma descubre esto —murmuro.

—Norma siempre se entera de *todo*. —La última palabra la pronuncia con más énfasis.

Me lleno de valor al entender que tengo más capacidad de maniobra que él en estos momentos, así que le agarro el bajo de su camiseta y se la saco por la cabeza. Jake me observa sorprendido y con el pelo alborotado. Me río internamente de su expresión hasta que mis ojos se clavan en su pecho blanco y definido y el deseo se posa en mi vientre. Oh.

—A la ducha. —le ordeno.

Me levanto antes de que la parte más loca e impulsiva de mi persona se enganche a su cuello y, tal como ha dicho antes, me aproveche de su situación y lo bese. Entro en el baño, abro el grifo de agua fría y, cuando voy a salir a buscarlo, lo veo atravesando la puerta. Tiene los pantalones desabrochados y se los quita mientras camina en dirección a la bañera. Tomo asiento en el borde y lo ayudo a entrar y a sentarse dentro, intentando no pensar en que está casi desnudo a apenas unos centímetros de mí.

—Jo-der, Alessa... Tie-nes mu-cha maldad dentro —me acusa—. Es-tá congelada.

Y antes de que pueda decir nada más, cojo el teléfono de la ducha y le apunto con él a la cara.

—¡A-yy! ¡Para! ¡Pa-ra, joder! —Disfruto viéndolo tan indefenso, aunque lo que realmente quiero es que se le pase la borrachera de un tirón y se desquite de ese olor impregnado que lleva pegado en el cuerpo.

Cojo una toalla de la estantería y se la tiro.

—Sécate y ponte algo. Y luego, a dormir la mona.

Esbozo una mueca de disgusto que no me devuelve. Sigue mirándome, pero yo estoy en mi propio mundo, pensando en el motivo que lo ha llevado a actuar así, a irse y aparecer de este modo. En la piscina me aseguró que no sentía la necesidad de descontrolarse con la bebida, y aquí está, exactamente pecando de ello. Y sé que en el fondo me siento culpable porque nuestro beso ha podido ser el desencadenante.

Un rato después, nos observamos sin decir nada. Él se pasa la toalla por el pelo empapado y, en silencio, parecemos gritar que ese beso ha sido un detonante. Visto lo sucedido, para él ha sido un detonante hacia su recaída. Para mí, por el latido intenso y desbocado de mi corazón, un detonante para colarme hasta el fondo por este chico. La decepción me inunda al comprobar que quizá me he convertido en un auténtico *cliché*.

—Vamos, Jake... —le animo a salir del baño. Tiene los labios morados y el vello erizado—. Te vas a poner enfermo.

—Como si no estuviera enfermo ya —responde en tono hosco levantándose torpemente—. A sus órdenes, señora.

Sale del baño y me quedo ahí sentada. Al igual que él, también tengo la piel erizada, pero por razones muy distintas. He estado todo el día inquieta y ahora que está aquí lo siento más lejos que nunca. ¿Qué pasará mañana? ¿Podremos evitar que Norma se entere? Ahora mismo es lo único que me preocupa.

Cuando vuelvo a la habitación, Jake está sentado en la cama, con los codos hincados en las rodillas y las manos sobre el rostro. Quiero asegurarle que todo irá bien, que un error lo comete cualquiera, pero no me atrevo.

—Mierda... —susurra, y sé que se está torturando.

Guardo silencio, apoyada sobre la pared. De pronto me lanza una mirada recriminatoria y se tira hacia atrás con un brazo tapándose los ojos. ¿Qué he hecho yo?

—¿Por qué coño no me hiciste la cobra a mí también? —pregunta con la voz quebrada.

Debería responder que quizá el motivo sea que el hecho de besarlo fue lo que activó mi motor después de mucho tiempo estropeado. Pero me quedo callada. Soy una tumba. Los latidos del corazón retumban en mi oído.

—Pensé que eras más lista, que no te iba ese rollo... —murmura.

Vale. Hasta aquí hemos llegado. No quiero que me haga daño. Sé que se siente como una mierda por haberlo tirado todo por la borda. Pero ¡joder, Jake! Creía que eras más maduro y que no me culparías. ¡No tengo la culpa! ¡Me besaste tú!

—Sigue sin irme ese rollo, pero me gusta pasarlo bien, Jake. Supongo que como a todos —digo con una calma que me sorprende hasta a mí.

Le he soltado la mayor mentira del mundo. Esas cosas no me importaban hasta que puso sus labios sobre los míos y ya solo puedo pensar en repetirlo a cada minuto. Doy media vuelta para llegar hasta la puerta y su voz me detiene.

—Lo siento. —No me giro, estoy aterrorizada. Está claro que se arrepiente de haber besado a su supuesta hermana pequeña—. Y gracias por esto.

Salgo de la habitación y corro hasta acurrucarme bajo mis sábanas. Estoy un buen rato apretando mis dientes contra la lengua hasta que me hago una pequeña herida y me empapo del sabor de la sangre. Después de todo, no sé si hubiera preferido no haber visto más a Jake Harris por Camden Hall.

33

Los infelices

En estos momentos solo deseo que la noche anterior desaparezca por completo. No quiero salir de mi habitación a las tres de la mañana y ver a Jake borracho como una cuba. Ni salvarlo de que monte el espectáculo de su vida y lo expulsen. Tampoco quitarle toda esa ropa maloliente y meterlo en la bañera. Lo único que deseo es que jamás haya acontecido, pero me temo que la raza humana aún no ha inventado la manera de volver hacia atrás, así que me obligo a no mortificarme más, a observar el cielo despejado que tengo sobre mí y a disfrutar de la alegre compañía de Annie.

La principal razón de mi mal humor es que esta mañana, al salir de mi habitación, me he encontrado cara a cara con Jake, despeinado como él solo, que bajaba a desayunar al igual que yo. Le he preguntado cómo se encontraba (no una, sino *tres* veces, por eso de que a lo mejor el alcohol lo había dejado sordo) y ¿su respuesta? Ninguna. Ni siquiera me ha mirado. Me ha ignorado intencionadamente y lo ha seguido haciendo el resto del día, lo que me ha provocado una rabia de la que todavía no me he desprendido del todo. Entonces Annie, después de despedir a nuestros familiares en la puerta, ha tomado el control de la situación y me ha propuesto tomar el sol en el lago, por eso de aprovechar al máximo los días soleados en el verano de Londres.

Y aquí estamos, tumbadas en el césped, rezando para que los mosquitos no sean muy crueles con nosotras a pesar de que mi amiga lleva un bañador amarillo pollo.

—Mañana salen las listas de admisión de las universidades —comenta Annie abriendo solo un ojo que dirige hacia el lago.

—¿Vas a ir a alguna? —No sabía que quisiera ir a la universidad.

—Esa es mi intención. Quiero licenciarme en Diseño de moda y Tendencias —confiesa.

—Vaya, siempre creí que serías más de periodismo, no sé por qué.

—Esa es mi segunda opción, cariño —dice mi amiga tras girar el cuello y levantar una ceja. Sonrío—. ¿Y tú qué vas a hacer el próximo año?

—No lo sé. —Mi ceño se ha fruncido de repente—. Me cuesta concentrarme en algo que no sea la rutina del día a día. Me agobia pensar en los planes de futuro. Ni siquiera sé qué me gustaría hacer.

—Yo tampoco lo sabía al terminar el instituto —me tranquiliza.

—¿Y qué pasó?

—Un día me puse a mirar universidades y, cuando llegué al Instituto Marangoni, vi el programa y todo encajó.

—¿Y si resulta que no encaja nada? —Mi voz suena preocupada.

—Algo encajará, Alessa. Aunque sea un viaje a Las Bahamas para pasar un año sabático.

Abro mucho los ojos y la observo en silencio.

—Ese era mi primer plan, pero mi madre se negó a darme el dinero. Iba a trabajar en verano para pagármelo, pero ya ves. El último año de instituto fue demasiado estresante y no paraba de vomitar, así que aquí estoy. —Creo que habla muy en serio.

¿Qué pasaría si en un hipotético caso no sé qué cojones hacer con mi vida? No ahora, sino nunca... Todos me aseguran que la respuesta está dentro de mí, pero por más que la busco, no la encuentro. Una vez mi madre me preguntó qué quería ser de mayor y yo le dije: «misántropa». Ella me contestó que eso ya lo era y que, además, era algo que no te daba de comer. Mi madre supo desde muy pequeñita que quería ser jueza. Supongo que lo anotó en lo alto del corcho con las opciones para llegar ahí de la mejor manera posible. Y llegó. Sin más. Sin sobresaltos ni altibajos. Paso por paso. Objetivo superado. ¿Y yo? Ni siquiera conozco el objetivo. Es más, dudo que algún día me compre un corcho.

—Dime que hoy sí vamos a ver una peli de esas que me gustan. Me lo prometiste.

Sé que no puedo hacer nada para escaquearme. Y tampoco quiero porque llegará el día en el que no estemos aquí dentro y me arrepentiré de no haber vivido estos pequeños momentos con Annie.

—¿Por qué te gustan tanto esas películas pastelosas? —De verdad, quiero saberlo.

—Son los finales felices, que me encantan, porque escasean. ¿No miras a tu alrededor?

—Los finales felices no existen, Annie.

Esbozo una sonrisa sabionda.

—¿Por qué no?

—Pues porque la vida no dura dos horas. Las películas, sí.

—Claro que existen, solo que a lo mejor no son para personas como nosotras.

—¿A qué te refieres? —inquiero.

—Lo que nos une a todos los que estamos aquí es nuestro inconformismo. Siempre nos falta algo, sea lo que sea. Y no dejamos de pensar en eso que nos falta. Somos unos insatisfechos de serie —me explica. Yo estoy embobada porque puede que sea lo más interesante que he oído en mucho tiempo.

—Creo que tienes razón. Los finales felices solo son para los conformistas —sentencio.

—¿Pero sabes qué, Alessa?

—¿Qué?

—Que prefiero estar en este bando, aunque no sea feliz.

Por la noche estamos tumbadas en el sofá viendo *Sin compromiso*. Y tengo que decir, sin que nunca me oiga Annie, que no es tan mala como parece. Debe de ser por Natalie Portman, por supuesto. La verdad es que estoy entretenida. Antes nos acompañaba Rachel, pero a los diez minutos se ha marchado diciendo que no iba a perder más el tiempo con una bobada de película como la que estábamos viendo. Ryan, en cambio, parece estar bastante interesado, porque no despega la mirada de la pantalla, y es un poco raro en él que no haya ya chinchado a Annie por sus gustos tan típicos y elementales.

Desde que Ryan intentó besarme en el concierto, no he mantenido con él una conversación de más de cinco minutos, y no sé cómo gestionarlo. Le estoy dando su tiempo, sobre todo después de que hablase con Norma de la crisis que está atravesando con su insomnio. Sin embargo, lo considero mi amigo y verlo así me duele. Quiero que sepa que puede contar conmigo y necesito saber si puedo hacer algo por él. Así que, cuando terminamos la película y Annie sube las escaleras con las lágrimas saltadas por el final feliz que tanto anhelaba ver, le digo a Ryan que quiero hablar con él. Mi amigo me mira un poco sorprendido y asiente en silencio.

—Vamos fuera —propone.

Lo sigo y salimos al porche. El césped está resplandeciente bajo las farolas y la noche completamente en calma. No se mueve ni una hoja. El único sonido que nos llega es el de un búho lejano y el de un ejército de grillos que deben acampar a la altura de los pinos. La temperatura es agradable a pesar de la humedad que se respira en el ambiente. Ryan se sienta en el césped con las piernas cruzadas. Lo imito.

—¿Estás bien? —No quiero andarme con rodeos, tengo la suficiente confianza con Ryan para que no sea así.

¿Por qué lo dices?

—No te veo tranquilo... y siempre tienes una sombra debajo de esos bonitos ojos. —Unos ojos que ahora me observan sorprendidos.

¿No debería haber dicho «bonitos»?

—Eres mi amigo. —Ryan aparta la mirada y la fija en el horizonte—. Quiero que sepas que estoy aquí para lo que necesites, Ryan.

—Es solo que todo es una mierda. Llevo aquí demasiado y, con cada bache, me derrumbo. ¿Cuándo voy a dejar de sentirme así? ¿Cuándo voy a poder descansar sin ayuda de pastillas? —Su voz denota tristeza.

Me acerco a él y le cojo de la mano. Se la aprieto con la intención de infundirle fuerza.

—No es un camino fácil, está lleno de altibajos y lo único que podemos hacer es avanzar un paso por dos que demos hacia atrás.

Una fugaz sonrisa aflora en sus labios.

—Suenas a Peter —dice.

—Tiene razón. Saldrás de esta. Solo tienes que poner de tu parte y apoyarte en nosotros —lo consuelo.

Ryan suelta mi mano. Luego se arranca un hilo suelto de su pantalón. Sé que algo más le ronda la cabeza.

—¿Solo te preocupa eso? ¿O hay algo más? —pregunto con miedo a su respuesta.

Ryan me mira fijamente y resopla, agitando la cabeza.

—Me preocupa lo mismo que a cualquier chico —comenta—. El problema es que no sé si yo puedo soportarlo.

—Claro que puedes.

Nos quedamos un rato en silencio, es agradable compartir el silencio con alguien, pero estoy tensa porque sé que el tema que tanto le preocupa a Ryan tiene que ver conmigo. Me lleno de valentía por el hecho de que quiero aclararlo todo con mi amigo para que no siga sufriendo. Quiero borrarle cualquier atisbo de duda. Quizá sea un poco brusco, pero necesito hacerlo.

—Tenemos que hablar de lo que pasó la otra noche...

—Prefiero no hacerlo —me interrumpe rápido.

—¿Por qué?

—Porque me quedó bastante claro.

La incomodidad se adueña de su cuerpo y se frota las rodillas con las manos, nervioso.

—Quiero que entiendas que no estoy interesada en ese tipo de relaciones. Antes me tengo que arreglar, ¿sabes? No puedo pensar en otra cosa que no sea en mí misma, me queda mucho por hacer... —explico con todo el tacto del que soy capaz.

Mi excusa ha ido perdiendo fuelle hacia el final, pero es que en parte es la verdad. A pesar de que no pueda dejar de pensar en repetir una y otra vez el beso con Jake.

—Alessa, para. No es tu culpa. En el concierto me entraron ganas de besarte y lo intenté. —Su expresión se torna hosca.

—Vale. Olvidémoslo entonces —propongo.

Ryan se apresura en asentir.

—Me tienes para lo que necesites y estoy aquí, ¿vale?

En un emotivo impulso me engancho a su cuello y lo abrazo. Él no me acoge al principio, pero cuando oculto la cabeza en su pecho y se percata de que me quedaré ahí un buen rato, me rodea con sus brazos y me aprieta.

Por primera vez en toda la noche pienso en Jake, porque se me hace raro no escuchar una melodía saliendo de su guitarra. Se ha pasado toda la tarde aporreando las cuerdas y deleitándonos con sus canciones. Supongo que habrá caído rendido en los brazos de Morfeo con los dedos amoratados. Ryan se separa, se quita su chaqueta vaquera y me la coloca sobre los hombros. Luego, hablamos sobre el próximo libro que vamos a leer.

34

Siento el vértigo

Una hora después, entro en mi habitación y el calor de la calefacción me recibe. Me encanta que Norma tenga el detalle de encender los radiadores antes de irse a dormir cuando las noches son frías. Hoy es una de esas noches frías en las que recuerdas con melancolía el invierno. Camino hacia la cama para deshacer las sábanas, pero me detengo cuando dos fuertes golpes en la puerta me sobresaltan. Al darme la vuelta, me percato de que sigo llevando puesta la chaqueta de Ryan y abro la puerta con una sonrisa en los labios creyendo que mi amigo me espera al otro lado. Pero no está. El que sí está es Jake. Y tiene una cara tan larga que le llega al suelo. Mi sonrisa se disuelve y sus ojos grises me atrapan. Está nervioso y echa una ojeada a las escaleras antes de entrar y cerrar de un portazo. ¿Qué coño le pasa? ¿Antes me ignora y ahora entra sin que le dé permiso? La inquietud me asalta al comprobar que está furioso. Quizá le haya pasado algo...

—¿De verdad? —ruge.

—¿Qué pasa? —pregunto preocupada.

Jake se pasa la mano por el pelo y se lo despeina con una sacudida, inquieto. Vale, estoy empezando a asustarme.

—Ayer me besas a mí y hoy te das el lote con *ese* —me acusa con tono despectivo.

Estoy un poco en *shock*, con mis ojos muy abiertos.

—No me he dado el lote con Ryan, es mi amigo. —Le dedico una mirada amenazadora—. Y, por cierto, fuiste tú quien me besó.

Jake sonríe y se empapa de una seguridad desbordante.

—¿Te gustó?

No tardo ni un segundo en ponerme como un tomate, pero no digo nada. Jake da un paso hacia mí, intimidándome. No lo va a conseguir. ¿Quién se cree que es?

—Me hubiese gustado más si no te hubieras largado al día siguiente —lo ataco con furia—, seguramente a los brazos de tu *Charlo*. —Soy consciente de que ahora soy yo quien ha sonado despectiva.

Jake da otro paso hacia mí mientras me recorre el cuerpo con la mirada. De repente todo se envuelve en una tensión que me acalora. Ahora no aprecio tanto el gesto de Norma con los radiadores. ¡Tengo demasiado bochorno y me sudan las manos!

—¿Por qué llevas su chaqueta? —musita.

Tengo la boca seca y no puedo tragar. No quiero mermarme con su tono sensual.

—¿Pero a ti qué te pasa con la ropa que me prestan mis amigos? —Le tiro un dardo envenenado.

Sonríe y me pierdo. Completamente. En sus ojos, en su boca, en su firmeza. Da otro paso más amplio y elimina toda la distancia que nos separa. Me obligo a mirarlo porque no quiero agachar la cabeza. Él me ha ignorado durante todo el día y ahora dudo que mis pies puedan aguantar sin derretirse cual cucurucho de helado en un paseo marítimo bañado por el sol.

Me estás volviendo loco —susurra.

—Creo que ya lo estabas. De serie. —Mi voz suena ronca, llena de deseo, lo sé.

—No. No de este modo. Créeme.

Estamos perdidos el uno en el otro. Es como si nos cubriera un manto y no pudiéramos percibir nada de fuera. Jake posa sus dedos en mi nuca y me acaricia con delicadeza provocando que se me erice toda la piel. Luego introduce su mano bajo el cuello de la chaqueta de Ryan, que cae al suelo de un tirón. Un escalofrío me atraviesa el pecho y él traga saliva.

—No puedo aguantar más. —Entiendo que ha perdido una batalla importante porque cierra los ojos y exhala todo el aire de sus pulmones.

Se pega por completo a mí, piel con piel, lo siento presionándome en el estómago y me agarra con fuerza la parte baja de la espalda. Se mueve llevándome consigo hasta que la parte posterior de mis rodillas choca contra la cama. Estamos encendidos y acelerados, respirando este aire lleno de electricidad.

—Por cierto, he dejado a Charlotte.

Esa confesión es lo único que necesito para perderme en sus ojos y agarrarlo del cuello con las manos llenas de deseo. Ahora soy yo quien lo besa, la culpable. Pero toda esa culpa se evapora al notar la suavidad de sus labios abriéndose paso en mi boca. Unos labios fríos que tardamos poco en calentar. Hundo mis manos en su pelo y me abandono al placer, a nuestra inexplicable conexión. Jake gruñe y al segundo siguiente estoy tumbada sobre la cama con sus brazos aprisionándome. Nos besamos como si no hubiera un mañana. Me muerde el labio. Y yo muerdo el suyo, que es lo que llevo deseando hacer desde que lo vi por primera vez en ese banco. Nos miramos y Jake se separa lo suficiente de mi boca para que pueda articular alguna palabra. No lo hago. Tiene las mejillas sonrosadas, el pelo cayéndole por la frente y los labios hinchados. Y eso, lejos de detenerme, me hace estar más entusiasmada. En un movimiento involuntario (o no, quién sabe) me froto contra su entrepierna. Después cierro los ojos debido a la vergüenza que me embarga al notar lo excitado que está.

—Joder... —jadea Jake cerca de mi oído.

Acto seguido, me ataca el cuello a base de besos y mordiscos. Sus dientes recorren mi piel dibujando las marcas del deseo. Estoy tan encendida que debo de parecer una estrella por dentro. Meto las manos entre su pelo para apretarlo y obligarlo a que no despegue sus labios de mi piel nunca más. Echo la cabeza hacia atrás con fuerza y pongo los ojos en blanco. Los labios de Jake se desplazan hasta mi seno y capturan el pezón erecto por encima de la camiseta. Estoy a punto de gemir, pero llaman a la puerta y damos un brinco. Jake me tapa la boca con su mano y estoy tan perdida que percibo el gesto como algo erótico. Estoy sobreexpuesta, cegada por su luz. Entonces suena un segundo golpe y la voz de mi amigo me devuelve bruscamente a la realidad:

—¿Alessa? —me llama Ryan detrás de la puerta.

Jake me observa con la respiración agitada y de pronto el frío perfora mi interior. Tras unos segundos interminables, escuchamos cómo los pasos de Ryan se alejan por el pasillo. La mano de Jake se separa de mis labios. Nos incorporamos. Soy incapaz de cruzar la mirada con este chico, porque creo que si lo hago me pondré a llorar. ¿Qué cojones me pasa? Jake Harris y Alessa Stewart no pueden hacer esto por muchísimas razones, pero aquí van las tres más importantes:

1. Estamos en Camden Hall, un centro de recuperación emocional donde están prohibidas las relaciones entre internos. Y las consecuencias son graves. Te vas con tu problema, el que no has podido solucionar por tu cuenta, a tu casa.

2. A pesar de que pueda parecer lo contrario, Jake Harris no es mi tipo. No en el sentido físico, porque, sinceramente, este chico es el tipo de cualquiera. Más bien en el sentido de que no quiero estar con la persona más famosa de todo Londres. Aquí también habría una larga lista de razones, aunque prefiero obviarlas. No me va la fama, no me va la opinión pública y no me va la exposición, sea del tipo que sea. Y la vida de este chico es una exposición constante.

3. Y, por último, soy virgen. Tengo dieciocho años, sé que no es normal que aún sea casta, pero me importa un pimiento. Simplemente quiero hacerlo cuando me apetezca, no se trata de reservarme para nadie ni nada de eso. Ser virgen no es una presión en absoluto para mí. Para nada. El problema de este punto es que no quiero hacer el ridículo ante alguien tan experimentado como Jake. Me muero de vergüenza al pensar en todas las técnicas de

placer que desconozco y en todas las que él ha aplicado a lo largo de todas sus giras...

El cuerpo me tiembla y Jake parece percatarse de ello porque se aleja un poco de mí, aunque no se marcha, sino que se recoloca en el borde de la cama.

—Creo que... deberías irte —digo con voz débil.

Nuestros ojos se encuentran de nuevo, ahora con toda la pasión del momento esfumada. Sé que debo de parecer aterrorizada, porque estoy muerta de miedo. Me da igual que se me note. Todo esto me supera. Jake parece desubicado y hace el amago de acercarse. Me levanto apresurada y me siento en la silla delante del escritorio. Me tapo la cara con las manos y apoyo los codos sobre la mesa. Aún quedan atisbos dentro de mí del calor abrasador de su beso, del contacto con su piel.

—Alessa —me llama.

—Creo que deberías irte —repito con contundencia.

Jake se levanta y se marcha, dejándome desorientada y agitada a partes iguales. Y qué jodidas partes iguales.

35

Un día rojo

Voy a empezar mi quinta semana en Camden Hall y hasta hoy no había echado de menos mi teléfono móvil. Un iPhone 6 con la pantalla rajada por la mitad. Ahora, sin embargo, necesito mandarle un mensaje a Taylor para contarle que me gusta un chico, y que va en serio. Me gusta tanto que estoy acojonada, tan acojonada que incluso dudo que lo pueda mirar a la cara a lo largo del día. Me he despertado a las seis de la mañana, con el cuerpo todavía agitado por la noche anterior.

A falta de teléfono, me siento delante del escritorio, abro un cuaderno y comienzo a escribir una carta a Taylor. Creo que ya va siendo hora de perdonarla.

Queridísima Taylor (léase como las cartas que Jane Austen se escribía con su hermana):

He conocido u ulyulen y me han entrado ganas de perdonarte por tu traición. Necesito a mi amiga, a pesar de que se haya tirado al que ha sido mi compañero de juegos desde que tengo uso de razón.

Tengo que confesarte que estoy acojonada porque nunca he sentido lo que estoy sintiendo ahora mismo. Esas ganas de todo, esas palpitaciones, la adrenalina y la sensación de querer fundirte con alguien. Quién lo diría. Necesito hablar contigo y contártelo todo, pero por aquí no puedo. Tengo la impresión de que la verdadera locura la estoy padeciendo ahora, porque no debe de ser sano pensar en alguien todo el tiempo. ¡Te estoy escribiendo esto a las 6:15 de la mañana porque no puedo dormir! ¿Te lo puedes creer?

Sé que estarás alucinando, con esa arruga que se te forma en el entrecejo cuando no entiendes algo. ¡Ven a verme en cuanto puedas, por favor!

Un abrazo de la que sigue siendo tu mejor amiga (aunque traicionada).

Durante nuestra sesión de *running* matutino, me enfundo los cascos y no reparo en nadie. Mi cabeza se concentra en escuchar los grandes éxitos de Pink Floyd. No cruzo ninguna mirada con Jake, ni siquiera sé cómo va vestido hoy, pero noto constantemente sus ojos puestos en mí. «Espero que te pongas en mi lugar, Jake. Ayer me ignoraste durante todo el día», le digo mentalmente. Y sé que me estoy comportando de una manera infantil, huyendo de la persona con la que estuve a punto de perder la virginidad en la habitación de un centro de rehabilitación hace apenas ocho horas. En mi defensa diré que no entiendo por qué Jake se ha fijado en mí. Podría haber engatusado a Barbara. Si hubiese sido así ahora no estaría con una bola de nervios en la garganta.

Voy escuchando *Another Brick In The Wall*, motivándome en la carrera, cuando Annie se detiene a mi lado e iguala mi ritmo. Me encajo los cascos en la nuca para poder escucharla.

—Cualquiera diría que eres otra persona —comenta—. Ryan ya se ha burlado de Daniel dos veces por la resaca del otro día y tú ni siquiera has participado con uno de tus comentarios sarcásticos. ¿Estás bien?

—He dormido fatal y no me siento muy bien. —No miento—. Creo que hoy va a ser un día de esos rojos, como decía Holly Golightly.

—¿Y se puede saber qué es lo que dice esa tal Holly? —Annie me mira con sus rizos sudorosos pegados en la frente.

—Que los días rojos son aquellos en los que uno tiene miedo y no sabe por qué.

—Bueno, quizá yo pueda darte una pista sobre la razón por la que estás acojonada. —Ralentizo el ritmo y muevo la cabeza instándola a que me dé una respuesta—. Jake no te quita el ojo de encima. ¿Habéis discutido?

¡Mierda, mierda, mierda! ¿Cómo se ha dado cuenta Annie? A veces creo que la subestimo...

—No. No desde el concierto —contesto.

—Ya... Está más engreído después de toda la atención de las tías en el concierto... A ver si se desquita con Barbara. La pobre está desesperada por llamar su atención.

—No creo que esté desesperada. —Me descubro defendiendo a mi compañera y enemiga número uno desde que llegué al centro.

—Vale, creo que no estás bien. ¿Qué te pasa? —Ahora mi amiga está preocupada de verdad.

—Nada. Solo que, ahora que estoy un poco mejor, tengo miedo de volver a lo mismo.

—No lo pienses. Yo intento no pensarlo y al final los días terminan pasando.

Esbozo una sonrisa que ella me devuelve mientras llegamos al lago, al final de la carrera. Nos detenemos y cogemos aire, con las manos apoyadas en las rodillas.

—Hoy tenemos yoga en pareja. Y vas a ser mi pareja —me informa como quien no quiere la cosa.

Nunca me ha gustado el yoga.

—¿Y Daniel? —Siempre se ponen juntos cuando hacemos actividades en pareja.

—Bueno, es que no quiero... Ya sabes...

—¿Qué?

—No quiero tener un orgasmo delante de todos, ¿vale? —susurra sonrojándose hasta las raíces del cabello.

—¿En serio?

Annie sonríe con picardía y comienza a hacer estiramientos con los brazos.

Cuando Maya, la profesora de caderas anchas y piel oscura, nos ha ejemplificado la primera postura que vamos a representar, he comprendido rápidamente por qué mi amiga no quería formar pareja con Daniel. Y menos mal que yo no me he puesto con Ryan como en casi todas las demás actividades libres. Sentados, con las piernas en alto a la altura de la cabeza, debemos mantenernos con los pies unidos con los del compañero y las manos entrelazadas. Según la mujer, a medida que cambiemos de postura, iremos conectando con nuestra pareja, lo que significa estar aún más pegados.

—Ahora podéis tomar asiento en las esterillas y comenzar la actividad con vuestro compañero. Recordad: inhalar y exhalar contando siete segundos entre cada respiración —aconseja la profesora.

Las parejas se empiezan a formar y Annie toma asiento.

—Vamos, capulla. Relajémonos. —Mi amiga sonríe ampliamente.

La primera postura es cómoda, pero el cuerpo se me tensa de pronto cuando observo al frente y me choco con Barbara y Jake, dispuestos en la misma posición que todos los demás. Pies con pies, manos entrelazadas, y demasiado cerca. Barbara siempre se pone con Rachel en este tipo de actividades, ¿por qué demonios está con él? Por más que intento buscarle el sentido, al final no saco nada en claro. Recorro la zona del césped en la que hemos acampado y encuentro a Rachel formando equipo con Maya. ¡Maldita sea! Annie guiña el ojo a Daniel y a mí me da un tirón en el tobillo.

—¡Joder! Me ha dado un tirón. —Apoyo el pie en el césped de forma automática y lo masajeo un poco.

Mis compañeros siguen a lo suyo, respirando lentamente con intervalos de siete interminables segundos. No consigo apartar los ojos de la parejita que tengo enfrente porque se están mirando, y noto que estoy a punto de ser poseída por un ataque de celos.

—¿Estás bien? —pregunta Annie—. Tienes mala cara.

—Me ha dado un tirón.

—En la siguiente postura vamos a conectar con nuestra pareja a través de nuestro cuerpo —¿Qué?—. Uno permanece sentado, con las piernas cruzadas y el otro se sienta detrás y lo abraza con sus brazos por encima de los hombros.

Creo que me estoy mareando.

—Quédate ahí, yo te abrazo —me dice Annie decidida.

Asiento sin dejar de mirar al frente, al puñetero traidor que me ha metido la lengua hasta la campanilla y que ahora se va a restregar con una diosa griega desesperada por tener una vida como la de Charlotte Rey. Un sofoco se apodera de mi cuerpo cuando Barbara se levanta y se coloca detrás de Jake, que permanece con los ojos cerrados en un gesto de relajación. ¡Lo odio! Annie me rodea con los brazos y por un momento me siento mejor.

Sin embargo, todo empeora cuando la diosa desquiciada apoya su cabeza en el cuello de su compañero y posa los labios en su piel. Me enciendo como nunca antes me he encendido y caigo presa de la taquicardia. Mi cuerpo se resiente y se incomoda, quiero salir corriendo y no ser testigo de esto. ¡Que Jake se tire a quien quiera! ¡Pero no delante de mí! ¿Es mucho pedir?

—¿Alessa? ¿Estás bien? ¿Te he hecho daño? —Annie aprieta un poco más y mi ansiedad aumenta.

Voy a explotar.

—No estoy bien —confieso sin dejar de mirar la escena que tengo ante mí. Si solo pudiera dirigir la mirada hacia otra parte...

—Oye, te estoy hablando, ¿quieres hacerme caso?

Creo que no estoy en la realidad, sino en un mundo paralelo en el que todos mis sentidos están atentos a la piel de Jake presionada por los labios (operados) de Barbara.

—Me estás preocupando. —Annie sube la voz.

—¡Chis! —Intento que guarde silencio.

Nos miramos y su rostro refleja el desconcierto absoluto. Debo de tener mal aspecto, síntoma del dolor de estómago provocado porque el chico que me gusta está abrazándose con otra.

—Nos besamos —susurro.

—¡¿Qué?! —chilla Annie.

Todos se giran e intentamos disimular sin éxito. Todos menos la parejita, que continúa a lo suyo.

—¿Quieres no gritar?

—¡Silencio por favor! Ahora poned la mano sobre la de vuestro compañero. Pasadle vuestra energía —explica la profesora, que se ha convertido, sin lugar a dudas, en mi enemiga.

—Nos besamos. Cállate —repito y Annie abre mucho la boca.

—Pensé que lo habías dejado con las ganas.

La observo con el ceño fruncido.

—No ha sido con Ryan.

Annie despega los labios con intención de hablar, pero las palabras no traspasan sus labios. Se queda muda. Gira la cabeza hacia el lugar donde Jake y Barbara están cogidos de la mano. Mi amiga abre mucho los ojos y parpadea deprisa un par de veces, comprendiendo.

—No me lo puedo creer.

—Cierra el pico ya —le reprendo.

—¿Cómo se puede cerrar el pico después de esto? Dame las instrucciones, porque yo no puedo.

La profesora nos fulmina con su mirada mientras pulula alrededor del grupo.

—Muy bien, Barbara. Intercambiad la energía. —¡El colmo!

En ese instante, Jake abre los ojos y se encuentra con los míos. Los cierro con disimulo e intento olvidarme de este auténtico cretino y cantante de folk acabado.

—¿Cuándo coño os besasteis? O sea, estoy flipando. El puto Jake Harris y tú. Ya decía yo... —comenta en voz baja, vigilando que la profesora no nos pille.

—Fue después del concierto —le cuento.

Annie está alucinando, lo noto en su expresión fruncida que aún no ha relajado desde que le he confesado mi «maravillosa hazaña». Nótese la ironía. Me tenso aún más si es posible al observar a Barbara sentándose al lado de Jake, que se coloca detrás de la chica y repite la misma acción. ¡¿Cuándo coño hemos intercambiado los papeles?! Annie sigue la dirección de mi mirada y se percata de todo.

—Relájate, que no note que estás celosa. El chaval ya se lo tiene bastante creído...

—¿Celosa? No estoy celosa. Celosa estaría si quisiera matar a Barbara, pero en realidad a quien quiero matar es a él. Y luego tirarlo al Támesis con piedras en los bolsillos.

Annie se ríe y nos llevamos otro amenazador gesto de la profesora. Genial.

—Pero... ¿qué se cree esta tía? —Annie abre la boca cuando observamos a Barbara restregar su trasero contra el pecho de Jake.

—Vale, lo retiro. Quiero matarla a ella también. —Mi enojo es palpable a kilómetros de distancia. Y me da exactamente igual que la parejita, o todos los que están a nuestro alrededor, se den cuenta.

Los treinta minutos siguientes se convierten en un auténtico infierno. Postura a postura, Barbara no ha parado de tontear con Jake, que quería realizar el ejercicio con éxito. Annie ha intentado tranquilizarme e incluso hemos intercambiado nuestra posición para que no tuviese manera de cruzar la mirada con los dos dioses del Olimpo. Al final, he acabado por llenarme de más ansiedad al enterarme de todo por los gruñidos y los comentarios fuera de tono de Annie.

Para cuando terminamos, tengo tantas ganas de vomitar que me atraviesa una arcada.

—Lo siento. Tengo que ir al baño —me disculpo con la cabeza gacha.

Y prácticamente corro hasta encerrarme en el servicio. Maldito seas, Jake Harris.

36

El primero, espero que de muchos

Llevo al menos quince minutos sentada en el gélido suelo del cuarto de baño. Mis compañeros ya han subido las escaleras alabando la clase de yoga por el efecto relajante que ha tenido sobre ellos y yo me siento extraña. Mi madre siempre se ha referido a los celos como un sentimiento poderoso capaz de hacer perder la cabeza a alguien, al menos a alguien dentro de las novelas románticas de época que devora. Nunca le presté demasiada atención, pero ahora, con este dolor agudo en la boca del estómago, me lamento por no haberle hecho caso. Y de paso, por no leer ninguna de esas historietas para averiguar qué remedio aliviaba ese desagradable sentimiento. No me quito de la cabeza el beso de Jake, sus ganas, sus labios, su mano acariciándome el pecho... Me obligo a pensar en otra cosa, en los mejores goles históricos del Arsenal, por ejemplo. Y, para mi sorpresa, funciona hasta tal punto que me levanto, me echo agua en la cara, me seco con la toalla y aún estoy concentrada en elogiar internamente el golazo de Tierry Henry contra el Watford.

A pesar de mi bendita distracción, me llevo una desagradable sorpresa cuando abro la puerta dispuesta a dirigirme a mi habitación y me encuentro a Jake apoyado en la pared de enfrente tan sereno como siempre. La furia me hincha las aletas de la nariz y tiro con fuerza de su brazo, lo empujo dentro del baño y cierro la puerta. No sé si es muy buena idea encerrarme aquí con Jake Harris, pero estoy enfadada y no puedo pensar bien.

—Creo que no sabes dónde te estás metiendo. —Mi voz suena lastimera y me delata.

—¿Qué? —Jake tuerce los labios en un intento de disimular una sonrisa.

Imbécil. Me aparto el pelo de la cara y me lo coloco detrás de las orejas. Luego pongo los brazos en jarra, dispuesta a no hacerme responsable de lo próximo que va a salir por mi boca.

—Barbara está desquiciada. Si te la tiras, no podrás quitártela de encima. Intentó atragantar a su representante con una bufanda solo porque la habían sustituido por alguien..., ¿cómo era?, de belleza *nude*... —Estoy hablando muy deprisa, lo sé. Y me siento un poco mal por haber revelado parte de la historia de mi compañera, pero esto es lo que hay. Me hierve la sangre.

Jake frunce el entrecejo y no mueve ni un músculo. Está muy quieto, parado frente a mí.

—¿De qué estás hablando? —pregunta anonadado.

—De que quizá no sea buena idea llevártela al huerto, ya sabes —respondo perdiendo fuelle y convicción hacia el final de la frase.

Él me observa desconcertado. Realmente no sabe de qué cojones hablo, aunque es sencillo adivinarlo teniendo en cuenta que se ha llevado toda la clase de yoga sobándose con Barbs.

—Me parece increíble que hayas sacado todas esas conclusiones después de evitarme todo el rato. ¿Por qué no has sido capaz de enfrentarme?

Se hace el silencio y yo quiero desaparecer.

—Puede que sigas siendo una niña, aunque intente convencerme de lo contrario.

Toda la fuerza de mi enfado se desinfla y me acobardo al igual que un caracol al que tocan con el dedo. El problema es que yo no tengo un caparazón en el que refugiarme. Agacho la mirada y me obligo a pensar en una respuesta. Me ha llamado «niña» y eso me ha dolido, estoy nerviosa y desamparada, así que intento cambiar de tema a toda costa:

—No me gusta el yoga. Lo odio, ¿lo sabías? Prefiero comer comida basura para relajarme. Eso también tiene efecto sedante, pero nunca lo cuentan.

Estoy avergonzada y Jake sonríe ampliamente al ver el ridículo que estoy haciendo. Voy a zanjar el tema ya.

—Mira, Jake... —Él me atrapa la mirada y puedo entrever cierta comprensión en sus ojos, lo cual me llena de confianza—. Lo que ha pasado es normal. Llevamos mucho tiempo aquí dentro y tenemos que distraernos de algún modo. Nos besamos, ¿y qué? No estoy en contra de que estés con Barbara —miento descaradamente—. Pero, al menos, ¿podrías no hacerlo en mi cara?

—Si no quieres que toque a Barbara solo tienes que pedírmelo. —Su burla me enciende aún más.

—Sobre todo no quiero que ella te toque a ti. —Mi máscara acaba de caer, no hay más mentiras ni rodeos. Alessa, la valiente.

Ahora Jake relaja la expresión y una sonrisa descarada le atraviesa la cara. Parece satisfecho. Sin embargo, al segundo siguiente, esa sonrisa desaparece y da lugar a una mueca endiablada.

—¿Me has estado evitando a propósito, Alessa? —pregunta, aunque supongo que ya sabe la respuesta—. ¿Por qué?

—¡Claro que te he estado evitando! —contesto subiendo la voz—. Porque... porque... porque esto es demasiado.

El aire se condensa y percibo como si fuera a extinguirse dentro de poco. Me cuesta respirar. La culpa la tiene este chico que está parado frente a mí con su camiseta de deporte y su pantalón de chándal. Trato de entender por qué lo atraigo, por qué nos hemos besado en dos ocasiones. ¿Acaso no se me pasó por la cabeza que hubiese sido mejor que se enrollase con Barbara en lugar de conmigo? Tal como decía Oscar Wilde: «Cuidado con lo que deseas, porque se puede convertir en realidad». Y aquí estamos. Una chica celosa ante un chico (famoso) inalcanzable.

—Ha sido un error, tengo las hormonas un poco... raras... —Intento ironizar la situación porque me abochorna haberlo encerrado en el baño—. No volveremos a besarnos. No volverá a pasar.

Jake se queda en silencio, da un paso hacia mí y tensa su expresión.

—¿Por qué no volverá a pasar? —Jamás su voz había sonado tan intimidante.

Nos miramos en silencio durante unos abrumadores segundos. A causa de su penetrante mirada y su cercanía, mis pezones se endurecen y empujan la fina tela de mi top corto de deporte. La tensión sexual que habita en el espacio libre entre nosotros es brutal. Elástica. Quiero moverme hacia atrás, alejarme, pero cuando lo intento choco con el lavabo. No hay escapatoria.

—¿Estás segura de que no quieres que vuelva a pasar? —pregunta Jake en un susurro.

La adrenalina navega por mis venas a una velocidad endiablada. Y, antes de que pueda negar, porque evidentemente quiero que vuelva a pasar, Jake recorta la distancia que nos separa y me besa. Apoya su mano en mi nuca y me acerca a él inmovilizándome, como si yo tuviese planeado largarme a algún otro sitio. Sus labios se mueven con tanto ímpetu, con tanta pasión contenida que por un momento pienso que me quiere a mí, que me ha elegido y que le gusto de la misma manera impulsiva que él me gusta a mí. Le rodeo el cuello con los brazos en un intento de apretarme contra él y lo logro. Vaya si lo logro... Puedo notar su cuerpo duro empujando sobre mi vientre. Le muerdo el labio inferior y le arranco un jadeo. Al segundo siguiente, noto sus manos en mis caderas. Y al otro, ya estoy colocada encima del lavabo con Jake entre mis piernas. Madre mía. Lo mejor de todo es que no quiero parar y, por el ímpetu con el que busca de nuevo mis labios, Jake tampoco tiene intención de hacerlo. Nos miramos a los ojos con la piel encendida y los cabellos alborotados. Respiramos el mismo aire. Nos calmamos.

Jake me retira el pelo hacia un lado con suavidad, con una lentitud que me presiona el corazón, dejando acceso libre a mi cuello para luego atacarlo lamiéndome con parsimonia. ¿Está intentando demostrar que estoy a sus pies?

—¿Quieres que pare, Alessa? —susurra.

—No. —Ni siquiera sé cómo he sido capaz de responder.

Jake se detiene y ahora solo noto su aliento humedeciendo mi piel acalorada. Me está haciendo sufrir.

—Sigue... —le suplico.

Y él me complace de una manera exquisita, conduciendo su lengua hasta mi barbilla. No aguanto más. Lo beso de nuevo. Movemos nuestras lenguas desbocadas, Jake me quita los tirantes con cuidado y tira de ellos hacia abajo, hasta dejar el top encajado bajo mis pechos. Nos miramos de nuevo y me sumerjo en el gris más bonito que existe, el de sus ojos. De alguna forma desconocida en la tierra, pero no en nuestra galaxia, le suplico que continúe con lo que tiene que hacer. Sus manos acarician mis senos. Sus dedos fríos contrastan con mis pezones calientes y excitados.

—¿Sabes una cosa? Barbara no es capaz de hacerme sentir así —declara.

—¿Así cómo?

—Con todo latiendo de nuevo.

—No quiero que te toque —confieso.

Estoy perdida en la oscuridad y en el deseo que invaden sus ojos. No recuerdo haberme sentido nunca tan plena. Tan llena. En un movimiento rápido y certero, Jake baja la cabeza y captura un pezón entre sus labios. Grito por la sensación abrumadora que me coge por sorpresa.

—No grites —murmura al despegarse.

Jake continúa chupando y yo ya he entrado en el cielo cuando lo noto de nuevo en mis labios, reclamándome. Nos quedamos sin aire. Todo esto tiene que explotar por algún lado, me digo. Mete sus manos entre mi pelo y me obliga a mirarlo. Tiene los labios encarnados, hermosos. Y en estos momentos, esos labios son solo míos. No puedo apartar la mirada de ellos. Si sigue empujando contra mi vientre para pegarse más, vamos a tirar la pared. La frialdad del espejo entra en contacto con mi espalda y calma el fuego que arde dentro de mí. Captura mi labio inferior y yo capturo el suyo, con ganas de él, de todo en realidad. Entonces pega su boca a mi oreja y me susurra:

—Quiero hacer una cosa.

En estos momentos mi melena pelirroja me sobra. Parece una manta a nuestro alrededor que no sirve sino para acalorarnos más. Jake se separa y gruño bajito. La lujuria vibra en sus ojos y entiendo lo que quiere hacer. Estoy, literalmente, paralizada por el deseo. Soy incapaz de articular palabra, pero asiento de manera atropellada.

Cuando Jake se pone de rodillas delante de mí, es tanta la intensidad que se me aguan los ojos. No de tristeza, tampoco de felicidad, tan solo de deseo. Me muerdo la lengua por la expectación, que me está matando. Me baja los pantalones con las ganas palpitándole en los dedos y yo me apoyo en su hombro. Gimo y aún no me ha tocado... Sin ningún tipo de preámbulo posa su boca ahí. En ese punto. Y empieza a besarme. Lento. Y luego a lamerme. Estoy tan abrumada, tan expuesta, que choco la cabeza contra el cristal y cierro los ojos por la necesidad de centrarme solo en el placer. Su lengua en el centro de mí y nada más. Según nuestra historia universal (los siglos pasados nos avalan), la mujer siempre ha sido utilizada para dar placer y no al contrario. Bueno, pues Jake Harris parece un dios dispuesto a revocarlo. En algún momento tendría que decirle que soy virgen, pero en realidad me importa una mierda. ¿Debería decírselo? ¿Por qué? Lo cojo del pelo y tiro con fuerza cuando me lame más brusco, más deseoso. Abro los ojos, lo veo agachado ante mí y la vergüenza me invade de pronto. Esto es abrumador. Jake y yo en un baño minúsculo. El poco aire me oprime y todo se concentra ahí abajo. Cruzamos nuestras miradas y observo que Jake no lleva puesta la camiseta. Con la timidez latiéndome en las mejillas, cierro los ojos, aparto mis manos de su pelo y las apoyo en el lavabo frío.

Jake se detiene y me agarra fuerte de las caderas.

—Mírame o paro —me ordena.

No creo que pueda soportar más esta tortura, me noto como una bomba a punto de estallar. Quiero reventar y así poder calmar mi interior. Tardo unos segundos en abrir los ojos y, cuando lo hago, la imagen de Jake de rodillas pasándose su lengua por los labios me lleva al límite. Es lo más erótico que he visto en toda mi vida. Y para volverme demente del todo, empieza a mover la lengua con maestría y lentitud, sin apartar sus ojos de los míos.

—Jake... —gimo.

Me obligo a no cerrar los ojos y poso mi mano en su nuca porque necesito callarme de alguna manera. La vista se me nubla del placer.

—Eres preciosa —dice.

Jake introduce un dedo en mi interior y estallo. Le araño el cuello. Se me tensa el cuerpo y me golpeo contra el cristal. Por fin, cierro los ojos. Cuando los abro, observo a Jake levantarse para terminar hundiendo la cabeza en mi cuello. Mi primer orgasmo, espero que de muchos, y ha sido perfecto.

Pasamos los siguientes minutos abrazados, sudorosos y anhelantes. Estoy feliz porque, con mi mejilla sobre su pecho, puedo aspirar todo su aroma, ahora mezclado con el mío. Cuando me recupero, deslizo la mano por su abdomen desnudo, pero antes de llegar al pantalón, Jake me detiene. Me separo y lo miro a los ojos, un poco decepcionada.

—Quiero corresponderte. —Jake niega y entrelaza su mano con la mía, inmovilizándola—. ¿No quieres...? —Estoy confundida y no sé qué decir.

—Quiero. Pero prefiero que hoy vaya solo de ti. Necesito que sepas cómo me haces sentir. Hago esto porque quiero, no porque busque alguna distracción —asegura.

Pestañeo. Jake se agacha para coger la camiseta y se la pone. Me invade el frío de repente, pero me encuentro como nueva. Debe de ser por el yoga. Al final todos tenían razón.

37

I won't back down

Me adentro en la habitación de Annie guiándome por la luz que se cuela entre los agujeros de la persiana. Ayer llegó el día. Daniel se marchó y todos lo despedimos con los ojos aguados y la cabeza gacha. Después, Annie corrió escaleras arriba, se encerró en su habitación y no volvió a salir. Norma insistió en que le diésemos su espacio, pero me gustaría que estuviese bien y que no se sintiera como una fracasada absoluta porque Daniel no quiera continuar con este noviazgo de verano. Ella me ha acompañado en todo momento, incluso cuando los traicioné fugándome de la playa, así que se lo debo.

—¡Vamos, bella durmiente! ¡Arriba! —Subo las persianas y la luz se expande por toda la estancia.

—¡Joder, Alessa! —Me tira una almohada que logro esquivar—. Eres incluso más insoportable cuando estás feliz —gruñe.

Me acerco a su cama y la destapo sin ningún miramiento.

—¿Feliz? —ironizo—. ¿Aún estás soñando?

Annie hunde su cabeza en el brazo, ocultándose de la claridad.

—Pírate. ¡No quiero desayunar! ¡No voy a bajar!

Levanta la cabeza y me percato de la hinchazón de sus párpados. Debe de haber estado llorando toda la noche.

—¿Por qué no te vas a incordiar a Jake? —pregunta hiriente.

—Voy a hacer como que no te he oído —le respondo.

Camino hacia su armario y cojo el vestido veraniego que sé que es su favorito. Verde de tirantes con rayas rojas. Se lo tiro a la cabeza.

—Tienes dos minutos. Tú, yo, el césped recién regado y nuestras gafas Wayfarer de carey —espeto ilusionada—. Y... un vaso de Coca-Cola con mucho hielo y una rodaja de limón.

Annie se pone muy seria. Parece que una bandada de pájaros le ha atacado el cabello.

—¿Hay Coca-Cola de verdad? —pregunta con énfasis.

—Sí. Hace una semana se la pedí a mi madre. Y, ya sabes, todas las normas de aquí se las pasa por el arco del triunfo. Millonarias, que se creen con poder para todo.

—¿Hay Coca-Cola o no? —insiste.

—Claro que sí. Solo para ti y para mí, muñeca. —Le guiño un ojo—. Te espero abajo. Y péinate.

Estar tumbadas en el césped mirando al cielo con las gafas de sol puestas se ha convertido en un ritual para nosotras. Nos encanta pasar el rato aquí antes de la comida, cuando hemos acabado con las tareas de la mañana y nos hemos aseado. Annie se ha terminado su Coca-Cola de un trago y ahora me toca compartir la mía.

—¿Qué harías si fueras libre? Si estuvieras ahí fuera —me pregunta en tono melancólico, aunque lo cierto es que tiene mejor aspecto que hace un rato. El sol es sanador.

—Pues... no mucho más de lo que hago aquí. A veces soy bastante aburrida. Diré que darme un baño en el mar.

Annie levanta la cabeza en mi dirección, acordándose supongo de nuestra fatídica excursión a la playa.

—¿Y tú?

—Vomitar —dice.

Ahora soy yo la que mueve mucho el cuello para enfrentarla.

—Es broma. ¿Has perdido el sentido del humor desde que estás enganchada a la persona más famosa de todo Londres? —se burla.

—¿Puedes dejar de decir eso en voz alta? Cualquiera puede pasar por al lado y enterarse.

Annie asiente con desdén. Está un poco envidiosa porque el chico al que se tiraba, nadador profesional con cuerpazo, se ha ido para siempre.

—Me iría de fiesta sin dudar y no volvería a casa hasta las seis de la mañana, por lo menos —cuenta—. Necesito perder el control. Aquí me siento cohibida.

—Creo que no has estado cohibida ni un solo momento, pero bueno, cuestión de percepciones —le llevo la contraria, sarcástica.

—Después me levantaría con la resaca del siglo y me iría a comer *sushi* al mejor restaurante de la ciudad. Con mi padre, para que pagase él. ¿Tienes idea de cuánto vale un buen restaurante japonés? —Se ha venido arriba y eso me gusta. Quiero verla tan hiperactiva como acostumbra.

—Odio el *sushi*. No me gustan las cosas crudas —argumento.

—Tonterías. Prométeme que si sales de aquí antes que yo, irás a comer *sushi* por mí. —La miro con asco—. Por favor.

—Está bien. Lo haré. Pero luego iré al baño del restaurante a vomitar. Y lo mío no es coña.

Annie sonríe.

—¿Cómo va tu idilio? —pregunta como quien no quiere la cosa. Como la que no quiere enterarse de si hemos llegado a más que algunos besos escondidos. Si le contara lo de hace un par de días en el baño...

—Esta mañana, cuando iba hacia tu habitación, me lo crucé por el pasillo y nos besamos. Parece que no podemos estar cerca sin meternos mano... —No soy consciente del todo de la sonrisilla que se me forma en los labios.

—Vaya. Ya sé a qué venía tanto positivismo. Lo único que te voy a decir es que tengas cuidado. —Ahora su voz se torna preocupada, seria—. No quiero que te haga daño.

En cierto modo me duele que Annie deduzca que Jake es el único que me puede hacer daño. ¿Por qué no puedo hacérselo yo a él? ¿Tan grande es la diferencia?

—Alessa, sabes que leo las revistas de cotilleos desde que tengo uso de razón, y en ellas Jake Harris siempre ha aparecido como un dios engreído... y con muchas chicas. Tiene mala fama —comenta.

—¿Y? Solo me he besado con un chico, no le he pedido que busquemos el nombre de nuestro primer hijo. Ni siquiera estamos juntos —declaro.

En realidad, sí que hemos hecho algo más que besarnos... Pero bueno, Annie no tiene por qué enterarse. Solo nos estamos liando y, aunque esté coladísima por él, en absoluto me planteo una relación con este chico. Solo de pensarlo me entra angustia.

—¡Buena, Annie! —grito justo después de que mi amiga meta un punto ajustadísimo a la línea.

Ella sonríe y corre hasta mí para chocar nuestras raquetas. Al frente tenemos a Barbara y a Ryan, que no se entienden en absoluto. Debo admitir que mi amigo está de un humor de perros hoy y que la chica a la que hace pocos días quería matar con mis propias manos no puede hacer más para contentarlo. Ella está fallando mucho menos que él, y aun así no para de recriminarle su mal juego.

—¿Qué le pasa a Ryan? No me gusta que le hable de ese modo a Barbara —musito.

Annie me mira con el entrecejo fruncido y después dirige su mirada hacia mis compañeros, que están haciendo algunos estiramientos antes de prepararse para el siguiente saque.

—Según tú, tan solo hace unos días, Barbara se merecía lo peor. ¿Ahora te da pena?

—No es justo, Annie. Ryan no ha parado de bufar desde que hemos empezado —continúo—. Se le ve estresado. Le he preguntado si ha dormido bien y ni siquiera se ha dignado a hablarme, solo ha asentido con la cabeza.

—No sé qué decir... Está peor. Ve a Peter tres veces por semana. Supongo que debe de ser el bajón que experimentas cuando compruebas que no avanzas por más que estés en un sitio encerrado dedicándote a ello.

—¿Qué podemos hacer para ayudarlo?

—Nada. Solo estar ahí cuando toque fondo. Seguro que, si hablas con él acerca de todos esos libros raritos que os gustan, se pondrá de mejor humor.

Annie desconoce que hace días que no mantengo una conversación tranquila y amena con Ryan como las que teníamos antes, en las que nos sobraban los demás porque no hablaban nuestro mismo idioma.

—No habla con nadie, y no soy una excepción —espeto.

—Siempre lo has sido.

Lo observo a lo lejos, preparado para sacar y comenzar el siguiente juego. Está tenso, lo puedo notar en su cuerpo y en cómo niega con la cabeza ante cualquier contratiempo. Hasta por el paso de una mosca por su lado. Está irritable y susceptible. Desgraciadamente, conozco muy bien esa sensación.

La ansiedad de Ryan no hace más que aumentar los siguientes minutos. No le sale nada y se ha doblado el tobillo en una carrera hacia la red. Por suerte para él y para Barbara, Annie y yo estamos finas y ganamos el set muy rápido. Quiero que se olvide ya del partido y que haga algo en lo que no tenga que estar en tensión.

Cuando marcamos el último punto, Annie y yo nos abrazamos para felicitarnos y, de repente, oímos unos golpes sordos, como si algo se estuviese estrellando con fuerza en el cemento de la pista. Miro hacia donde proviene el ruido y observo a Ryan con la piel roja de la furia golpeando el suelo con la raqueta. ¿Qué le pasa? Barbara está asustada a unos metros de él.

—¡Joder! ¡¡Me quiero ir de aquí!! —grita desgarrándose la garganta.

—¡Para, Ryan! —exclama Barbara.

Pero él continúa golpeando el cemento y parte la raqueta. Ahora golpea con su antebrazo y Barbara sale corriendo hacia la parte delantera de la casa, la que conduce al despacho de Norma. Me dirijo hacia mi amigo con rapidez y lo sujeto del brazo, intentando con todas mis fuerzas alejarlo del suelo. Pero tiene mucha fuerza. Annie se incorpora a mi lucha segundos después y cada una lo cogemos de un brazo. Tiramos. Él nos lanza una mirada violenta, está fuera de sí.

—Por favor, Ryan... Te vas a hacer daño... Por favor —suplica Annie con la voz temblorosa.

—¡¡Que me dejéis!! ¡¡Largaos de aquí!! —Está sufriendo un brote nervioso.

—Annie, a la de tres tiramos —susurro a mi amiga, dando por perdido el negociar con él—. Una, dos y tres...

Logramos moverlo y tumbarlo hacia atrás, pero en el movimiento se suelta de mi agarre y me da un fuerte manotazo en la nariz.

—¡Auuuu! —sollozo llevándome la mano al tabique.

—¡Mierda, Alessa! ¿Estás bien? —me pregunta Annie tocándome el hombro.

Me agacho mareada y noto la sangre deslizándose con rapidez hacia mis labios. Luego observo cómo las gotas manchan el suelo e intento taponar la nariz con parte de mi camiseta, pero no es suficiente. Ryan está paralizado, tirado en el suelo, sudando y con los ojos puestos en mí.

—¡Vete! Yo me quedo. Si te ve Norma, lo echan... —asegura Annie.

Por su expresión horrorizada, debo de tener mal aspecto y lo cierto es que estoy mareada y noto un dolor punzante en el hueso de la nariz. Corro hacia la puerta del porche y, justo cuando voy a entrar, choco contra un cuerpo. Es Jake. Al verme, su expresión cambia y veo el susto que le provoco, pero no tengo tiempo para explicaciones, así que lo esquivo. Subo la cabeza y entro en la cocina. Pronto sus manos me rodean la cintura y me guían hasta el cuarto de baño. Hasta ese cuarto de baño...

Me siento sobre la tapa del váter y arranco papel. Luego me tapono la nariz y miro al techo. Percibo a Jake a mi lado, que me aparta el pelo de la cara.

—¡Ay, duele! —me quejo cuando noto una punzada en la nariz.

—¿Qué te ha pasado? —Está preocupado.

Agacho la mirada un poco, sin mover la cabeza alzada, y me encuentro con sus preciosos ojos grises.

—Ryan me ha dado un manotazo. —Palidece—. Sin querer.

Enarca una sola ceja.

—¿Cómo? —Creo que tendré que repetírselo.

—Estábamos jugando al tenis y... es que no lo está pasando bien —digo nerviosa ante su expresión contrariada.

—Le voy a dar una paliza —afirma.

Jake da media vuelta sin ni siquiera darme la posibilidad de replicar. Me levanto apresurada, me pongo delante de la puerta y cierro con fuerza.

—¡Ay! —Otra vez estoy sangrando.

—Joder, Alessa. ¿Te duele mucho?

—Estoy bien. Acércame más papel, por favor.

Jake me tiende el papel sin dejar de inspeccionarme la cara.

—Se te está hinchando un poco por aquí. —Posa su dedo en el inicio del puente de la nariz.

—Ha sido un buen golpe. —Nada más decir las palabras sé que me he equivocado.

—¿Te puedes apartar de la puerta? —Aprieta los dientes.

Niego con la cabeza. Él apoya el peso de su cuerpo en uno de sus pies y me hace entender que no se va a cansar de esperar el tiempo que sea necesario. Quiere enfrentarse a mi amigo y yo tengo que impedirlo como sea.

—¿Podemos subir a escuchar música? —le pregunto y me fulmina con la mirada—. Fuiste tú quien me dijo que podía subir cuando quisiera... —alego.

—¿Estás intentando evadir la atención de esto? —Señala mi cara con el dedo.

—La verdad es que sí. —¿Para qué voy a mentir?

—Pues no lo estás consiguiendo con ese trozo de papel enorme taponando tu nariz y con la camiseta manchada de sangre —gruñe.

—¿Me prestas una limpia?

Suspira, cansado e impaciente.

—Aparta, Alessa.

Vale. Aquí va mi baza. Crucemos los dedos.

—¿No te apetece escuchar un poco de Johnny Cash?

La sorpresa inunda su cara. Y luego una sonrisa de orgullo aparece en sus labios.

—¿En serio has dicho Johnny Cash? —pregunta.

—No me preguntes por qué —ironizo—, pero sé de sobra que es tu favorito. A veces te vistes igual que él. Lo digo por la camiseta de cuello alto negra con la que apareces en casi todas las fotos de internet...

Ahora sus ojos se oscurecen.

—Qué lista eres. —Su ágil sarcasmo me derrite y lo miro embobada—. Debería salir y partirle la cara a Ryan, no sabes las ganas que tengo de hacerlo.

—¡Ha sido sin querer, Jake! —le repito.

—Tienes dos segundos para convencerme de que suba las escaleras en lugar de cruzar el jardín hasta la pista de tenis —dice de repente.

¿Qué? Vale... Allá voy. Doy un paso adelante y lo miro a los ojos.

—*Hey, baby, there ain't no easy way out...*[3] —canturreo muerta de vergüenza con mi voz nasal de nariz obstruida.

Jake abre mucho los ojos y eso me da alas para seguir porque lo he pillado desprevenido entonando el estribillo de la mítica *I won't back down* de Johnny Cash.

—*Hey, I will stand my ground and I won't back down*[4] —continúo con las piernas temblorosas.

Ahora su boca se ensancha para esbozar una sonrisa deslumbrante que le hace achicar sus ojos, ya de por sí rasgados. Parece que le gusta.

---

3. **Canción:** *I Won't Back Down* de Johnny Cash
Hey, baby, there ain't no easy way out.
(Oye, cariño, no hay ninguna salida fácil.)

4. **Canción:** *I Won't Back Down* de Johnny Cash
Hey, I will stand my ground and I won't back down.
Oye, voy a mantenerme firme y no retrocederé

Jake se agacha y deposita un rápido beso en mis labios que me coge por sorpresa.

—Convencidísimo —confiesa.

Luego abre la puerta, me coge de la mano y me conduce escaleras arriba. Nada de cruzar el jardín.

38

Mirar de frente a la lluvia

Cuando llegamos a su habitación, me tumbo directa en la cama y él se queda parado con el iPod en la mano. Creía que iba a poner un vinilo...

—¿Te encuentras mejor? —me pregunta señalando la nariz con la cabeza.

—Sí.

—Pues levanta.

—¿No íbamos a escuchar música? —Hago una mueca.

—Claro que sí.

—¿Entonces?

—Vamos a escuchar música en el tejado —comenta.

Luego añade con su sonrisa más amplia:

—No eres una persona melancólica de verdad si nunca has mirado de frente a la lluvia.

El cielo está cubierto por unas espesas y envolventes nubes oscuras que bañan nuestro alrededor de una neblina difusa y, a lo lejos, el bosque de pinos parece dibujado con tinta negra. Estamos en el tejado, sentados con las rodillas pegadas al pecho. En este instante, entiendo a qué se refería con lo de «mirar de frente a la lluvia». Nos va a caer un chaparrón.

Y la idea me fascina. Estar aquí con él haciendo algo prohibido mientras compartimos cascos.

Hace frío y Jake me ha prestado su *bomber* negra. Él está enfundado en su vieja chaqueta de cuero. Y toda esta escena me recuerda que el verano va a acabar y que los días como este se sucederán cada vez con más frecuencia. Seguramente, en un futuro, Jake no estará a mi lado y no desenrollará los cascos de su iPod con torpeza como hace ahora. De pronto, un viento traicionero se levanta y me arrea el cabello hacia un lado con fuerza.

—Al verano le queda poco —murmura.

Me mira en silencio y sonrío de lado. Sé que no se refiere solo al verano, sé que ha querido decir que pronto nuestras citas en este tejado morirán.

—¿Qué es lo que más echas de menos? —le pregunto.

Con el paso de las semanas, he perdido la perspectiva de mi vida fuera de Camden Hall. Han cambiado las tornas y ahora parece que esto se ha convertido en la regla y no en la excepción. Echo de menos mi casa, a mis pocos amigos e incluso las riñas con mi madre. Pero no de una manera tan intensa como antes, sino de un modo más difuminado.

Estar en el estudio componiendo y las noches de fútbol en casa con amigos —contesta con cierto aire nostálgico.

—¿Y los escenarios?

—También. Es la mejor de las sensaciones, pero el bajón que siento después de una gira también tiene su parte mala. Por suerte o por desgracia, es todo muy intenso. Y algo que he aprendido aquí es que quizá hay que quitarle un poco de intensidad a la vida.

No sé si Jake podrá quitarle intensidad a la vida, la verdad. Cada cosa que hace está marcada por una pasión innata. Y eso me encanta; que haya encontrado lo que lo hace vibrar, sea cual sea el precio que tenga que pagar.

—Volverás y disfrutarás —digo con admiración.

Él sonríe porque no está muy acostumbrado a que Alessa Stewart lo elogie, aunque reconozco que de vez en cuando tampoco viene mal.

—Esto solo es temporal. Un parón que necesitabas —comento.

Jake levanta la cabeza, deja el iPod apoyado en el tejado y observa el horizonte. Un horizonte distorsionado por la niebla que lo envuelve.

—Sí —responde al fin.

Nuestra conexión es tan fuerte que puedo percibir detrás de la piel que Jake sabe exactamente lo que voy a decir a continuación.

—Igual que lo nuestro. Quiero decir que es temporal —suelto y me froto las manos por el frío y también por el nerviosismo que me invade de repente. Este era un tema que quería tocar después de lo que pasó en el baño—. Y quiero que sepas que estoy bien con eso.

Jake guarda silencio, pero gira la cabeza para enfrentarme. A pesar de la oscuridad de su mirada, necesito que sepa que no espero más de Jake Harris que mera diversión.

—Aquí dentro, a veces nos sentimos muy solos y entiendo que queramos pasar el rato, ya sabes... —me estoy ruborizando—, divirtiéndonos.

Jake sonríe con ternura al ver cómo me trabo.

—¿Eso quiere decir que me vas a utilizar como un objeto sexual? —se burla.

Sonrío y me cruzo los brazos con fuerza intentando ahuyentar el frío.

—¿Sabes qué? Creo que podré vivir con ello.

Suelto una carcajada. Jake me tiende el auricular derecho mientras con la otra mano se coloca el izquierdo en su oreja. Estamos cerca, casi nos tocamos.

—Se te ha hinchado la nariz —me dice con los ojos puestos en la zona dolorida.

Me he olvidado por completo del golpe. Supongo que ese es el efecto que Jake tiene sobre mí. Todo lo demás pasa a ser un mero paisaje cubierto por una niebla como la que se cierne sobre nosotros. Él es la lluvia que ahora impacta sobre nuestras cabezas. Directa, punzante e imperiosa.

—Vamos a mirar la lluvia de cara, Alessa.

Se tumba hacia atrás y lo imito. Nos miramos, de manera que el agua ahora impacta en nuestras mejillas. Empiezan a sonar las primeras notas de *She used to love me a lot* y nos perdemos el uno en el otro, sintiéndonos sin tocarnos. Anhelo su piel, pero esta sensación es igual de placentera para mí. Tengo la impresión de que Jake está compartiendo una parte importante de él y que ya no hay vuelta atrás. Estamos en la vida del otro. La magia de haber encontrado a una persona que habla tu mismo idioma. La lluvia empieza a arreciar y ahora pega con fuerza sobre nosotros. Jake acerca su rostro al mío hasta que nuestras narices se tocan, empapadas, y nos cubre con la solapa de su chaqueta. El sentir sus labios sobre los míos se vuelve una necesidad, así que lo beso mientras la lluvia impacta con furia sobre la tela. Su lengua invade mi boca y la mente se me nubla. Esto es pasajero. Terminará. Pero en este instante somos nosotros, la lluvia de Londres y Johnny Cash. Y es perfecto.

39

Sufrir es hacerse mayor

A menudo, antes de dormir, reflexiono sobre la pérdida. Pienso en cómo afecta a una persona la pérdida de alguien tan importante como una madre, un padre o un hermano, y siempre termino por imaginarme a alguien sin una pierna o sin un brazo, que arrastra con las secuelas el resto de su vida. Así es como me siento, como si me hubiesen arrancado una parte de mí, una parte con la que nací. La rabia que he acumulado durante tanto tiempo se ha transformado en decepción. Una decepción honda y oscura que amenaza con no irse nunca del todo. Ahora puedo ver, con la perspectiva que da un corazón roto, la indiferencia de mi padre. Hace apenas unos días, todavía me preguntaba por qué no vino aquel domingo. Ahora sé que era una pregunta equivocada y que la pregunta correcta podría ser: «¿Por qué se ha olvidado de que tiene una hija?».

Desde el principio culpé a mi madre de su desaparición. A su carácter cambiante y poco apetecible, a sus eternas expectativas inalcanzables o a sus miradas de reproche. Sin embargo, poco importa el motivo. Mi padre se fue, esa era la única realidad. Y yo me quedé sin él, sin mis partidos del domingo, sin las noches en las que mariscábamos con linternas alumbrando las piedras de los espigones, y sin el olor que desprendían mis zapatillas nuevas cada comienzo de curso. Esa era nuestra cita estrella de cada año. Todos los años, a finales de agosto, antes de que el curso comenzara, mi padre conducía al centro comercial más cercano y me compraba unas Nike; siempre el mismo modelo, acaso de otro color o con alguna nimia diferencia. Ese era nuestro momento. Aún me empeño en recordar el olor a plástico nuevo. Y cada vez que pienso en el futuro, en que quizá llegue el día en el que no me acuerde ni siquiera de ese olor, me embarga una tristeza indescriptible. Tengo miedo de olvidarlo. Igual que tengo miedo de salir de Camden Hall, de enfrentarme a una realidad de carencias. Porque estaba amputada del amor de un padre.

Norma ha venido a buscarme a la piscina para que la acompañara a su despacho. Ahora estamos sentadas en las sillas, separadas por el escritorio, y se palpa la frente con la palma de la mano como si estuviera tomándose la temperatura.

—¿Estás mejor del golpe? —pregunta.

Le he contado que me despisté en la piscina y al salir me golpeé la nariz con el bordillo, por eso la tengo hinchada y de una suave tonalidad malva.

—Mejor —le respondo.

La mujer coge un bolígrafo y escribe algo en un papel. Sé que es su firma, lo hace a menudo cuando le cuesta empezar un tema delicado.

—¿Pasa algo?

Palidezco al pensar que podría habernos visto a Jake y a mí, pero al segundo después de pensarlo lo desecho. ¿Cuándo habría podido vernos? Es casi imposible.

—No. Bueno... —Se detiene y me mira a los ojos—. Antes que nada, Alessa, quiero felicitarte porque estás haciendo un esfuerzo enorme y te estás recuperando. Últimamente Peter siempre me da un balance positivo de cada consulta. Al principio, pensé que te iba a costar adaptarte a esta situación, pero ahora solo veo la capacidad de mejora que tienes.

No me importa que me siga elogiando, quiero saber qué ha pasado.

—Me estás asustando —suelto con la voz grave.

La mujer se recoloca las gafas.

—Tu padre ha llamado.

Palidezco y la observo en silencio. Soy incapaz de hablar y está esperando que la cuestione. Al final no tiene más remedio que darme una explicación más detallada sin que le pregunte.

—Quiere verte el día de tu cumpleaños —me informa—. Por supuesto, lo primero que le he dicho es que hablaría contigo y que tú lo llamarías si quisieras hacerlo. —Está siendo terriblemente cuidadosa con sus palabras y eso me pone más ansiosa aún.

Me noto el corazón acelerado y el cuerpo sofocado. Mi cumpleaños. El año pasado me llamó por teléfono y se lamentó por no poder visitarme, ya que en ese momento se encontraba en un viaje de negocios en Berlín.

—¿Va a venir aquí? —El hilo de voz que me sale representa el torbellino de nervios que se están despertando en mí.

—Quiere venir a recogerte para pasar el día juntos. No quiero mentirte, quería contártelo, pero no sé si es buena idea después de lo que pasó la última vez que dijo que vendría.

Asiento con lentitud. Se me había olvidado que en apenas una semana cumplo diecinueve. Y mi padre quiere visitarme. ¿Será otro farol? ¿Se olvidará también esta vez? El pánico se adueña de mi cuerpo y comienzo a presionar la lengua con los dientes. Con fuerza. Hasta que mi atención solo está puesta ahí, en el dolor rutinario que me produce.

—Eres tú la que decides, Alessa. Solo tú —afirma Norma.

Sigo sin saber cómo reaccionar, siento el cuerpo paralizado y la mente nublada.

—No —musito.

—No, ¿qué?

—No quiero verlo.

A Norma le lleva un tiempo asentir y observar mi reacción. Pero no la encuentra porque me analiza como si fuese un problema difícil de resolver. De hecho, es muy sencillo de entender: no quiero decirle a mi padre que venga por simple cobardía, porque no podría soportar otra decepción.

—¿No quieres verlo de corazón o en el fondo te apetecería pasar el día con él? —Norma es astuta y me conoce.

—Dejémoslo en que no quiero verlo, sea cual sea la razón.

Ahora la mujer asiente. Entrelaza sus manos y las coloca sobre la mesa con un golpe, acaparando mi atención.

—Hay cosas en la vida que no vas a poder controlar nunca y que no son culpa tuya. Suceden y solo nos queda aceptarlas, no está en tu mano cambiarlas porque no dependen de ti. —Forma una fina línea de resignación con los labios—. A veces algunas cosas ni siquiera dependen de nadie, por lo que responsabilizarse por algo así carece de sentido. —Estoy concentrada en su reflexión, aunque es complicado cuando todo te late con tanta intensidad detrás de la piel. Es una sensación desconcertante y pesada—. ¿Lo entiendes?

La miro intentando mantener la compostura, no he movido ni un músculo desde la noticia.

—Sí —afirmo.

¿Lo he entendido en realidad? Quizá sí. Al menos lo que mi mente puede entender, que no quiere decir que esté conectado directamente con mis sentimientos. Aún quiero ser la prioridad de mi padre, que me elija a mí por encima de todo. ¿Acaso no es ese un derecho fundamental que todo hijo debería tener por el mero hecho de nacer? Otra vez estoy sufriendo, es como si me hubieran puesto un panel ardiendo delante y no pudiera moverme para alejarme. Me estoy quemando. Y voy a cumplir diecinueve años la próxima semana. Sufrir es hacerse mayor.

40

Camden Hall es mi fortaleza

Después de lo que me ha dicho Norma, no me apetece hablar ni escuchar a nadie. Y durante la cena tengo que hacer verdaderos esfuerzos para aguantar a Rachel, que no para de hacer comentarios sobre la boda de su hermana, a la que van a asistir peces gordos de todo Londres.

—Yo puedo asesorarte. Sé bastante de moda —ofrece Barbara.

—¿Lo harías? —Rachel deja el tenedor en el plato después de meterse en la boca la última hoja de canónigo.

—Claro. Siempre y cuando me invites a la celebración.

Rachel abre los ojos, sorprendida. Si no estuviera tan fuera de este comedor, me habría reído de la autoinvitación de Barbara. Tengo que admitir que a veces me hace gracia.

—¿Vas en pareja? —pregunta la rubia como quien no quiere la cosa.

Rachel niega.

—Pues entonces iré contigo.

—Vale... —Rachel se recuesta en la silla.

Annie, a mi lado, está apartando el maíz y el pepino de la ensalada y los coloca en el borde del plato.

—Estas dos son tal para cual —susurra para que solo me entere yo.

No contesto. Me limito a agachar la cabeza para mantener la mirada en el plato. Jake está frente a mí; come en silencio y a veces noto que me observa.

—¿Ryan no baja hoy tampoco? —pregunta Rachel a Annie.

Como es su mejor amiga aquí, todos creen que tiene todas las respuestas al asunto de Ryan. Mi amigo lleva dos días sin salir de la habitación. Después del ataque que le dio en la pista de tenis, Norma nos reunió a todos en el salón y nos pidió que le diéramos espacio y que intentáramos no contrariarlo hasta que se estabilizara de nuevo. Desde entonces, el médico ha venido un par de veces y, esta tarde, me he cruzado con Peter, que venía de hacerle una visita y salía del cuarto con el gesto preocupado. Cuando le he preguntado qué tal estaba Ryan, solo me ha soltado un «Ahí va» que me ha encogido el corazón.

—¿Ves que esté aquí? —Annie ya está cansada de que le recuerden a todas horas que su íntimo amigo está deprimido.

—Yo solo he preguntado —zanja el tema.

Cojo un tomate cherry y me lo llevo a la boca. Lo exploto con los dientes y me lo trago. Ahora mismo me gustaría no tener que compartir mesa con nadie más.

—Por cierto —noto cómo Barbara se dirige a mí, percibo sus grandes ojos azules clavados en mi frente gacha—, no me parece bien que le mintiéramos a Norma sobre tu «accidente».

—¿Cómo que no te parece bien? —salta Annie a la defensiva. Yo ni siquiera he levantado la cabeza para mirarla.

Esta tarde, Annie ha venido a mi habitación a pedirme el secador y me ha visto con el rostro tan pálido que le he tenido que contar todo el asunto con mi padre. Es la única que lo sabe. Norma me ha animado a llamar a mi madre, pero no he querido hacerlo.

—Basta ya de protegerlo. Le dio un manotazo y por poco le rompe la nariz. Si a mí me hubiera hecho eso... —Ahora levanto la vista y la observo señalándome directamente con el cuchillo.

—Estoy bien, no ha sido para tanto —digo, y se nota lo poco que me importa la conversación.

—Creo que Barbara tiene razón —alega Jake.

Me pregunto quién le ha pedido opinión sobre este tema. Él nunca ha soportado a Ryan y, de algún modo, me siento culpable por ello. Lo miro con ojos suplicantes para que no continúe por ahí. Él achica los suyos como queriéndome decir: «¿Qué mosca te ha picado hoy?». Y yo solo vuelvo a agachar la vista hacia mi ensalada a medio comer.

—Oh, vaya, Jake. —musita Annie en voz baja—. Creo que tú no eres el más indicado para decidir qué le contamos o no a Norma.

Se hace el silencio. Rachel y Barbara miran a Jake, que enmudece y fija la vista en la mesa. Sabe que le conté su episodio de borrachera a mi amiga y ahora Annie se ha ido un poco de la lengua.

—¿Qué ha pasado? —pregunta Barbara.

—Nada —responde rápida mi amiga. Me pega un pequeño golpe en el brazo queriendo captar mi atención y luego dice—: Quizá deberías invitar a Ryan a la salida de tu cumpleaños, ¿no te parece? Él lo hizo contigo.

Annie acaba de meter la pata hasta el fondo.

—No deberías invitarlo después de lo que te hizo. —Barbara lanza una mirada de asco a Annie por su propuesta.

—Lo digo en serio. Necesita salir y despejarse. Estoy preocupada por él y creo que tú lo puedes ayudar. —Ahora Annie me habla solo a mí y noto la preocupación sincera en su voz.

La verdad es que no sabemos qué hacer con Ryan para que salga del hoyo en el que está metido, pero no me apetece celebrar mi cumpleaños. Y, si soy sincera, tampoco me apetece salir de Camden Hall.

—¿Tu cumpleaños? ¿Cuándo es tu cumpleaños? —Los ojos grises de Jake esperan que me una a ellos.

Está confundido. Lo observo, con su camiseta negra, su pelo despeinado y sus labios mojados porque acaba de beber un trago de agua.

—La semana que viene. —Annie responde en mi lugar.

Jake no retira su mirada penetrante de mí y espera a que hable. No lo hago. No tengo nada que decir, así que vuelvo a meterme un tomate en la boca.

—Podríais ir al cine. Solo son un par de horas, como la otra vez.

Mi amiga intenta convencerme de lo buena que es su idea. Pero yo estoy con la cabeza en otra parte. En realidad, en lo único que pienso es en qué hacer con todo el asunto de mi padre. Me da pánico cambiar de opinión en el último momento y que por ello me lleve otro fiasco.

—No va a salir con Ryan. —La voz firme de Jake resuena en la sala. Sonríe, engreído.

—¿Qué? —Annie está perpleja, me busca con la mirada y me encuentra.

Creo que mi amiga se está dando cuenta de que entre Jake y yo hay algo más que simple diversión, y, como él no sea capaz de guardarse la lengua de una vez por todas, las demás también se van a percatar de lo nuestro y luego sí tendremos un problema.

—No creo que sea buena idea, lo digo en serio. —Barbara sigue ofendida—. Quizá deberíamos ir todos al cine.

—¿No os dais cuenta de que Norma no le va a dar permiso estando de ese modo? —Rachel por fin pone voz a la evidencia.

—Yo solo sé que tenemos que ayudarlo. —Annie afianza su alegato.

—Lo hemos intentado y por poco me mata de un raquetazo cuando jugamos ese partido.

Como ya ha sido suficiente y no tengo ganas de seguir escuchando, me levanto, dejo mi plato en el fregadero y salgo al porche. El césped se extiende ante mí, oscuro, lleno de humedad. Camden Hall es una fortaleza que me protege, pero en algún momento tendré que salir. Tendré que enfrentarme a mi padre tarde o temprano. Escucho pasos a mi espalda y el olor me llega a la nariz. Su olor, que siempre me despierta. Se coloca a mi lado y los dos miramos al horizonte.

—¿Me das un cigarrillo? —le pregunto.

—Tú no fumas —dice.

—¿Me das un cigarrillo o no?

Jake saca la cajetilla del bolsillo de su pantalón y me tiende uno. Lo coloco entre los labios. Enciende el mechero y lo acerca a mi boca. Doy una profunda calada y el humo se cuela en mis pulmones.

—¿Qué te pasa? —Podría quedarme embobada con su voz para siempre.

Está ahí parado, junto a mí, con su porte de cantante. Solo quiero besarlo y olvidarme de todo lo demás. Pero me tengo que contener porque incluso desde aquí fuera puedo notar cómo nuestras compañeras nos observan por la ventana.

—Nada. Solo estoy cansada —contesto, pero ni yo misma me creo.

—Te conozco bien —asegura.

Doy una calada y suelto el humo.

—¿Eso crees?

—No lo creo, lo sé.

En ese momento gira la cabeza y me mira. Le devuelvo la mirada con el pánico de que nos puedan descubrir dibujado en el rostro. Que no siga, que no se acerque más porque soy débil y lo abrazaré.

—Debemos tener cuidado —le digo mientras señalo con disimulo hacia atrás—. Pueden enterarse.

Jake tuerce el labio transformándolo en una preciosa sonrisa y vuelve a mirar el horizonte.

—No me importa que se enteren.

Palidezco. ¿Que se enteren de qué? Como este tema me da aún más vértigo que el vacío de mi padre, elijo decirle la verdad.

—Es mi padre. Ha vuelto a dar señales de vida —confieso.

Él no contesta. Nos quedamos en silencio un buen rato, hasta que me acabo el cigarrillo y lo apago en la tierra mojada del césped. Ahora es Jake quien se enciende uno. Me muerdo la lengua. Él posa sus ojos en mis labios y palpo su deseo en el aire. Es un alivio comprender que no soy la única que se está conteniendo.

—Me gustaría pasar contigo el día de tu cumpleaños —declara.

—Nunca celebro mi cumpleaños. —Soy sincera, es la verdad.

Él se encoge de hombros y suelta el humo de su última calada.

—Yo no he dicho que lo vayamos a celebrar.

41

No he pensado en otra cosa

Cuando a las nueve de la mañana llegamos al lago después de nuestra carrera matutina, el agua está congelada. A pesar de ello, no ponemos impedimento cuando Phil nos propone que nos demos un baño reconfortante para los músculos. Todos nos hemos quejado casi al unísono al tocar el agua con los dedos de los pies, pero después del primer chapuzón nos hemos aclimatado a la temperatura. El cielo está de un bonito color azul grisáceo, el sol aún no ha ascendido por las copas de los árboles.

Durante unos minutos, nos dedicamos a nadar, a despejarnos y a hablar sobre las visitas de mañana. Le he cogido cierto cariño a Phil, porque debajo de su sonrisa orgullosa y de sus músculos tonificados, sé que hay un buen corazón. El hombre sale del agua el primero y comienza a dar pequeños saltos sobre la hierba para entrar en calor. Me noto la piel fría y es una sensación que me ayuda a respirar mejor.

—¡Diez minutos para salir! —grita Phil.

—¡Oh, venga! —se queja Rachel—. Podríamos pasar la mañana aquí.

—Me temo que no, señorita. Tenéis boxeo con Rogers, y yo que vosotros me cuidaría de llegar tarde —nos aconseja desde el otro lado del lago.

Phil tiene razón. La profesora Rogers es concienzuda y lo mejor de todo es que no te deja en paz hasta que consigue sacar tu furia con los puños frente al saco. Puedo suponer que Norma la ha llamado porque a Ryan la clase le va a venir fenomenal. Esta mañana se ha incorporado a la rutina, aunque sin articular palabra. Y nosotros, tal como nos aconsejó Norma, le estamos dando su espacio.

Mis compañeros comienzan a salir del agua con pesadez. Yo intento alargar el momento un poco más y muevo las piernas bajo el agua. De repente noto cómo alguien se acerca por detrás. Y, antes de que pueda volverme, las manos de Jake se posan en mi cadera. Me acerca a su cuerpo y una sensación punzante se posa en mi vientre. ¡¿Qué está haciendo?! Cualquiera nos puede ver ahora...

—Hola —susurra en mi oído—. Quiero morderte.

Su comentario me descoloca y empiezo a tener calor.

—¿Te puedo decir una cosa? —Ahora relaja la voz.

Me doy la vuelta y me lo encuentro ahí, con sus ojos rasgados y su pelo mojado estirado hacia atrás.

—¿Qué cosa?

—Me encantaría que Ryan te quitara los ojos de encima. Te juro que nunca he sido celoso... De hecho, siempre me ha importado una mierda que alguien mirara a Charlotte, no sé... Confiaba en ella.

¿Y no confía en mí? ¿Es que acaso tenemos una puta relación y yo no me he enterado? Estoy empezando a entrar en pánico y no es una sensación agradable combinada con la que me palpita ahí abajo.

—Pero contigo es distinto. No puedo. Es que me incendio por dentro cuando te mira así —añade.

—¿Así cómo? —No he podido evitar seguirle el juego. Me gusta que Jake no pueda hacer algo y que el motivo esté relacionado conmigo.

—Como si fuerais el uno para el otro —alega.

Vaya.

—Además —ahora sus ojos están muy fijos en los míos—, eres la única chica que no se ha prendado de mí.

Ay, qué equivocado está. Pero no quiero contrariarlo, deseo que siga sumido en la mentira para mi propia protección. Le sonrío. Estoy colada hasta las trancas de él y lo disimulo con éxito, con mis miradas airadas y mis ceños fruncidos. Nos miramos y nos tocamos la mano debajo del agua. Y en este rato que permanecemos así tengo miedo de que se abalance y no pueda apartarlo. Porque si ahora me besara delante de todos, lo correspondería sin ningún puto reparo.

—¿Vais a salir? —nos dice Annie desde fuera del agua.

—¡Sí! —grito—. Vamos —le digo a Jake.

Me doy la vuelta para enfilar la salida, pero él no me sigue. Giro la cabeza y lo miro.

—¿Vamos?

—Ahora no puedo. Si lo hiciera, todos lo descubrirían —dice con una sonrisa torcida que me descoloca.

—¿Cómo? —No sé a qué se refiere.

—Todos verían lo que me provocas.

Oh. Su amplia sonrisa me desbarata y me apresuro a salir del agua con la cara incendiada para reunirme con mis compañeros.

En la clase de boxeo, la señorita Rogers consigue sacarme toda la frustración, aunque ni de lejos acalla mis ganas de Jake. Desde el momento del lago, pasando por un beso robado a hurtadillas en la cocina y las miradas intensas durante la clase, la punzada en el vientre no ha hecho más que crecer. Noto el cuerpo sobrecargado, como ese momento preciso antes de que una ola rompa en su máximo auge. El problema es que no logro acallar esta sed. Tengo sed de Jake. Lo deseo. Y tengo miedo del próximo paso. Pero si algo he sacado en claro es que necesito ir más allá.

Terminamos la clase y aplaudimos. Estamos exhaustos y, paradójicamente, liberados. El rostro de Ryan refleja vitalidad y eso me alegra. Camina hacia mí y se coloca a mi lado, con los ojos más amables que me ha dedicado desde hace días.

—¿Te apetece ver una película esta noche? —pregunta secándose el cuello con una toalla.

—Claro —digo.

—La ha elegido Barbara, y la verdad es que a veces tiene un gusto bastante peculiar. La última vez que eligió vimos *El graduado*, ya ves. Quién lo diría... —Tiene los mofletes encendidos por el esfuerzo de atizar golpes.

Sonrío.

—Tendremos que arriesgarnos entonces.

—Sí.

Annie me da una palmada en el culo.

—¡Ayyy! —¡Cómo pica!

—Hoy he hablado con Daniel —comenta.

—¿En serio?

—¿Cómo está? —pregunta Ryan.

—Ganando torneos de competición. —El orgullo le inunda los ojos.

La señorita Rogers da dos palmadas, se cuelga del hombro su bolsa de deporte amarilla fosforita y dice:

—Chicos, os veo dentro de un par de semanas. Recordad, podemos utilizar la violencia para nuestro propio beneficio. La violencia, bien utilizada, equilibra —sentencia.

Siempre que se despide repite la misma cantinela. Después, sale por la puerta.

Cuando enfilamos las escaleras para dirigirnos a nuestras habitaciones antes de bajar a comer, Jake pasa por mi lado con disimulo e introduce un papelito en la palma de mi mano. Ya dentro de mi habitación lo abro:

¿Subes a escuchar música esta noche?

De nuevo, todo se agita en mi interior y la punzada en el vientre se intensifica hasta el punto que me descubro en la ducha pensando en los labios de Jake, en sus manos y en lo mucho que me gustaría que estuviera conmigo en estos momentos. Desnudo. Sé que esa nota parece inocente, pero es una declaración de intenciones en toda regla. Desde la escena del baño, no he vuelto a pasar una noche con Jake. Esta sería la primera y es evidente lo que implica. Sin embargo, cuando me miro en el espejo con el pelo mojado y la toalla sobre mi cuerpo, un miedo atronador sustituye todas las ganas. No tengo experiencia. Y, de pronto, quedarme completamente desnuda frente a Jake Harris no me parece algo confortable. Soy muy delgada y mis pechos son pequeños. A mí me encantan que sean pequeños, pero sé, por lo que he podido observar, que los pechos pequeños no son los favoritos de Jake. Así que decido que esta noche veré la película con Ryan y luego me iré a mi habitación a dormir. Incluso me siento mejor cuando mi conciencia respalda la decisión con una nota mental: «Y de esa manera tampoco traicionas la confianza de Norma». Así que solo veo ventajas. Aunque en el último momento mi subconsciente me grita: «Y te vas a quedar sin besar a Jake también».

Tal como he acordado conmigo misma, después de ver *Leyendas de pasión* y de que mi amigo y yo nos riéramos a viva voz del llanto desconsolado de Barbara y Annie, subo a mi habitación y me meto en la cama. Hoy he cambiado las sábanas y huelen a limpio. Pronto entro en calor y no precisamente por la temperatura ambiente, que más bien es fresca, sino porque mi mente va por su cuenta y empieza a inventarse escenas que podrían haber ocurrido si hubiera subido a escuchar música a la habitación de Jake... Doy vueltas en la cama, intentando colocarme de manera cómoda y coger el sueño, pero es imposible. Observo la nota de Jake en la mesita de noche. La cojo, la arrugo y la tiro hacia la papelera. El papel aterriza en el suelo. Me tapo la cabeza con la almohada con la intención de silenciar mil mente. Medio minuto después, salto de la cama, me pongo las zapatillas y salgo de la habitación.

Golpeo suavemente con los nudillos en la puerta y una parte de mí, la más cobarde, desea que Jake esté durmiendo profundamente. La otra, la que lleva todo el día imaginándose a Jake desnudo, sonríe cuando oye:

—Entra.

Jake está sentado en el sofá con la guitarra colocada en el regazo. Me quedo parada detrás de la puerta que acabo de cerrar, sin saber muy bien qué decir. ¿Acaso no me ha invitado él? Se levanta y deja la guitarra en el sofá. Y en ese momento mi impulsividad toma el mando y sale a flote como una boya en medio del mar.

—Soy virgen, ¿vale? —suelto.

Jake se para frente a mí con un gesto de extrañeza. Estoy temblando de pies a cabeza. Después de observarme unos segundos, él relaja los hombros y sus ojos se llenan de una ternura que se aleja de su característica rudeza.

—Vale —contesta antes de que pueda decir nada más.

—¿Cómo que vale? —Su respuesta me distrae y la distracción siempre es el motor de la relajación. Así de simple.

—Que está bien. —Da unos pasos hacia mí, decidido.

Aún va vestido con sus pantalones negros y su camiseta del mismo color. Yo, en cambio, llevo una camiseta de tirantes, pantalones cortos y mis zapatillas de pana. Toda una *sex symbol*, sí señor.

—¿Me dejas desnudarte?

¿Qué? Me he encendido como un petardo y presiento que voy a estallar. Sin embargo, me quedo ahí, paralizada, sin poder dejar de mirarlo. Estoy embelesada y dispuesta. Jake da un paso más, pero todavía se queda a una distancia prudencial. ¡Necesito que me toque!

—¿No quieres? —pregunta.

Su gesto se torna preocupado porque piensa que ha ido demasiado lejos con su último comentario, pero para nada. Es solo que estoy sin palabras.

—Claro que quiero —me apresuro a decir—. No he pensado en otra cosa en todo el día. Como manera de distracción está bastante bien, ¿sabes? Esto del deseo sexual. —Estoy tan nerviosa que solo digo palabras atropelladas sin pensar.

Nos quedamos en silencio unos segundos, compartiendo un ambiente opresor y a la vez placentero que hemos creado nosotros mismos.

—Yo tampoco he pensado en otra cosa.

Oh, Dios. *Manual de cómo volver loca a una chica*, por Jake Harris.

—¿Quieres hacerlo conmigo, Alessa? —pregunta con lentitud como queriéndome hacer entender bien la cuestión.

—Sí —digo—. Quiero decir, no me importa toda la mierda del romanticismo, de perder la virtud y toda esa pantomima.

—Lo sé.

—¿Lo sabes? —Necesito que se acerque más porque empiezo a tener sudores fríos de los nervios que se desatan dentro de mi cuerpo.

Jake no me contesta, sino que elimina la distancia que nos separa y se planta a centímetros de mí. Sin despegar sus ojos de los míos, agarra mi camiseta y me la quita por la cabeza. No llevo sujetador, así que mis pequeños pechos quedan descubiertos de manera irremediable. Su mirada sigue ahí, conectada con la mía, y sus manos viajan hasta mis pezones. Los acaricia. Cierro los ojos y me abandono al placer. Sus manos consiguen acallar esa sensación punzante que me ha acompañado durante todo el día, aunque dan lugar a otra mucho más intensa. Cuando abro los ojos, veo que está observando mis pechos.

—Yo... —murmuro.

La vergüenza se apodera de mi cuerpo y reculo un poco hacia atrás. Él me detiene y se acerca de nuevo. Me coge la mano con suavidad y la posa en su entrepierna. La noto dura empujando contra su pantalón.

—Esto me lo hacen tus tetas —alega—. Toda tú en realidad, pero también tus tetas. —Sonríe ampliamente y yo solo puedo devolverle la sonrisa.

Sigo con la mano ahí, así que aprovecho para acariciarlo y compruebo cómo sus ojos se llenan de oscuridad. Jake baja la guardia y eso me estimula aún más. Está disfrutando con mis manos. Me demoro en abrirle los botones del pantalón, en parte por mi inexperiencia, en parte porque veo que la lentitud lo vuelve loco.

—Joder —gruñe cuando aprieto un poco.

Estrella sus labios contra los míos con dureza y me alza, obligándome a enganchar mis piernas a sus caderas. Un momento después, caemos sobre la cama. Me baja el pantalón con urgencia y yo me dejo llevar, porque sé que no es la primera vez que ve desnuda esa parte de mi cuerpo. Hundo mis manos en su pelo y nos besamos entrelazando nuestras lenguas y frotando nuestros labios. Me las apaño para sacarle la camiseta por la cabeza y recorrer su pecho con manos temblorosas. Dentro de toda esta corriente de deseo, los nervios parecen haberse esfumado y se trata más de saciar una necesidad primitiva. Jake se quita los pantalones en un gesto rápido y preciso liberando su erección. Está alzado sobre mí, yo olvido mi pudor y extiendo la mano hasta rodear su miembro, masajeándolo de arriba abajo. Él achica los ojos y me observa, lleno de deseo. Deslizo la lengua por mis labios y ese gesto es suficiente para que Jake se tumbe sobre mí, atrape mi mano y la aprisione sobre mi cabeza. Tenemos el rostro del otro a un centímetro y, de pronto, noto cómo introduce dos dedos dentro de mí. Lo quiero a él... Mis jadeos se quedan en mi garganta y me estremezco sobre el colchón arqueando la espalda. Él esboza una sonrisa torcida al ver lo que me hace sentir. Los saca y los vuelve a introducir, y los noto mojados sobre mis ingles. El fuego cada vez está más cerca de mi garganta, extendiéndose por todo el pecho, pero no quiero correrme con sus dedos, sino con él dentro.

—Te quiero a ti —suplico con un quejido.

—Ya me tienes.

A pesar de estar expuesta y perdida en el deseo, lo fulmino con la mirada. Saca sus dedos, se alza hasta la mesita y saca un preservativo. Se lo pone, rápido. Y luego me engancho a su cuello porque quiero besarlo. Cuando nos separamos, más excitados que nunca, Jake se coloca sobre mí y se abre paso entre mis piernas. Ha llegado el momento y un escalofrío me atraviesa la espalda. Jake se percata y me sumerjo en el gris de sus ojos, porque ese es el lugar donde todo está bien. Ahí se encuentra mi paz. Tiene el pelo sudoroso porque está igual de agitado que yo y sé que se está controlando.

—Si te hago daño, dímelo —alega mientras me mira con devoción—. Pararé.

Capturo su labio inferior hinchado con mis dientes y tiro de él.

—¿Puedes callarte y dejarme disfrutar del momento?

La sonrisa que le atraviesa el rostro me hace confirmar que nuestra conexión va más allá del sexo, del cariño, del deseo e incluso del amor. Sin dejar de mirarme y con la contención palpitándole en sus músculos,

Jake empuja. Siento dolor, pero solo significa que está rompiendo mi caparazón, ese que me había creado para que nadie pudiera hacerme daño. Empuja más adentro y lo siento como si encajara la pieza final de un puzle. Posa sus dos manos en cada una de mis mejillas y me besa la frente. Cuando el dolor se torna en la necesidad de que se mueva, hablo:

—Por favor... —suplico.

Y se empieza a mover. Al principio con una lentitud que me arranca los primeros gemidos silenciosos. Pero, al ver reflejada en su rostro una dolorosa moderación, soy yo la que acelera los movimientos desde abajo. Entonces me besa y se deja llevar con un vaivén cada vez más ágil y veloz. Cierro los ojos sintiendo que estoy en el borde de un precipicio y, cada vez que entra en mí, hay un centímetro menos para caer y liberarme.

—No sé cuánto voy a durar... Dios... —jadea con la voz ronca.

Lo beso con violencia para que se calle. Entonces las embestidas se hacen más bruscas y más necesitadas. Gruño con fuerza y Jake posa sus labios sobre los míos tragándose mis jadeos descontrolados, acallándolos. Y caigo como nunca antes lo he hecho. Es una caída que me atraviesa el cuerpo y me agita las piernas. Estrello la cabeza contra la almohada y me muerdo el labio con fuerza hasta que noto el sabor de la sangre.

—Joder, Ale... Me ha llamado Ale y eso hace que mi orgasmo sea más placentero aún.

Poco después, Jake hunde la cabeza en la almohada junto a la mía y jadea liberándose y aminorando sus embestidas. Nos quedamos entrelazados, abrazados, y él tarda unos segundos en salir de mí y separarse. Nuestras respiraciones se oyen agitadas y el techo ahora me parece más blanco que nunca, seguramente por el estado extasiado en el que me encuentro.

—Dime que estás bien —me pide cuando recobra la normalidad en su respiración.

No contesto. Y cuando me busca con la mirada preocupada, sonrío tan ampliamente que mis ojos saltones casi se cierran por completo. Jake posa el pulgar en mi labio inferior y lo acaricia.

—Te has hecho una herida.

—Lo sé.

Ojalá todas las heridas fueran tan placenteras como esta. De pronto soy consciente de que estamos en Camden Hall, en la habitación de Jake rodeados de vinilos viejos, y me siento mal porque está prohibido que hagamos esto. Al menos, aquí dentro.

—Creo que nos estamos metiendo en un buen lío.

—No te pega pensar en las consecuencias, Alessa. —Ya ha vuelto a mi nombre completo...—. Los dos deseábamos esto. Vaya si lo deseábamos. —ríe.

Tiene razón. Ya nos las apañaremos para guardar el secreto. Me muevo un poco y noto cierta molestia en la ingle, nada que no pueda soportar al observar a Jake desnudo y completamente ensimismado conmigo.

—No quiero bajar —digo.

—No bajes.

Nos miramos en silencio y él entrelaza su mano con la mía. Sé que debería marcharme a mi habitación, que debería pensar al menos un poco en lo que acabamos de hacer. Pero también sé que me quedaré. Es la primera noche que duermo con Jake, al menos de manera consciente, no como aquella vez que me desperté entre sus sábanas después de llorar sin parar. Su olor me envuelve por completo y siento que este es mi lugar en el mundo. Aunque una persona no es nunca un lugar. ¿O sí?

42

No me jodas...

Llaman al portón exterior y cruzo el jardín para ir a abrir. Sé que es Taylor, porque solo falta ella. Fuera, mi amiga espera con expresión asustada porque no sabe con qué Alessa se va a encontrar. Lo cierto es que hoy estoy de muy buen humor.

—Hola —me saluda dubitativa.

—Gracias por venir —le digo—. Otra vez.

Sé que mi amiga está deseando darme un abrazo, porque ese es su sello de mejor amiga mundial, pero no se atreve, así que la abrazo yo y la estrecho con ganas. La echaba de menos.

—Alex, tienes la piel brillante. Te noto cambiada —menciona observándome de arriba abajo con curiosidad.

Ella es la misma. Calza unas sandalias rojas y una chaqueta vaquera muy mona y nueva, señal de que hace poco ha ido de compras. Su sonrisa no ha desaparecido. Después del abrazo, Taylor arranca la capa protectora que llevaba pegada al cuerpo, me hace a un lado y entra.

Una vez sentadas en el césped, le pregunto:

—¿Qué tal con Tommy?

Veo cómo su expresión se torna preocupada.

—Bien —contesta—. Ya lo conoces.

No la sigo y le pido con un gesto de asentimiento que continúe.

—No quiere algo serio, pasa de todo. —Su voz suena hueca.

—Pensé que había cambiado. Créeme, el Tommy que yo conozco no habría follado contigo —me burlo.

Taylor pone los ojos en blanco y se estira hacia atrás apoyándose en los codos. El sol le pega directamente en la cara y la obliga a entrecerrar los ojos.

—Ya ves, Alessa. La gente nunca cambia, ni siquiera por alguien como yo.

Ahora yo también me apoyo en los codos y oriento mi rostro hacia el sol. Y es agradable porque los últimos días no han sido muy calurosos.

—Pero no estoy aquí para hablar de mí, para eso ya te he hecho un diario de todo mi verano —argumenta.

—¿Estás hablando en serio? —No me lo puedo creer.

—Con pelos y señales. Y hay capítulos que parecen novelas eróticas sacadas de Wattpad.

Suelto una carcajada.

—Así que cuéntame, ¿quién es ese tío que te gusta? —quiere saber—. Pensé que esa pregunta nunca llegaría contigo, amiga.

—Bueno... No se trata solo de gustarme... Han pasado cosas —añado con timidez.

Taylor se incorpora en un movimiento brusco y me asusta. Me mira con los ojos muy abiertos y con la arruga en su ceño.

—¿Qué? —Sé que debe de estar flipando.

—Sí... Nos hemos besado y todo eso.

—¡Oh, Dios mío! ¿Estás saliendo con alguien? —Levanta las manos, perpleja—. ¡¿Qué cojones te han hecho aquí dentro?! ¡¿Una lobotomía?! —chilla mi amiga.

María, que está cargando unas cajas a un lado de la casa, nos mira.

—No grites.

—¿Quién es? ¿Ese nadador rubio y cañón al que vi el día que estuve aquí? —Taylor ya está fuera de sí observando todo a nuestro alrededor. También se fija en las ventanas, buscando quién es el afortunado de salir con su amiga defensora de las «no relaciones».

—No. No es Daniel. Él ya no está aquí, además.

—¡Oh, vale! Ya sé quién es —comenta mientras achica los ojos y fija la vista en la ventana del comedor, donde se encuentra Ryan reunido con sus padres—. Ese chico delgado y ojeroso... Parece uno de esos raritos que tienes colgados en los pósteres de tu habitación. Te pega. Tiene unos ojos muy bonitos.

Mi amiga no para de hablar y yo no puedo contrariarla. Se ha metido en su propio bucle, del que me temo que no va a salir sin mi ayuda, así que le suelto lo que quiero contarle de una vez:

—Lo he hecho.

Taylor gira la cabeza con tanto ímpetu que sufro por sus cervicales.

—¿Que tú qué? —Ahora tiene la boca abierta formando una perfecta «O».

—Sí.

Taylor tarda unos segundos en recomponerse.

—Yo... no sé qué te han hecho —está preocupada—, pero supongo que me alegro por ti.

—Gracias —digo.

—Mi primera vez fue una mierda. Me dolió y Charly no fue nada cuidadoso. —Mi amiga intenta darle normalidad a la conversación.

—Para mí fue increíble.

—Oh, me alegro —dice no muy convencida, como si no me creyera del todo.

Vuelve a mirar hacia la ventana del comedor, por la que se puede observar a Ryan atendiendo cabizbajo a lo que le está diciendo su madre.

—Espero que sea un buen chico —resalta torciendo el rostro—. ¿Me lo presentas?

—Verás, es que...

No me da tiempo de terminar la frase porque Jake sale por la puerta del porche, enfundado en unos pantalones cortos de deporte, y acapara toda nuestra atención. Se extraña al vernos y camina hacia nosotras. Mierda. ¿Por qué viene hacia aquí?

—¡Joder! Se me había olvidado que Jake Harris es tu compañero en este sitio tan raro. —Se lo está comiendo con la mirada—. Está buenísimo, pero necesita urgentemente un corte de pelo.

Sonrío al escucharla. A mí me gusta que el pelo casi le cubra los ojos. Le da un aire descuidado y melancólico.

—Su novia ha salido en la tele, en ese programa de cotilleos que a veces veo —querrá decir *siempre*— y ha contado que han roto. El motivo ha sido la agenda de ambos. No parece que Jake Harris esté muy ocupado aquí, ¿no? —Más que preguntarme a mí, se pregunta a sí misma—. Es que es guapísimo... Se estará tirando a otra.

Jake se detiene delante de nosotras y yo ya estoy tan colorada como las sandalias de Taylor.

—Hola —nos saluda—. Soy Jake, encantado —se presenta a Taylor y le tiende una mano que ella acepta, totalmente derretida.

—Ya sé quién eres —le dice con la voz aniñada.

—Ella no lo sabía —le cuenta señalándome—. Alessa me ha hablado mucho de ti.

Entonces él me mira con una sonrisa de complicidad y, en esa mirada, mi amiga entiende que entre nosotros ha pasado algo porque Jake me ha devorado casi literalmente con los ojos. ¡¿Pero qué coño hace?!

—A veces puede ser un poco rara, pero la quiero igual —declara Taylor con aparente despreocupación, pero sé que está hilando cabos.

Jake sonríe.

—Te veo luego —se despide mi compañero nocturno, el culpable de mi terrible sonrojo.

Taylor me observa muy seria y, al percatarse del color de mis mejillas, todo le encaja. Y yo no puedo decir nada.

—No me jodas...

Dirijo la mirada hacia el horizonte evitando cruzarla con la de ella. En ese momento, observo a Norma acercarse a lo lejos. Me levanto apresurada dejando a Taylor plantada y, cuando llego a la altura de nuestra coordinadora con el corazón desbocado, le pido:

—Norma, Taylor ya se iba. ¿Puedes acompañarla a la salida?

Estoy segura de que mi amiga ha sido capaz de formarse la historia completa en su cabeza. De pronto, me muero de la vergüenza y no me apetece tener que confirmárselo. Lo que quiero es encontrar a Jake.

Y lo encuentro al lado de la pista de tenis con un balón de fútbol entre los pies. Es bueno, seguramente juegue de delantero o de lateral derecho. Verlo así, tan informal y a la vez tan atractivo, hace que me olvide de mi cometido, que no es otro que el de dejarle las cosas claras como el agua.

—¿A ti qué te pasa? —lo ataco.

Levanta la cabeza y, cuando me ve, sigue dando toques con la pelota.

—Nada, ¿por qué?

—¿Por qué? —Estoy perpleja. Sé perfectamente que sabe a qué me refiero—. ¿Por qué me has mirado así delante de Taylor?

—¿Cómo te he mirado? —Captura el balón entre sus pies y coloca las manos en jarra.

Está irresistible.

—¿Como si hubiéramos follado la noche anterior? —Estoy empezando a enfadarme de verdad.

—Es exactamente lo que hemos hecho. —No me gusta el Jake vacilón.

Voy hacia él y lo golpeo en el brazo. Luego miro a mi alrededor a ver si alguien nos está observando. No muy lejos de allí, diviso a Rachel en la pista de tenis jugando con su hermano mellizo. Están concentrados y no reparan en nosotros.

—¿Entiendes que si se enteran nos echan de aquí?

—Joder, Alessa, quién diría que querías saltar ese muro hace unas semanas —bromea.

Frunzo el ceño y me cruzo de brazos. Estoy exasperada y él se lo toma a burla.

—No te preocupes. Nadie se va a enterar —me tranquiliza—. ¿Crees que Taylor le va a ir con el cuento a Norma?

Jake me observa y lee algo en mi expresión que le hace pensar. No me gusta esta situación.

—Un momento... —dice a la vez que dirige su mirada al suelo. Jake se pasa la mano por el pelo, inquieto—. ¿Por qué no quieres que se enteren? ¿Porque estamos en Camden Hall o porque soy Jake Harris?

No sé qué decir.

—¿En serio? —Supongo que mi silencio ha hablado para él.

—Yo... solo... —titubeo.

—¿Sabes cuántas chicas querrían estar en tu situación?

—¿Y tú sabes lo engreído que ha sonado eso? Perdóneme por herir su ego, señor Importante —le respondo, ahora con firmeza.

Guardamos un tenso silencio y veo cómo el enfado se va abriendo paso en Jake. Ha desaparecido por completo la confianza de la que hacía gala tan solo unos minutos atrás.

—Entiendes que estar con alguien como yo tiene cosas buenas, ¿verdad?

43

Aquella chica pelirroja

Estar con alguien como Jake Harris, mejor dicho, *liarse* con alguien como Jake Harris, tiene sus cosas buenas, sí. Por ejemplo, que el día de tu cumpleaños puedas disfrutar de un partido del Arsenal desde el mejor palco del estadio. O tener un reservado en el restaurante donde sirven las mejores hamburguesas de todo Londres y en el que, debido a la pequeñez del local y al ajetreo, es imposible reservar mesa con antelación. Para Jake Harris eso es pan comido porque es amigo del dueño. Y no voy a mentir diciendo que no me ha gustado que me haya llevado a comer a un sitio gamberro en lugar de a uno de esos sitios pijos en los que te presentan la comida como si fuera una obra de arte y, lo que es peor, en los que te quedas con hambre durante el resto del día.

Pero liarse con Jake Harris también acarrea una parte mala, esa parte a la que yo no he parado de dar vueltas y por la que no quería que nadie se enterara de que es mi amigo y que, además, me lo he tirado. A la entrada del Highbury lo han parado unas diez veces para echarse fotos con él a pesar de que iba camuflado con una gorra de los Lakers. Y, aunque yo me he quedado rezagada detrás en todo momento, intentando no levantar ninguna sospecha, en algunas ocasiones sus fans me han lanzado una mirada desafiante antes de girar la cabeza como diciendo: «Vale, no es su novia. No puede ser su novia». Al contemplar cómo sus cuerpos recobraban la tranquilidad después del susto, he confirmado que no me siento capaz de soportar la exposición mediática y de eso estaba totalmente segura. Mi parte racional no deja de repetirse, una y otra vez, «solo es tu amigo», mientras que mi parte más emocional reacciona con ansia a cada mirada de Jake y me grita, con toda la razón, que es algo más. Mucho más.

Urdimos un plan sencillo y a la vez prohibido para estar juntos hoy. Yo le hice saber a mi madre y a Norma que quería pasar el día de mi cumpleaños con Taylor. La jefa aceptó de inmediato por mi creciente evolución y porque, según ella, me merecía un poco de confianza. Y mi amiga, la gran compinchada, lo hizo todo porque a cambio le prometí contarle mi relación o lo que tuviera con Jake con pelos y señales. Por su parte, Jake tenía prohibido salir después de su último escarceo con borrachera incluida, pero le comunicó a Norma que necesitaba ir a una reunión importantísima con su discográfica para su próxima gira. Por descabellado que parezca, a ella le pareció bien y no se extrañó de que fuera en domingo y el mismo día de mi cumpleaños.

Así que, por la mañana, he salido de Camden Hall y he tomado un taxi en dirección a la casa de Taylor y, veinte minutos después, Jake y su chófer me han recogido.

Ahora estamos ante la puerta de su apartamento ubicado en el lujoso barrio de Kensington y Jake me observa serio antes de girar la llave.

—¿Te lo has pasado bien? —pregunta.

—Habría estado mejor si el Arsenal hubiera ganado. O por lo menos si hubiera defendido bien en el último minuto —ironizo.

Él sonríe.

—Este es mi apartamento. Podemos quedarnos aquí o salir, lo que quieras. Eliges tú, es tu cumpleaños.

—Creo que no es buena idea salir si queremos estar tranquilos. —Sabe que me refiero a su fama y asiente, comprensivo—. ¿Aquí tienes tantos vinilos como en Camden Hall? —pregunto ilusionada.

Jake eleva la comisura del labio y abre la puerta. Una luz cegadora que proviene de enormes ventanales dispuestos por todo el piso nos da la bienvenida. El apartamento es muy grande, con techos altísimos y paredes de ladrillo. Huele condenadamente bien, a Jake, pero multiplicado por cien. A un lado de la estancia hay un par de sofás de cuero marrón que rodean una mesa baja. Giro la cabeza para mirar hacia la otra parte y ahí están: unas estanterías altas repletas de cientos de vinilos. Busco la mirada de Jake con los ojos muy abiertos. Él sonríe con chulería mientras se adentra en el apartamento y se detiene delante de una mesa que da paso a una amplia cocina con barra americana. El piso es precioso, con muebles y detalles de color marrón que lo hacen acogedor. Al fondo, un imponente piano negro descansa sobre una alfombra persa. Observo a mi alrededor con la boca abierta, ensimismada.

—Esta es la planta de abajo, salón y comedor —señala al tiempo que abre los brazos—. ¿Decías que querías escuchar un vinilo? Estos son todos los que tengo, ¿son suficientes? —Su arrogancia lo hace parecer aún más sexi.

—Quizá no tengas a mis grupos favoritos. —Lo fulmino con la mirada.

—Seguro que sí. —Camina hasta la barra y apoya las manos sobre ella—. Y aquí está la cocina.

Me tomo la confianza de dirigirme hacia la pared en la que se encuentran las estanterías y pasar mis dedos por todos los discos y los vinilos. Huele a polvo y a papel viejo, pero también a plástico nuevo. Una mezcla rara y agradable.

—En la planta de arriba están mi habitación y el estudio —me informa—. ¿Quieres subir?

Asiento y lo sigo hasta unas escaleras de madera que quedan detrás del piano. Están cubiertas por una moqueta clara, de manera que nuestros pasos se oyen opacos cuando subimos. Jake me conduce hasta una habitación muy amplia, repleta de alfombras extendidas sobre las que descansan cables, pies de micros, material de sonido y una mesa grabadora. De una de las cuatro paredes cuelgan muchas guitarras.

—Mi colección de guitarras. Mi preferida es la que tengo en Camden Hall, fue la primera y me la regaló mi tío. Cuando nos conocimos dijiste que era horrorosa y que me podía comprar una nueva con tu dinero... —Se está burlando de mí.

Agacho la cabeza avergonzada y sonrío al recordar el ridículo tan grande que hice. ¿Quién coño me iba a decir que ese chico tenía una habitación llena de guitarras de todas las clases?

Jake me coge de la mano y tira de mí. Es la primera vez que me agarra la mano con decisión y ahora quiero que lo haga siempre. Siempre que estemos solos, quiero decir.

Su habitación es amplia y el cabecero de la cama es un ventanal de cristal grueso. El edredón blanco está perfectamente colocado bajo las almohadas y a un lado hay una enorme cómoda. Encima, el primer disco de Jake enmarcado. Todo un éxito. Me abraza por detrás, sin soltarme de la mano, y yo ya estoy predispuesta. Llevo todo el día controlándome para no besarlo. Me aparta el pelo hacia un lado y posa sus labios en mi nuca. Luego viajan hasta el cuello y giro la cabeza para encontrarme con ellos. Lo que siento por Jake es más intenso con cada acercamiento. Todo lo que no es él, su piel, su boca, su cuerpo contra el mío, pasa a pertenecer a otra dimensión alejada. Despega su boca de la mía y nos mantenemos unidos por la frente, respirando agitados.

—¿Qué me has hecho? —pregunta con los ojos cerrados.

Le acaricio el labio inferior con los dedos y abre los ojos. Me mira y ve el poder que tiene para hacerme vibrar.

—He resucitado —murmura.

—No te habías muerto.

—Un poco sí.

No puedo más. Meto las manos dentro de su camiseta y acaricio su piel. Jake responde besándome con violencia.

—Tu casa es muy bonita. —Es lo único que se le ocurre decir a la Alessa que está feliz.

Jake se sienta al borde de la cama y me arrastra con él.

—Le faltaba un poco de color —alega.

—¿Sí?

—Un toque naranja.

Le quito la camiseta y le desabrocho los pantalones lo más rápido que puedo. La adrenalina actúa por mí. Él me baja los pantalones en tiempo récord mientras yo me ocupo de mi camiseta y me quedo en sujetador. Jake me observa desde abajo a través de sus largas pestañas y posa los labios en mi vientre. Luego me empuja hacia abajo para que me coloque encima de él. Abre con los dientes un preservativo que no sé de dónde ha salido y se lo coloca sin dejar de mirarme.

—Quiero que te pongas encima.

Estoy acelerada, con ganas de él, me da igual la postura. Me coloco sobre su miembro erecto y empujo. Al principio me encuentro con una molesta barrera, pero continúo haciendo fuerza porque necesito tenerlo dentro ya.

—Despacio —susurra en mi oído.

Posa sus manos en mis caderas y empuja con suavidad. Poco a poco me va abriendo y, cuando lo noto dentro de mí por completo, suelto un hondo gemido. Meto la mano entre su pelo y lo beso. Comienzo a moverme instintivamente de manera lenta porque quiero disfrutar de este momento. Mi melena nos cubre el rostro y Jake coloca un mechón detrás de mi oreja para despejarme la cara. Nos miramos a los ojos en este vaivén lento que me parece el momento más íntimo que pueden compartir dos personas. Me acaricia la espalda arriba y abajo.

—Esto es... —hablo sin saber muy bien qué decir.

—Todo —susurra Jake.

En un movimiento de cadera, Jake empuja más hondo y me hace gemir de placer. Acompasamos nuestros movimientos y el ritmo se va incrementando. Hace rato que he hundido la cabeza en su cuello. Se mueve con más intensidad, me agarra del cuello y me penetra con fuerza. Gime. Grito. Le muerdo el cuello y sé que no podré aguantar mucho más porque esto es demasiado. De repente Jake sale de mí, me gira y me tumba en la cama para colocarse arriba y tomar el control. Mi cuerpo dolorido de tanto placer agradece la calidez de las sábanas.

—Ahora me siento más vivo que nunca —sentencia con los dientes apretados.

Y sin más dilación entra en mí de nuevo y establece un ritmo tan brutal como delicioso.

Dos orgasmos después, estamos tumbados en la cama cara a cara, relajados y embelesados. Las sábanas me cubren el cuerpo desnudo y me encanta este silencio lleno de confianza que se forma entre nosotros. Y aunque todo este ambiente en esta casa de ensueño parezca real, no dejo de darle vueltas a lo que estamos haciendo, en cómo terminará. Porque está claro que terminará, tarde o temprano.

—Me asusta esto. —Me odio por romper este mágico silencio.

—¿El qué?

—Lo que somos juntos.

Nos quedamos de nuevo en silencio y Jake entrecierra los ojos antes de admitir:

—A mí también.

—Solo quiero disfrutar el momento, ¿sabes? —Intento quitarle dramatismo a todo el asunto de estar desnuda en la cama de Jake Harris y que por la noche tengamos que volver al centro de rehabilitación.

Jake asiente y me planta un beso fugaz en los labios. Se ha quedado más cerca y noto cómo algunos mechones de mi cabello le molestan porque los aparta con cuidado para despejarle la visión.

—Tu pelo es toda una declaración de intenciones —comenta mientras lo extiende detrás de mis hombros con cuidado—. Es como el fuego que arrasa con todo a su alrededor.

Sonrío, sin más, plena.

—Ese poder también lo tienen tus ojos de chico folk —le digo.

A Jake se le ilumina la mirada y, detrás de sus labios, se entrevén sus paletas de aire infantil.

—Algún día te escribiré una canción. —Tuerzo los labios. ¿Está bromeando?—. Se llamará *Aquella chica pelirroja*.

Definitivamente, está bromeando. Me río a pesar de no ver en él intención de hacerlo. Por el contrario, se ha puesto serio. Y valga también decir, arrebatador.

—¿Qué? —Parece confuso.

—Muy bueno para tener a las tías a tus pies.

A Jake se le oscurece la mirada y frunce el ceño, pero mis carcajadas terminan por arrancarle una vasta sonrisa.

44

Todo el puñetero mundo

El despertador suena en el mismo momento en el que llaman a mi puerta.

—¿Sí?

La puerta se abre y Norma aparece detrás con una expresión dura. Ni siquiera me mira cuando me dice:

—En cinco minutos te espero en mi despacho. —Y se marcha dando un portazo.

Los nervios me paralizan al pensar que tiene algo que ver con mi padre. Lo último que sé de él es que no se tomó nada bien mi rechazo a pasar el día de mi cumpleaños juntos. Me visto como si tuviera un petardo en el culo y me cepillo el cabello hacia atrás para despejarlo de la cara. No me veo tan mal cuando me miro al espejo. Después de la intensidad de ayer en el apartamento de Jake, parece que floto sobre un mar de confianza y eso se refleja en mi aspecto.

Al acercarme al despacho de Norma por el pasillo, me percato de que algo no va bien. Huele a café y ella nunca se toma el café en su despacho. ¿Qué ha pasado? Un nudo se me forma en la garganta y, cuando entro, el nudo se enreda aún más al vislumbrar a Jake sentado frente al escritorio. Está leyendo algo que no alcanzo a ver. Norma levanta la cabeza.

—Vamos, siéntate —me ordena.

Los ojos se me van a salir de las órbitas. ¿Qué ha pasado? ¿Qué hace Jake aquí? Me temo lo peor. Y lo peor se materializa cuando al sentarme cruzo una mirada con él que me hace saber que Norma se ha enterado de todo.

—¿Tenéis idea siquiera de lo que significa esto? —escupe Norma.

—Ella no ha tenido la culpa —dice Jake.

—Me da igual, Jake. Os habéis saltado las normas los dos. —Está muy enfadada—. Y eso no es lo peor.

Norma estrella algo en la mesa. Es un ejemplar de *The Sun*. Y en la portada estamos Jake y yo a las afueras del Highbury sonriendo. Yo de manera tímida y él mostrando toda su dentadura reluciente. Creo que me está dando una bajada de azúcar de la impresión. No he desayunado aún. Me llevo la mano a la frente intentando infundirme frialdad porque estoy mareada.

—¿Os habéis vuelto locos? —Norma lanza la pregunta al aire y dos segundos después se percata de que esa pregunta está fuera de lugar en un centro de recuperación mental, por lo que intenta desviar la atención—. ¿Qué es lo que tenéis vosotros dos? ¿Estáis saliendo? ¿Qué ha pasado con Charlotte, Jake?

Norma está muy acelerada y quiere todas las respuestas. Yo ni siquiera he despegado aún mis ojos de la portada: «Jake Harris tiene nueva conquista», reza el titular. De repente, paso las páginas del periódico con tanta ansiedad y celeridad que los dos me miran con preocupación. Llego a la sección que habla de nosotros y compruebo que solo se trata de fotografías banales durante el partido de fútbol. Hay varias de Jake hablándome al oído. En realidad, me hablaba al oído porque era imposible escucharlo entre tanto ajetreo y silbidos. También hay un retrato mío; ahí están mis pecas, mis ojos verdes y mi piel blanca. Saco todo el aire de los pulmones con cierta sensación de alivio palpitándome en el pecho, pero aun así me cubro las manos con la cara porque todo me da vueltas.

—¿Me estáis escuchando? ¿Estáis saliendo o qué quieren decir estas fotos? —La dureza en su voz requiere que le contestemos ya.

—Solo somos amigos —respondo nerviosa.

Jake me mira muy serio.

—Me dijo que le apetecería ir a ver al Arsenal algún fin de semana, así que, aprovechando que ayer era su cumpleaños y había partido por la mañana, la invité. Podríamos haber ido sin tener que mentirte si no hubiera sido por mi borrachera... —explica Jake con serenidad.

—Exacto. O quizá ella podría haber ido, pero sin ti —concuerda Norma—. Y la mentira que habéis tramado entre los dos tiene una clara consecuencia: vuestra expulsión.

—Ella no sabía nada. Fui a recogerla por sorpresa a casa de su amiga.

¿Qué? ¿Está mintiendo por mí? No lo voy a permitir.

—Jake, sabes que es más complicado. ¿Entiendes lo que puede significar esto para Alessa? —Norma ahora le está recriminando su actitud—. Charlotte estaba preparada para esto, pertenecía a este mundo, pero ella no. No se imagina lo que se le viene encima.

Jake le lanza una mirada amenazadora a Norma, que aprovecha para recostarse en el sillón de cuero.

—Deja de meterte en mis asuntos, Norma. Sabes que me importa una mierda lo que piensen. —Suena muy engreído.

—No estoy hablando de ti, Jake. Estoy hablando de Alessa. ¿Te has parado a pensar en cómo se va a sentir ella con todo este embrollo mediático?

Están manteniendo una conversación sobre mí en la que no participo, pero de la que soy completamente protagonista. ¿Qué coño está pasando?

—Va a resultar que eres peor que ellos —la ataca señalando el diario sobre la mesa. Jake se está excediendo con Norma. Tiene que relajarse.

—¿Qué está pasando?

Norma aparta su mirada de Jake y la dirige hacia mí, que estoy asustada.

—Alessa, todo el mundo piensa que estáis saliendo. No solo has salido en *The Sun*, sino en todos los medios digitales, en revistas, en las redes y hasta en programas de televisión. Vuestras fotos están por todas partes.

—¡Vamos, Norma, cállate! —gruñe Jake—. No es para tanto.

Joder, joder, joder. ¿Todo el mundo? Eso significa que también lo saben mi madre, Taylor y Tommy... Miro a Jake y le obligo a callarse.

—Desde ayer por la noche eres *trending topic* —me informa Norma.

—¿Qué?

El silencio se instala en el despacho. Norma se coloca bien una horquilla con evidente nerviosismo. Es una situación que no puede controlar y su único cometido aquí es protegerme.

—Voy a vomitar. —Me levanto arrastrando la silla con fuerza y salgo del despacho.

Corro escaleras arriba con Jake pisándome los talones. Cuando voy a entrar en mi habitación, se coloca frente a mí e invade mi espacio. Le dedico una mirada de odio y suelto:

—Déjame en paz, Jake.

Se aparta, entro y cierro de un portazo. Me dirijo al baño como un cohete y vomito. Solo consigo expulsar un líquido amarillo y espeso porque aún no he desayunado. Y me temo que no lo haré. No pienso salir de mi habitación en mucho tiempo. Doy las gracias porque en este momento no pueda acceder a internet, así me ahorro leer todas las cosas horribles que estarán comentando sobre mí.

45

Un leve roce

Al final he bajado a comer porque Annie me ha obligado. También porque mi estómago parecía una pelea de buitres ante una cría de león. Después de que mi amiga me haya suplicado durante una hora para que le contase qué había pasado, se lo he tenido que explicar. Primero la boca se le ha abierto en una expresión de sorpresa, pero luego ha venido la mayor carcajada que le haya escuchado a Annie desde que nos conocemos. Me ha dicho que no era para tanto, que solo estaba dramatizando y que ojalá fuese ella quien estuviese chupando cámara en todas las portadas del país. Después de eso, me ha tirado del brazo y no me ha soltado hasta que hemos llegado al comedor.

Cuando pruebo el pollo asado que ha cocinado María, sé que le voy a estar agradecida eternamente a mi amiga por arrastrarme hasta aquí. Está delicioso, y me lo como sin decir palabra y sin levantar la vista del plato. No soy la única: Jake también permanece fuera de la conversación sobre las discotecas más impresionantes de Londres. Tema que, por supuesto, ha introducido Barbara.

Después de comer, nos acoplamos en la sala de estar y la ansiedad que siento desde esta mañana se incrementa cuando Ryan anuncia:

—Creo que voy a proponerle a Norma que nos dejen ver las noticias. Tenemos derecho a saber si pasa algo interesante en el mundo.

Por favor, que Norma no ceda. Según lo que nos contó esta mañana, las fotos de nuestra salida al partido del Arsenal han llegado a la televisión. La piel me presiona en las costillas porque sé que en algún momento mis compañeros van a enterarse de lo sucedido, pero todavía no estoy preparada para ello. Annie me observa y adivina lo que está cruzando por mi mente.

—Si quieres saber qué pasa en el mundo, míralo durante tu hora a la semana de conexión a internet. Yo prefiero ver una película o una serie. Una de esas *sitcoms* en las que no pasa nada importante. Así nos podemos dormir un rato sin tener remordimientos. —Mi amiga intenta que su idea cale.

—No sé... Puede que tengas un poco de razón —dice Barbara mirando a Ryan—. Estaría bien saber cómo quedó el Arsenal ayer.

¿Qué? ¿A ella también le gusta el puñetero Arsenal? El pollo se me sube a la garganta. Jake está fuera fumándose un cigarro y espero que no venga y que siga su camino hasta su habitación. No podría soportar más tensión añadida.

—Yo también prefiero ver una serie. Las noticias siempre me deprimen. —Y es verdad—. ¿No os pasa lo mismo?

—No —contesta Ryan cortante. Tiene una expresión soberbia en el rostro y una dureza inexplicable en los ojos. Por lo que me ha contado Annie, está mejorando mucho con su tratamiento, así que no entiendo a qué viene tanta hostilidad—. Quizá la televisión ni siquiera tenga restringido que accedamos a algún canal público de noticias. Nunca lo hemos intentado.

Ryan alza el mando y enciende la tele. Yo me hinco los dientes en la lengua. El miedo se despierta en mí como el motor de un avión justo antes de despegar. En ese momento, Jake entra en la sala y le quita el mando a mi amigo, que ahora también es un ciudadano preocupado por la actualidad.

—Voy a poner una película porque yo nunca decido nada —escupe Jake con desdén.

Busca en los cajones un DVD y lo mete en la ranura. Me relajo de inmediato, como si me hubieran vaciado por dentro.

—Estoy harto de que siempre hagamos lo que a ti te viene en gana —le recrimina Ryan—. Pero, claro, como Norma es tu amiga...

Jake cruza una mirada envenenada conmigo. Fui yo quien le conté ese dato a Ryan semanas atrás y ahora me arrepiento porque estoy quedando como una auténtica chismosa.

—Cierra el pico.

—¿Y qué has puesto? —Menos mal que Barbara cambia de tema.

—Ahora verás. Es una sorpresa.

Jake echa un vistazo alrededor para ver dónde se puede sentar. Solo hay sitio a mi derecha en el sofá, así que, con la desgana dibujada en su semblante, elimina la distancia que nos separa y se sienta a mi lado. Al notar frío por la indiferencia que acaba de mostrar, me cubro con la colcha vieja que descansa en el reposabrazos. Por un lado, me lo merezco, esta mañana le he cerrado la puerta en la cara y lo he culpado. Sin embargo, al hablar con Annie y ver las cosas con un poco de perspectiva, es bastante posible que mi reacción haya sido un tanto desproporcionada. Al fin y al cabo, estoy encandilada con el chico que me ha regalado un día maravilloso fuera de esta cárcel.

Cuando Jake se coloca lo más alejado de mí que le permite el sofá, yo me pego a él para contrariarlo. Me siento mal y soy incapaz de soportar su desinterés después de lo que hemos pasado juntos.

—¿Estás bien? —Ya sé que no, pero quiero romper el hielo.

De la televisión nos llega una canción pop antigua un tanto insoportable.

—Me apetece beber de la hostia —dice bajito para que solo pueda oírlo yo.

Forma en su boca una sonrisa irónica que hace que me sienta aún peor. ¡Tampoco tengo la culpa de ser *trending topic*! Hasta este momento no he pensado en que el personaje público es él, al que han visto con una chica como yo, y empiezo a compadecerlo.

Cubro su regazo con la colcha con disimulo y busco su mano. La toco con suavidad y con un poco de temor por su posible rechazo. Pero no la aparta, sino que la deja ahí, en contacto con la mía.

—Siento que te hayan visto conmigo, Jake —murmuro cerca de su oído.

—¿Crees que es eso lo que me preocupa? —Él me mira muy serio.

Asiento. Presiono su palma con mis dedos y me siento en paz por primera vez en este maldito día.

—No voy a permitir que te echen, ¿vale? —Gira la cabeza y me enfrenta con la mirada.

Me da pánico que los demás se percaten de nuestra conversación privada, así que disimulo mirando al frente.

—Lo siento por enfadarme —me disculpo. En la pantalla se suceden distintos *sneakers* de otra época ejecutando pases de baile—. No tienes la culpa.

—Sí que la tengo. Soy el puto Jake Harris. —Noto que su orgullo está herido y también que en estos momentos prefiere no ser famoso por el gran peso que tiene que soportar. Lo conozco bien. No le importa lo que digan los demás, pero quiere saber lo que piensan.

—¿Podéis callaros? —Barbara me acusa directamente a mí.

Resulta que a esta chica también le interesan los créditos iniciales de una película ochentera que no cuentan absolutamente nada.

—Ayer fue el mejor cumpleaños de mi vida —susurro cerca de su oído.

Dudo si me ha escuchado, pero al observar su sonrisa torcida y orgullosa por el rabillo del ojo, entiendo que sí lo ha hecho. Que Jake no me odie por haberlo rechazado esta mañana me tranquiliza y hace que la ansiedad se aleje. Y casi toco el cielo cuando entrelaza sus dedos con los míos y me acaricia la palma de la mano con el pulgar. Me muerdo el labio inferior pensando en lo que es capaz de provocarme con un leve roce.

46

Alessa, la nihilista

La última semana ha sido intensa. Soy incapaz de olvidar que ante el mundo entero yo soy la nueva (e indeseable) conquista de Jake Harris. Después de la gran revelación en el despacho de Norma, pasé dos noches sin poder dormir por culpa de mi inesperado y obligado salto a la vida pública. Es raro que todos ahí fuera tachen lo nuestro de relación consolidada y que nosotros ni siquiera nos hayamos planteado qué es lo que tenemos, más allá de la inevitable conexión y del deseo que nos profesamos. Tres días después de esa sin razón en la que estaba sumida y en la que evitaba a toda costa cruzarme con Jake, él apareció en mi cuarto por la noche y me rendí ante su mirada. A nuestra realidad de aquí dentro. Un mundo de verano, lentitud y madrugadas en el que solo existimos él y yo. Y nadie más.

Después de que mi padre se marchara, me acostumbré a salir al jardín cuando no conseguía coger el sueño. Me tumbaba en la hierba fresca con las manos congeladas y el corazón encogido y observaba las estrellas. Contarlas se convirtió en un mecanismo de escape, algo que captaba mi atención por completo. Solo quería evadirme del dolor por un rato. Ahora las madrugadas las comparto con Jake. Y, en vez de contar las estrellas, cuento los lunares de su espalda. Me quedo ensimismada observando mi propio firmamento de colores invertidos que es su cuerpo. Estrellas de siluetas redondeadas y oscuras sobre un cielo blanquecino. Pero no son las noches lo que me preocupa, sino los días. Todas esas caricias a escondidas, los roces disimulados y los besos furtivos. Dentro de Camden Hall, nadie conoce nuestra historia a excepción de Annie. Y, aunque Jake y yo hemos estado evitándonos los últimos días ante el grupo, nuestros compañeros saben que nos escapamos para ir a ver el Arsenal. Norma nos lo hizo contar ante todos la tarde siguiente en la sesión grupal. Conseguimos esconder que fue mucho más que una salida y las fotos que podían encontrar en internet solo mostraban a dos amigos pasándolo bien, pero cualquier muestra de cariño entre nosotros podría hacerlos sospechar. Y eso me resulta aterrador por las consecuencias que puede tener. Ayer, después de mi consulta con Peter, me dirigí a la sala de estar donde mis compañeros se encontraban viendo una película. Tenía los ojos rojos y era presa de una tristeza que me hundía los hombros. Cuando tomé asiento en el sofá, Jake no tardó ni dos segundos en envolverme en un cálido abrazo y acabé hundiendo la cabeza en su cuello. No sé el tiempo que pasó, pero fue reconfortante. Y aún no sé si alguien nos descubrió siendo los protagonistas de ese gesto de cariño y confianza.

En estos momentos nos encontramos sentados en el césped bajo un cielo encapotado de nubes grises. Todos mis compañeros me observan con expectación mientras remuevo los papelitos amarillos dentro del bol de cristal. Antes del almuerzo, Norma nos ha obligado a hacer algo en grupo, así que aquí estamos, jugando a este juego tan antiguo como Matusalén.

Saco un papelito y me lo estampo en la frente por el lado del pegamento. Miro a mis compañeros, concentrada. Annie tuerce el gesto.

—¿Es muy difícil? —pregunto. Solo he acertado un personaje famoso: Kate Moss.

Jake sonríe con la seguridad bañándole el rostro. Va en mi equipo, junto con Annie, y vamos ganando a Rachel, Ryan y Barbara. Esta última es realmente mala en esto de acertar personalidades. Quién lo diría.

—¿Jake? —Annie le pide ayuda.

—Pan comido.

Jake se pone de pie y solo hace tres gestos: tocar la guitarra, hacerse un cuello alto con la camiseta y colocarse un anillo imaginario en un dedo. Lo tengo. Salto y grito:

—¡June Carter!

Jake se sienta y me choca la mano.

—¡Bien, Alessa!

Annie está emocionada porque a pesar de que no es muy buena en este juego, vamos ganando con mucha ventaja.

—Eso es trampa. No vale —protesta Ryan.

—¿Dónde está la trampa? —pregunto.

Ryan me mira como si quisiera adentrarse en mi mente porque hay algo que no puede alcanzar a descifrar.

—Tenéis una relación estrecha y conocéis información el uno del otro. Tendríais que ir en equipos diferentes —declara mi amigo. Mi sonrisa desaparece al instante.

—¡Venga ya! ¿Tú también te vas a creer los cotilleos que salen en la revista? La cagamos yendo a ver el Arsenal a escondidas el día de mi cumpleaños, pero no intentes ver más allá —le contesto intentando mantener la compostura.

—No me jodas, Alessa. Lo sé todo. Os estáis acostando.

El silencio cae como una losa pesada sobre nosotros. Estoy en *shock* y noto todos los ojos puestos en Jake y en mí. A Annie se le vuelca el bol con los papelitos, que se esparcen por el suelo formando un *collage* amarillo desigual.

—¿Qué has dicho? —Me cuesta respirar.

Todos me observan, atónitos y asustados por la tensión que se ha instaurado en este pequeño espacio al aire libre.

—Que tenéis una relación y que os estáis acostando —repite Ryan con desdén.

No entiendo por qué no me ha comentado sus sospechas en privado en lugar de soltarlo delante de todos dejándome en evidencia. El cuerpo se me llena de rabia, una rabia que me impulsa a enfrentar a Ryan. Lo cojo del brazo y lo zarandeo y soy consciente de que estoy perdiendo los nervios.

—¡¿A ti qué coño te pasa?! —le grito ante el silencio aplastante que inunda el prado.

—¡Vaya! He herido a Alessa, la nihilista. A la que no le importaba el amor. Ni el sexo —me ataca con maldad—. ¡Pero está follando aquí dentro, donde, por cierto, no se puede follar! —grita.

Mis compañeros parecen atravesar una especie trance cósmico al observar nuestra escena con los ojos muy abiertos.

—¿Quieres bajar la voz? —Rachel es la única que articula palabra para reprocharle a nuestro compañero por su actitud.

—Eres un imbécil, Ryan —dice Annie. Sé que ella no ha sido la que se ha ido de la lengua. Confío plenamente.

—¿Quién te ha contado eso? —Me tiembla todo el cuerpo, hasta las uñas de los pies.

—¡Sorpresa! ¡Todo el puñetero planeta lo sabe! Y yo lo confirmé la misma noche del partido. Bajé a tomar el aire, escuché un ruido y os vi mientras os enrollábais en el banco de la entrada. No te preocupes, no me quedé hasta la parte donde os quitábais la ropa —ironiza con tanto odio que los ojos se me aguan de la impresión—. Todos saben que te acuestas con un famoso que, por cierto, también es un gilipollas.

Tengo ganas de atizarle un buen puñetazo. Es lo que se merece.

—¿Vosotros dos estáis saliendo? —El tono condescendiente que sale de Barbara me llena de impotencia y vergüenza.

No se puede creer que Alessa Stewart le haya levantado el partido. Sus ojos están sorprendidos de verdad y me siento aún peor. Me atraviesa la ira como un rayo en medio de la tormenta. Zarandeo a Ryan con ímpetu hasta que se levanta y me coge del brazo para intentar detenerme. Me hace un poco de daño y doblo el cuerpo. En ese momento, Jake aparece detrás de mí y lo empuja con tanta fuerza que tiene que hacer equilibrio para no caerse de espaldas sobre el césped.

—¡Creía que eras diferente! Me dijiste que no te iba eso, Alessa. —Está dolido y su rencor me atemoriza—. Eres una embustera, ni siquiera te caía bien —alega refiriéndose a Jake, que está delante de mí, colocado entre los dos.

Jake y yo nos miramos y atisbo la preocupación en su rostro. Sin embargo, él no ha perdido la compostura en todo este tiempo. Diría que es el que más sereno y menos desconcertado está de todos los presentes. Y esta mirada entre los dos ha sido la prueba irrefutable para que confirmen lo que ha soltado Ryan. Todos lo saben.

—¡Solo eres una puta! ¡Una puta egoísta a la que no le importa nadie más que ella! —grita Ryan con odio.

Entonces Jake pierde el control en tan solo un segundo y le propina un fuerte puñetazo a mi amigo, que, ahora sí, cae fulminado de espaldas. Me quedo petrificada, los músculos no me responden. Observo a cámara lenta cómo Jake se ensaña con él y cómo mis compañeras lo intentan separar sin éxito. Annie está llorando desesperada y su intento por restaurar la paz resulta inútil. Sin embargo, lo que se queda grabado en mi retina es la sonrisa perversa y manchada de sangre de Ryan. Él quería que Jake perdiera el control. Y lo ha logrado.

—¡¡Jake!! ¡¡Para!! —Escucho un grito ahogado.

Doy media vuelta aún conmocionada. El sonido ambiente parece haberse evaporado por completo, pero puedo oír la voz de Norma con total claridad. La observo correr hacia nosotros.

47

Se acabó

Lo han expulsado y solo tengo esta noche para despedirme. Después, aquello que hayamos tenido Jake y yo, es historia. Lo bueno es que lo he aceptado sin rechistar, sin deprimirme incluso, porque siempre pensé en el final antes incluso de que empezara.

Golpeo suavemente la puerta. Jake abre y se aparta para dejarme entrar. Está en pijama, atareado, rodeado por varias cajas de cartón de las que sobresalen vinilos, libros y más vinilos. Está empaquetando toda su habitación. De pronto, la estancia ha perdido toda su calidez, pero el olor de Jake sigue aquí, en cada rincón. En gran medida es eso lo que permite que me llene de fuerzas. Voy hacia él y lo abrazo rodeándole la parte baja de la espalda.

—Lo siento, lo siento, lo siento —me disculpo. Está claro que me siento responsable de su expulsión.

Él me da un cariñoso beso en la coronilla. Me separo y lo miro a los ojos. Incluso abatido, es hermoso.

—Tú no tienes la culpa de nada.

—¿Qué vas a hacer? —pregunto preocupada.

—Seguir con la terapia fuera.

—Norma se ha enfadado mucho. ¿Crees que te ayudará?

—Lo hará —me asegura—. Desde que la conocí en una orientación del instituto, no ha dejado de apoyarme.

Forma una sonrisa muy pequeña en sus labios. Quiero abrazarlo y no dejarlo ir, pero las cosas son como son. Después de nuestra salida al partido, Norma avisó a Jake de que no iba a pasarle ninguna más. Se lo comunicó delante de todos, en la sesión grupal. Y, después de que casi le partiese la nariz a Ryan y de que le dejase un ojo morado, no le quedó otra opción que la de expulsarlo. Yo le supliqué que no lo hiciera, la batalla era entre ellos dos; yo estaba fuera de la ecuación. Jake posa sus manos en mis mejillas para que le preste atención.

—Sé que suena mal, pero darle esa paliza a Ryan ha sido de las mejores cosas que he hecho en Camden Hall —afirma.

Arrugo la frente.

—Se cree que por ser tu amigo tiene derecho sobre ti y sobre lo que hagas —continúa—. No me gusta, Alessa. No debí ponerme así de violento, pero se me nubló la mente cuando te insultó de ese modo. Y quiero olvidarme del hecho de dejarte aquí con él a partir de ahora. Pero sé que te queda poco porque estás mucho mejor.

—Estoy mejor por ti, Jake.

A él se le ilumina el rostro, me besa con ganas y empiezo a olvidarme de todo cuando mete las manos entre mi pelo intentando pegarme más a él, aunque eso sea físicamente imposible. Nos movemos hasta el sofá y lo empujo hasta que se sienta. Luego me coloco sobre él y atrapo de nuevo su boca. Mi técnica ha mejorado bastante y la torpeza de las primeras veces va desapareciendo con la práctica diaria. Sus manos me recorren la piel desnuda que la ropa deja al descubierto y sus dedos descienden por la cinturilla del pantalón. Me acarician con delicadeza por encima de las bragas húmedas y me arrancan un gemido lastimero lleno de deseo. Pero al segundo siguiente, rodeo su muñeca con mi mano y aprieto. Jake detiene el beso y nos miramos agitados.

—Quiero hacer algo —susurro.

La duda le atraviesa el rostro y captura mis ojos anhelantes y vergonzosos hasta que encuentra la respuesta en ellos. Se humedece los labios, aturdido.

—Ale...

No le doy tiempo a que diga nada más, le bajo el pantalón del pijama y libero su erección. Él tensa todos sus músculos sin saber muy bien qué hacer, pero cuando lo miro y observo en sus ojos un mar oscuro de deseo, comprendo que está tan excitado como yo. Me bajo de su regazo y clavo las rodillas en el suelo, delante de él.

—Joder... —Está perdido. Lo puedo ver. Y me encanta provocarle esa sensación tan intensa.

Aquí va la confesión del día: esta tarde he estado tentada a entrar en internet para descubrir lo que el mundo tiene que decir sobre mí. Sin embargo, en lugar de eso, he optado por informarme sobre cómo hacer una buena mamada. Y aquí estoy ahora. Excitada y queriendo devolverle a Jake el mismo placer que me ha provocado estos días. Pensé que iba a estar nerviosa y avergonzada delante de este chico lleno de experiencia, pero lo cierto es que no lo estoy, porque seguramente esta sea la última vez que nos veamos y no hay tiempo para estupideces. No quiero perder el tiempo. Lo único que quiero es conectar con él a todos los niveles. Comienzo a masajearle y él expulsa todo el aire entre sus labios. Está tan excitado que me contagia. Me armo de valor y lo lamo, de arriba abajo, sin despegar mis ojos de los suyos. Parece que va a estallar en cualquier momento. Se ve acalorado, incluso perdido, pero rehúsa apartarse de mi mirada.

—Joder, Ale... —gruñe—. Eres perfecta. Y preciosa. Y sensual.

Ahora sí cierra los ojos intentando encontrar consuelo. Y yo aprovecho para introducirme su erección en la boca. Lo hago gemir, un sonido tan celestial que me infunda el ánimo para seguir tal como lo estoy haciendo porque, sin duda, lo debo de estar haciendo bien. La saco de mi boca y la vuelvo a introducir, cada vez más rápido, con más empeño. Jake se hunde en el sofá incapaz de controlar las sensaciones. Abre los ojos grises, letales, y lo observo detrás de mis pestañas mientras continúo lamiendo con ímpetu. Entonces coloca una mano en mi nuca y empuja con fuerza hasta que llega al fondo de la garganta. Lo miro de nuevo y se muerde el labio inferior con fuerza. Y ese gesto provoca que mis bragas se empapen aún más. Sigo con un ritmo acelerado y lo noto contraerse.

—Para —gruñe—. Para. —Está con los ojos cerrados y los músculos de la cara tensos.

No tengo ninguna intención de parar. Quiero que alcance el cielo. Se incorpora hacia delante, me coge de las axilas y me alza, liberando su erección.

—Para, joder.

Me besa con violencia notando su sabor en mis labios. Nos falta el aire cuando nos separamos. Jake se levanta conmigo en brazos, coge un pantalón del escritorio y, un segundo después, volvemos a estar sentados sobre el sofá. Rebusca en el bolsillo hasta que saca un preservativo y lo abre con la boca. Empieza tener el pelo húmedo por el sudor.

—Pónmelo —me pide.

Es la vez que más excitado está y eso me da confianza para ponerle el preservativo y besarlo con anhelo mientras lo hago. Él aprovecha para bajarme el pantalón del pijama y me penetra sin previo aviso. Permanece dentro de mí, con su nariz pegada a la mía. Estoy encajada con él, lo más cerca que nuestros cuerpos nos permiten. El paraíso.

—Te voy a esperar fuera —murmura acariciándome la espalda.

¿Qué? Eso no estaba en el guion que había creado en mi cabeza.

—Fuera, tú y yo, sin escondernos.

Debe de ver cómo la duda se posa en mis ojos, pero no quiero estropear esto. Quiero que sea perfecto. Es la última vez, aunque él acabe de soltarme esa declaración. Fuera, él y yo no existimos, le diría. Pero no lo hago. Muevo las caderas, lo que me provoca un gemido de placer. Él empieza a moverse debajo de mí. Implacable, duro, voraz. Es la despedida y quiero sentirlo todo. El orgasmo me atraviesa como un latigazo y gimo con su nombre entre mis labios. Después oculto la cabeza en el hueco de su cuello y nos respiramos el uno al otro hasta que recuperamos la normalidad.

—¿Me has escuchado? Te voy a esperar fuera —repite Jake.

Ha llegado el momento de enfrentarlo, pero estoy tan bien aquí, en su cuello, con mis labios presionando su piel...

—No quiero que me esperes —confieso.

—¿Me dices eso después de hacerme la mejor mamada de mi vida? —bromea. Tenso el cuerpo y me separo. Nos quedamos frente a frente—. Estás hablando en serio, ¿no?

Asiento. Me bajo de su regazo y me siento a su lado. Sencillamente no tengo fuerzas para enfrentar mi decisión si lo miro a los ojos.

—No sé qué hacer para que me creas, para que veas que quiero estar contigo.

—Lo nuestro es imposible, Jake —murmuro.

Por fin he sacado la espina que tengo clavada y que me impide respirar bien. Jake gira su cabeza y me atrapa con los ojos.

—Esto nunca va a desaparecer, Alessa —afirma pasándose las manos por el pelo.

—¿El qué?

—Lo nuestro. Por más que te empeñes en no etiquetarlo o en esconderlo. Nunca se irá.

De repente me invade el miedo de que Jake esté en lo cierto.

—Quiero que lo olvidemos. Ha sido bonito, pero ya está. Se ha terminado.

Nos ponemos los pantalones en silencio. Ha sido tan fácil enamorarse de Jake Harris. Lo difícil realmente es decirle adiós, por mucho que me haya preparado para ello. Y mañana ya no estará. Se pone de pie y cierra una caja de cartón. Quiere distraerse, probablemente porque nunca lo han rechazado de esta manera. Su ceño fruncido le da un aspecto de dureza que no le hace justicia. Tengo que irme ahora mismo, porque, si paso un segundo más aquí, voy a suplicarle que sí, que me espere, que quiero tener lo que sea que tengamos para siempre.

—Espero que todo te vaya bien, Jake. Ojalá regreses a los escenarios mejor que nunca. —Me vibra la voz de los nervios.

Él me mira aturdido y claramente contrariado. Esboza una mueca impertinente y continúa guardando vinilos en otra caja. Sé que no se va a despedir de mí, así que me obligo a caminar hasta la puerta.

—Tienes miedo de que alguien entre en tu vida porque no quieres darle la oportunidad de que te fallen como ya lo hicieron.

Me quedo petrificada. No puedo darme la vuelta y enfrentarlo porque tiene razón.

—Esa no es la solución, Alessa.

No quiero que me rompan el corazón de nuevo. ¿Tiene algo de malo? Una lágrima se desploma por mi mejilla y hago uso de toda mi fuerza de voluntad para abrir la puerta y marcharme.

48

Mi primera libreta

—¿Cómo estás? —Peter me observa con una evidente curiosidad en sus ojos claros.

Después de siete llamadas a las que no he querido contestar, dos cartas leídas y sin respuesta por mi parte y seis días tras la partida de Jake, puedo decir que:

—Me esfuerzo. —Y es la pura verdad.

—Es inevitable que estés triste, era tu compañero aquí y tengo entendido que algo más también —dice con tacto.

—Solo nos lo pasábamos bien —respondo con el ceño fruncido. Quiero que terminemos con este tema.

—Me temo que lo vuestro englobaba algo más que un «solo nos lo pasábamos bien». —Lo miro con recelo—. Siempre os metíais en líos el uno con el otro y terminaron expulsándolo por defenderte.

—A veces la diversión aquí dentro escasea y es muy preciada, ¿sabes? —ironizo. Si quiere escuchar que me importa Jake, no va a salir de mi boca.

—¿Por qué no contestaste el sábado a sus llamadas? Está preocupado —pregunta Peter.

—Lo nuestro terminó y cuando las cosas terminan es mejor cortar de raíz.

—¿Lo vuestro? Creía que solo os divertíais.

Maldito sea. Me muerdo la lengua porque estoy muy molesta a pesar de que tenga las rodillas subidas a la silla y pegadas al pecho en señal de absoluta comodidad. Estoy institucionalizada en Camden Hall.

—No es malo enamorarse de alguien.

—¿Enamorarse? ¿Quién está hablando de amor?

Peter palidece. Ha metido la pata y lo sabe. Asiente con la cabeza y se recuesta en su silla con pesadez. Soy su última consulta de hoy y el cansancio se refleja en sus párpados caídos.

—Lo único que quiero es que no te desanimes de nuevo —me dice—. Estabas sintiéndote mejor. Incluso habías empezado a afrontar lo de tu padre.

Frunzo los labios, no quiero que vuelva a nombrar a mi padre. No ahora.

—No lo haré. Quiero salir de aquí, quiero sentirme bien para irme a casa. De hecho, me lo estoy tomando muy en serio —le explico—. ¿Norma se ha quejado de mí?

—Al contrario. Por eso tenemos miedo de que estés reprimiendo cosas que te preocupan, como la marcha de Jake. Alguien que, independientemente de si estabais juntos o no, te ayudaba.

Otra vez me acuerdo de él y de su olor, que no se ha despegado de mí desde que se fue. Es algo mental que me atraviesa la nariz cada vez que pienso en él. Después de su partida, estoy más eficiente que nunca. No llego tarde a ninguna clase, participo más en los talleres e incluso hablo más a menudo en las reuniones con Norma. Pero, por lo visto, ella y Peter están preocupados porque la marcha de Jake ha provocado que me vea mejor. Pero no es así. Un extraño vacío habita dentro de mí y parece que me he apagado desde que el chico de la guitarra se fue. Así me lo ha hecho saber Annie, que no se separa de mí desde entonces y con la que a menudo hago planes para distraernos. Cocinar un *brownie* de chocolate ha sido nuestra última hazaña. Y esta noche volveremos a ver *El diario de Noah* por séptima vez para Annie y por segunda vez para mí. Después de todo, nunca está de más ver a Ryan Gosling despachando sus encantos durante dos horas.

—He pensado que quizá puedas anotar aquí los pensamientos que no quieras expresar. —Peter me tiende una gruesa libreta con espirales—. No tienes por qué hablar sobre esos sentimientos, solo escríbelos. Te sentirás liberada.

Cojo la libreta y paso algunas hojas. Está nueva y huele a plástico.

—Evidentemente, es privado, solo para ti.

Asiento con pausa.

—Te veo la semana que viene, Alessa. Que tengas un buen fin de semana. Y recuerda que el poder está en la mente. —Sonrío al escuchar la misma frase de despedida de siempre.

Cuando llego a mi habitación, me siento en el escritorio y abro la libreta. Las manos me tiemblan y siento que tengo muchas cosas dentro de las que no quiero hablar. Son cosas punzantes a las que acudo a menudo y que no me dejan avanzar. También son cosas que anhelo, como escuchar música con Jake hasta las tres de la madrugada. Ya nunca escucho música aquí dentro porque me sobrevuelan por la cabeza todos los momentos que he compartido con él. Cojo un boli y empiezo a escribir, palabra por palabra, sin detenerme. Sin pensar. Solo con el corazón, o con lo que queda de él.

La primera vez que tuve ganas de morir fue cuando mi padre se marchó. Me sentí rechazada, perdida. Y ya nunca más volví a ser la Alessa que era por aquel entonces. Me convertí en alguien que vivía con miedo y, en poco tiempo, perdí la confianza en mí misma. Mi caparazón se formó a base de canciones tristes y antiguas, de libros que reflejaban el sin sentido de la vida y de las continuas negativas a pertenecer a un mundo de privilegios que no sentía como mío. Yo aún no sabía quién era, pero no quería ser aquella chica que me devolvía la mirada en el espejo. El dolor punzante en el pecho fue empeorando año tras año. Un dolor que solo se mitigaba con las llamadas rápidas de mi padre, las tardes que pasaba con Tommy o las clases que compartía con Taylor.

Pero todo se derrumbó cuando escuché a mi madre hablar al otro lado del teléfono sobre la nueva familia de mi padre. ¿Por qué él no se había atrevido a decirme nada? ¿Por qué mi madre prefirió contárselo a una amiga antes que a mí? Ahora sé que es inútil formularme esas preguntas, porque no soy yo quien guarda las respuestas. Después de aquello, quise desaparecer. Y luego, solo quería castigar a mi madre por toda aquella frustración. Hasta que llegó el día en el que colgué la sábana en esa viga...

Dos horas después, he redactado, o también podría decir vomitado, veinte páginas dirigidas a mi padre. A esto es a lo que llaman «desahogarse». Tengo los dedos agarrotados y los estiro para aliviarlos. «Mi primer relato», me digo. Acabo de descubrir que me aíslo cuando escribo y que el tiempo pasa sin que duela, de manera que los problemas se esfuman durante un rato.

49

Duermo con la camiseta que le robé

Annie arrastra la brocha embadurnada de esmalte azul por la uña de mi dedo meñique.

—Listo —dice—. Tienes unos dedos muy bonitos y hay que lucirlos.

Observo la obra de mi amiga, mi primera manicura y, para mi sorpresa, no me disgusta el resultado porque este azul marino no resalta mucho. Es sobrio, como yo.

—No están mal —contesto desganada.

—¿Ha pasado algo? —Niego con la cabeza, pero Annie me conoce demasiado bien—. ¿Qué ocurre?

La miro, advirtiéndole de antemano que no me juzgue.

—Jake ha vuelto a llamar hoy.

—¿Has hablado con él? —pregunta entusiasmada.

—No.

Annie frunce el ceño y empieza a guardar el kit de manicura en su neceser.

—Solo quiere saber cómo estás. ¿Por qué no le mandas una carta?

Niego.

—Norma puede contestar por mí. Estoy tratando de tomarme en serio lo de mejorar para salir de aquí. A veces incluso me cuesta recordar cómo era al principio.

—Estás triste porque estás coladísima por Jake y está lejos. No le des más vueltas.

—Lo que tú digas. —Pongo los ojos en blanco.

De pronto, llaman a la puerta y las dos nos sobresaltamos. Nos miramos extrañadas porque no esperamos a nadie. Me levanto y voy a abrir. Detrás de la puerta, Ryan está apoyado en el marco, recién salido de la ducha y con una expresión mansa en el rostro. Sus ojos brillan más azules que nunca.

—Te estaba buscando, Alessa. —Desde el incidente con Jake no he vuelto a hablar con él.

Asoma la cabeza en la habitación y mis dos compañeros se dirigen una mirada.

—Hola, Annie —saluda.

Después del enfrentamiento con Jake, Ryan pasó un par de días en el hospital y, cuando volvió, parecía otro. Sin embargo, yo estaba lejos de querer entablar una conversación con él. Y Ryan me respetaba. Cada vez que yo estaba cerca, se volvía invisible.

—¿Puedo hablar contigo? —pregunta capturando mi atención.

Tuerzo el gesto con la duda reflejándose en la rectitud de mi cuerpo. Giro la cabeza y me encuentro con la mirada de Annie, que asiente tranquilizadora. Ella sí ha hablado con él en varias ocasiones y me ha contado que se encuentra mucho mejor y que está recuperándose de su insomnio con un nuevo tratamiento.

—Vale. Vamos fuera —respondo.

Es de noche y se ha levantado un aire envenenado y húmedo que se te mete en los huesos. El porche está en un silencio absoluto y Ryan se sienta en el banco de madera. Aquí fue donde vi por primera vez a Jake Harris y es inevitable que esa madrugada lejana se cuele entre mis pensamientos. Tomo asiento y estoy distraída cuando Ryan comienza a hablar.

—No sé cómo abordar esto, Alessa —titubea—. Me da vergüenza...

Clavo la mirada en la tierra bajo mis pies y empiezo a masajearla con las suelas de mis zapatillas.

—Lo siento mucho. —Noto sus ojos puestos en mí y me obligo a mirarlo. Asiento—. Solo quiero que sepas que no pienso nada de lo que dije de ti, ni mucho menos —agrega.

—Parecías convencido cuando me soltaste toda esa mierda —lo contradigo.

—Solo estaba celoso. Muy celoso —confiesa.

Lo miro y sus ojos se empapan. Parece que va a romper a llorar en cualquier momento.

—Eres la persona más especial que he conocido y confundí nuestra amistad.

—No era mi intención confundirte —digo.

Un escalofrío me recorre el cuerpo y contraigo los hombros. Un segundo después, Ryan me cubre los hombros con su chaqueta vaquera y la calidez de la tela me recibe. A estas alturas, la vieja prenda ya es más mía que de él.

—Cuando me dijiste que no te interesaba estar con nadie, te creí. Luego os vi besándoos la noche de tu cumpleaños y ni siquiera pude dormir. Me metí en la cama y me tomé tres dosis seguidas de mi medicación. Cuando me levanté, estaba mucho peor y me derrumbé. No paraba de preguntarme por qué él sí y yo no. —Su sinceridad es aplastante.

A Ryan le tiemblan las manos y se frota los ojos para impedir que las lágrimas se desborden, pero no lo logra. Está arrepentido de verdad.

—Tranquilo, Ryan. Aquí todos estamos lidiando con nuestras mierdas. Y a veces nos resulta imposible hacerlo mejor —lo consuelo mientras le pongo una mano en el hombro y le aprieto con cariño.

—Perdóname, por favor.

Me he quitado un peso de encima al retomar el contacto con mi amigo de este modo. No debe de ser fácil para él estar en este lugar, igual que para todos. Algo que he desarrollado durante todo este tiempo es la empatía. Cuando convives con personas que cargan con problemas similares a los tuyos es más fácil ponerse en su lugar. Ryan solloza compungido y me abraza. Y yo dejo que se desahogue en mi hombro.

Cuando nos separamos, mi amigo clava su mirada silenciosa en algún punto por encima de mi hombro. Giro la cabeza y descubro a Jake a unos metros de nosotros, visiblemente sorprendido. Cruzamos nuestras miradas durante unos intensos segundos sin decir nada. Luego, da media vuelta y camina apresurado hacia la puerta por donde habrá accedido sin ningún problema. Tal como dijo Norma, la entrada siempre permanece abierta. Me levanto de un salto con el corazón frenético y lo alcanzo. Le tiro del brazo y lo obligo a enfrentarme.

—Jake.

Tiene el cuerpo rígido y se esfuerza por mirar hacia otra parte.

—Ya me ha quedado claro por qué no contestabas a mis llamadas. —Sus palabras me hieren.

—No es lo que crees. —Solo me sale un hilo de voz.

—¿Ah, no?

Entonces me atraviesa con la mirada, oscura y rencorosa. El Jake altivo al que hacía tiempo que no veía está parado frente a mí.

—Solo quería saber cómo estabas y acabo de comprobar que estás fenomenal. —Dibuja una sonrisa resignada en sus labios.

Un calor sofocante me sube por la garganta y empiezo a tener dificultad para respirar. Puede que esté sufriendo un ataque de ansiedad porque me encuentro paralizada de los pies a la cabeza. Se ve tan bien, tan maduro, tan seguro de sí mismo..., a pesar de que su enfado no le permita relajarse. ¿Ha venido hasta aquí para asegurarse de que estoy bien? Quiero gritarle que lo echo tanto de menos que todas las noches me duermo con la camiseta que le robé de su armario, pero parece que no estoy por la labor de ser valiente hoy. Me fijo en que lleva el pelo más corto, lo que le otorga un aspecto más aniñado. Parece un ángel caído.

—Estoy bien, Jake. —Es lo único que me atrevo a decir.

Él me mira con la decepción palpitando en todos los poros de su piel. Asiente con desdén y desaparece por la puerta dejándola abierta de par en par.

Un profundo malestar me invade, las piernas no me funcionan y un leve mareo me obliga a sentarme sobre la tierra húmeda. Quizá debería haberle dicho la verdad: que sin él aquí dentro me falta una parte importante de mí. Sin embargo, sigo considerando que nosotros estamos destinados a no ser. Fuera no somos nada. Aquí dentro, en este pequeño espacio aislado de la sociedad, un día lo fuimos todo y conectamos de una manera tan intensa que nos cegamos. Quizá nunca más vuelva a tener delante a Jake Harris. Y mi mente respira tranquila, pero mi corazón está sangrando.

50

Violet es la nueva ahora

Tres semanas después.

Hace días que llegó el otoño y todo a mi alrededor parece dar fe de ello. Las lluvias se suceden a menudo y dejan el césped anegado, lo que nos impide proceder con nuestra rutina diaria de ejercicio. El frío se hace sentir cuando el sol se esconde y ya hace un par de días que tenemos la chimenea encendida. Yo soy la encargada de encenderla. En realidad, lo hago porque es una actividad que me relaja. Hasta el punto de que, una vez, llegué a encenderla en medio de un verano húmedo y caluroso para evadirme del enfrentamiento que mantenían mis padres acerca de mi educación. El olor a leña quemada es uno de mis favoritos, además de tener un efecto sedante en mí. Las hojas de los árboles se están oscureciendo cada vez más y algunas ya lucen teñidas de un color marrón apagado. El cerezo también ha sufrido su propia transformación y quizá ha sido el más perjudicado de toda la flora que nos rodea. Desde la ventana del despacho de Norma, lo observo con detenimiento, siempre ensimismada con su imponente envergadura y belleza. Ahora sus hojas no brillan, sino que han formado una especie de masa sombría de color anaranjado.

Dicen que el otoño es algo peligroso para la gente triste porque tendemos a deprimirnos más, porque la serotonina desciende sus niveles y las horas de luz son mucho menores. Para mí, el otoño es algo hermoso, porque la melancolía es algo maravilloso. Es inútil pensar que alguien pueda permanecer siempre feliz. Es imposible. Las personas también necesitan la tristeza. En Camden Hall he empezado a aceptarme, a reconocer mis sentimientos y mis emociones, sean cuales sean. Quiero experimentarlo todo. Y hoy más que cualquier otro día percibo que el mundo está en sintonía conmigo. Tengo el corazón roto y un corazón roto tiene los colores del otoño.

—¿Cómo estás, Alessa? —pregunta Norma entrelazando sus dedos.

El despacho está invadido por una luz azul, la última del atardecer.

—Me encuentro bien.

—¿Sí?

Asiento convincente y aprovecho para echar otro vistazo al cerezo. Sus hojas se agitan por el viento que las atraviesa.

—Siempre te ha fascinado ese árbol, ¿eh?

—Es que es precioso.

—Ha cambiado desde que llegaste. Como tú —sostiene.

Sonrío tímidamente porque es evidente que se refiere a un cambio a mejor.

—Tienes que sentirte orgullosa, tu madre está muy contenta.

—Lo sé.

La última vez que hablé con ella no paró de repetirme, una y otra vez, los planes que tenía para este invierno. Planes que nos incluía a las dos, claro.

—Tengo que preguntarte algo. —Ahora su expresión se torna inquieta—. ¿Has vuelto a pensar en la muerte? ¿Hay ocasiones en las que te gustaría estar muerta?

La verdad es que no desde aquel episodio. No sé el motivo exacto, pero no he pensado más en ello. Aquí dentro tengo más cosas de las que ocuparme. Más cosas en las que pensar, también.

—No —respondo con sinceridad.

—En realidad, nunca creí que intentaras suicidarte. Sabías que tu madre te encontraría allí, ¿verdad?

Entro en una especie de trance. Abro mucho los ojos y viajo vagamente a los recuerdos de aquel día, que ya queda lejos en mi memoria. La lengua se me acartona y me empiezo a marear, pero he aprendido a gestionarlo y cierro los ojos para recuperar la tranquilidad.

—Sí —confieso.

Esa es la verdad. Solo quería hacer sentir mal y fracasada a mi madre. La odiaba. La culpaba por toda la frustración que me desbordaba en aquel momento. Lo único que deseo ahora es que Norma no me juzgue. Y no lo hace. Solo asiente mientras escribe un apunte rápido en su libreta. Luego, me inspecciona con ojos comprensivos.

—Contéstame a algo. ¿Qué te gustaría hacer cuando salgas de aquí? Algo que eches de menos y quieras retomar. No tiene que ser algo especial fuera de lo común —agrega.

La pregunta me ha cogido desprevenida y tengo que meditarla unos segundos.

—Me encantaría comer con mi madre en nuestro enorme comedor, donde solo nos sentamos nosotras dos. —Una sonrisa inocente se forma en mis labios. Observo a Norma, que me escucha con atención—. Y picaría de esa ensalada de aguacate que tiene una pinta horrible y que mi madre no se cansa de ofrecerme —río—. Siempre le decía: «Mamá, seguro que eso sabe a mierda». Ahora me apetece probarla más que nunca.

La sonrisa de Norma se ensancha. Parece estar pensando en algo bonito.

—Bien. Ya estamos en hora —dice al comprobar el reloj de muñeca.

—¿Quieres que le diga a Rachel que baje?

Esta reunión ha sido breve y nos veremos de nuevo dentro de unos días. Ya tengo muy interiorizada la dinámica de Camden Hall.

—No. Hoy eres la última —alega.

Asiento y me encaramo en la silla antes de levantarme para marcharme del despacho.

—Alessa, dentro de una semana sales.

Las palabras de Norma me impactan de tal manera que me invade un vértigo repentino que se acaba convirtiendo en miedo.

—¿Salir a dónde?

—Regresas a casa y continuarás con la terapia fuera. —Los ojos de Norma irradian felicidad.

—No sé qué decir. —Ahora mismo estoy bloqueada.

—Bueno, tienes una semana para asimilarlo.

Por fin la alegría me abruma al percatarme de que he logrado mi objetivo. Todas estas últimas semanas de trabajo han merecido la pena. La libertad cuesta tanto, pero sabe tan bien...

—Enhorabuena, Alessa. Lo has conseguido, pero tienes que continuar luchando día a día.

Me levanto y, en un arrebato de emoción, abrazo a Norma con torpeza por encima del escritorio. Ella me devuelve el abrazo. Y siento unas ganas inmensas de no tirar la toalla. Ahora solo quiero compartir esta noticia con mis compañeros.

Violet es la nueva. Tiene dieciséis años, el pelo decolorado y unas enormes argollas doradas que le adornan las orejas. Esta noche toca puré de patatas con ternera para cenar. Todos estamos sentados alrededor de la mesa, comiendo en silencio ante la nueva presencia de la chica desconocida que tiene el ceño fruncido y la mirada gacha. Según me ha contado Annie, le han diagnosticado un trastorno bipolar y necesita recuperarse de un episodio depresivo grave. No puedo evitar verme reflejada en ella el día que llegué aquí. Su ansiedad, sus ojeras, su inconformismo con todo. Aún no ha intercambiado ninguna mirada con nadie y nosotros intentamos no reparar en ella para que no se incomode.

Mis compañeros también han avanzado en lo que llevan aquí dentro, ahora no son presa del nerviosismo, sino que han aceptado su situación y luchan día a día para superar el bache en el que nos ha colocado la vida. Cenan callados, respetando a Violet. Y el pecho se me ensancha lleno de orgullo al observarlos. En apenas unos días, me separaré de ellos y hasta este momento no me he detenido a pensarlo. Trago con esfuerzo y bebo agua. Hace unos meses, ellos eran unos desconocidos, y han terminado formando parte de uno de los peores momentos de mi vida. ¿Qué más se le puede pedir a alguien? La pena me invade por sorpresa y, por un instante, debato internamente si callarme la noticia. Pero observar a Annie intentando mantener contacto visual con la chica, tal como hacía conmigo al principio, es suficiente para querer compartirlo con ellos.

—Vuelvo a casa —digo en un tono bajo pero suficiente para llamar la atención.

Los cubiertos se estrellan en los platos y parece que el tiempo se ha congelado. Noto todos los ojos puestos sobre mí.

—¡¿Qué?! —Observo la confusión en los ojos de mi amiga, que está a mi lado.

—Me han dado el alta.

Hasta este momento, he tenido la vista clavada en mi plato, en el puré a medio comer. Pero ahora la levanto llenándome de valor y orgullo. Y ahí están todos, perplejos, pidiendo de manera silenciosa más información. Incluso he llamado la atención de Violet, que nos observa con cierta curiosidad.

—¿Alessa? —Annie está esperando que mis ojos le confirmen que no es otra de mis bromas.

Asiento y, al segundo siguiente, tengo los brazos de mis compañeros alrededor de mi cuerpo. Me abrazan y yo contengo la emoción.

—Te vamos a echar de menos, pecosa —dice Rachel.

Estoy tentada de no creerla, pero lo cierto es que yo también la voy a añorar. A ella y a todos.

—¡Enhorabuena! —chilla Barbara mientras me despeina el pelo.

Violet enarca una ceja, se levanta y tira su plato en la pila del fregadero.

—¡Joder! No quiero que te vayas —murmura Annie, que continúa abrazada a mi cuello—, pero estoy superfeliz por ti.

Nos miramos y puedo ver otra prueba de que Annie estuvo en el principio y que lo más seguro es que también esté en el final y más allá. Una lágrima se desliza por mi mejilla y Ryan repara en ella con sorpresa.

—¿Eso es una lágrima?

—¿Estás llorando? —Barbara se burla con su tono de chica mala.

Niego.

—Esto se merece un campeonato al mentiroso. Vamos a despedirnos a lo grande —suelta Ryan.

Probablemente, esta sea la última vez que juegue a las cartas con estas personas que me han acompañado durante todo el verano. La ansiedad comienza a adueñarse de mí, pero no es una ansiedad malévola. Es una ansiedad necesaria, una ansiedad que te agita ante los nuevos retos. Quizá mañana me atreva a decirle a Violet que todo «va a mejorar», al igual que me lo dijeron a mí al principio. Que un día, tarde o temprano, todo se transforma. A mejor.

51

Todo lo que no pude decirte

Dos horas después, entro en mi habitación con tres tabletas de chocolate en la mano. El premio por haber derrotado a mis compañeros. Me siento ante el escritorio, abro un cuaderno y empiezo a escribirle una carta a Jake. Necesito que sepa lo que nunca le dije.

Ayer me dijeron que podía volver a casa y he pensado en ti. Cuando llegué, conocía el color que tenía el vacío. Era algo parecido a un gris indefinido. Lo sentía dentro de mí, por todas partes. Y me gustaba compadecerme de todas las cosas malas que me habían pasado. Entonces te vi en ese banco y descubrí otro color, el de tus ojos. Paradójicamente, también eran grises. Y estaban tristes. Estoy convencida de que esa primera noche, cuando nos vimos por primera vez, algo se activó. Supongo que no oí el clic porque estaba demasiado concentrada en huir. Eo lo que había estado haciendo toda la vida. Era mi manera de actuar.

Aquí he aprendido que la esperanza existe. Somos personas rotas. Y es para esas personas para las que la palabra «esperanza» cobra sentido. Antes, la esperanza me parecía un invento peligroso. Ahora, ha pasado a significarlo todo. Sé que piensas que te aparté. Lo hice porque debía ser así. Somos diferentes, Jake. Igual que el color de nuestro pelo. El tuyo es negro como una noche cerrada. El mío, naranja como los melocotones maduros. Es evidente que combinan bien, pero tienen raíces opuestas... Tú tienes tu vida. Yo aún no he descubierto lo que quiero hacer con la mía. Y mientras escribo esto, es la primera vez que no me embarga la incertidumbre al pensar en mi futuro, porque el futuro también es ahora.

Una vez me dijiste que no me había prendado de ti, pero no estabas en lo cierto porque para mí siempre fue más. Me limpiaste la sangre aquella vez, después de ese horroroso accidente en la piscina. Y eso mismo es lo que hiciste con mis miedos. Me los sacudiste con esmero hasta que mudaron mi piel. No espero que me respondas. Solo quiero decirte que deseo que vuelvas a encontrar la felicidad en la música. Para ti, Jake, siempre será la música. No existes sin ella. Después de todo, me alegro de que no me ayudaras a saltar ese muro; ahora sé que existía otro muro más alto que trepar: el mío propio. Y tal como me dijiste aquella primera noche, todo mejoró.

52

¿Hay vida en Marte?

En todo el tiempo que he pasado internada en Camden Hall me he enfrentado con la frustración que arrastraba. Por fin he aceptado que hay cosas que se escapan a nuestro control, aunque se trate de cosas dolorosas que dejan cicatrices. Aquí también he descubierto el poder que tiene una cicatriz. Es cierto que es algo que te marca para siempre, como un tatuaje que no elegiste tener, pero también es la señal visible de la fortaleza que obtienes después de superar la batalla. Mis cicatrices son internas, pero están ahí. Ahora puedo identificarlas. Antes, lo único que hacía era sentir el dolor que te provocan las heridas.

Hoy es mi última noche aquí dentro y me despido mintiendo. He engañado a todos mis compañeros asegurándoles que mañana, después de desayunar con ellos, me marcharé, por lo que ese desayuno se convertirá en nuestra despedida oficial. Lejos de eso, es medianoche y les acabo de dejar una carta a cada uno en sus asientos habituales. Detesto las despedidas, me ponen infinitamente triste y la melancolía me dura semanas. Me marcharé al amanecer, cuando nadie haya abierto los ojos aún. Traspasaré la puerta de Camden Hall, siempre abierta, y allí me esperará mi madre. Es la única que conoce mi plan y, por mucho que me sorprenda, debo admitir que se ha convertido en una buena confidente desde que aquella vez se saltó las normas y me envió los dónuts de chocolate para comprar el perdón de todos.

Cuando me meto en la cama, me obligo a no ser tremendista y pensar en que nunca los volveré a ver. Quiero creer que algún día habrá un reencuentro, pero esa idea se esfuma al igual que lo hace una estrella fugaz. ¿Quién rememoraría una de las peores etapas de su vida? Depresión, trastorno alimenticio, insomnio severo, ansiedad generalizada, agorafobia... Lo más probable es que nunca quieran acordarse de este lugar, ni de mí. Mi mente no puede desconectar y la tristeza me cae encima como un jarro de agua fría. No voy a compartir más momentos con ellos. No habrá más risas con Annie, más libros con Ryan, más enfrentamientos con Barbara o más indiferencia con Rachel. Annie me ha hecho prometer que llamaré a Daniel cuando esté fuera para quedar con él. Luego tengo que llamarla para soplarle los últimos acontecimientos de su vida. En realidad, lo único que quiere saber mi amiga es si ha conocido a otra, y si esa otra es más guapa o más delgada que ella. Quizá quede con Daniel, pero, me cuente lo que me cuente, a Annie solo le diré que no tiene competencia.

Las sensaciones que me invaden ahora mismo son tan diferentes a las del primer día que pasé aquí... Algo me faltaba por aquel entonces. Y mañana, cuando no vuelva a dormir entre estas sábanas, me faltarán ellos, todo esto en realidad. ¿Será esto la madurez? ¿Entender que hay cosas incontrolables y que lo único que puedes hacer es aceptarlas y acomodarte a ellas de la mejor manera posible, al igual que un mar cubre una isla sin inundarla? Mañana estaré de vuelta en mi acogedora habitación repleta de pósteres de Joan Jett, Ian Curtis y The Smiths, y me sentiré tan perdida como la primera noche que pasé aquí. Esa primera noche en la que también conocí a Jake... No he tenido respuesta a la carta que le escribí hace ya una semana. Soy consciente de que, de manera literal, no exigía ninguna contestación. Aunque también sospecho que debe de haber retomado su vida, con su agenda social y sus citas (con chicas despampanantes) correspondientes. Lo mejor de todo es que no me siento mal por ello. Reconozco que el pecho me aprieta cada vez que pienso en él, pero me consuelo pensando que la vida también tiene su parte dolorosa. Ojalá haya vuelto a su rutina de antes de

Camden Hall y que Norma lo esté ayudando a afrontar los coletazos de su adicción.

De pronto pienso en lo primero que quiero hacer cuando retome mi vida. Cogeré el autobús, me dirigiré a esa librería que se encuentra a media hora de mi urbanización y me compraré muchos libros de autores que ahora me son desconocidos, pero que se convertirán en mis compañeros por algún tiempo. Y me apetece demorarme en elegirlos, en olerlos, uno por uno. Incluso entablaré conversación con la dueña, le pediré consejo y, si tengo suerte, discutiré con ella sobre algún libro que hayamos leído. *Orgullo y prejuicio* y sus miles de interpretaciones nunca fallan. Me levanto de la cama y me dirijo decidida al escritorio. Cojo el iPod, me coloco los cascos y me tumbo en la cama mirando al techo. Pongo *Life on Mars?*, esa maravillosa canción que escuché nada más llegar. Después, cierro los ojos y sonrío.

El sol aún no ha salido por el horizonte y el cielo está cubierto de un color azul eléctrico a punto de estallar. Cierro la cremallera de la maleta y me cuelgo la mochila en el hombro. Me pongo la chaqueta de cuero, me anudo los cordones de mis Vans desgastadas y observo por última vez la habitación, mi guarida. Voy a echar de menos las vistas y el olor a gel de lavanda. También la fina guirnalda de luces con la que Annie me obligó a decorar la pared donde reposa el cabecero.

Antes de bajar las escaleras, cojo a pulso la maleta para no hacer ruido. Me detengo en la sala de estar, que permanece en penumbra con sus amplios ventanales. Fuera, los pájaros empiezan a alborotarse y a danzar en espontáneas coreografías. Respiro hondo, doy media vuelta y enfilo el camino hacia la puerta principal. Entonces la veo. Norma está allí parada, ataviada con su bata y con sus zapatillas de pelo. Cuando camino hacia ella con la sorpresa bailando en mi semblante, abre la puerta y se apoya en el pomo. Tiene los ojos despejados a pesar de que se acaba de levantar.

—¿Cómo sabías...? —Mi voz apenas es un susurro contenido.

—Te conozco, Alessa. Odias las despedidas. Haré todo lo posible para que no se enfaden demasiado —dice señalando hacia el piso de arriba refiriéndose a mis compañeros.

La miro con devoción.

—Gracias —le agradezco con toda la sinceridad de la que soy capaz—. Por todo. El día que llegué...

—Chis. —Me hace callar alzando la mano.

Luego, esboza una sonrisa triste y emocionada. Y no puedo evitar pensar en *El guardián entre el centeno*. Al final del libro, Holden Cauldfield deja claro que lo que más desea es estar al borde de un precipicio, escondido, donde a pocos metros hay niños jugando ajenos al peligro y al dolor. Entonces, cuando estos niños se acerquen lo suficiente a ese precipicio, él saldrá y los cogerá. Él los salvará, convirtiéndose así en el guardián entre el centeno. Me pregunto si Norma se ha transformado precisamente en esa guardiana para todos nosotros, esa última persona que nos recoge antes de que caigamos por nuestro precipicio de sufrimiento. De repente, la abrazo con tanta fuerza que la mujer da un par de pasos hacia atrás. Hundo la cabeza en su pecho y ella me acaricia el pelo.

—Siempre estaré para ti —murmura.

Nos separamos y me anima a salir. Agarro la maleta y doy un paso hacia el porche. La puerta se cierra tras de mí y camino sola hasta el muro de la entrada. Antes de dirigirme a la salida, me detengo delante y lo observo. Imponente, con su piedra antigua y sus desperfectos por todos los años que llevará resguardando esta casa. Ladeo la cabeza y me encuentro con el banco de madera, a lo lejos. Y me lo imagino ahí, con sus ojos tristes mirando a la nada, su pelo despeinado cayéndole por la frente y los dedos sobre las cuerdas de su guitarra. Espero quedarme para siempre con esa imagen de Jake, dentro de este mundo de verano que fue nuestro durante un tiempo.

53

El adiós y el principio

Hacía tiempo que las ganas no me palpitaban de esta manera detrás del pecho, y tengo que contenerme la emoción al caminar y sentir la fría brisa del amanecer en la cara. Todo está bañado por una luz azulada, preciosa y apagada. Este debe de ser el color de la libertad. Observo al frente, hacia el final de la calle adornada con preciosos árboles frutales, y veo a mi madre caminando apresurada en mi dirección. Detrás de ella está aparcado su Mini Cooper, reluciente como siempre. Agacho la cabeza con una sonrisita imprevisible atravesando mis labios. Sus brazos me encuentran pronto, y me estrechan con fuerza y llenos de ternura. Huele a chicle de clorofila, a esos paquetes que venden en el súper al por mayor y que siempre guarda en la guantera del coche. Por un momento, pienso en que lo había olvidado. Mi madre se separa de mí con lágrimas en los ojos y una sonrisa nerviosa en su cara.

—Al, cariño, te he echado muchísimo de menos. La casa es demasiado grande sin ti.

La miro y sonrío tímidamente. La casa es demasiado grande conmigo y con cuarenta como yo en su interior.

—Gracias por cubrirme y recogerme a primera hora.

Mi madre frunce el ceño, extrañada. Debe de ser porque nunca le he dado las gracias por algo.

—Cuanto antes llegues, mejor —espeta.

Posa sus manos en mis hombros y me frota con fuerza.

—¿Has comprado esos palitos de galletas bañados en chocolate? —pregunto emocionada.

—Claro. Y he comprado carne de todo tipo, hoy hacemos barbacoa. He invitado a Taylor y a Tommy... Bueno, puedes invitar a quien quieras —dice mi madre dubitativa.

Tengo ganas de comer a lo grande, así que la idea de la barbacoa me hace la boca agua.

—Estás genial, Al. Tu pelo está precioso y parece que te ha pillado el sol ahí dentro. —Me recorre el cuerpo con la mirada hasta detenerse en mis manos—. ¿Te has hecho la manicura? —Su exagerada mueca de sorpresa me hace sonreír.

—Me la han hecho. Pero sí, llevo las uñas pintadas de azul —contesto.

La preocupación se posa en sus pequeños ojos.

—¡¿Qué es lo que te han hecho?!

Me río. Y justo cuando me coloco la mochila para enfilar el trayecto hacia el coche, atisbo a ver cómo alguien sale del vehículo. Achico los ojos, enfocando. ¿A quién ha traído mi madre? La sangre se me congela y ella se coloca delante, con el temor reflejado en sus labios temblorosos.

—¿Qué cojones hace Jake Harris saliendo de tu coche? —Estoy en *shock*.

Mi madre guarda silencio mientras Jake camina hacia nosotras sin apartar los ojos de mí. El corazón me da un vuelco y comienzo a hiperventilar. Tiene un aspecto increíble y va vestido con una camisa azul marino. No puedo evitar pensar que se ha arreglado para mí y eso hace que me sonroje. Lleva algo en su mano derecha. Atrapo a mi madre con la mirada antes de tener a Jake frente a mis narices.

—¿Lo conoces? —Aún estoy perpleja y el nivel de nerviosismo ha subido cien puntos de un tirón.

—Cariño, todo el mundo lo conoce. —Por fin habla, con tono sosega-
do, y sé que teme mi reacción—. Ha querido venir... y no he podido negarme.

Una semana atrás le había enviado la carta y no había recibido
respuesta. Ni una llamada. Nada. Y ahora está aquí, a las seis de la
mañana.

—Voy a meter la maleta en el coche y a retocarme el rímel —informa
mi madre—. Se supone que es el más caro del mercado y ya lo tengo corrido...

Pretende bromear, pero yo le respondo con una mirada desamparada. Ella coge la maleta y enfila el camino hacia el coche. A los pocos segundos, Jake se coloca frente a mí. Y yo ya estoy flotando. Todo explosio-
na de nuevo, como si un cohete hubiese despegado en mi interior. De
nada sirven todas las veces que mi mente lo ha evitado cuando lo tengo
tan cerca. Sus ojos y su olor ya tienen toda mi atención. Una sensación
de alivio me atraviesa cuando compruebo que está bien y, haciendo gala
de mi impulsividad, le rodeo el cuello y lo abrazo. El deseo, las ganas, el
cariño, la química. Él y yo. Nada más. Jake huele mi pelo. Después se
separa y me tiende un cono de papel marrón que contiene diferentes tabletas de chocolate. Su olor nos inunda.

—El mejor chocolate de Londres. —Sonríe y me ruborizo.

De repente, el cuerpo se me tensa. La impulsividad del momento me
ha hecho olvidar nuestra situación. Sé que ha venido para asegurarse de
que estoy bien. Lo necesita, al igual que se preocupaba por mí cuando
estábamos dentro de Camden Hall.

—Lo has conseguido. —Y esas palabras confirman mis pensamientos.
Y en el fondo estoy decepcionada.

—¿Qué haces aquí, Jake? —La tirantez vuelve a mí.

Él se pasa la mano por el pelo a la vez que se acerca aún más. Veo su
lunar en el cuello asomando por la camisa.

—Oficializar lo nuestro —suelta—. Quiero ir en serio contigo.

¿Qué? ¿Ha leído mi carta? Empiezo a marearme cuando compruebo
que quizá está hablando en serio. ¿Yo? ¿Saliendo con Jake Harris? Me

muero de ganas de besarlo, tocarlo y meterme entre sus sábanas. Pero de ahí a salir juntos... ¿Este chico entiende que no puede actuar como una persona normal? ¿Qué cojones pinto yo en su vida?

—Sé que mi mundo no te ilusiona, Alessa. Bueno, en realidad, ninguno —ironiza. Esbozo una sonrisa amplia e improvisada. Jake me conoce muy bien—. Pero yo soy parte de ese mundo. —Está tan serio que parece enfadado.

Nos miramos en silencio durante unos interminables segundos y la tensión se condensa a nuestro alrededor. La agitación de mi cuerpo me grita que lo bese, pero soy una cobarde.

—Jake...

No sé qué decir, estoy en blanco. Me quedo ensimismada con sus hermosos ojos grises y con su rostro bañado por la luz del amanecer.

—Una vez me dijiste que había dos clases de personas. Los que se sentían vivos y los que no. Los sufridores, los perdidos, los que no saben qué hacen aquí... —Su seguridad me hace bajar la guardia y ya no tengo los hombros tensos—. ¿Quieres saber qué es lo que creo? —No espera mi respuesta y continúa—: Que sí que hay dos clases; los que encuentran a su persona en el mundo y los que no.

Separo los labios con la intención de coger aire. Sus ojos no se han apartado de los míos ni un solo segundo.

—¿Sabes en qué grupo estoy yo? —pregunta.

Ahora sí espera mi respuesta. Y yo solo miro atrás, hacia donde se alza la casa de estilo campestre en la que he pasado prácticamente todo el verano. Tengo ganas de correr hacia ella, saltar el muro y refugiarme tras sus paredes de lo que me depara el invierno. Pero... ¿qué es la vida en realidad? Es hacerlo, aunque tengas miedo. Aunque estés tan aterrorizada que tengas la sangre congelada. Siempre hacerlo. Así que observo a Jake, que me observa con ojos tiernos y su sonrisa de chico triste. Hay que mirar a la vida a los ojos y sonreír. Hay que quedarse con lo que te hace bien y transformar el dolor de todo lo que te destroza. El corazón me late más fuerte que nunca. La vida se me va a salir por la garganta. Y no hace mucho tiempo, sentía que no quería continuar aquí. Jake me besa con suavidad y saboreo sus labios. En realidad, es lo único que he deseado desde que lo he visto caminar hacia mí. Nuestras lenguas se acarician a duras penas y se separa dejándome con ganas de más. Me agarra de la mano, entrelazamos nuestros dedos y caminamos hacia el coche en el que nos está esperando mi madre.

Continuará...

Agradecimientos

Aquella chica pelirroja nació de una de las maneras más hermosas de las que una historia puede surgir. Comenzó siendo un ejercicio de escritura libre. Todas las noches, después de jornadas de trabajo pesadas y llenas de incertidumbre, me sentaba frente al ordenador y escribía, escribía, escribía... Tal vez para que no me olvidara de lo feliz que era haciéndolo.

Este ha sido un camino precioso y, aunque solitario, muchas son las personas que me han acompañado. Por eso, quiero agradecerles aquí que hayan formado parte de él.

A Esther, mi editora, porque tu llamada me llenó de ilusión y, junto con el equipo de Titania, me acompañasteis en esta aventura. Gracias por confiar en esta historia.

A mi familia, porque me inculcaron unos valores envidiables y eso siempre será lo más importante.

A mi familia política, por todo su apoyo y por la ilusión compartida.

A mis amigos, a los de siempre y a los de ahora, porque hacen suyos mis logros. María, Rosalía, Laura, gracias por no soltarme nunca.

A Álvaro, porque parece que has bendecido este proyecto y seguro que te hace ilusión leerte por aquí.

A Javi, por los maravillosos dosieres y diseños durante todos estos años. Es un gusto trabajar a tu lado.

A Alina, porque cuando esta novela apenas era un proceso de escritura libre que me hacía feliz, siempre me animabas a que continuara.

A mi hermano, porque ojalá algún día me incluyas en los agradecimientos de tu libro.

A mi madre, porque me lo has dado todo. Sin tu incansable ayuda yo no me podría haber dedicado a aquello que me apasionaba.

A mi padre, porque no ha llegado a verlo y se hubiera llenado de orgullo. Sigues conmigo.

A mi hermana, porque, aunque siempre lo niego, las dos sabemos que fuiste tú quién me inculcaste el amor por la lectura. Y porque durante aquel verano de 2008 fui feliz comentando contigo en cada desayuno aquel libro de vampiros.

A Jacobo, porque una vez te dije que hacías realidad mis sueños. Bueno, pues aquí va otro. Eres el sí entre todos los noes. Sin tu apoyo incondicional y tu confianza ciega, yo no hubiera llegado hasta aquí. Gracias por aparecer.

Por último, quiero agradecer a todas las lectoras y lectores que dediquen un poco de su tiempo a sumergirse en la historia de Alessa y Jake. Ojalá disfrutéis al leerla tanto como yo al escribirla.

¿TE GUSTÓ
ESTE LIBRO?

escríbenos y
cuéntanos tu opinión en

 /Sellotitania  /@Titania_ed

/titania.ed

#SíSoyRomántica

Ecosistema digital

Floqq
Complementa tu lectura con un curso o webinar y sigue aprendiendo.
Floqq.com

Amabook
Accede a la compra de todas nuestras novedades en diferentes formatos: papel, digital, audiolibro y/o suscripción.
www.amabook.com

Redes sociales
Sigue toda nuestra actividad. Facebook, Twitter, YouTube, Instagram.

EDICIONES URANO